AF198214

Jules Vitrac ist eine erfolgreiche deutsche Schriftstellerin und Juristin. In ihren Krimis verbindet sie ihre berufliche Erfahrung mit kriminellen Abgründen und ihr Faible für vertrackte Rätsel mit ihrer großen Liebe zu Frankreich. «Mord im Elsass» war ihr erster Kriminalroman um Chef de Police Céleste Kreydenweiss und ihren jungen Brigadier Luc Bato. Für den zweiten Band «Der Teufel von Eguisheim» wurde sie für den HomBuch-Preis der Homburger Buchmesse nominiert.

Die Presse über «Mord im Elsass» und «Der Teufel von Eguisheim»:

«Feinsinnig und hintergründig (...). Ein spannender Krimi über brisante Themen und eine Region, die viel zu bieten hat. Da denkt man gleich: ‹Elsass? Da müsste ich mal wieder hin!›» *(SR3)*

«Ein herrlich schrulliges Duo.» *(Sonntag-Express)*

«Ein spannender Krimi, der die Abgründe der menschlichen Seele offenbart. Und ein herzerfrischendes Ermittler-Duo mit dem Faible für elsässisches Savoir-Vivre.» *(Schwarzwald. herz.erfrischend.echt)*

JULES VITRAC

Tödliches

Elsass
KREYDENWEISS & BATO
ERMITTELN ❧

Kriminalroman

Rowohlt Taschenbuch Verlag

2. Auflage September 2020
Originalausgabe
Veröffentlicht im Rowohlt Taschenbuch Verlag,
Hamburg, Oktober 2019
Copyright © 2019 by Rowohlt Verlag GmbH, Hamburg
Redaktion Elisabeth Mahler
Umschlaggestaltung any.way, Barbara Hanke und Cordula Schmidt
Umschlagabbildung bluesky6867 / fotolia; Cultura / Francesco Meroni /
mauritius images; Serg64 / Shutterstock
Satz aus der DTL Documenta bei Dörlemann Satz, Lemförde
Druck und Bindung CPI books GmbH, Leck, Germany
ISBN 978 3 499 27628 6

Die Rowohlt Verlage haben sich zu einer nachhaltigen Buchproduktion
verpflichtet. Gemeinsam mit unseren Partnern und Lieferanten setzen
wir uns für eine klimaneutrale Buchproduktion ein, die den Erwerb von
Klimazertifikaten zur Kompensation des CO_2-Ausstoßes einschließt.
www.klimaneutralerverlag.de

MIX
Papier aus verantwor-
tungsvollen Quellen
FSC® C083411

«Und was ist Zufall anders, als der rohe Stein,
Der Leben annimmt unter Bildners Hand?
Den Zufall gibt die Vorsehung – zum Zwecke
Muß ihn der Mensch gestalten.»

Friedrich Schiller

1

Der Wagen kroch mit ungefähr zehn Stundenkilometern die Straße entlang. Er fuhr in der Mitte, so als ob er sich in der nächtlichen Dunkelheit am Mittelstreifen entlangtastete, und selbst dort machte er hin und wieder einen unsicheren Schlenker.

Céleste Kreydenweiss, Chef de Police von Eguisheim, stieß ihren jungen Brigadier Luc Bato mit dem Ellenbogen an. «Der Fahrer ist voll wie ein Fass, den müssen wir rausholen.»

Luc nickte und hob die Kelle.

Als der Fahrer die beiden Beamten der Police Municipale bemerkte, schien er für einen kurzen Moment Gas geben zu wollen. Dann überlegte er es sich offensichtlich anders, bremste ab und kam am Straßenrand zum Stehen.

Céleste kniff die Augen zusammen. «Das Auto kenne ich doch ...», murmelte sie überrascht.

Sie gingen zur Fahrerseite und klopften an die Scheibe. Ein großer Mann saß zusammengesunken auf dem Fahrersitz: Henri Breton, der Wirt des Dorfbistros, dem *Café du Marché*. Bislang war er weder durch übermäßiges Trinken aufgefallen noch durch sonstige unvernünftige Verhaltensweisen. Im Gegenteil. Henri Breton war der Inbegriff verlässlicher, leicht langweiliger Biederkeit. Als Céleste noch einmal klopfte, senkte sich die Scheibe mit einem schwachen, resigniert klingenden

Surren. Ein Schwall alkoholgeschwängerter Luft drang aus dem Inneren des Autos. Im Fußraum des Beifahrersitzes kullerten leere Flaschen herum.

«Henri!» Céleste öffnete die Tür. «Steig bitte mal aus.» Als er nicht reagierte, beugte sie sich ins Auto und zog den Schlüssel ab.

Henri stieg schwerfällig aus und fiel prompt Luc in die Arme, der Mühe hatte, den großen Mann aufzufangen.

«Das Leben ist ein einziger großer Misthaufen ...», brummelte Henri und blieb schließlich schwankend stehen. Luc Bato hielt ihn an den Schultern fest.

«Wir fahren dich jetzt nach Hause», sagte Céleste.

«Nich nach Hause ...», lallte Henri. «Nich nach Hause ...» Er begann, sich unbeholfen gegen Lucs Griff zu wehren.

«Sei doch vernünftig, Henri», sagte Céleste. «Du bist stockblau. Was ist denn in dich gefahren, in dem Zustand Auto zu fahren?»

«Nich nach Hause ...» Mit einem Ruck riss er sich von Luc los und taumelte nach hinten. Dabei verlor er das Gleichgewicht und fiel in den zugewucherten Straßengraben, der an dieser Stelle die Weinberge von der Straße trennte. Undeutliches Fluchen drang herauf.

Die beiden Polizisten sahen sich an und seufzten. Als klarwurde, dass Henri weder in der Lage noch willens war, aus eigener Kraft aus dem Graben herauszuklettern, stieg Luc hinunter, um Henri zu helfen. Augenblicklich ertönte lautstarker Protest, dann hörte man einen dumpfen Schlag, und etwas Schweres fiel zu Boden.

«Luc?» Céleste leuchtete mit der Taschenlampe in den Graben.

Luc Bato saß etwas belämmert im Gestrüpp und befühlte

stöhnend seine Nase. «Er hat mir eine reingehauen!», beschwerte er sich, mehr überrascht als wütend.

Inzwischen hatte sich Henri aufgerappelt, und er versuchte schwankend, den Graben entlang zu flüchten, doch auch Luc hatte sich wieder gefangen. Er sprang auf und umklammerte den sich heftig Wehrenden von hinten – mit dem Ergebnis, dass beide wieder stürzten und auf dem Boden weiterrangelten. Irgendwann gelang es Luc mit der Hilfe von Céleste, den Betrunkenen wieder nach oben auf die Straße zu manövrieren.

«Verdammt, Henri, was ist denn los mit dir?», schimpfte Céleste, während sie den Mann zu ihrem Wagen beförderte. «Hast du noch alle Tassen im Schrank?»

«Mein Auto…», nuschelte Henri, als Luc ihn auf den Rücksitz ihres Dienstwagens bugsierte. «Ich brauche mein Auto…»

«Heute Abend brauchst du gar nichts mehr.»

«Aber…» Henri plumpste auf den Sitz, nur um sofort wieder aufzustehen – versuchsweise zumindest.

Céleste drückte ihn mit einer Hand zurück auf die Rückbank. «Jetzt bleib mal hier, verdammt! Wir bringen dein Auto nach Hause.» Céleste warf ihrem Brigadier einen Blick zu. «Könnten Sie…?» Sie stutzte und richtete ihre Taschenlampe auf Lucs Gesicht. «Auweia!», rief sie. «Henri hat Sie ja voll erwischt.» Das linke Auge des jungen Brigadiers war blaurot verfärbt und schwoll bereits an, und er blutete heftig aus der Nase. Sie reichte ihm ein Taschentuch. «Schaffen Sie das?»

Luc nickte und hielt sich das Papiertuch an die Nase. «So ein Idiot», brummte er unter dem Tuch hervor, das sich jetzt schnell rot färbte. «Was hat er sich nur dabei gedacht?»

Céleste seufzte. «Falls es Ihnen ein Trost ist, ich glaube nicht, dass Henri überhaupt viel gedacht hat.»

Henri Bretons Haus lag etwas außerhalb von Eguisheim, inmitten von Weinbergen und Feldern. Céleste fuhr mit dem Dienstwagen voraus, Luc mit Henris Auto hinterher. Kurz bevor sie ihr Ziel erreichten – Céleste hatte bereits abgebremst und den Blinker gesetzt, um in die Einfahrt einzubiegen –, öffnete Henri die Wagentür und sprang mit überraschendem Elan aus dem Auto. Bis Céleste den Wagen angehalten hatte, war Henri bereits über die Straße gelaufen und in den Weinbergen verschwunden. Unwirsch trabte sie, gefolgt von Luc, durch die ordentlich aufgereihten Weinstöcke, leuchtete mit der Taschenlampe umher und rief nach Henri. Als sie einen Ast brechen hörte, lenkte sie den Lichtstrahl in die Richtung, aus der das Geräusch gekommen war, und entdeckte Henri, der etwa hundert Meter weiter offenbar gegen einen Weinstock gelaufen war und sich gerade wieder aufrappelte.

«Henri, du Hornochse, bleib endlich stehen!», schrie sie, der Wirt torkelte jedoch unbeirrt weiter.

Widerwillig nahm Céleste erneut die Verfolgung auf. Aber schon nach wenigen Metern stolperte sie und schlug der Länge nach hin. Ein stechender Schmerz durchzuckte ihren Knöchel. Als Luc näher kam, angeleitet vom lautstarken Fluchen seiner Chefin, bedeutete sie ihm mit der Hand, Henri zu folgen, und sah sich um. Sie war in ein Loch getreten, das sie übersehen hatte. Es dauerte keine fünf Minuten, da kam Luc mit Henri im Schlepptau zurück. Den Wirt hatten nach dieser letzten Anstrengung seine Kräfte offenbar endgültig verlassen. Luc hatte ihn untergehakt und trug ihn mehr, als dass Henri selbst lief. Céleste lächelte gequält. Es hatte durchaus seine Vorteile, einen großen, durchtrainierten Brigadier an der Seite zu haben.

Ächzend stand sie auf und humpelte den beiden hinterher.

Ihr Fuß sandte schmerzende Signale an ihr Gehirn, und am liebsten hätte sie Henri Breton einfach hier irgendwo sitzen lassen, als Strafe dafür, dass er sie in seinem Suff so sinnlos durch die Pampa gejagt hatte. Es passte gar nicht zu dem sonst so braven Wirt, sich dermaßen zu betrinken. Aber was wusste sie schon. Gründe zu saufen gab es schließlich genug auf der Welt.

Am nächsten Morgen, nach einer kurzen, unruhigen Nacht, war Célestes rechter Knöchel auf die Größe einer kleinen Honigmelone angeschwollen, und der Fuß ließ sich nicht mehr bewegen. Sie musste sich eingestehen, dass sie um einen Arztbesuch wohl nicht herumkam. Gottlob war ihr Hausarzt, der junge Dr. Schupfer, nicht weit von ihrer Wohnung entfernt in der Rue du Rempart.

Dr. Laurent Schupfer war eigentlich gar nicht mehr so jung, er war längst in den Vierzigern, im Dorf hieß er allerdings noch immer «der *junge* Dr. Schupfer», weil es eben noch einen *alten* gab. Der *alte* Dr. Schupfer, Maurice, war zwar schon seit fast fünfzehn Jahren im Ruhestand, doch sehr zum Leidwesen seines Sohnes ließ er es sich dennoch nicht nehmen, einige seiner «Stammkunden» weiterhin selbst zu behandeln. Bei der Regelung der Übergabe hatte er sich dafür extra noch einen Raum ausbedungen, wo er seine Patienten empfangen konnte. Lieber als dort praktizierte er jedoch in seinem Stammlokal, dem *Café du Marché*, wo er seinen Frühschoppenfreunden bei Bedarf zwischen zwei Gläsern Riesling ganz zwanglos Spritzen gegen Rückenschmerzen in den Allerwertesten verpasste. Sein Sohn Laurent war da erheblich spießiger: Die Behandlungen fanden ausschließlich in der modern ausgestatteten Praxis statt.

Céleste kannte den alten Dr. Schupfer seit ihrer Kindheit,

zog es aber dennoch vor, sich in ärztlichen Angelegenheiten an seinen Sohn zu wenden. Ihr Opa Théo und der alte Maurice Schupfer waren seit über einem halben Jahrhundert allerbeste Freunde, und sie war sich nicht sicher, wie gut es um die Diskretion der alten Herren bestellt war. Das bisschen Privatsphäre, das man sich in einem so kleinen Dorf wie Eguisheim überhaupt bewahren konnte, durfte man nicht leichtfertig aufs Spiel setzen.

Es war noch recht früh, und die Sonne kroch gerade erst über die spitzen Dächer der stattlichen Fachwerkhäuser, die den Marktplatz säumten, als sich Céleste zu Fuß auf den Weg machte. Als Krücke nahm sie einen Regenschirm zu Hilfe. Allerdings hatte sie sowohl die Stabilität des Regenschirms als auch die Schmerzen falsch eingeschätzt, die jegliche Belastung des Fußes mit sich brachte, und so kam sie nur sehr schleppend voran.

«Salut Céleste!» Paul, der Metzger, der dabei war, seinen Laden zu öffnen, winkte ihr zu, während er eine Tafel in Form eines Schweines vor die Tür stellte, auf der das Mittagsgericht des Tages angekündigt wurde.

«Guten Morgen, Paul!», grüßte Céleste lächelnd zurück.

«Ist das nicht was für dich?» Paul deutete auf die Tafel. Er kannte Célestes Vorliebe für deftiges Essen. Céleste warf einen Blick auf das lachende Schwein: Es gab *Rôti de porc aux pruneaux, Carottes Vichy, Pommes sautées* – Schweinebraten mit Backpflaumen, dazu Karotten und Bratkartoffeln, für € 6,50.

«Auf alle Fälle.» Céleste nickte. Dieser Schweinebraten war immer einen Besuch bei Paul wert.

Sie humpelte weiter, bevor Paul auf die Idee kam, sie zu fragen, was mit ihrem Fuß passiert war. Sie hatte keine Lust, aller Welt von ihrer nächtlichen Verfolgungsjagd zu erzählen. Schon gar nicht vor dem Frühstück. Im Vorbeigehen fiel ihr Blick auf das *Café du Marché*, das sich gegenüber der Metzgerei befand und noch geschlossen war. Angesichts des gestrigen Vollrausches des Besitzers verwunderte Céleste das nicht. Henri brauchte offenbar noch ein wenig Anlauf, um wieder auf die Beine zu kommen. Wie sie auch, dachte sie und widmete ihrem geschwollenen Fuß einen finsteren Blick.

«Oh, schon wieder die Polizei!» Dr. Schupfer junior, ein schlanker, eher ernster Mann, begrüßte sie mit einem amüsierten Gesichtsausdruck, wie Céleste fand, doch er untersuchte Célestes Knöchel schweigend und diagnostizierte dann einigermaßen lapidar eine Bänderzerrung. Anstatt des Regenschirms gab er ihr zwei Krücken mit. «Sie sind heute schon die zweite Amtsvertreterin bei mir in der Praxis», sagte er dann beiläufig.

«Ach! Brigadier Bato war auch schon da?», gab Céleste mürrisch zurück. So viel zur Diskretion in einem kleinen Dorf.

«Darf man fragen, wo Sie sich die Verletzungen zugezogen haben?»

«Bei einer Verfolgungsjagd», sagte Céleste knapp und begann, mit den unhandlichen Krücken herumzuhantieren.

Dr. Schupfer hob überrascht die Brauen. «Hier bei uns in Eguisheim?» Er lachte. «Kaum vorstellbar, dass hier jemand davonläuft. Noch dazu vor Ihnen.»

Als Céleste ihm daraufhin einen tödlichen Blick zuwarf, präzisierte er hastig: «Ich habe das als Kompliment gemeint.»

Er erbot sich, Céleste krankzuschreiben, die schüttelte jedoch den Kopf.

«Aber in den kommenden Tagen bitte keine Verfolgungsjagden!» Dr. Schupfer lachte erneut. Offenbar fand er diesen «kleinen Arbeitsunfall», wie er es nannte, ganz besonders witzig.

Céleste lächelte säuerlich. «Keine Sorge, das nächste Mal lasse ich gleich meinen Brigadier laufen.»

Was Dr. Schupfer so lustig fand, amüsierte Céleste kein bisschen. Sie war in denkbar miserabler Stimmung, während sie sich auf Krücken zum Rathaus vorkämpfte. Da die Gemeindepolizei dem Bürgermeister unterstellt war, befand sich ihre Dienststelle in der Mairie. Es würde noch einige Zeit dauern, bis Céleste wieder richtig laufen konnte, hatte der Arzt gemeint. Unterwegs begegnete ihr Louis Balzac, der örtliche Obermüllmann, Poet, ehemaliger Trinker und alles in allem ein Eguisheimer Original. Trübsinnig schlurfte er über den Marktplatz und trug dabei eine blaue Bank auf der breiten Schulter.

«Salut, Louis.» Céleste blieb stehen. «Wo willst du denn mit der Bank hin?»

Louis wuchtete die Bank von seiner Schulter und stellte sie neben sich ab. «Keine Ahnung», brummte er.

«Ist das nicht Madeleines Bank?»

Madeleine Béranger, die ehemalige Buchhändlerin des Dorfes, war Louis' Vertraute gewesen. Er hatte sogar ein Gedicht über sie geschrieben, und auch nach ihrem Tod hatte man Louis meist vor dem leerstehenden Buchladen auf ebenjener blauen Bank sitzen, dichten und um sie trauern sehen.

Louis nickte und kratzte sich an seinem struppigen Bart. «Hab ich geschenkt bekommen», brummte er. «Ninette kann sie nicht gebrauchen, weil sie jetzt, wo's wärmer wird, Tische und Stühle rausstellt. Um ein Haar wär die Bank auf dem Sperrmüll gelandet. Das muss man sich mal vorstellen. Madeleines Bank! Auf dem Müll...» Verstohlen wischte er sich eine Träne aus dem faltigen Augenwinkel.

«Ist doch schön, wenn in Madeleines Buchladen wieder

neues Leben einzieht», versuchte Céleste, Louis zu trösten. «Madeleine hätte es gefreut.»

Louis brummte etwas Unverständliches und ließ sich dann auf die Bank plumpsen. «Aber auf die Müll...», wiederholte er kopfschüttelnd. «Die Bank ist wie neu.»

Nicht ganz unglücklich über die Gelegenheit, ihrem Fuß eine kleine Pause zu gönnen, setzte sich Céleste neben ihn. Madeleines Laden unweit des Marktplatzes war nach dem Tod der Buchhändlerin eine ganze Weile leer gestanden, denn es fand sich niemand im Dorf, der ihre Nachfolge hatte antreten wollen. Letzten Herbst war dann Ninette Schweitzer gekommen. Die temperamentvolle rothaarige Mittfünfzigerin aus Straßburg hatte den Laden gepachtet, um dort ein kleines Café zu eröffnen, was insbesondere bei Henri Breton anfänglich nicht gerade auf Begeisterung gestoßen war – befand sich die ehemalige Buchhandlung doch nur einen Steinwurf von seinem *Café du Marché* entfernt. Inzwischen musste jedoch sogar ihm klargeworden sein, dass das neue Café keine Konkurrenz für ihn darstellte. Es hieß *Tantine Ninette*, Tantchen Ninette, und war so etwas wie ein Kunst-und-Krempel-Café. An jedem freien Fleck an den Wänden hingen Gemälde und Zeichnungen, die teils von Ninette selbst, teils von Künstlern aus dem Ort stammten, und überall verteilt standen kleine Figürchen, verspielte Basteleien, Trödel und ausgefallene Accessoires herum. Es gab Flammkuchen, selbstgebackene Tartes sowie kunstvolle Törtchen, und an einigen Abenden im Monat wurde Livemusik geboten, ebenfalls von örtlichen Musikern. Diese Mischung zog vor allem jüngeres Publikum und Kunstinteressierte an. Das war nicht unbedingt das, was Henris Stammkundschaft suchte, die vorwiegend aus den älteren männlichen Eguisheimern bestand, die sich in der Regel zweimal am Tag zu festen Zeiten, vormittags gegen elf und am Nachmittag ab vier, zu einem Umtrunk bei Henri einfanden, um die Neuigkeiten des Tages auszutauschen. Das *Tantine Ninette* mit seinen fünf kleinen runden Tischen und der lauschigen Hintergrundmusik war dafür nicht der geeignete Ort – zumal Ninette noch ein besonderes Hobby pflegte, das Kartenlegen, und bei Café au lait und Zitronenbaisertörtchen bereitwillig Rat in Liebesdingen erteilte. Beim Gedanken an Ninettes süße Köstlichkeiten lief Céleste das Wasser im Mund zusammen, und sie beschloss, Ninette einen kurzen Besuch abzustatten. Am liebsten kaufte sie ihr Frühstück – ein ofenwarmes Brioche – bei Henri, doch der war ja heute unpässlich. Selbst schuld.

«Was willst du denn jetzt mit der Bank machen?», fragte Céleste und stand vorsichtig auf, ohne ihr Bein zu belasten.

Louis zuckte mit den Schultern. «Ich nehm sie mit nach Hause, schätz ich.»

Céleste überlegte. Louis Balzac hauste in einem winzigen Häuschen, das an der Rückwand der Kellerei Dopfer mehr lehnte, als dass es selbständig stand, und es war so eng und vollgestopft, dass sich Céleste nicht vorstellen konnte, wo dort noch eine Bank Platz finden sollte. «Vielleicht fällt mir noch eine bessere Lösung dafür ein», sagte sie. «Du hast schon recht: Madeleines Bank hat einen guten Platz verdient.»

Louis tätschelte mit seinen schwieligen Händen ihren Arm. «Bist 'n gutes Mädchen, Céleste, auch wenn du den falschen Beruf hast.»

Das war einer von Louis' Standardsprüchen aus alten Säuferzeiten, wo er zur rechten Zeit über alle Obrigkeiten, vom Papst und der Kirche über den Präsidenten bis zum Bürgermeister, hergezogen war und dabei auch vor der Police Municipale und dem örtlichen Fußballvereinsvorsitzenden nicht haltgemacht hatte. Allerdings hatte ihm schon damals niemand dafür böse sein können. Seit er nur noch Kamillentee trank, saß Céleste hin und wieder mit Louis auf der von ihm so verehrten blauen Bank und lauschte seinen philosophischen und lyrischen Betrachtungen über Gott und die Welt im Allgemeinen und über Eguisheim im Besonderen. Sie fand, dass man dabei mehr über das Dorf und die Leute erfuhr als beim üblichen Klatsch und Tratsch im Bistro oder in *Julien's Winstub*. Insofern lag es auch in ihrem Interesse, dass diese blaue Bank ein neues, ebenso inspirierendes Zuhause wie bisher fand.

Louis sah ihr dabei zu, wie sie ihre Krücken nahm, und offenbar fiel ihm erst jetzt auf, dass etwas anders war als sonst. «Was ist denn mit deinem Bein passiert?»

Céleste warf erneut einen finsteren Blick in Richtung *Café du Marché*. «Bin gestolpert», sagte sie.

«Warst du betrunken?»

«Nein. Ich nicht.»

«Dann vielleicht dein junger Brigadier? Der Bato? Ich hab ihn heute Morgen auch schon gesehen. Sieht aus wie Rocky nach seinem letzten Kampf.»

«Nein. Auch Luc war nicht betrunken.» Céleste unterdrückte ein Seufzen. Es war gerade einmal neun Uhr, und jeder wusste anscheinend schon von ihrem Malheur. Manchmal ging ihr dieses Dorf, das sie eigentlich von ganzem Herzen liebte, ziemlich auf die Nerven. Sie verabschiedete sich hastig von dem alten Müllmann, ehe er weitere Spekulationen anstellen konnte, und versprach, sich um einen würdigen Platz für Madeleines blaue Bank zu kümmern. Dann humpelte sie, so schnell es mit den verdammten Krücken möglich war, zu *Tantine Ninette*, um für sich und Bato einen süßen Trost zu besorgen.

Tantine Ninette war schon frühmorgens voll besetzt, was bei fünf Tischen nicht weiter verwunderlich war. Vor allem Touristen frühstückten hier. Doch an der Kuchentheke standen auch Claire Kempf, die Besitzerin der Bäckerei nebenan, und Claudine, die Frau des Metzgers, und tranken mit Ninette ein Gläschen. Champagner, wie sich herausstellte, als Céleste mühsam an den Tischen vorbei näher gehumpelt kam und umständlich ihre Krücken an die Theke lehnte. Bevor sie überhaupt eine Bestellung aufgeben konnte, drückte ihr Ninette über den Tresen bereits ein Glas in die Hand.

«Aber es ist gerade mal neun ...», protestierte Céleste, woraufhin die Frauen lachten.

«Eben. Die perfekte Zeit für Champagner», sagte Ninette und fügte mit einem Blick auf Célestes dick verbundenen Fuß hinzu: «Sieht so aus, als könnten Sie eine Aufmunterung gebrauchen, meine Liebe.»

Da konnte ihr Céleste nicht widersprechen. Während sie an ihrem Glas nippte, bestellte sie Zitronentörtchen, Schokoladenkuchen und noch ein paar fluffige Madeleines obendrauf und ließ sich alles in eine Tüte packen. Als sie ihren Champagner ausgetrunken hatte und sich von der fröhlichen Damenrunde verabschiedete, stellte sie fest, dass Ninette recht hatte: Neun Uhr war eine hervorragende Zeit für ein Glas Champagner.

Entsprechend beschwingt traf Céleste kurz darauf trotz der Krücken und des schmerzenden Fußes in der Mairie ein. Ein Blick auf ihren Kollegen verriet ihr, dass auch ihm ein Glas Champagner gutgetan hätte: Luc Batos linkes Auge war fast völlig zugeschwollen und schillerte dunkelblau. Auch seine Nase war dicker als gewöhnlich. Er sah tatsächlich aus, als hätte er sich gestern einen Boxkampf geliefert – und verloren. Übellaunig hockte der junge Brigadier vor seinem Rechner.

«Morgen, Chef», nuschelte er, ohne aufzuschauen.

«Morgen.» Céleste lehnte ihre Krücken an den Schreibtisch und stellte die Kuchentüte ab. «Sie sehen scheiße aus.»

Luc nickte. «Weiß ich selber. War schon beim Arzt heute Morgen. Die Nase ist angebrochen.»

Céleste entfuhr ein deftiger Fluch. Henri Breton war ihnen beiden gehörig etwas schuldig, so viel stand fest. «Und was tun Sie dann noch hier?»

«Ich verstehe nicht?»

«Gehen Sie nach Hause, Bato. Sie sind nicht einsatzfähig.»

«Aber ich kann ein bisschen Büroarbeit machen…»

«Sie können doch gar nichts sehen.» Céleste deutete auf Batos zugeschwollenes Auge.

«Ein bisschen schon. Und ich hab ja noch mein anderes Auge.»

Céleste lachte und begann, die Tüte auszupacken. «Da haben Sie recht. Sogar einäugig sind Sie mir lieber als jeder andere mit zwei Augen, Bato.»

Der junge Brigadier zwinkerte verlegen, was in seinem verschwiemelten Gesicht sehr merkwürdig aussah. «Danke, Chef», murmelte er. «Ich finde Sie mit nur einem gesunden Bein auch ganz gut.»

«Na, dann hätten wir zumindest das geklärt.» Céleste schaltete die Kaffeemaschine ein und reichte Luc wenig später eine dampfende Tasse. «Jetzt frühstücken wir erst einmal, und dann gehen Sie nach Hause.»

«Und Sie?»

Céleste setzte sich und legte ihr verletztes Bein vorsichtig auf dem Schreibtisch ab. «Ich halte hier die Stellung. Jedenfalls bis Mittag. Ich glaube, Eguisheim kann es verkraften, wenn das Auge des Gesetzes in Form von einer Lahmen und einem Blinden einmal einen halben Tag lang ruht.»

Luc Bato biss in ein Zitronentörtchen, kaute bedächtig und nickte dann. «Da haben Sie recht, Chef. Hier passiert ja sowieso nichts.»

Beide ahnten nicht, wie schnell sie eines Besseren belehrt werden würden.

2

Der Mond stand wie eine vollkommene Scheibe am wolkenlosen Himmel und tauchte die krummen Dächer und engen Gassen von Eguisheim in silbriges, unwirkliches Licht. Die Kirchturmuhr schlug drei Mal, als Henri Breton durch das westliche Stadttor hinaus auf die Place Charles de Gaulle trat, wo er sein Auto geparkt hatte. Viertel vor zwölf. Um diese Zeit schlief in der Regel das gesamte Dorf. Dennoch sah er sich verstohlen um. Erst als er sich vergewissert hatte, dass der Platz tatsächlich menschenleer war, nestelte er mit zittrigen Fingern die Autoschlüssel aus der Innentasche seines Jacketts. Der Piepton, mit dem sein Auto sich meldete, klang vorwurfsvoll in seinen Ohren, und das kurze Aufblinken der orangefarbenen Lichter erschien ihm wie ein höhnisches Zwinkern. Mein eigenes Auto verspottet mich, dachte Henri und spürte, wie sich auf seiner Stirn Schweißtropfen sammelten. Er versuchte, sich zu beruhigen, nahm einen tiefen Atemzug und stieg rasch ein.

Im Auto warf er einen Blick in den Rückspiegel und glättete mit einer nervösen Handbewegung sein spärliches Haar. Dann ließ er die Hände sinken. Er musste verrückt geworden sein. Komplett wahnsinnig. Ja. Das war die einzige Erklärung: Er hatte den Verstand verloren. Eine andere Rechtfertigung gab es nicht. Sein Leben ging gerade mit Karacho den Bach hinunter – und er? Was tat er? Warum hielt ihn nur niemand auf?

Er öffnete ein Fenster und nach kurzem Zögern auch das auf der Beifahrerseite. Der dadurch entstehende Zug trocknete ihm Stirn und Nacken. Dann startete er den Wagen und fuhr langsam los.

Als er den Dorfrand erreichte, wurde die Luft kühler. Er passierte den ersten Weinberg, der sich unmittelbar an das Dorf anschloss, und sog den herben Duft nach umgegrabener, fetter Erde und das feine Aroma des zarten, überall sprießenden Grüns tief in seine Lungen. Keine fünf Minuten mehr, dann bin ich zu Hause, dachte er erleichtert. Es war alles gutgegangen. Niemand hatte ihn gesehen, gottlob hatte ihn auch die Polizei nicht erwischt. Zwar war er nüchtern, im Gegensatz zu gestern Nacht, dennoch hätte er nicht mit dem Auto fahren dürfen. Er hätte das Rad nehmen müssen, war aber ganz selbstverständlich in sein Auto gestiegen. Und im Grunde spielte es auch keine Rolle. Nichts spielte mehr eine Rolle. Er war verrückt geworden.

Durch die geöffneten Fenster hörte er jetzt die Kirchturmuhr von St. Peter und Paul erneut schlagen. Zwölf Mal, Mitternacht. Er zählte in Gedanken die Schläge mit, als das düstere *Maison des Chevaliers* hinter der nächsten Biegung auftauchte. Die mit Efeu überwucherte Steinmauer, die das Grundstück umgab, sah aus wie eine Friedhofsmauer, und Henri fröstelte unwillkürlich. Er hatte Hugo Filipiers Haus noch nie gemocht. Ebenso wenig wie er Hugo Filipier mochte, diesen windigen Möchtegern-Adeligen mit seinen undurchsichtigen Geldgeschäften und den unzähligen Frauengeschichten. Er hatte etwas ähnlich Verkommenes an sich wie sein verwildertes, verlottertes Anwesen, fand Henri. Sein Blick wanderte die schier endlose Mauer des *Maison des Chevaliers* entlang, die an manchen Stellen schon brüchig wurde, und er schnalzte missbilligend mit der Zunge. Es war eine Schande, das Anwesen derart verwahrlosen zu lassen. Im Schatten hinter der Mauer konnte er jetzt das bemooste Dach des alten Pförtnerhäuschens erkennen, das seit einiger Zeit unbewohnt war, und als Henri an den Grund für den Leerstand dachte, wurde ihm noch unbehaglicher zumute. Jeder in Eguisheim wusste Bescheid, und dennoch sprach keiner darüber, fast so, als könnte man damit ungeschehen machen, was passiert war. Niemand wollte mehr dort einziehen, sobald er von jener Geschichte erfuhr, und Henri konnte das gut verstehen. Ihn brächten keine zehn Pferde dazu, dieses verfluchte Haus auch nur zu betreten, obwohl er sich selbst für einen recht vernünftigen, rational denkenden Menschen hielt – doch es gab Grenzen. Es gab Dinge, die waren mit dem Verstand nicht zu erklären. Und die dunkle, ja fast böse Ausstrahlung des *Maison des Chevaliers* gehörte definitiv dazu, und zwar nicht erst seit diesem Vorfall. Das *Maison des Chevaliers* war seit jeher unheimlich gewesen. Schon als er noch ein Kind gewesen war, hatte es als Mutprobe gegolten, sich um Mitternacht in den Park zu schleichen und als Beweis einen Kieselstein oder – für die ganz Mutigen – einen giftigen Eibenzweig mitzubringen.

Fast erleichtert näherte er sich dem großen Tor, das das Ende des Grundstücks markierte. Es stand wie üblich offen und gab den Blick frei auf das Herrenhaus mit seinen hohen, schmalen Fenstern und dem säulengestützten Balkon über dem Eingang. Aus einem der Fenster im Erdgeschoss drang ein matter Lichtschimmer. Als Henri näher kam, meinte er zu spüren, wie der Luftzug durch die Wagenfenster kühler wurde. Dann plötzlich drang vom Herrenhaus her ein seltsames Geräusch an sein Ohr, ein grausiges Heulen, hoch und durchdringend. Unmittelbar darauf folgte ein menschlicher Schrei, der ihm die wenigen verbliebenen Haare auf seinem Schädel zu Berge stehen ließ.

Unwillkürlich trat er auf die Bremse. Er wartete und lauschte, doch alles blieb still. Im nächsten Moment stürzte eine Frau aus der Einfahrt, und als sie Henri sah, fing sie erneut an zu schreien und mit den Armen zu fuchteln. Sie trug nur ein hauchdünnes weißes Etwas am Leib und war barfuß. Ihre langen Haare hingen in wirren Strähnen herab, und in ihren weit aufgerissenen Augen stand die nackte Panik. Noch immer schreiend und die bloßen Arme hilfesuchend ausgestreckt, kam sie über die Straße direkt auf Henri Bretons Wagen zugerannt.

Nach ein paar erwartungsgemäß ereignislosen Stunden hatte sich Céleste gegen Mittag bei Marie, der Sekretärin des Bürgermeisters, abgemeldet und war nach Hause gehumpelt. Der Bürgermeister André Ginglinger, der von allen nur Dédé gerufen wurde, war für zwei Wochen im Urlaub an der Côte d'Azur, was Céleste ihm aufrichtig gönnte. Den Nachmittag und den Abend verbrachte sie gemütlich zu Hause, das Bein hochgelegt, und schaute sich eine Fantasyserie an, von der gerade die x-te Staffel angelaufen war und die groß gehypt wurde. Sie hatte die vorherigen Staffeln nicht gesehen und deshalb keinen blassen Schimmer, worum es eigentlich ging. Aber das war ihr nur recht. Berieselung funktionierte am besten, wenn man nicht nachdenken und schon gar nicht mitfiebern musste. Céleste wollte gerade von der Couch ins Bett wechseln, als sich ihr Bereitschaftshandy meldete. Es trällerte unangenehm laut und blechern, und Céleste schaltete es schnell auf stumm, während sie die Nummer auf dem Display ansah: eine ihr unbekannte Handynummer. Nächtliche Notrufe gab es in Eguisheim so gut wie nie, und die Rufbereitschaft, die sie sich mit Luc und den Kollegen aus Wettolsheim teilte, wurde kaum einmal in Anspruch genommen. Deshalb hatte sie es heute trotz ihres leicht angeschlagenen Zustands auch nicht für nötig befunden, die turnusgemäß ihr obliegende Pflicht jemand anderem aufs Auge zu drücken. Sie meldete sich mit vollem Namen und Titel und war einigermaßen verblüfft, als sie die Stimme am anderen Ende der Leitung erkannte.

«Henri? Du schon wieder?»

Henri Breton hob zu einer Erklärung an, verhaspelte sich und verstummte für einen Moment. Im Hintergrund hörte man eine Frau weinen.

«Was ist los?»

Er fluchte ausgiebig – etwas, das Céleste von Henri ebenfalls nicht kannte – und versuchte es dann erneut. Dieses Mal mit etwas mehr Erfolg. Céleste lauschte schweigend, und mit jedem hastigen Satz, der aus dem Handy drang, hoben sich ihre Augenbrauen weiter. Henri endete mit der Ankündigung, bereits auf dem Weg zur Polizeiwache zu sein, und Céleste versprach, ihn dort zu treffen, ehe sie auflegte.

«Ein Geist?», fragte Céleste zur Sicherheit noch einmal nach.

Sie saß mit Henri und seiner halbnackten Begleitung in ihrem Dienstzimmer in der Mairie. Die junge blonde Frau, die sich als Segolène Lambert vorgestellt hatte, trug nur ein Negligé, ein weißes, seidiges Nichts mit hauchdünnen Trägern, das ihr kaum über den Po reichte. Sie war barfuß, kreidebleich und offensichtlich mit den Nerven völlig am Ende. Céleste hatte ihr eine Decke um die Schultern gelegt. Henri Breton war zu Célestes Erleichterung nüchtern und vollständig bekleidet, jedoch nervlich in ähnlicher Verfassung wie Madame Lambert. Er schwitzte, und seine Hände zitterten.

«Ihr habt also einen Geist gesehen?», wiederholte Céleste ihre Frage etwas bestimmter, nachdem beim ersten Mal keine Reaktion erfolgt war. Sie überlegte, wie der grundbiedere, seit Jahrzehnten verheiratete Henri und diese junge Frau im Negligé zusammenpassten. Und der Geist, nicht zu vergessen.

Henri Breton schüttelte den Kopf. «Ich nicht...»

«Ich. Ich habe ihn gesehen», flüsterte die Frau und riss die Augen so weit auf, dass man meinen konnte, sie würden ihr gleich aus den Höhlen fallen. «Es war ein Mädchen.»

Céleste räusperte sich. «Ein Mädchen? Ein Gespenst mit Zöpfen, oder wie soll ich mir das vorstellen?»

«Eine junge Frau in einem weißen Kleid. Sehr dünn, mit langen Haaren und leeren Augen. Löchern statt Augen. Und da war so ein Heulen. Es war schrecklich...» Sie hielt sich in Erinnerung daran die Ohren zu.

«Ein Heulen...» Henri nickte und wurde noch ein wenig blasser, als er ohnehin schon war. «Das habe ich auch gehört...» Er schauderte und fuhr sich mit beiden Händen über sein langes Gesicht.

«Was genau hast du gehört? Und wo?», wandte sich Céleste an Henri.

«Ich war direkt am Tor des *Maison des Chevaliers*. Da hab ich so einen hohen Ton gehört.» Er überlegte. «Wie ... wenn der Wind durch einen alten Kamin heult, nur lauter, durchdringender... irgendwie nicht...» Er räusperte sich etwas verlegen. «...nicht... normal. Und dann hab ich einen Schrei gehört, und jemand ist aus dem Tor gekommen, direkt auf mein Auto zugelaufen...»

«Dein Auto? Du warst mit dem Auto unterwegs?», fragte Céleste verblüfft.

Henri zögerte. «Ja.»

«Sag mal, Henri, seit wann bist du eigentlich so ein Idiot?», fragte Céleste kopfschüttelnd und musterte den Wirt ratlos. Er ließ seine ohnehin schon schmalen Schultern noch tiefer herabhängen und sah mehr denn je wie ein trauriger großer Vogel aus. «Was hattest du da überhaupt zu suchen, mitten in der Nacht? Dein Bistro ist doch längst zu?»

Er gab keine Antwort.

Céleste zuckte ratlos mit den Schultern und wandte sich an die Frau. «Sie sind also bei Hugo Filipier zu Gast?»

Segolène Lambert nickte und schluchzte auf. «Er ist mein … wir … sind zusammen.»

Céleste nickte. «Verstehe. Und wo ist Monsieur Filipier jetzt? Warum hat er Ihnen nicht geholfen bei dieser … ähm, Begegnung?»

«Er war nicht da.» Die Frau starrte Céleste einen Augenblick lang an, dann fügte sie mit zitternder Stimme hinzu: «Sie glauben mir nicht.»

Céleste hob entschuldigend die Schultern. «Es klingt ein wenig seltsam, Madame …»

«Es war ein Geist! Der Geist einer jungen Frau», insistierte Madame Lambert. «Sie stand auf der Veranda und hat mich direkt angesehen …»

«Und das ohne Augen?» Céleste hob eine Braue.

«Bitte! Glauben Sie mir! Ich bin doch nicht verrückt!» Die Frau wandte sich an Henri: «Sagen Sie doch was! Sie haben es doch auch gehört.»

«Hab ich ja schon gesagt.» Henri schaute unentschlossen von der jungen Frau zu Céleste. Die stand auf und griff nach ihren Krücken. Henri senkte beschämt den Blick. «Tut mir leid wegen gestern, Céleste. Ich weiß nicht, was da in mich gefahren ist.»

Céleste ging nicht darauf ein. Sie humpelte zur Tür und sah

die beiden auffordernd an. «Dann mal los. Schauen wir uns diesen Geist mal an.»

Segolène Lambert fuhr erschrocken herum. «O nein. Ich gehe da nicht mehr hin. Auf keinen Fall.»

Céleste seufzte. «Wo wollen Sie sonst hin?»

«Ich ... ich weiß nicht ...»

«Wo wohnen Sie denn?»

Die Frau zögerte. «In ... ähm ... Nancy.»

«Ich glaube nicht, dass Sie jetzt, mitten in der Nacht, nach Nancy fahren sollten, noch dazu in dieser Verfassung. Und wenn doch, wäre es vielleicht gut, sich vorher etwas anzuziehen», gab Céleste trocken zurück. «Also kommen Sie schon. Ich begleite Sie ja.»

«Und ich?», ließ Henri ungewöhnlich schüchtern vernehmen. «Kann ich nach Hause fahren?»

«Fahren ganz sicher nicht.» Céleste streckte die Hand aus. «Die Autoschlüssel.»

Henri starrte sie an. «Aber bis zu mir nach Hause sind es über vier Kilometer.»

Céleste hob die Schultern. «Das hättest du dir früher überlegen müssen. Du kannst ja deine Frau anrufen und sie bitten, dich abzuholen.»

Henri zuckte zusammen. «Irène?» Sein Gesicht war jetzt aschfahl. «Das geht nicht. Irène ... ist nicht da.»

«Ach. Wo ist sie denn?»

«B-b-b-bei ihrer Schwester», stotterte Henri.

Céleste verdrehte die Augen. «Also gut, ich nehme dich bis zum Maison des Chevaliers mit. Das ist der halbe Weg. Den Rest kannst du laufen.» Sie hoffte, dass sie mit ihrem geschwollenen Fuß überhaupt fahren konnte, doch das erwähnte sie nicht.

Henri Breton nickte.

Céleste fuhr vorsichtig an, ohne ihren Knöchel allzu sehr zu belasten. Zu ihrer Erleichterung war die Fahrt recht kurz. Als sie Henry am *Maison des Chevaliers* aussteigen ließ und er mit gekrümmtem Rücken und hängenden Schultern zu Fuß weiterging, überkam sie Mitleid mit dem offensichtlich von irgendetwas schwer gebeutelten Mann, und sie rief ihm nach: «Danke, Henri.»

Überrascht drehte er sich um. «Wofür?»

«Dafür, dass du der Frau geholfen hast. Das ist nicht selbstverständlich. Zumal du damit riskiert hast, noch mehr Ärger zu bekommen.»

Henri lächelte ein müdes Lächeln. «Ärger ... ja ...» Er nickte vage und machte ein zweifelndes Gesicht, als ob er sich noch mehr Ärger gar nicht vorstellen konnte. Dann wandte er sich um und schlurfte entlang der Landstraße weiter, bis ihn die Dunkelheit verschluckte.

Die große, schwere Haustür des *Maison des Chevaliers* stand sperrangelweit offen, und als sie darauf zugingen, wurde Segolène Lambert immer langsamer. Fast schien sie sich hinter Céleste verstecken zu wollen. Céleste hatte durchaus Verständnis für die Furcht der jungen Frau. Schon ohne heulende Gespenster wirkte der alte, renovierungsbedürftige Kasten düster und unheilvoll. Hugo Filipier hatte ihn von einem Onkel zweiten oder dritten Grades geerbt, als er gerade mal Anfang zwanzig gewesen war. Damals hatte Filipier noch in Paris gewohnt und studiert und war nur sporadisch hergekommen, um mit seinen Freunden wilde Feste zu feiern und im Park des Anwesens mit Jagdgewehren herumzuballern. Céleste war damals noch zu jung gewesen, um sich wirklich an ihn zu erinnern, doch sie kannte die Geschichten. Inzwischen war Hugo Filipier Ende fünfzig und hatte vor rund fünfzehn Jahren das *Maison des Chevaliers* zu seinem Hauptwohnsitz erkoren – was jedoch am Zustand des Hauses und der Parkanlagen nichts geändert hatte. Noch immer machte beides einen vernachlässigten, ja geradezu verwahrlosten Eindruck, was vor allem daran lag, dass Filipier zwar für sich in Anspruch nahm, Nachfahre alten elsässischen Landadels seit dem 13. Jahrhundert zu sein, jedoch keinerlei Interesse an dem Anwesen hatte. Seine einzige wirkliche Leidenschaft war die Jagd. Danach, mit großem Abstand, folgten Frauen – eine endlos scheinende Reihe überwiegend junger, hübscher Frauen, die kamen und gingen, und es war Céleste ein Rätsel, was sie alle an einem dicklichen, arroganten und in die Jahre gekommenen Langweiler wie Hugo Filipier fanden.

Sie trat mit der aktuellen Geliebten aus Hugos langer Liste über die Schwelle und sah Madame Lambert fragend an. «Wo genau waren Sie, als Ihnen der Geist erschienen ist?»

«In der Bibliothek.» Mit zitternder Hand deutete die junge Frau auf eine offene Tür am anderen Ende des mit Geweihen und Jagdtrophäen zugepflasterten Flurs.

Unter den toten Augen zahlreicher Rehböcke, Wildschweine und Auerhähne liefen die beiden den Gang entlang und traten in den Raum, den Segolène Lambert als Bibliothek bezeichnet hatte. Zwei deckenhohe, gut bestückte Bücherregale aus dunklem Mahagoniholz rechtfertigten den Begriff ‹Bibliothek› durchaus, wobei Céleste sich sicher war, dass keines der Bücher tatsächlich von Filipier gelesen worden war. Die breite Stirnseite des Raumes gehörte dagegen der modernen Technik. Dort thronte ein riesiger Flachbildfernseher, der, flankiert von zwei großen Lautsprechern, fast die gesamte Breitseite des

Raumes einnahm. Mitten im Zimmer, zum Fernseher ausgerichtet, standen ein breites Sofa und ein Glastischchen. Ein kaputtes Weinglas nebst dazugehöriger Rotweinflasche und eine zerknüllte weiße Wolldecke lagen vor dem Sofa auf dem Boden. Die Decke war getränkt vom verschütteten Rotwein, der im schwachen Licht einer kleinen Lampe, die die einzige Lichtquelle darstellte, wie Blut hätte wirken können, wäre da nicht der durchdringende Weingeruch gewesen. Der Fernseher zeigte ein leeres blaues Bild.

Céleste suchte die Fernbedienung und schaltete ihn aus. «Was haben Sie sich denn für einen Film angesehen?», fragte sie die junge Frau. «War es vielleicht ein Gruselfilm?»

«Nein.» Aus irgendeinem Grund wurde Segolène Lambert rot.

«Da kann man es ganz schön mit der Angst bekommen, wissen Sie. Ich habe mal einen Film gesehen, in dem ein Haus ...» Céleste unterbrach sich überrascht. Ihr Blick war auf eine DVD-Hülle gefallen, die auf dem Boden lag. «*Cinderella*? Walt Disney? Im Ernst?»

«Das ist einer meiner Lieblingsfilme», gab Segolène Lambert verlegen zu. «Es macht mich immer so glücklich, wenn Cinderella trotz der Gemeinheiten, die ihre Schwestern und die Stiefmutter ihr zufügen, mit den Tieren singt und tanzt. Sie nicht?»

Nein, dachte Céleste. Davon bekomme ich Magenkrämpfe. Und einen Zuckerschock. Doch das sagte sie nicht. Stattdessen schaute sie sich in dem hohen Raum um und blieb schließlich vor dem Sofa stehen. «Wo genau ist das Gespenst aufgetaucht?»

«Da.» Madame Lambert deutete auf die offene Verandatür. «Zuerst habe ich nur dieses grausige Heulen gehört, ganz leise.

Aber dann wurde es lauter, und ich habe sie ... also es ... Es stand genau vor der Tür.» Sie erschauerte erneut.

Céleste humpelte hinaus auf die Veranda, die entlang der gesamten Rückseite der Villa verlief, und versuchte, dabei ihre Taschenlampe anzuknipsen, ohne ihre Krücken fallen zu lassen – was nicht ganz einfach war. Die morschen Holzplanken knarrten unter ihren Schritten, und sie klemmte sich ungeduldig eine Krücke unter den Arm. Mit der Taschenlampe in der nun freien Hand leuchtete sie in die Dunkelheit, während sie langsam und unbeholfen die Veranda entlangtappte. Nirgends war etwas Ungewöhnliches zu erkennen. Eine staubige, im Lauf der Zeit schwarz gewordene Holzbrüstung mit aufwendig verschnörkelten Schnitzereien an den Verstrebungen zeugte von vergangenen, sogenannten ‹besseren› Zeiten, als man auf solchen Veranden Tee aus zierlichen Porzellantassen trank, importierte Zigarren rauchte und gepflegte Nachmittagsunterhaltungen führte. Jetzt stand hier nur ein verblichener Liegestuhl, und in der Ecke lehnte ein zerrupfter Strohbesen. Eine Treppe führte hinunter in den weitläufigen Park. Verwilderte Rasenflächen und struppiges, von Kletterranken und Brombeerstauden durchzogenes Unterholz, nur spärlich vom Licht der Fenster erhellt, lagen zwischen noch kahlen Bäumen, die sich kaum gegen den schwarzen Himmel abzeichneten. Céleste stieg mühsam die Stufen hinunter und leuchtete mit der Taschenlampe ein wenig in dem unübersichtlichen Gelände umher. Nichts regte sich. Wenn jemand hier gewesen war, um Segolène Lambert einen Streich zu spielen, so war er längst über alle Berge.

«Was macht Sie so sicher, dass es ein Gespenst war?», fragte Céleste, als sie zurück in die Bibliothek kam. Ihr Fuß pochte wie wild. «Hätte es nicht auch ein echter Mensch sein können? Vielleicht verkleidet, mit einer Maske?»

«Nein, ganz sicher nicht», antwortete die junge Frau bestimmt. «Das war nichts Menschliches. Es war durchscheinend, bläulich-weiß. Ich konnte dahinter die Brüstung der Veranda erkennen. Es *war* ein Geist...» Die Frau schluchzte erneut auf. «Bitte! Ich möchte endlich von hier weg.»

Céleste nickte und holte ihr Handy aus der Tasche. «Wir sollten erst einmal versuchen, Monsieur Filipier zu erreichen.» Die Frau nannte ihr Hugo Filipiers Nummer, doch es meldete sich nur die Mailbox.

«Wo ist Hugo eigentlich?», fragte Céleste.

Madame Lambert zögerte. «Er hatte eine Verabredung. Eine Versammlung des Jagdvereins. Es war... ich bin überraschend gekommen.» Sie biss sich auf die Lippen, und ihr verschrecktes Kleinmädchengesicht bekam einen trotzigen, wütenden Ausdruck.

«Haben Sie sich deswegen gestritten?», mutmaßte Céleste.

Die andere nickte. «Ja, irgendwie schon. Ich fand, er könnte diese dämlichen Arschgesichter ruhig mal alleine saufen lassen.» Sie schob die Unterlippe vor, und ihre Augen funkelten zornig.

Ein wenig überrascht von der so plötzlich veränderten Ausdrucksweise der Frau nickte Céleste. «Verstehe.» Sie warf einen Blick auf ihre Armbanduhr. «Ich bringe Sie jetzt in eine Pension. Morgen können Sie dann in Ruhe entscheiden, was Sie tun wollen.»

Céleste begleitete die junge Frau nach oben und wartete vor der Schlafzimmertür, bis die sich umgezogen hatte. Kurze Zeit später kam Segolène Lambert mit einem Koffer aus dem Zimmer, der so groß war, dass sie ihn kaum alleine tragen konnte. Offenbar hatte sie nicht vor, morgen hierher zurückzukehren. In den engen Jeans, Sneakers und einem verwaschenen Sweatshirt, das blonde Haar zu einem hohen Pferdeschwanz gebunden, wirkte sie noch jünger als in ihrem dünnen Nachthemd, fast wie ein Teenager. Mit verbissenem Gesichtsausdruck schleppte sie den Koffer nach unten, ohne sich von Céleste helfen zu lassen.

«Vergessen Sie *Cinderella* nicht», erinnerte sie Céleste. Sie ging in die Bibliothek, nahm die DVD aus dem Recorder, steckte sie in die Hülle und brachte sie der jungen Frau. Die ließ sie mit einem gespielt gleichgültigen Schulterzucken in ihre mit Glitzersteinen besetzte Umhängetasche gleiten. Im Hof half ihr Céleste, den riesigen Koffer in einen kleinen, verbeulten Peugeot zu wuchten, der ein wenig abseits hinter den Bäumen geparkt war.

«Sollte wohl ein längerer Besuch werden», sagte sie und drückte mit Mühe den Kofferraumdeckel zu.

Segolène Lambert schwieg und stieg in ihr Auto. Céleste fiel auf, dass das Autokennzeichen die Nummernkombination 67 aufwies. Das bedeutete, es war im Departement Strasbourg zugelassen und nicht in Nancy, wo Segolène Lambert angeblich wohnte. Unauffällig notierte Céleste sich das Kennzeichen in ihrer Handfläche und humpelte zu ihrem eigenen Auto. Sie lotste die junge Frau durch die schlafenden Straßen von Eguisheim zur *Auberge Le Pigeonneau*, die Madame Lagrande gehörte. Die würde kein Problem mit mitternächtlichen Überraschungsgästen haben, so gut kannte sie Madame Lagrande. Sie hatte überhaupt wenig Probleme mit irgendetwas. Groß, dick und stoisch glitt sie wie ein Ozeandampfer durchs Leben, gehüllt in wallende Kleider und fliegende Seidenschals, die tintenschwarz gefärbten Haare zu einem hohen Nest aufgetürmt, scheinbar unberührt von den Widrigkeiten des Lebens.

Die Ausstattung ihrer Herberge zum Täubchen war irgendwann in den Siebzigern steckengeblieben, jeder freie Fleck war belegt von leicht angestaubten Stoffblumen, kleinen Glastieren, Porzellantassen und zierlichen Figurinen, die in einem fast grotesken Gegensatz zur ausladenden Gestalt von Madame Lagrande standen. Ihre verwinkelte Pension befand sich am Ortsrand in einem dunkelrot gestrichenen Hexenhäuschen, umgeben von einem Garten voller Nippes aus Kunststein, kleinen Brunnen, träumenden Elfen, grimmig dreinblickenden Trollen und freundlichen Zwergen, die solarbetriebene Laternen hochhielten, mit denen der verschlungene Gartenweg zum Haus beleuchtet wurde.

Madame Lagrande empfing die beiden in einem rüschenbewehrten lilafarbenen Morgenmantel und passenden Pantoffeln, die üppige Haarpracht zu einem dicken schwarzen Zopf gebunden, der ihr weit über den Rücken reichte. Sie stellte keine Fragen, sondern nahm Segolène Lambert samt ihrem riesigen Koffer wie selbstverständlich in ihre Obhut.

Als Céleste endlich die Tür zu ihrer Wohnung in der Rue du Rempart aufsperrte, war die Nacht fast vorüber. Ohne Licht zu machen, trank sie ein Glas Wasser aus dem Hahn, zog sich im Bad aus und schlurfte humpelnd in ihr Schlafzimmer. Sie öffnete das Fenster, ließ den Duft nach Flieder und Frühling ins Zimmer und kroch aufatmend unter die Bettdecke. Praktisch sofort fiel sie in einen tiefen, glücklicherweise von keinen Geistern bevölkerten, wohligen Schlaf, während sich vor dem Fenster allmählich schon die Vögel bereit machten, den neuen Tag zu begrüßen.

3

Am nächsten Morgen, nach nur wenigen Stunden Schlaf, überhörte Céleste prompt den Wecker und musste sich höllisch beeilen, um wenigstens einigermaßen pünktlich in die Mairie zu kommen. Dort empfing sie Luc Bato in einem frischgebügelten himmelblauen Uniformhemd, ausgeschlafen und erheblich besser gelaunt als gestern. Offenbar hatte ihm der freie Tag gutgetan. Auch wenn sein Gesicht noch geschwollen war und das Veilchen, das ihm Henri verpasst hatte, inzwischen in allen Farben leuchtete, sah er fast schon wieder wie der alte Luc aus, der Naturbursche, den so leicht nichts umhaute. Seine kräftige, durchtrainierte Gestalt und seine gesunde Gesichtsfarbe hatte Luc keinem Fitnessstudio oder Solarium zu verdanken, sondern dem Bauernhof seiner Eltern, der eine halbe Stunde entfernt von Eguisheim in den Vogesen lag. Dort pflegte er die Wochenenden mit viel gesunder Arbeit an der frischen Luft zu verbringen. Sein blaugrün schillerndes Auge und die noch immer zerknautscht wirkende Nase verliehen ihm an diesem Morgen geradezu etwas Verwegenes. Allerdings nur, wenn man ihn nicht näher kannte. Verwegenheit war nämlich eine Eigenschaft, die Luc Bato völlig fremd war.

Bei seinem tadellosen Anblick fiel Céleste ein, dass sie heute Morgen in der Eile vergessen hatte, sich zu frisieren. Schlechtgelaunt fuhr sie sich mit den Fingern durch die dichten dunklen

Locken, kramte aus ihrer Uniformjacke ein Haargummi hervor und flocht sich ihren obligatorischen Arbeitszopf, während sie sich an ihren Schreibtisch setzte und Luc einsilbig begrüßte.

«Gut geschlafen, Chef?», fragte Luc leutselig.

Céleste hob eine Augenbraue. «Sehe ich etwa so aus?», fauchte sie.

Luc klappte erschrocken den Mund zu. Nach einer Weile fragte er vorsichtig: «Kaffee, Chef?»

Céleste nickte stumm, und ihr wohlerzogener Brigadier stand auf und brachte ihr schweigend einen großen Becher.

Eine Viertelstunde später hatte sich Célestes Stimmung so weit gebessert, dass sie in der Lage war, Luc über ihren neuerlichen nächtlichen Einsatz zu berichten.

Der runzelte die Stirn. «Was denken Sie, was das war, Chef?», fragte er, als sie geendet hatte.

«Was war was?», mischte sich eine Stimme ein, bevor Céleste antworten konnte. Die beiden drehten sich überrascht um. Dédé stand in der Tür und sah sie beide neugierig an.

«Was machen Sie denn hier, Monsieur le Maire?», fragte Céleste. «Sie sind doch im Urlaub!»

«Das war ich.» Dédé trat wichtigtuerisch ein. Er war klein, rund und kurzbeinig, und er hatte eine Glatze, über die er sich ständig mit einem Taschentuch wischte – eine für ihn so typische Bewegung, dass sie im Dorf bereits Symbolcharakter hatte.

«Aber nur drei Tage...»

«Wenn man es richtig macht, dann reicht das.»

«Wollten Sie nicht an die Côte d'Azur fahren?», erkundigte sich Luc.

«Meine Frau wollte das», stellte Dédé richtig. Im selben Moment erschrak er. «Wie sehen Sie denn aus, Brigadier? Haben

Sie sich geprügelt? Und was sind das für Krücken?» Er blickte beunruhigt von einem zum anderen.

«Nicht so wichtig», meinte Céleste. «Nur ein kleiner Betriebsunfall.»

«Betriebsunfall?» Dédé wischte sich mit seinem obligatorischen Taschentuch über die Stirn. «Das klingt aber gar nicht gut.»

«Erzählen Sie doch erst einmal von Ihrem Urlaub. Von der Côte d'Azur, und warum Sie schon wieder da sind.»

«Ach, wissen Sie, das da unten ist nichts für mich. Dieser Süden. Zu viel Meer, ständig gibt es Fisch und Muscheln und so Zeug ...» Er verzog das Gesicht. «Außerdem ist es viel zu heiß.»

«Es ist doch erst Ende April», wandte Céleste lachend ein.

«Ja, eben! Stellen Sie sich mal vor, Kreydenweiss, wie das erst im Juli ist! Ich habe jetzt schon ständig geschwitzt.» Er schüttelte den Kopf. «Nein, das ist keine Gegend für mich.»

«Und Ihre Frau?», fragte Luc. «Ist sie nicht enttäuscht, dass der Urlaub so kurz war?»

«Edith? Aber nein. Sie ist ja dort geblieben, mit Franz natürlich. Ich glaube, die beiden waren ganz froh, mich los zu sein.» Dédé strahlte über das ganze runde Gesicht, und man konnte erahnen, dass es andersherum genauso war – Dédé und Franz, der mürrische Mops seiner Frau, hatten kein besonders inniges Verhältnis. «Léo und ich machen es uns lieber zu Hause gemütlich.»

Léo war Dédés jüngster Sohn, das Nesthäkchen und in jeder Hinsicht Dédés Ebenbild. Er war deswegen in der Schule übel gemobbt worden, bis Céleste ihm vor einer Weile Kickboxen als Hobby nahegelegt hatte. Seitdem war aus dem schwerfälligen, dicklichen Jungen ein selbstsicherer Teenager geworden, mit dem sich keiner mehr üble Scherze erlaubte, auch wenn seine Beine noch immer so kurz wie die seines Vaters waren.

«So. Und jetzt klären Sie mich darüber auf, was in der Zwischenzeit alles vorgefallen ist», sagte Dédé, nahm sich einen Stuhl und setzte sich zwischen die beiden. «Scheint ja mächtig was los gewesen zu sein.»

Während Céleste vom sturzbetrunkenen Henri, der Verfolgungsjagd und dem Gespenst im Maison des Chevaliers erzählte, wurden die Augen des Bürgermeisters immer runder.

«Henri hat Luc die Nase gebrochen?», fragte er ungläubig, als sie geendet hatte. «Unser Henri?»

«Nur angebrochen», stellte Luc richtig.

«Und ein Gespenst treibt im Dorf sein Unwesen und erschreckt junge Frauen zu Tode?»

«Nur im *Maison des Chevaliers* und nur eine einzige Frau. Und sie lebt noch», korrigierte Céleste.

Dédé schüttelte den Kopf. «Mon Dieu», murmelte er erschüttert. «Da ist man mal drei Tage nicht da, und schon versinkt das Dorf im Chaos.»

«So schlimm war es nicht, Monsieur le Maire», wandte Luc leicht verlegen ein, doch Dédé wischte seinen Einwand mit einer Handbewegung beiseite.

«Schlimm genug. Und Sie beide halten sogar verletzt noch die Stellung. Das nenne ich mal Einsatzbereitschaft. Chapeau!» Der kleine Bürgermeister sprang auf und ging zur Tür. «Worauf warten Sie noch? Kommen Sie, kommen Sie!»

«Wohin?», fragte Céleste.

«Na, zum Mittagessen. Ich lade Sie ein. Sie haben sich wahrlich eine Belohnung verdient.» Er verzog das Gesicht zu einer komischen Grimasse und klopfte sich auf den stattlichen Bauch.

«Und ich mir auch, nach diesem ganzen schrecklichen Meeresgetier.»

Auf dem Weg zum Fetten Frosch, der Célestes Mutter Catherine gehörte, ging Dédé strammen Schrittes voraus, während Luc seiner langsam hinterherhumpelnden Chefin ritterlichen Beistand leistete.

Céleste grinste, als sie den vom Fluch der Côte d'Azur befreiten Bürgermeister glücklich vorneweg schreiten sah. «Wir müssen uns ja fast bei Henri bedanken. Und bei der fischreichen Küche an der Côte d'Azur, was meinen Sie, Bato?»

Luc nickte mit Nachdruck. Der junge Brigadier aß wie auch Céleste für sein Leben gern, daher schätzte er den Fetten Frosch genauso wie sie. «Ich denke auch, es ist an der Zeit, Henri Breton zu verzeihen», sagte er großzügig.

Catherine Kreydenweiss' Restaurant *La Grenouille Grasse* befand sich in einem von wildem Wein überwucherten Fachwerkhaus, nur eine Seitengasse vom Marktplatz entfernt, und es war bei den Eguisheimern ausgesprochen beliebt. Die Vereine des Dorfs kehrten hier ein, der Kirchenchor traf sich hier oft nach der Probe ebenso wie der Gemeinderat nach den Sitzungen. Nachdem Célestes Vater Emile die Familie vor rund dreißig Jahren von einem Tag auf den anderen verlassen hatte, um nie wieder von sich hören zu lassen, hatte Catherine das damals ziemlich heruntergewirtschaftete Restaurant übernommen, um für sich und ihre Tochter ein Auskommen zu haben. Sie hatte vieles eigenhändig renoviert und mit Hartnäckigkeit und Leidenschaft daran gearbeitet, das Restaurant zu dem zu machen, was es jetzt war: eine Mischung aus gemütlichem Wirtshaus und Haute Cuisine, die jedoch ganz unaufgeregt und schnörkellos daherkam.

Im Grunde waren sie für ein Mittagessen noch ein wenig zu früh dran, doch das focht Dédé nicht an. Wenn er Hunger hatte, und das hatte er, wollte er etwas essen. Sie setzten sich in den lauschigen Gastgarten, und Dédé bestellte erst einmal drei *Picon*, einen für das Elsass typischen Aperitif aus Orangen und Karamell, bevor sie sich mit der Auswahl der Speisen befassten.

Der Bürgermeister war ganz offensichtlich darauf erpicht, seine kulinarischen Erfahrungen mit Südfrankreich und all dem Meeresgetier nachhaltig zu tilgen, und wählte als Vorspeise *Terrine forestière*, Fleischterrine mit Steinpilzen, und als Hauptgang eine *Tartiflette*, was Luc zu einem beifälligen Nicken veranlasste. Der Käse, der zur Zubereitung dieses üppigen Kartoffel-Käseauflaufs verwendet wurde, stammte vom Hof von Lucs Eltern, und Luc höchstpersönlich belieferte den Fetten Frosch damit. Er schloss sich daher dem Bürgermeister bei der Wahl des Hauptgerichts an, verzichtete aber auf die Vorspeise. Céleste, die außer einer Tasse Kaffee noch nichts gefrühstückt hatte, entschied sich für eine *Quiche Lorraine* mit Salat, um ihren zwar recht robusten, aber doch noch eher morgendlich gestimmten Magen nicht gleich ins Koma zu versetzen. Im Gegensatz zu Dédé litt sie ja auch nicht unter Entzugserscheinungen, was die heimische Küche anbelangte.

«Was war das denn nun für ein Gespenst, das die Mademoiselle gesehen hat?», wollte Dédé wissen, während er selig seine Steinpilzterrine verputzte.

«Es war eine junge Frau, sagt sie. In einem weißen Kleid, mit langen Haaren und ohne Augen», gab Céleste Segolène Lamberts Beschreibung wieder.

«Und was halten Sie davon?», fragte Dédé kauend. Er brach

sich ein Stück Brot ab und wischte damit auch noch den letzten Rest aus der Terrine.

«Ich vermute, dass sich Hugo Filipier mit diesem Gespenst einen Streich erlaubt hat, um seine Geliebte mehr oder weniger elegant loszuwerden. Dem Gepäck nach zu schließen, das die junge Dame dabeihat, wollte sie offenbar bei Hugo einziehen. Ich kann mir nicht vorstellen, dass ihm das gefallen hat.» Céleste lächelte ihrer Mutter zu, die gerade ihre nach knusprigem Speck und sahnigen Eiern duftende Quiche und zwei feuerfeste Auflaufformen mit goldgelb brutzelnder *Tartiflette* brachte.

«Ein Gespenst?», fragte Catherine interessiert nach, die den letzten Satz aufgeschnappt hatte. «Wer hat ein Gespenst gesehen?»

Céleste erzählte ihrer Mutter die Geschichte in knappen Worten, woraufhin diese die Augen zusammenkniff. «Das hört sich ja fast nach Julie an», sagte sie nachdenklich.

«Nach wem?» Céleste runzelte die Stirn, doch Dédé schien zu verstehen.

«Julie? Aber nein, meinst du, sie …» Erschrocken klappte er den Mund zu und sah sich um, doch im Garten saß außer ihnen noch niemand.

Catherines Miene war ebenfalls besorgt. Sie rieb sich über die nackten, kräftigen Arme, als wäre ihr plötzlich kalt.

Céleste warf den beiden einen überraschten Blick zu. «Ihr glaubt diesen Gespensterunsinn doch nicht etwa?»

Dédé wischte sich mit einem Taschentuch über den kahlen Schädel und schüttelte etwas verlegen den Kopf. «Nein, nein, natürlich nicht.» Er lächelte etwas bemüht. Catherine schwieg, doch sie blieb neben dem Tisch stehen.

«Ist diese Julie ein bekanntes Gespenst?», mischte sich Luc ein.

Céleste lachte auf. «Was meinen Sie damit, Luc? Glauben Sie etwa, es hat Follower auf Instagram?» Sie spießte ein großes Stück Quiche auf die Gabel.

«Brigadier Bato hat recht, Kreydenweiss», wies Dédé Céleste zurecht. «Julie ist tatsächlich bekannt. Zumindest bei uns hier. Jetzt sagen Sie nicht, Sie haben noch nie was von *La Dame Blanche de Eguisheim* gehört?»

«Die Weiße Frau?» Céleste hob entschuldigend die Arme. «Tut mir leid, Monsieur le Maire. Was Gespenster anbelangt, hat meine Erziehung offenbar versagt.» Sie warf ihrer Mutter einen vorwurfsvollen Blick zu.

«Ich fand es immer schon falsch, Kinder mit Schauermärchen einzuschüchtern», gab Catherine mit einiger Schärfe zurück. «Man hat ja damals gesehen, was dabei herauskommt.» Sie schaute Dédé bedeutungsvoll an. Dédé Ginglinger und Catherine Kreydenweiss waren zusammen in die Schule gegangen.

Der Bürgermeister nickte bekümmert. «Wohl wahr …»

Céleste sah leicht genervt von einem zum anderen. «Könnte uns unwissende Nachgeborene vielleicht mal jemand aufklären?»

Catherine schüttelte den Kopf. «Tut mir leid, Liebes, ich muss wieder in die Küche. Aber Dédé macht das schon.»

«Also, Monsieur le Maire», wandte sich Céleste an Dédé, als ihre Mutter gegangen war. «Was ist nun mit dieser Weißen Frau von Eguisheim?»

«*La Dame Blanche* ist eine Erscheinung, über die recht häufig an verschiedenen Orten berichtet wird. Meist auf Burgen und Schlössern», begann Dédé zwischen zwei Bissen *Tartiflette* etwas umständlich. «Sie trägt immer ein weißes Kleid, meist ist es ein Totenhemd.» Er zögerte einen Moment, und dann fügte er etwas leiser hinzu: «Man sagt, eine todtraurige, zutiefst ver-

43

störende Aura umgibt sie, und ihr herzzerreißendes Klagen soll schon Menschen in den Wahnsinn getrieben haben.»

Céleste schnaubte verächtlich. «Das gilt ja wohl für alle Gespenster- und Gruselgeschichten!»

«Der Legende nach hat so eine *Dame Blanche* immer furchtbares Leid erlebt oder etwas Furchtbares getan. Die heilige Kunigunde zum Beispiel hat ihre beiden Kinder ermordet, im Glauben, so ihren Geliebten an sich binden zu können. Andere wurden zu Unrecht der Untreue verdächtigt und deswegen lebendig eingemauert oder begraben.»

«So eine Weiße Frau hat Eguisheim auch?», fragte Luc, der der Schilderung des Bürgermeisters stumm zugehört hatte. «Und sie heißt Julie?»

Dédé seufzte. «Tja, also ja und nein. Es ist eine sehr traurige Geschichte. Und sie ist nicht erfunden, sondern ohne Zweifel wahr.»

Er starrte einen Augenblick lang abwesend auf seinen halbgegessenen Auflauf, dann fügte er leise hinzu: «Es gab da einmal einen Vorfall, hier in Eguisheim. Hatte mit der Weißen Frau zu tun.»

«Einen Vorfall? Was für einen Vorfall?», fragte Céleste irritiert und warf Luc einen fragenden Blick zu. Seiner Miene nach zu urteilen, war er ebenfalls vollkommen ahnungslos.

«Das war lange vor Ihrer Zeit», erklärte Dédé. «Catherine und ich waren noch zu klein, um es bewusst mitzuerleben, aber die Sache hat lange Schatten geworfen, und die Geschichte wurde noch Jahre danach erzählt. Als Warnung.»

«Warnung wovor?», wollte Luc wissen.

«Davor, sich bei den drei Exen herumzutreiben.» Dédé deutete vage in die Richtung, wo sich unweit von Eguisheim auf einem Bergrücken die Überreste dreier Burgen erhoben. Von den Bauten waren nur noch die Türme übrig geblieben, und sie ragten weithin sichtbar über den Schlossberg, einen Ausläufer der Vogesen. «Dabei wusste auch vorher schon jedes Kind, dass es dort oben spukt. Angeblich ging *La Dame Blanche* um, und das schon seit Jahrhunderten. Einer der Grafen von Eguisheim hatte seine Frau angeblich den Turm hinuntergestoßen, weil sie keine Kinder bekommen konnte, und deshalb zog die Frau als Geist ruhelos klagend durch die Burgruine, um diejenigen Kinder zu holen, die unvorsichtig genug waren, sich nach Sonnenuntergang noch auf den drei Exen herumzutreiben.»

«Und dieser Geist hieß Julie?», fragte Céleste leicht belustigt nach. «Der Geist hatte einen Vornamen?»

Dédé schüttelte den Kopf. «Nein, nein. Das kam erst später. Die Geschichte der ermordeten Gräfin war eines dieser typischen Schauermärchen, das Eltern ihren Kindern erzählen, um sie von irgendwas fernzuhalten. Damals war es nämlich in den Ruinen noch richtig gefährlich. Nichts war abgesichert, ein unvorsichtiger Schritt, und man konnte sich den Hals brechen. Aber solche Geschichten haben noch nie funktioniert. Im Gegenteil. Es war damals eine Mutprobe unter Jugendlichen, um Mitternacht zu den drei Exen hinaufzusteigen. Bis dann diese Geschichte mit Julie passiert ist. Danach ging niemand mehr da rauf.» Der Bürgermeister verstummte.

Céleste und Luc hatten aufmerksam gelauscht und warteten auf eine Fortsetzung der Geschichte. Als die nicht kam, sondern Dédé nur traurig auf die Reste seiner Tartiflette starrte, fragte Céleste: «Was für eine Geschichte? Was ist mit Julie passiert?»

Dédé gab sich einen Ruck. «Es war nicht nur Julie. Sie waren zu dritt. Xavier, Eric und Julie. Xavier und Eric waren Geschwister, vierzehn und sechzehn Jahre alt. Julie war vierzehn, und sie kam aus Husseren. Ich war damals erst zwei oder drei und kann mich daher nicht wirklich erinnern, aber meine Mutter hat mir oft davon erzählt. Sie sagte, es war ein besonders heißer Sommer. Die Welt stand regelrecht still unter dieser ungewöhnlichen Hitze, als würden alle auf etwas warten, aber niemand wusste, worauf. Eines Nachts gab es ein heftiges Unwetter mit Hagel und Überschwemmungen, und am nächsten Morgen waren diese drei Kinder verschwunden. Man suchte sie überall, das ganze Dorf half mit. Die beiden Jungen fand man noch am selben Tag. Tot, an einem Abhang unterhalb der drei Exen. Der Blitz hatte in einen der Türme eingeschlagen, ein Teil der Mauer war daraufhin eingestürzt und hat sie mitgerissen. Die Helfer, die sie gefunden haben, behaupteten, die beiden Jungen waren völlig unversehrt, hatten nicht einen Kratzer, ja nicht einmal Staub im Gesicht. Später hat sich allerdings herausgestellt, dass sie an einem Genick- bzw. einem Schädelbruch gestorben sind.»

«Und das Mädchen?», fragte Céleste bestürzt.

«Julie wurde nie gefunden. Man vermutet, sie wurde unter den größeren Steinbrocken begraben. Manche waren so schwer, die konnten in dem unwegsamen Gelände nicht gehoben werden. Sie haben das ganze Gelände abgesucht, aber sie blieb verschwunden.» Dédé seufzte. «Man kann sich vorstellen, was es bedeutet, wenn in einem Dorf gleich drei Kinder auf einmal ums Leben kommen. Ganz Eguisheim stand unter Schock, und keiner, auch nicht der mutigste Rabauke unter den Jugendlichen, hat es noch gewagt, nachts zu den Exen hinaufzusteigen. Es wurde viel geredet, die abenteuerlichsten Geschichten haben die Runde gemacht, vor allem in Bezug auf Julie. Und schließlich war man sich einig, dass *La Dame Blanche* sie geholt hat. Das ging so weit, dass danach immer mehr Leute behauptet haben, einem Geist begegnet zu sein, der aussah wie Julie. Ein weinendes Mädchen in einem weißen Kleid. So ist nach und nach im Bewusstsein der Leute Julie an die Stelle der Weißen Frau getreten.» Dédé neigte sorgenvoll den Kopf und aß dann seine *Tartiflette* auf. Sie schien ihm Trost zu spenden.

«Was ist aus den Familien geworden?», fragte Luc nach einer Weile.

«Julies Familie ist gleich nach dem Unglück aus Husseren weggezogen. Ich weiß nicht, was aus ihnen geworden ist. Die Familie von Xavier und Eric ist in Eguisheim geblieben, aber die Angehörigen haben sich nie von diesem Verlust erholt. Man stelle sich vor, zwei Kinder auf einen Schlag zu verlieren! Die Mutter bekam Depressionen. Als sie in eine Klinik kam, hat sich ihr Mann aufgehängt. Die Frau ist kurz danach ebenfalls verstorben. Die beiden hatten keine weiteren Kinder, von der Familie ist also niemand übrig geblieben. Und trotzdem haben immer wieder Leute behauptet, noch Jahre nach dieser Tragödie, Julie gesehen zu haben. Als Spukerscheinung an Wegkreuzungen, im Wald und natürlich oben bei den drei Exen. Es war immer die gleiche Beschreibung: der Geist einer klagenden jungen Frau im Totenhemd.» Er räusperte sich, sah von Céleste zu Luc und fügte dann zögernd hinzu: «Es mag ja Zufall sein, aber immer, wenn jemand irgendwo Julie begegnet sein wollte, ist danach einer gestorben.»

Eine Weile schwiegen die drei. Es war Céleste, die schließlich sagte: «Wenn das so ist, sollten wir diese Geistergeschichte vielleicht nicht an die große Glocke hängen.»

Dédé nickte heftig. «Es ist zwar Jahre her seit der letzten Erscheinung, aber es gibt noch zu viele Leute im Dorf, die sich an diese tragische Geschichte erinnern. Es wäre nicht gut, wieder daran zu rühren.»

Nach der Mahlzeit, die ein wenig an fröhlicher Unbeschwertheit eingebüßt hatte, verabschiedete sich Dédé zu einem Termin, und Céleste und Luc gingen allein zurück zur Mairie.

«Was glauben Sie, Chef?», fragte Luc irgendwann unbehaglich. «War das, was Madame Lambert gestern Nacht im *Maison des Chevaliers* gesehen hat, tatsächlich Julie?»

Céleste schüttelte energisch den Kopf. «Es gibt keine Geister, Brigadier Bato. Auch keine, die Julie heißen.»

«Aber wenn sie doch immer wieder jemand gesehen hat...»

«Wenn immer wieder jemand geglaubt hat, sie zu sehen, Luc. Die Einbildung kann Berge versetzen.»

«Aber die Todesfälle danach...»

«Zufall. Gestorben wird schließlich immer.» Céleste warf ihrem Brigadier einen spöttischen Blick zu. «Sie glauben nicht wirklich an so was, oder?»

Luc wurde rot, und seine Ohren begannen zu glühen. Hastig schüttelte er den Kopf. «Nein, Chef. Ganz sicher nicht.»

Vor der Mairie blieb Céleste einem plötzlichen Entschluss folgend stehen. «Holen Sie bitte die Autoschlüssel», bat sie den Brigadier und humpelte zu ihrem Dienstwagen, der ein paar Meter weiter geparkt war.

«Wo fahren wir hin?», wollte Luc wissen, als er mit den Schlüsseln in der Hand aus der Polizeiwache zurückkehrte.

Céleste kletterte umständlich auf den durchgesessenen Beifahrersitz des alten Renaults und versuchte vergeblich, ihre Krücken irgendwo unterzubringen. Schließlich warf sie sie fluchend nach hinten auf den Rücksitz.

«Wir statten dem Geisterhaus noch mal einen Besuch ab. Ich möchte zu gerne wissen, was Hugo Filipier zu der ganzen Sache zu sagen hat.»

Gemächlich fuhren sie durch die Grand'Rue, die sich jetzt

schon merklich mit Touristen gefüllt hatte, und ignorierten dabei einvernehmlich die seltsamen Geräusche, die ihr Auto immer wieder von sich gab. Céleste bemühte sich seit Jahren, einen neuen Dienstwagen bewilligt zu bekommen, doch auf diesem Ohr waren die Behörden taub. Eguisheim war offenbar nicht wichtig genug, oder man fand, dass ein Retro-Auto perfekt zum Charme eines der ‹schönsten Dörfer Frankreichs› passte. Wie auch immer, die Police Municipale von Eguisheim fuhr seit Jahren denselben ramponierten Mégane und würde ihn wahrscheinlich noch fahren, bis er endgültig auseinanderfiel – was nicht mehr lange dauern konnte.

Das schmiedeeiserne Tor in der hohen Mauer, die das *Maison des Chevaliers* umgab, stand wie üblich weit offen. Céleste vermutete, dass man es gar nicht mehr verschließen konnte. Die Torflügel waren längst verrostet und hingen schief in den Angeln, Brennnesseln und anderes Unkraut wucherten daran empor. Irgendwo aus den Wipfeln der hohen Bäume im Park ließ ein Buchfink seinen sehnsuchtsvollen Gesang vernehmen. Vor dem Haus stand der große Jeep des Hausherrn, jägergrün und dreckverspritzt. Sie parkten direkt daneben und stiegen aus. Allerdings klingelten sie nicht sofort, sondern umrundeten zunächst das Haus, bis sie zur Veranda kamen.

«Dort hat das Gespenst angeblich gestanden», erklärte Céleste an Luc gewandt und deutete mit ihrer Krücke auf die Stelle vor der Tür.

Luc musterte die staubige Holzveranda, die bei Tageslicht nichts Unheimliches an sich hatte, und sah sich dann auf dem weitläufigen, verwilderten Parkgelände um. «Wenn da jemand einen bösen Streich gespielt hat, war es demjenigen ein Leichtes, irgendwo hier zu verschwinden», gab er schließlich zu.

Céleste nickte. «Sehe ich auch so.»

«Aber wie hat er es gemacht?», überlegte Luc. «Es war ja nicht nur ein Klopfen oder so. Diese junge Frau hat das Gespenst ja tatsächlich *gesehen*. Sie konnte es sogar beschreiben.»

Céleste war schon wieder humpelnderweise auf dem Weg zurück zum Eingang. «Keine Ahnung. Vielleicht hat sie nur irgendetwas gesehen und sich den Rest eingebildet. Vielleicht kennt sie ja sogar die Geschichte von Julie und *La Dame Blanche*. Hugo könnte ihr davon erzählt haben. Vielleicht sogar in Vorbereitung seines Plans.»

«Oder sie ist eingeschlafen und hatte einen Albtraum, während der Fernseher weitergelaufen ist», schlug Luc vor, offenbar eifrig bemüht, eine rationale Lösung zu finden und den fatalen Eindruck auszuräumen, er würde womöglich an Gespenster glauben.

«Das denke ich nicht. Sie hat sich *Cinderella* angesehen. Einen Zeichentrickfilm aus den fünfziger Jahren. Davon bekommt man keine Albträume.» Sie überlegte und korrigierte sich. «Also ich würde vielleicht schon Albträume bekommen.» Sie standen jetzt vor der schweren Eingangstür. Céleste drückte energisch auf den grünstichigen Klingelknopf, der von pompösen, durch Alter und mangelnde Pflege fast schwarz gewordenen Messingschnörkeln umrahmt war. Das Namensschild «Filipier» darüber war kaum mehr zu erkennen.

«Sagen Sie nur, Sie mögen *Cinderella* nicht?», fragte Luc erstaunt.

«Sie etwa?»

«Jeder mag *Cinderella*», erklärte Luc beinahe vorwurfsvoll.

Darauf musste Céleste zum Glück nicht antworten, denn in dem Moment öffnete sich die Haustür, und Hugo Filipier stand vor ihnen.

«Polizei? Was gibt's denn?», fragte er, allem Anschein nach nur mäßig beeindruckt. «Bin ich etwa zu schnell gefahren?» Er gähnte herzhaft und band sich seinen seidenen Morgenmantel enger um den ausladenden Bauch. Unter dem Mantel lugten blau-weiß gestreifte Pyjamahosen hervor, aus denen bleiche, knochige Füße staken. Er sah definitiv nicht aus wie jemand, dem die Begegnung seiner Geliebten mit einem Geist den Schlaf geraubt hätte. Er sah, nebenbei bemerkt, auch nicht wie jemand aus, der überhaupt eine Geliebte hatte.

«Wir kommen wegen Madame Lambert», sagte Céleste.

Filipier kratzte sich am Kopf, als müsse er überlegen, von wem Céleste da sprach. Schließlich dämmerte es ihm. «Wegen Segò? Hat sie was ausgefressen?»

«Ist sie hier?», fragte Céleste, ohne auf seine Frage einzugehen. Sie sah sich um, konnte jedoch Segolène Lamberts Auto nirgends entdecken.

Filipier runzelte die Stirn. «Wieso wollen Sie das wissen?»

Céleste schnaubte unwillig. Diese dämliche Angewohnheit, jede Frage der Polizei mit einer Gegenfrage zu beantworten, legten immer die Typen an den Tag, die sich für besonders schlau hielten. Und Hugo Filipier gehörte definitiv zu dieser Kategorie. «Weil sie heute Nacht unsere Hilfe benötigt hat. Haben Sie noch nicht mit ihr gesprochen? Hat sie Ihnen nichts erzählt?»

«Was denn?»

«Von dem Gespenst.»

Filipier stutzte, sah von einem zum anderen und brach dann in wieherndes Gelächter aus.

«Gespenst? Ist die Police Municipale etwa unter die Ghostbusters gegangen?» Er wischte sich die Lachtränen aus den Augen. «Was für ein paradiesisches Fleckchen Erde, wo die

Polizei nichts Besseres zu tun hat, als Geistern nachzujagen.» Sein Blick fiel auf Célestes Krücken und wanderte dann zu Lucs blauem Auge: «Da hat Sie beide heute Nacht wohl die Wilde Jagd erwischt!» Er wieherte erneut los.

«Ihre Freundin ist mitten in der Nacht in Panik aus diesem Haus hinaus auf die Straße gerannt. Barfuß und im Nachthemd», gab Céleste trocken zurück. «Meinen Sie nicht, dass das etwas ist, was Sie interessieren sollte?»

Filipier hob in einer fast schon provokativ lässigen Geste der Kapitulation beide Hände. «Schon gut, schon gut. Segò ist ein bisschen, sagen wir: leicht erregbar.» Mit diesen Worten zwinkerte er Luc vertraulich zu, als verstünden nur sie beide als Männer, wovon er sprach. «Sie ist ein liebes Mädel, aber nun ja, vielleicht nicht die hellste Kerze am Leuchter. Sie wird schnell hysterisch.» Wieder warf er Luc einen vielsagenden Blick zu, als warte er auf dessen Zustimmung.

Luc verzog keine Miene. Er musterte den Mann im Bademantel aus seinen blauen Augen so vollkommen unbeteiligt, als wäre er taub.

Als Filipier klarwurde, dass von dieser Seite kein Beistand zu erwarten war, wandte er sich mit einem theatralischen Seufzer wieder an Céleste. «Ich war gestern in Husseren bei der Jahreshauptversammlung des *Cercle des Chasseurs d'Alsace*. Als ich irgendwann so gegen zwei oder drei heimgekommen bin, war ich todmüde und bin sofort ins Bett. Ich habe gar nicht bemerkt, dass Segò nicht da ist, ich dachte, sie wäre vor dem Fernseher eingeschlafen. Heute Morgen hat sie mich angerufen und gesagt, sie hätte in einer Pension übernachtet, weil sie sich vor irgendwas gefürchtet hat. Ich war noch so müde, ich habe nicht einmal genau zugehört. Sie wird schon wiederkommen, wenn sie sich beruhigt hat. Oder auch nicht . . . so what?» Er bedachte sowohl Céleste als auch Luc mit einem herausfordernden Grinsen. «Das hat die Polizei ja wohl nicht zu interessieren, oder?»

Als sie zurück zum Auto gingen, meinte Céleste: «Manchmal wünschte ich mir, ich hätte eine Pumpgun.»

Luc sah sie erschrocken an. «Aber nicht doch, Chef!»

4

Nachdem tagelang sonniges, warmes Frühlingswetter geherrscht hatte, zog sich der Himmel am Abend vom Westen her zu und brachte feuchte, kalte Atlantikluft mit sich, die nach Regen schmeckte. Als die ersten Regentropfen fielen, leerte sich der Marktplatz rasch. Henri Breton beeilte sich, die Speisekarten und Aschenbecher von den Tischen vor seinem Bistro einzusammeln, und schob die Stühle zusammen. Es war kurz nach sechs, die Metzgerei, die Bäckerei und das neue Café schlossen gerade – er sah zu, wie Ninette die bunten Stühle hineintrug und dann von innen die Tür absperrte und die Jalousien herunterließ. Auch sein Bistro war leer bis auf ein paar versprengte Radfahrer, die vom Wetter überrascht worden waren und sich mit einem Tee aufwärmten. Es versprach, ein ruhiger Abend zu werden.

Bei diesem Gedanken wurde Henri flau im Magen. Ein ruhiger Abend. Er blieb vor seinem Bistro stehen, die Hände um die Aschenbecher gelegt, die Speisekarten unter den Arm geklemmt. Der Regen wurde stärker, Henri spürte die Tropfen, die auf seinen lichter werdenden Haarkranz trafen und ihm dann übers Gesicht rannen. Es erschien ihm unglaublich passend, hier draußen einfach stehen zu bleiben und zu spüren, wie der Regen sein dünnes weißes Hemd durchnässte, und dabei zuzusehen, wie sich die Asche und die zerdrückten Kippen in dem Stapel Aschenbecher in seinen Händen in stinkende kleine Pfützen verwandelten. Henri fühlte sich so erbärmlich wie noch nie zuvor in seinem Leben, und er wusste, er war selbst schuld daran, er ganz allein. Wenn er wollte, dass es wieder anders wurde, musste er etwas ändern. Oder besser gesagt, etwas beenden. So schnell wie möglich. Wenn es nicht schon zu spät war. Trotzdem. Er hoffte inständig, die nötige Kraft aufzubringen.

Nur ein paar hundert Meter entfernt fühlte sich jemand fast ebenso erbärmlich wie Henri, zugleich jedoch auch irgendwie hoffnungsvoll und – darin unterschied sich die Person ganz entscheidend von Henri – wild entschlossen, ihr Vorhaben durchzuziehen. Segolène Lambert saß in ihrem Auto und hielt das Lenkrad umklammert wie in höchster Seenot einen Rettungsring. Sie war geübt, widersprüchliche Gefühle in sich zu vereinen, und geradezu ein Profi darin, nach und nach das Element auszusortieren, das ihr unangenehm war.

Heute fiel es ihr allerdings schwerer als sonst. Was zum Teufel hatte sie getan? Hatte sie das letzte bisschen Selbstachtung, das sie besaß, auch noch wegwerfen müssen? Sie spürte, wie ihr die Tränen übers Gesicht rannen, und wischte sie mit einer unwirschen Handbewegung weg. Sie hatte schließlich keine andere Wahl gehabt, versuchte sie sich zu rechtfertigen. Doch auch wenn sie sich sonst nach dieser simplen Erklärung meist wieder mit sich im Reinen fühlte, diesmal schien es schwieriger. Was sie getan hatte, wog zu schwer, um es mit so einer banalen Allerweltsentschuldigung wegzurationalisieren.

Nach dem Treffen hatte sie erst einmal eine ganze Weile auf dem Bett ihres Pensionszimmers gesessen und das Bild angestarrt, das an der Wand gegenüber dem Bett hing: Es zeigte zwei silberne Tauben auf einem Mäuerchen, dahinter unnatürlich wirkende Blumen in Pink, Blau und Rosa. Das Gefieder der Tauben glänzte metallisch, und die Tiere erschienen irgendwie dreidimensional.

Wie diese Hologramme auf den Postkarten, die es in Straßburg am Bahnhof zu kaufen gab. Je nachdem, wie man sie hielt, zwinkerte einem ein sittsam angezogenes Mädchen zu, oder aber es zeigte in aufreizender Pose seinen nackten Hintern. Oder die Titten. Es gab die unterschiedlichsten Varianten. Hier auf diesem Bild wirkte es so, als bewegten sich die beiden Turteltäubchen. Kitschig, würde Hugo sagen, und wahrscheinlich hätte er da recht. Segolène, die gar nicht Segolène hieß und auch nicht in Nancy wohnte, kannte sich mit so etwas nicht aus. Mit Kunst und Malerei oder gar Antiquitäten. Mit denen war Hugos Haus ja förmlich zugestopft. Was sein Haus aber nicht gemütlicher machte, sondern eher gruselig. Auch ohne Gespenster. Ihr gefielen die Tauben. Sie sahen glücklich aus.

Der Gedanke an das Glück holte sie wieder weg von den Tauben, weg aus dem Pensionszimmer, zurück ins Hier und Jetzt, in ihr Auto am Straßenrand, wo sie schon seit einer ganzen Weile saß und versuchte, die Dinge positiv zu sehen. Auch sie hatte ein Recht auf Glück. Nicht immer nur die anderen. Und wenn es sich einem so präsentierte, quasi auf dem Tablett serviert wurde, dann musste man zugreifen. Sonst wäre man ja schön blöd. Der Regen trommelte auf das Dach und rann in Schlieren über die Scheibe. Die Scheibenwischer standen reglos, wie erstarrt, sie waren mitten auf der Scheibe stehengeblieben, als sie zu hastig den Motor ausgeschaltet hatte, und jetzt zerteilten sie die Straße vor ihr in zwei Hälften. Es kam ihr vor wie ein Symbol für ihr Leben. Vorher und nachher. Öde Vergangenheit und verheißungsvolle Zukunft. Man musste sich nehmen, was man brauchte, um weiterzukommen. Glücklich zu werden. Anders kam man zu nichts. Noch nicht mal zu den Resten, die vom Tisch fielen. Immer war jemand schneller und schnappte sich die größten Brocken. Sie inspizierte ihr Gesicht im Spiegel und zog den Lippenstift nach. Dann zwickte sie sich in die Wangen und versuchte, ein hoffnungsvolles Lächeln aufzusetzen. Glück war für jeden da. Nicht nur im Märchen, auch im wirklichen Leben.

Auch für sie.

In dieser Nacht klingelte bei Céleste erneut das Telefon. Dieses Mal war es ihr privates Handy, und es war Luc. Sie hatte ihm am vorigen Abend auf seine Bitte hin das Bereitschaftshandy überlassen, da sie mit ihrem Klumpfuß ohnehin nur eingeschränkt einsatzfähig war. Allerdings hatte sie sich ausbedungen, informiert zu werden, falls sich dieser ominöse Geist noch einmal offenbaren sollte.

«Hugo Filipier», meinte Luc nur in seiner gewohnt wortkargen Art.

«Ah …» Céleste sah auf die Uhr. Viertel nach zwölf. Geisterstunde. War irgendwie klar gewesen. «Ich komme», murmelte sie und legte auf.

Von Hugo Filipiers nachmittäglicher Überheblichkeit war nichts mehr übrig. Er war außer sich. Aschfahl im Gesicht und mit vor Aufregung rot geäderten Augen erwartete er sie an der Haustür. In der Hand hielt er eine Schrotflinte.

«Das Gespenst!», schrie er ihnen schon von weitem entgegen, kaum dass sie aus dem Auto gestiegen waren. «Ich habe es gesehen!» Er fuchtelte mit dem Gewehr herum.

Céleste trat auf ihn zu und nahm ihm mit einem resoluten

Griff die Waffe aus der Hand. «Jetzt brauchen Sie also doch die Ghostbusters, oder wie?», fragte sie trocken.

Filipier winkte nervös ab. «Ja, ja, ich weiß, ich war nicht besonders freundlich gestern. Aber Segò war mir mit ihrem Gejammer und Gezeter schon am Vorabend auf den Sack gegangen – sie wollte nicht, dass ich auf die Versammlung gehe. Dann musste sie mich auch noch in aller Herrgottsfrühe anrufen, wo ich doch so einen Kater hatte. Und als krönender Abschluss kamen Sie auch noch mit dieser Gespenstergeschichte daher.»

«Was ist passiert?», fragte Céleste, ohne auf seine Rechtfertigungsversuche einzugehen. «Wo haben Sie den Geist gesehen?»

«Na, auf der Veranda!» Hugo riss wieder die Augen auf. «Kommen Sie. Ich zeig's Ihnen.»

Sie folgten dem aufgeregt vor ihnen her watschelnden Filipier in die Bibliothek, und Filipier deutete auf die offene Verandatür. «Zuerst habe ich nur ein Geräusch gehört. So ein Heulen. Als es lauter und lauter wurde, bin ich aufgestanden und zur Tür gegangen, um hinauszusehen, und da hat es gestanden ...» Er schluckte und fuhr sich mit den Händen über die unrasierten, schlaffen Wangen.

«Ein bisschen genauer, bitte», sagte Céleste. «Wie sah es aus?»

«Es war eine Frau, nein, eher ein junges Mädchen, und es weinte.»

«Und dann?», meldete sich Luc zu Wort. «Was haben Sie dann gemacht? Sind Sie rausgegangen?»

«Rausgegangen?» Filipier sah den Brigadier fassungslos an. «Wo denken Sie hin? Hätte ich dem Geist etwa die Hand schütteln sollen? Ich ... ich habe geschossen.» Er deutete auf das

Gewehr, das Céleste ihm abgenommen hatte. «Ich hatte es bei mir ... für alle Fälle.»

«Für alle Fälle, so, so.» Céleste wog die Flinte in ihren Händen. «Ganz schön leichtsinnig. Es hätte ja auch Ihre Freundin sein können, die – weiß der Himmel warum – zu Ihnen zurückgekommen ist. Die hysterische, nicht die hellste Kerze ... Sie wissen schon ...»

«Nein!» Jetzt schrie Filipier fast wieder. Auf seiner bleichen Stirn standen Schweißperlen. «Das war nicht Segò. Dieses ... Wesen war durchsichtig! Und ...» Er schluckte, und sein Gesicht färbte sich vor Aufregung rosa. «Sie ... es ... hatte keine Augen.»

«Auf Ihrer Veranda stand also ein durchsichtiges Mädchen ohne Augen und weinte ...»

«Ja doch, wenn ich es doch sage! Es war grausig. Ich hab mir fast in die Hosen gemacht vor Schreck.»

«Und dann wollten Sie das weinende Mädchen erschießen?»

«Was hätten Sie denn getan, Herrgott noch mal?», brauste Hugo Filipier noch weiter auf. «Irgendetwas musste ich ja tun. Ich hab das Gewehr gepackt und geschossen, ein paar Mal ...» Er verstummte abrupt und ließ die Schultern hängen.

«Und? Was haben Sie getroffen?»

Er hob die Schultern. «Keine Ahnung. Aber das Ding war danach weg.»

Céleste und Luc gingen nach draußen, und Luc leuchtete mit seiner Taschenlampe die Veranda ab. In dem breiten Holzpfeiler unmittelbar gegenüber der Tür steckten Schrotkugeln.

Céleste fuhr mit dem Finger sachte darüber. «Dachten Sie, dass man Geister mit Schrot erschießen kann?»

«Ich habe gar nichts gedacht», gab Filipier kleinlaut zu.

«Es ist ziemlich fahrlässig, einfach so herumzuballern. Sie hätten jemanden treffen können. Einen Menschen aus Fleisch und Blut, meine ich. Jemanden, der sich vielleicht einen Scherz mit Ihnen erlaubt hat.»

«Einen Scherz? So was ist doch nicht lustig!», empörte sich Filipier.

«Heute Nachmittag haben Sie das noch anders gesehen», gab Luc zurück.

Darauf hatte Hugo Filipier keine Antwort. Als Céleste und Luc sich zum Gehen wandten, wurde er unruhig. «Aber... was machen Sie denn jetzt? Wo wollen Sie hin?»

«Ins Bett, schlafen», gab Céleste zurück und gähnte. «Was dagegen?»

«Aber das geht doch nicht! Wer beschützt mich, wenn der Geist zurückkommt? Wenn... wenn...» Seine Stimme wurde heiser. «... wenn er mich holt?»

Céleste musterte Filipier spöttisch. «Ich bezweifle, dass ein übernatürliches Wesen für Sie Verwendung hat, Monsieur Filipier.»

«Wir könnten uns noch ein wenig im Park umsehen», schlug Luc vor.

Céleste sah ihren Brigadier indigniert an. «Wie bitte?»

«Nur für alle Fälle», sagte Luc. «Dann ist Monsieur Filipier beruhigt, und wir wissen, dass sich niemand im Gebüsch versteckt oder verletzt ist.»

«Das ist eine gute Idee!», rief Filipier so erleichtert, dass Céleste für einen kurzen Moment die Befürchtung hegte, er würde ihnen beiden gleich vor Dankbarkeit um den Hals fallen. Sie machte vorsichtshalber einen Schritt zurück.

Widerstrebend nickte sie. «Also gut. Wir machen noch einen kleinen Rundgang.»

«Wie kommen Sie dazu, sich über meine Entscheidungen hinwegzusetzen, Bato», schimpfte Céleste, als sie außer Hörweite waren. Sie gingen langsam quer durch den dunklen Park, wobei Célestes Krücken immer wieder im nassen Erdreich stecken blieben oder sich im hohen Gras verhedderten. Luc leuchtete sorgfältig in alle Ecken und unter alle Büsche. Von den Ästen der Bäume tropfte es in ihre Krägen, aber immerhin hatte es aufgehört zu regnen. «Noch dazu vor diesem Idioten?»

«Sie hatten doch gar nichts gesagt», meinte Luc unschuldig und kroch unter eine große Brombeerstaude.

«Ich habe gesagt, wir gehen, das haben Sie genau gehört. Ich habe wirklich keine Lust, mit einem dicken Knöchel mitten in der Nacht hier in der Botanik herumzustapfen, nur weil sich dieser Schwachkopf einbildet, plötzlich auch Gespenster zu sehen. Ich möchte in mein warmes Bett und noch eine Runde schlafen.»

«Aber, Chef …», wandte Luc schüchtern ein, während er sich wieder aufrichtete und seine schmutzigen Hosenbeine abklopfte. «Sie müssen doch zugeben, dass das seltsam ist. Zuerst sieht seine Freundin dieses Gespenst und dann er selbst. Das können sich doch nicht beide eingebildet haben. Er war ja völlig aus dem Häuschen.»

«Und wenn nicht, dann ist er jedenfalls ein sehr viel besserer Schauspieler, als ich dachte», gab Céleste unwillig zu. Auch sie hielt Hugo Filipiers Schock über die Geistererscheinung für echt.

Sie liefen die alte Parkmauer ab, die das Grundstück umgab. Einige hohe Eiben standen entlang der Mauer. Ihre schrundigen Stämme wirkten im Licht der Taschenlampe wie versteinert und die dunkelgrünen Nadeln fast schwarz. Nichts regte sich.

Céleste schwieg eine ganze Weile, dann brummte sie, noch

immer verstimmt: «Sie haben schon recht, Luc. Es *ist* seltsam. Aber trotzdem ist das nichts, was wir nicht auch morgen ...»

«Aber Gespenster fängt man bei Nacht, Chef», unterbrach Luc seine Chefin in seiner ruhigen und doch eigensinnigen Art. «Morgen, bei Tageslicht, haben wir keine Chance mehr, Julie zu erwischen.»

«Julie?» Céleste warf ihrem Brigadier einen verblüfften Seitenblick zu. «Sie meinen das wirklich ernst, oder? Sie glauben wirklich, der Geist dieses verschütteten Mädchens spukt hier herum?»

Luc blieb abrupt stehen. «Entweder das, oder ...»

«... oder was?» Céleste war ebenfalls stehen geblieben, und ihr Blick folgte dem Strahl von Lucs Taschenlampe, die auf die Mauer gerichtet war. Dort, fast verborgen unter dichtem Efeugestrüpp, befand sich eine kleine Pforte. Sie stand einen Spalt offen.

«... oder jemand will Filipier und seine Freundin glauben lassen, ihnen würde Julie erscheinen», schloss Luc und ging auf die Pforte zu.

Céleste humpelte schwerfällig hinterher.

Sie begutachteten die Tür, die offenbar einmal durch ein Vorhängeschloss gesichert gewesen war, dessen Riegel jetzt jedoch schartig und voller Rost an einer letzten Schraube hing. Im feuchten Erdreich konnte man einige frische Fußspuren erkennen. Vorsichtig, um die Spuren nicht zu verwischen, schlüpften sie nach draußen. Eine schmale Straße führte direkt an der Mauer entlang. Gegenüber erstreckte sich ein Weinberg, dessen noch fast kahle Weinstöcke in Reih und Glied wie verkrüppelte Soldaten dastanden. Links davon, am Ende der Straße, lagen ein paar Gebäude, deren hinter Bäumen versteckte Fassaden nur durch eine einzelne, schwache Straßenlaterne erhellt wurden.

«Wenn man die Pforte kennt, ist es ein Leichtes, über diese Straße herzukommen, sich unbemerkt in den Park zu schleichen, auf Filipiers Veranda ein bisschen Hokuspokus zu veranstalten und dann auf dem gleichen Weg wieder zu verschwinden», sagte Céleste und leuchtete auf den erdigen Randstreifen neben der geteerten Fahrbahndecke. «Da sind frische Fahrradspuren.»

Luc kniete sich hin. «Ein Mountainbike, würde ich sagen. Könnte allerdings auch von Ausflüglern oder von den Bewohnern der Häuser da hinten stammen.»

Céleste schüttelte den Kopf. «Glaube ich nicht. Es hat heute Nacht geregnet. Die Spuren sind erst danach entstanden.» Sie warf einen Blick auf die Uhr. «Als wir gekommen sind, hatte der Regen gerade erst aufgehört. Also muss jemand nach zwölf hier entlanggefahren sein.» Sie warf einen Blick auf den noch immer düsteren Himmel: Kein Stern war zu sehen. «Machen Sie ein paar Fotos, Luc. Auch von den Fußspuren um die Pforte herum. Heute Nacht wird es wohl nicht trocken bleiben.»

Noch während sie an der Straße entlang zurückgingen, bestätigte sich Célestes Wetterprognose auf eindrucksvolle Art und Weise, und sie kamen ziemlich durchnässt bei ihrem Auto an. Als Luc losfuhr, gab Céleste zögernd zu: «War keine so ganz schlechte Idee, sich gleich noch mal umzusehen, Bato. Bis morgen früh sind keine Spuren mehr da.»

Luc Bato hielt seinen Blick auf die dunkle Straße gerichtet, die im Licht der Scheinwerfer vor Nässe glänzte. In einträchtigem Schweigen fuhren sie zurück in ihr schlafendes Dorf.

Als am nächsten Morgen in der Mairie der Notruf einging, glaubten sowohl Céleste als auch Luc zunächst an einen schlechten Scherz. Doch die Schilderung der aufgeregten Frau am Apparat ließ keinen Zweifel zu: Im *Maison des Chevaliers* war etwas passiert. Und zwar etwas weitaus Schlimmeres als eine nächtliche Geistererscheinung.

Es war Samstag und Markttag in Eguisheim, und die Grand'Rue wimmelte von Touristen. Luc musste einen Umweg nehmen, um zum *Maison des Chevaliers* zu gelangen, und auch dort kamen er und Céleste nur langsam vorwärts. Sie wechselten kaum ein Wort, während sie sich mit Blaulicht durch die schmalen Straßen rund um den Ortskern schlängelten. Als ihnen ein Lastwagen den Weg versperrte, entfuhr dem sonst so beherrschten Brigadier sogar ein Fluch, allerdings sehr viel gemäßigter, als in derartigen Situationen seine Chefin zu fluchen pflegte. Céleste saß verbissen schweigend auf dem Beifahrersitz, leicht vorgebeugt, als könnte sie durch ihre Bewegung allein das Auto beschleunigen.

Als sie am *Maison des Chevaliers* ankamen, erwartete sie Nasrin schon in der Einfahrt. Nasrin war die Frau von Abdel Farouk, Louis Balzacs Kollege bei der Müllabfuhr, und Céleste kannte sie schon seit Jahren. Sie arbeitete eigentlich unweit der Mairie im einzigen Friseursalon des Dorfes, bei dem auch Céleste Kundin war. Gelegentlich putzte sie nebenher, offenbar auch bei Hugo Filipier. Von ihm selbst war nichts zu sehen, sein Auto stand nicht in der Einfahrt. Nasrin kam ihnen entgegengelaufen, als sie ausstiegen.

«Endlich», rief sie. «Ich dachte schon, ihr kommt nicht mehr.» Sie sah blass aus, und der Schock stand ihr ins Gesicht geschrieben.

«Was ist denn genau passiert?», fragte Céleste und verfluchte ein weiteres Mal ihre Krücken, die sie erst umständlich aus dem Auto bugsieren musste. Ihr geschwollener Knöchel hatte sich in den letzten Tagen kaum verändert. Auch Luc sah immer noch aus wie nach einer Wirtshausschlägerei. Zwar hatte sein blaues Auge inzwischen erneut die Farbe gewechselt und schillerte jetzt eher gelblich grün, den Gesamteindruck verbesserte dies jedoch nur unwesentlich.

Nasrin hob zu einer Erklärung an, doch dann schüttelte sie den Kopf und fuhr sich mit einer zittrigen Handbewegung über das schmale Gesicht. «Kommt mit.» Sie führte die beiden Polizisten auf die Veranda, wo diese erst vergangene Nacht nach einem Geist gesucht hatten. Auf dem verblichenen Liegestuhl, der dort stand, lag eine blonde junge Frau. Céleste erkannte sie sofort. Es war Segolène Lambert, Filipiers Freundin.

Daneben stand mit seiner schwarzen Tasche Maurice Schupfer, der pensionierte Arzt, und machte ein ratloses Gesicht. «Sie ist tot», sagte er statt einer Begrüßung. «Nasrin hat mich angerufen.»

«Ich habe in der Bibliothek sauber gemacht und wollte lüften, habe die Verandatür geöffnet, und da habe ich sie liegen sehen …» Nasrins Stimme wurde brüchig, und Tränen traten ihr in die Augen. «Ich dachte noch, warum schläft sie denn da draußen …»

«Wo ist Hugo Filipier?», fragte Céleste.

«Jagen. Das macht er jeden Samstagvormittag. Er ist nie da, wenn ich putzen komme.»

Céleste trat auf die Tote im Liegestuhl zu und musterte sie nachdenklich. Sie sah friedlich und entspannt aus, tatsächlich so, als machte sie nur ein kleines Nickerchen. Die Vögel zwitscherten fröhlich in den Bäumen, durch die kahlen Zweige drangen erste dünne Sonnenstrahlen und ließen Segolène Lamberts blondes Haar aufleuchten. Es konnte doch nicht sein, dass sie tot war? Sie waren vor ein paar Stunden erst hier gewesen, hatten hier gestanden … Célestes Blick wanderte zu den

Schrotkugeln in dem Holzpfeiler von Hugo Filipiers Schuss auf den Geist, und es kam ihr wie ein Traum vor. Was war hier passiert?

«Woran ist sie gestorben?», fragte sie Maurice Schupfer.

Der alte Herr zuckte die Schultern. «Schwer zu sagen. Äußerlich ist nichts zu erkennen. Vielleicht Herzversagen?»

Luc, der hinter Céleste stand, um einen größtmöglichen Sicherheitsabstand zu der Leiche zu wahren, fragte zögernd: «Könnte sie sich … zu Tode erschreckt haben?»

Maurice Schupfer hob überrascht die Brauen. «Zu Tode erschreckt? Nun ja … wenn sie ein schwaches Herz hatte, vielleicht. Das muss aber schon ein gewaltiger Schreck gewesen sein. Extremer Stress, Panik.» Er musterte die beiden Polizisten neugierig. «Habt ihr dafür Anhaltspunkte?»

«Aber warum liegt sie dann so friedlich im Stuhl? Das sieht nicht nach Schreck oder Panik aus», wandte Céleste ein, ohne auf Maurice Schupfers Frage weiter einzugehen.

«Auch wieder wahr», gab Maurice zu, und einen Augenblick schwiegen alle.

Dann wandte sich Céleste an Luc. «Wir müssen die Brigade verständigen.»

Luc nickte widerstrebend. Die Brigade – das bedeutete: Capitaine Didier Wolfsberger. Er war der Chef der zuständigen Kriminalpolizei von Colmar und ein ausgemachter Unsympath, da waren sich Céleste und Luc absolut einig. Sie hatten schon so manche unerfreuliche Begegnung mit dem eitlen, jähzornigen und zugleich ziemlich beschränkten Capitaine gehabt. Jedes Aufeinandertreffen glich einem verbalen Ringkampf, einem Gezerre um Zuständigkeiten, gespickt mit herablassenden Bemerkungen seitens des Capitaine und wütenden Retourkutschen von Céleste, die ihren Mund einfach nicht halten konnte.

Eigentlich war die Kriminalpolizei angehalten, mit den örtlichen Polizeibehörden zusammenzuarbeiten, so lauteten die Richtlinien. Didier Wolfsberger jedoch scherte das nicht im Geringsten. Er war der Ansicht, seine Großartigkeit allein reiche aus, um alle Kriminalfälle im Elsass, wenn nicht in ganz Frankreich zu lösen, und nicht einmal die beachtliche Statistik seiner Misserfolge und Versäumnisse konnte daran etwas ändern. Mit einem Ego ausgestattet, das dem eines Politikers in nichts nachstand, gelang es ihm immer wieder, sogar seine größten Irrtümer und Fehlschläge als Ermittlungserfolge darzustellen und am Ende auch noch selbst daran zu glauben. Auf diese Weise hielt er sich trotz mäßiger Leistung noch immer als Chef der Colmarer Brigade Criminelle. Sicher schadete ihm dabei die Tatsache nicht, dass er mit der Tochter des Präfekten des Departement Nord verheiratet war.

Céleste bat Dr. Schupfer und Nasrin, die sich nur langsam von ihrem Schock erholte, im Haus auf die Beamten zu warten, und wies dann Luc an, so viele Fotos wie möglich zu machen, von der Toten und der Umgebung, einschließlich der Bibliothek. Beiden war klar, dass es mit eigenen Ermittlungen vorbei sein würde, sobald die Brigade eingetroffen war. Luc, dem der Anblick von Leichen immer ungeheuer zu schaffen machte, war erleichtert, etwas Konkretes zu tun zu haben, und begann eifrig zu fotografieren, während Céleste einfach auf der Veranda stehen blieb und die Tote betrachtete. Sie trug Jeans und Sweatshirt, genau wie bei ihrem letzten Treffen, dazu die weißen Sneakers. Die langen blonden Haare lagen in weichen Wellen auf den schmalen Schultern. Sie war klein und zierlich, fast wie ein Kind, was Céleste erst jetzt so richtig auffiel, als sie sie in diesem altmodischen Ungetüm von Liegestuhl liegen sah.

Vorsichtig untersuchte Céleste die Hände der Toten auf Kratzer oder sonstige Auffälligkeiten, doch sie fand nichts. Die Fingernägel waren mittellang und mit einer *French Manicure* sorgfältig lackiert, die Haut erschien weich und gepflegt. Sie hatte Schuhgröße 36 gehabt, wie ein Blick auf die Sohlen der Sneakers verriet, also stammten die Fußspuren, die Céleste und Luc in der Nacht an der Pforte entdeckt hatten, schon einmal definitiv nicht von ihr. Diese Spuren waren um einiges größer als Célestes Füße gewesen, und sie trug Schuhgröße 39. Vorsichtig schob sie die Ärmel des Sweaters zurück und untersuchte die Arme der jungen Frau. Hier war die Haut nicht so makellos wie an den Händen. Céleste entdeckte unzählige feine Narben, die auf frühere Selbstverletzungen hindeuteten. Frische Wunden fand sie jedoch nicht. Sorgfältig zog sie die Ärmel wieder herunter und sah sich um. Die große, mit Glitzersteinen bedeckte Handtasche, die Segolène Lambert bei ihrem letzten Treffen bei sich gehabt hatte, war nirgends zu entdecken. Céleste runzelte nachdenklich die Stirn. Sie konnte sich nicht erklären, was die junge Frau hier draußen gewollt haben mochte. Warum sie überhaupt hierhergekommen war, mitten in der Nacht. Sie musste ja wohl nach ihrem Besuch bei Filipier eingetroffen sein …

«Chef!» Luc war inzwischen in den Park gegangen, um von dort aus zu fotografieren. Jetzt stand er an der Mauer und winkte ihr zu.

Céleste verdrehte die Augen, als sie mit ihren Krücken mühsam die Treppe der Veranda hinunterstieg. Es wurde langsam Zeit, dass sie diese sperrigen Dinger wieder loswurde. So konnte man ja seine Arbeit nicht ordentlich machen, wenn man sich nicht bewegen konnte. Langsam humpelte sie zu ihrem Brigadier hinüber, der unweit der kleinen, sperrangelweit geöffneten Pforte stand.

«Ich habe sie gestern Nacht, nachdem ich die Fotos von den Fußspuren gemacht habe, ganz sicher zugezogen», versicherte er.

Céleste nickte. Sie erinnerte sich auch, dass die Tür geschlossen gewesen war, als sie gegangen waren. «Haben Sie neue Fußspuren entdeckt?», fragte sie.

Luc schüttelte den Kopf. «Alles totaler Matsch.»

Als Céleste näher kam, sah sie es auch: Die Stelle um die Tür herum war so vollkommen durchweicht vom Regen, dass die Spuren von gestern genauso wenig zu erkennen waren wie etwaige neue Fußspuren. Eine einzige tiefe, dunkelbraune Schlammpfütze.

«Wenn hier eine Elefantenherde durchgetrampelt wäre, sähe es auch nicht anders aus», stimmte sie Luc zu. Sie warf einen Blick durch die offene Pforte und stutzte. Dort am Straßenrand stand ein verbeulter roter Peugeot. «Das ist doch Segolène Lamberts Auto!», rief sie verblüfft.

Luc folgte ihrem Blick. «Keine Ahnung.»

«Doch! Ich habe ihren Koffer dort hineingepackt, und ich habe mir sogar die Nummer aufgeschrieben...» Sie kramte ihr Notizbuch aus der Jackentasche und suchte die Seite, auf die sie noch in der Nacht die Nummer von ihrer Handfläche übertragen hatte. Bisher war sie noch nicht dazu gekommen, eine Halterüberprüfung vorzunehmen. Es war ihr ja auch nicht dringend erschienen – bis heute. Die Nummern stimmten überein, es war eindeutig Segolène Lamberts Wagen.

Sie zögerte. Einen Moment lang war sie hin- und hergerissen zwischen der Versuchung, durch den Matsch zu stapfen und einen schnellen Blick in das Auto zu werfen, oder stattdessen zum Haus zurückzugehen, um brav auf die Brigade zu warten. Dann zuckte sie mit den Schultern und ging vorsichtig, die matschigsten Stellen umrundend, nach draußen. Luc folgte ihr, ohne zu zögern. Wenn es darum ging, Didier Wolfsberger zu ignorieren oder ihm gar eins auszuwischen, entwickelte sich der sonst so zurückhaltende Brigadier fast zum Rebellen.

Segolène Lamberts Wagen war unverschlossen. Der Autoschlüssel steckte sogar noch. Auf dem Beifahrersitz lagen ihre Tasche und eine Jacke, im Fußraum ein pinkfarbener Klappschirm.

«Warum nimmt sie die Tasche nicht mit, wenn sie zu ihrem Freund geht?», fragte sich Céleste laut. «Und warum lässt sie den Schlüssel stecken?» Mit Hilfe eines Taschentuchs öffnete sie vorsichtig die Beifahrertür und griff nach der Tasche. Darin befanden sich ein kleiner Geldbeutel aus rosa Kunstleder, leer bis auf einen Fünf-Euro-Schein, ein altes Handy mit gesprungenem Display in einer strassbesetzten Hülle, ein Hausschlüssel mit einem babyrosa Pompon als Anhänger, der Schlüssel zu Madame Lagrandes Pension, Taschentücher, ein paar Schminkutensilien und die DVD, auf deren Cover Cinderella im blauen Kleid unter einem silbernen Sternenregen mit ihrem Prinzen tanzte. Unvermittelt traten Céleste Tränen in die Augen. Sie erinnerte sich an das verlegene Lächeln der jungen Frau. ‹Es macht mich immer so glücklich, wenn Cinderella tanzt›, hatte sie gesagt.

Céleste ließ die DVD zurück in die Tasche gleiten und wischte sich kurz über die Augen. Hatte sich Segolène Lambert so ihre Zukunft vorgestellt? Tanzend, mit Hugo Filipier als Prinz an ihrer Seite? Stattdessen war sie auf seiner morschen Veranda ums Leben gekommen. Allein. Eine andere Märchenfigur kam Céleste in den Sinn: Dornröschen, in einem hundertjährigen Schlaf gefangen. Nur würde kein Prinz kommen und sie wachküssen. Céleste schüttelte den Kopf. Was hatte sie plötzlich für sentimentale Gedanken? Sie nahm Segolène Lamberts Handy und versuchte, es anzuschalten, doch es war codegesichert. Unwirsch steckte sie es zurück in die Tasche und schloss dann die Autotür.

«Gehen wir zurück», sagte sie knapp und packte ihre Krücken.

«Alles in Ordnung?», fragte Luc und warf ihr einen prüfenden Blick zu.

«Klar», gab Céleste pampig zurück. «Alles super. Eine junge Frau ist tot, ihre Träume, ihre Hoffnungen, alles ist mit ihr gestorben, auf einem scheißgrünen Liegestuhl auf der vergammelten Veranda eines fetten, feigen Typen, der lieber auf die Jagd geht, als mit seiner Freundin zu tanzen ...»

«Zu tanzen?», fragte Luc verständnislos. «Wieso hätte er denn mit ihr tanzen sollen? Am Samstagmorgen?»

Das war so typisch für Luc, dass Céleste lächeln musste, und ihre Wut verflog ebenso plötzlich, wie sie gekommen war. «Ach, vergessen Sie's einfach, Bato.»

Schweigend gingen sie durch die verborgene Pforte zurück auf das Grundstück. Als sie sich der Villa näherten, trat gerade Capitaine Wolfsberger mit seinem Assistenten aus dem Haus auf die Veranda. Lieutenant Vasarelys roter Haarschopf leuchtete ihnen schon von weitem entgegen. Hinter ihm standen Maurice Schupfer und Nasrin Farouk.

Wolfsberger, im pastellgrünen Hemd und gebügelten Jeans, geschniegelt wie immer, empfing sie mit einem süffisanten Grinsen. «Kleinen Morgenspaziergang gemacht?» Sein Blick wanderte demonstrativ von Célestes Krücken zu Luc Batos Veilchen. «Die Lahme und der Blinde. Das Dreamteam von Eguisheim.» Er lachte schallend über seinen Witz. Allerdings lachte

71

niemand mit. Maurice Schupfer stieß ein verächtliches Schnauben aus, Nasrin guckte weg, und Vasarely starrte zu Boden. Céleste musterte Wolfsberger mit einem so eisigen Gesichtsausdruck, dass der Capitaine hastig den Blick abwandte.

«Segolène Lambert», begann Céleste kühl und deutete mit dem Kinn auf die junge Frau im Liegestuhl. «Sie war die Freundin von Hugo Filipier, dem dieses Anwesen gehört. Nasrin Farouk, die samstags hier putzt, hat sie gefunden ...»

«Ja, ja.» Wolfsberger nickte ungeduldig. «Das hat sie mir schon alles erzählt. Sie hat den Arzt gerufen und dann Sie beide. Sonst noch was, *Chef de Service Kreydenweiss*?» Wie immer, wenn er die Güte hatte, sich an ihren offiziellen Titel zu erinnern, zog er ihn provozierend in die Länge, um deutlich zu machen, dass sie und Bato hier eigentlich nichts mehr zu suchen hatten.

Céleste hob eine Augenbraue. «Was genau meinen Sie, Capitaine?»

«Ob Sie noch was Konstruktives beizutragen haben. Ansonsten können Sie und Ihr Brigadier ruhig weiter Ihrem Tagwerk nachgehen.» Er wandte sich zur Seite und musterte die Tote kurz. «Sieht mir ohnehin nach einem natürlichen Tod aus. Die liegt ja da wie Schneewittchen.»

«Schneewittchen wurde mit einem Apfel vergiftet», wandte Céleste ein. «Ihr Wagen steht draußen um die Ecke, und Sie sollten ...»

«*Chef de Service Kreydenweiss*, möchten Sie mir wirklich sagen, was ich zu tun habe?» Wolfsberger fletschte die Zähne zu einem Haifischlächeln. Als Céleste keine Antwort auf die ohnehin rhetorische Frage gab und ihn nur abschätzig musterte, schob der Capitaine sein Kinn vor und wedelte mit der Hand, als wollte er eine lästige Fliege verscheuchen. «Gehen Sie mir aus den Augen, sonst werde ich unangenehm.»

Céleste lachte ehrlich belustigt auf. «Ach, tatsächlich! Unangenehm können Sie auch werden, Capitaine?»

Als Céleste und Luc außer Hörweite waren, platzte der Brigadier wütend heraus: «Diesem Wolfsberger wünsche ich auch einmal eine Geistererscheinung. Damit er sich vor Angst in die Hose macht wie Filipier.»

Céleste nickte. «Eine ganz zauberhafte Vorstellung, Luc. Da müssen wir mal drüber nachdenken.»

Bevor sie in den Mégane einstiegen, musterte Céleste ihre schwarzen Polizeistiefel. Obwohl sie vorsichtig gewesen waren, hatte der Spaziergang im Park deutliche Spuren hinterlassen. Klumpige schwarze Erde und feuchtes Gras klebten an den Sohlen, und die Schuhspitzen waren nass. Nachdenklich hievte sie sich in den Wagen. Segolène Lamberts weiße Sneakers waren absolut sauber und trocken gewesen. Falls sie also aus irgendeinem unerfindlichen Grund beschlossen haben sollte, weit nach Mitternacht im strömenden Regen ihren Freund zu besuchen, ohne dabei Schirm, Handtasche und Autoschlüssel mitzunehmen, war sie jedenfalls nicht über den Garten gekommen, und Céleste fragte sich, weshalb sie ihr Auto dann dort geparkt hatte und nicht wie beim letzten Mal einfach und unkompliziert in der Remise der Villa.

5

Der rote Peugeot war zugelassen auf eine Frau namens Leni Krinckenheimer, 33 Jahre alt, wohnhaft in Straßburg.

«Seltsam.» Céleste runzelte die Stirn, als Luc ihr das Ergebnis der Halterauskunft vorlas. «Mir hat sie gesagt, sie wohnt in Nancy. Das kam mir aber wegen des Autokennzeichens gleich komisch vor.»

«Sie könnte sich das Auto von einer Freundin geliehen haben», mutmaßte Luc.

«Ja, möglicherweise ...»

«Soll ich mich einmal bei Madame Lagrande umsehen?», bot sich Luc an. «Dort finden wir bestimmt ihren Ausweis.»

Céleste war schon aufgestanden. «Das Gleiche wollte ich auch gerade vorschlagen. Gehen wir zusammen.»

«Tot, sagen Sie?» Madame Lagrande sah Céleste und Luc ungläubig an. «Hat sie sich etwas angetan?»

«Wie kommen Sie darauf?», fragte Céleste.

Die mächtige Frau hob die Arme. «Keine Ahnung. Sie war jung, schien mir nicht krank. Da fallen mir als Möglichkeiten erst mal nur Unfall und Selbstmord ein.»

«Wir wissen noch nichts über die Todesursache», sagte Céleste. «Könnten Sie uns bitte ihr Zimmer zeigen?»

Segolène Lamberts Zimmer in der Pension zum Täubchen

war so ordentlich aufgeräumt, als hätte noch gar niemand dort übernachtet. Der große Koffer stand aufrecht und verschlossen neben dem Kleiderschrank, keine Kleider lagen herum, kein Nachthemd, keine Bücher oder Zeitschriften; lediglich ein Kosmetikkoffer stand im Bad sowie eine Zahnbürste zusammen mit der Zahncremetube in einem Glas am Waschbecken.

«Wollte die Dame schon wieder abreisen?», fragte Céleste Madame Lagrande, die mit ihnen ins Zimmer gekommen war und jetzt unverrückbar wie ein Berg neben ihnen stand. Sie trug ein Kleid mit weiten, bauschigen Ärmeln in Altrosa, das Céleste vage an einen Vorhang in einem altmodischen Boudoir erinnerte.

Eloise Lagrande hob ihre mächtigen Schultern. «Keine Ahnung», brummte sie mit ihrer tiefen Bassstimme. «Sie hat nichts dergleichen gesagt. Bezahlt hat sie auch noch nicht.» Bekümmert blickte sie sich um. «Wie traurig, dass sie tot ist.» Sie zog ein Stofftaschentuch aus ihrem Rüschenärmel und betupfte sich damit die stark geschminkten Augen. «Das arme Mädchen.»

«Hat sie etwas von sich erzählt?», wollte Céleste wissen.

«Nein, nur was man eben so redet. ‹Guten Morgen, gut geschlafen? Café au lait oder Tee?›» Sie verstummte, doch Céleste hatte den Eindruck, dass sie gerne noch etwas hinzugefügt hätte.

«Wie wirkte sie auf Sie?», hakte sie nach. «Glauben Sie, dass sie Probleme hatte?»

«Außer Liebeskummer wegen dieses alten Schnösels, meinen Sie?» Madame Lagrande schnaubte, was ziemlich gefährlich klang. Céleste dachte bei sich, dass Hugo Filipier ihr in nächster Zeit wohl besser aus dem Weg gehen sollte. Mit einer wütenden Eloise Lagrande war nicht zu spaßen.

«Alles, was Ihnen aufgefallen ist, kann wichtig sein», sagte sie aufmunternd. «Sie als Pensionswirtin haben doch sicher eine gute Menschenkenntnis.»

Madame Lagrande sah Céleste scharf an. «Sie brauchen mir nicht um den Bart zu gehen, Madame le Commissaire. Ich weiß selbst, dass ich meine Gäste recht gut einschätzen kann.»

Céleste nickte belustigt. «Da habe ich gar keinen Zweifel. Und wie schätzten Sie Segolène Lambert ein?»

«Wie ich schon sagte. Sie war ein armes Mädchen.»

«Wie meinen Sie das? Hatte sie kein Geld oder...»

«Arm in jeder Hinsicht. Ich glaube, sie war am Ende. Wusste nicht mehr weiter.»

«Wie kommen Sie darauf? Hat sie etwas in der Art gesagt?»

Eloise Lagrande schüttelte den Kopf. «So etwas sehe ich. Sie hatte etwas Verzweifeltes an sich. Man konnte es spüren. Es umgab sie wie...» Sie nestelte ihr Taschentuch zurück in den Ärmel und schüttelte den Kopf.

«Wie was?», fragte Céleste nach. «Was ging Ihnen durch den Kopf?»

Der Blick der Pensionswirtin fiel auf das Bild, das an der Wand hing. Es zeigte zwei metallisch glänzende Turteltauben vor einem kitschigen Blumenhintergrund. «Einmal habe ich versehentlich die Tür aufgeschlossen, ohne vorher anzuklopfen», sagte sie langsam. «Ich dachte, sie wäre noch im Frühstückszimmer. Doch sie hat da auf dem Bett gesessen und das Bild angestarrt. Sie hat mich nicht einmal bemerkt. Ich glaube, das war das Einzige, was sie hier drin getan hat: das Bild anstarren.» Eloise Lagrande zögerte, dann fügte sie hinzu: «Dieses Mädchen kam mir vor wie der letzte Rest einer Kerze. Die Flamme flackert noch ein bisschen, bevor sie ausgeht. Aber

diese flackernde Flamme kann immer noch einen Brand aus-
lösen.»

«Hat sie auf Sie irgendwie einen gefährlichen Eindruck gemacht?»

«Verzweifelte Menschen sind immer gefährlich. Man weiß
nie, wozu jemand imstande ist, wenn er nichts mehr zu verlieren hat.» Ihr Tonfall ließ vermuten, dass sie sich damit besser auskannte, als ihr lieb war, und Céleste fragte sich, was ihr
wohl widerfahren sein mochte. Madame Lagrande wandte sich
zur Tür. «Wenn Sie mich nicht mehr brauchen ...»

«Danke. Wir kommen dann runter.» Céleste nickte ihr zu.
Als die voluminöse Gestalt in ihrem wallenden Kleid aus der
Tür war, trat Céleste zu Luc, der während ihres Gesprächs
schweigend neben dem Koffer gewartet hatte. «Lassen Sie uns
einen Blick hineinwerfen.»

Wie Céleste sich aufgrund des Gewichts schon gedacht hatte,
enthielt der Koffer eine Unmenge an Kleidung, sehr viel mehr,
als man benötigte, um einem Freund einen Kurzbesuch abzustatten. Céleste musterte den Inhalt eine Weile nachdenklich,
dann kippte sie ihn auf den Boden und begann zu sortieren.

«Was tun Sie da, Chef?», wollte Luc wissen.

«Schauen Sie mal.» Céleste erhob sich mit einem Ächzen
vom Boden. «Fällt Ihnen was auf?»

Luc musterte die zwei ungleichen Haufen, in die Céleste
Segolènes Kleider aufgeteilt hatte. Auf dem linken, kleineren
Haufen lagen das schimmernde Negligé, das die junge Frau vor-
letzte Nacht getragen hatte, zwei elegante Kleider in Dunkelrot
und Schwarz, jeweils mit tiefem Ausschnitt, ein gemuster-
tes Schultertuch, ein cognacfarbener Hosenanzug mit weißer
Bluse und zwei Paar extrem hohe Pumps. Außerdem Spit-
zenunterwäsche, edle Seidenstrümpfe und eine kleine Tasche

mit dem Emblem einer Luxusmarke. Auf dem rechten Haufen dagegen lagen einfache T-Shirts, Pullover aus Kunstfasern, zwei Paar Jeans, Sandalen, Trägertops, ein Anorak und ein heftig abgeliebter Plüschhase, dem ein Auge und ein Ohr fehlten. Nach einer Weile, als Céleste schon ungeduldig zu werden begann, fragte er: «Ein Anorak im April?»

Céleste verdrehte die Augen. «Ja, das auch, aber das Entscheidende ist was anderes.»

Wieder dauerte es eine Weile, dann sagte Luc mit hörbarer Erleichterung in der Stimme: «Jetzt weiß ich: Freizeit- und Ausgehkleidung.»

«Ja – und?»

«Was und? Sie wollte länger bleiben?»

Céleste lachte. «Sie Ahnungsloser. Ich glaube, Sie brauchen echt mal eine Frau.»

Luc wurde rot. «Ich verstehe nicht, was Sie meinen, Chef.»

Céleste deutete auf den kleinen Haufen. «Das sind richtig teure Sachen. Kaum bis gar nicht getragen. Die Klamotten auf der anderen Seite dagegen sind von der allerbilligsten Sorte. Aus dem Discounter oder so. Für das, was ein Paar dieser Pumps gekostet hat, könnte man zehn dieser Haufen kaufen.»

«Oh», sagte Luc. «Und das heißt ... was?»

«Bisher heißt es nur, dass wir hier Kleider von so unterschiedlicher Qualität haben, dass sie von zwei verschiedenen Frauen stammen könnten. Von zwei Frauen mit ganz unterschiedlichem Geschmack und vor allem unterschiedlichen finanziellen Möglichkeiten.»

«Segolène Lambert und Leni Krinckenheimer?», fragte Luc, der langsam verstand, worauf Céleste hinauswollte.

Céleste nickte. «Vielleicht. Vielleicht ist aber auch alles ganz anders. Haben Sie ihren Ausweis gefunden?»

Luc schüttelte den Kopf. «Nein. Nur das hier.» Er hob ein dickes, zerlesenes Buch auf und zeigte es Céleste.

«*Fifty Shades of Grey*», las Céleste und seufzte. «Das auch noch. *Cinderella* hätte doch eigentlich genügt.»

«Kennen Sie das etwa, Chef?», fragte Luc erstaunt.

«Sie nicht?»

Luc schüttelte den Kopf, und Céleste seufzte noch einmal. «Luc, Sie sind wirklich ein Ahnungsloser.»

Luc sah sie verunsichert an. «Meinen Sie, ich sollte es lesen?»

«Suchen Sie sich lieber eine Freundin. Da haben Sie mehr davon», riet sie ihm.

Als sie wieder nach unten gingen, sagte Luc plötzlich: «Ich glaube, ich weiß, wo der Ausweis ist.» Er ging zu Madame Lagrande, die umgeben von Porzellantierchen und Stoffblumen hinter ihrer kleinen Theke stand und etwas in ein großes Buch schrieb.

«Hat Frau Lambert Ihnen bei der Anmeldung ihren Ausweis überlassen?», fragte Luc.

Madame Lagrande nickte. «Ja, natürlich. Habe ich ihr den etwa noch nicht zurückgegeben?»

«Wir haben ihn zumindest nicht gefunden.»

Sie begann, in einem altertümlichen Karteikasten zu kramen, und zog dann einen Umschlag heraus. «Hab ich wohl vergessen. Passiert mir andauernd.»

Sie reichte ihnen den Ausweis, und Luc und Céleste warfen einen Blick darauf. Neben dem Foto, das ohne Zweifel Segolène Lambert zeigte, stand *Leni Krinckenheimer* und dieselbe Adresse in Straßburg, die auch die Halterauskunft ergeben hatte.

Céleste zeigte Eloise Lagrande den Namen: «Ist Ihnen denn nicht aufgefallen, dass die Frau ganz anders hieß?»

«Doch, natürlich», sagte Madame Lagrande.

«Wie? Sie wussten das? Warum haben Sie uns das nicht gleich gesagt?»

«Ich dachte, das wäre bekannt. Segolène Lambert war der Künstlername der Dame. Sie hat es mir gleich bei der Anmeldung verraten. Am Morgen, nachdem Sie sie hergebracht haben. Sie war Tänzerin.»

Céleste hob verblüfft die Brauen.

«Jawohl.» Eloise Lagrande klappte mit Schwung ihr dickes Buch zu und räumte es zusammen mit dem Karteikasten in ein Fach unter der Theke, dann richtete sie sich schnaufend wieder zu ihrer vollen Größe auf, verschränkte die Arme vor der Brust und sagte trocken: «Mit einem Namen wie Leni Krinckenheimer kommt man in dem Geschäft nicht weit, das ist ja wohl klar.»

«Da könnten Sie recht haben.» Céleste nickte. «Wann hat Madame Lambert gestern eigentlich das Haus verlassen?»

Eloise Lagrande überlegte einen Moment, dann warf sie Céleste einen misstrauischen Blick zu. «Sie müssen wissen, ich habe meine Gäste nicht dauernd im Blick…»

«Natürlich nicht.» Céleste hob abwehrend die Hände.

«Ich bin nämlich nicht neugierig.»

«Läge mir fern, so etwas zu vermuten.»

«Sie ist nach dem Frühstück zu Fuß weg, und dann habe ich sie am Abend wegfahren sehen. So kurz vor sechs.»

«Hat sie gesagt, wo sie hinwollte?»

Madame Lagrande schüttelte den Kopf.

«Bekam sie mal Besuch?»

Erneutes Kopfschütteln.

Céleste gab Madame Lagrande den Ausweis zurück. «Vermutlich wird die Brigade Criminelle vorbeikommen, bitte erzählen Sie denen alles, was Sie uns gesagt haben.»

«Brigade Criminelle?» Madame Lagrande runzelte die Stirn. «Ja meinen Sie denn, das war ein Verbrechen?»

Céleste schüttelte den Kopf. «Wie gesagt, wir wissen noch nichts Genaues. Aber das ist ein ganz normaler Vorgang. Die Brigade muss immer ermitteln, solange nicht geklärt ist, ob es sich um einen natürlichen Tod handelt.»

«Was denken Sie, Bato?» fragte Céleste, als sie zurück zur Mairie fuhren.

Luc warf ihr einen misstrauischen Blick zu. «Ist das jetzt wieder so eine Fangfrage, die ich nur beantworten kann, wenn ich mich mit Frauen auskenne?»

Céleste lachte. «Nein, eine rein professionelle Frage.»

Luc schwieg, bis sie an der Mairie angekommen waren. Erst als er geparkt hatte, sagte er zerknirscht: «Ich habe keine Ahnung, was ich von dieser Geschichte halten soll.»

«Das ist doch schon mal ein guter Anfang», sagte Céleste.

«Finden Sie wirklich?» Luc machte ein zweifelndes Gesicht.

«Doch, im Ernst. Mir geht es genauso. Wir wissen immerhin, dass wir nichts wissen. Und das ist doch sehr interessant.» Sie stieg aus.

«Wie meinen Sie das?», fragte Luc verwirrt.

«Die Person, die wir zu kennen geglaubt haben, war eine ganz andere, als wir dachten. Nicht dass wir Segolène Lambert wirklich gekannt haben, aber wir haben zumindest geglaubt zu wissen, was sie war: eine etwas naive, romantische junge Frau, die Märchen liebt, Hugo Filipier in einem allzu rosaroten Licht sieht und von einem Gespenst erschreckt wurde. Leni Krinckenheimer dagegen kannten wir überhaupt nicht.» Sie waren inzwischen in ihrem Büro angekommen, wo sich Céleste auf ihren Stuhl fallen ließ und den verletzten Fuß auf den Schreibtisch legte. «Jetzt hat sich unser Bild völlig verschoben. Wenn wir Madame Lagrande Glauben schenken, und es gibt keinen Grund, das nicht zu tun, haben wir es mit keiner romantischen, sondern mit einer verzweifelten jungen Frau zu tun. Einer Tänzerin, die verschiedene Namen benutzte und zwei Garderoben besaß. Die behauptete, in Nancy zu wohnen, aber stattdessen aus Straßburg kam, aus einem ziemlich üblen Viertel, wenn ich mich nicht irre. Da stellen sich einem doch eine Menge Fragen, oder?»

Luc nickte, ein wenig betäubt. Er schien auf der Hut, wie ein Schüler, der befürchtet, ausgefragt zu werden.

Doch Céleste redete bereits weiter: «Warum hat sie gelogen? War sie eine Betrügerin? Eine Heiratsschwindlerin? Auf der Flucht vor etwas? Vor jemandem? Wo war sie am Vormittag? Wo wollte sie gestern Abend hin? Und warum waren ihre Schuhe sauber?»

Luc kratzte sich am Kopf. «Chef, soll ich uns was zu essen holen? Es ist schon Mittag…»

Céleste unterbrach ihre Gedankengänge und nickte erfreut. «Gute Idee, Bato. Gehen Sie zu Paul in die Metzgerei, vielleicht hat er noch Schweinebraten im Angebot.»

Als der Brigadier kurz darauf zurückkehrte, zwei dick mit Schweinebraten belegte Baguettes und zwei Orangina in einer Tüte, hatte Céleste schon eine Seite ihres Notizbuches mit Stichpunkten vollgekritzelt. Auf ihrem Schreibtisch lag ein Stadtplan von Straßburg, auf dem sie jetzt ihr Mittagessen ausbreitete. Sie deutete mit dem Finger auf eine Stelle neben ihrem Baguette. «Schauen Sie, Luc. Es ist, wie ich dachte: Die Adresse von Leni Krinckenheimer liegt in Neuhof. Das ist eine echt miese Gegend.»

«Neuhof … das ist doch da, wo immer die Autos brennen.» Luc nickte. «Davon habe sogar ich Ahnungsloser schon gehört.»

Er beäugte kritisch die Krümel, die seine Chefin auf dem Stadt-plan hinterließ. «Sie könnten den Stadtplan auch googeln. Dann hätten sie mehr Platz zum Essen.»

Céleste schüttelte den Kopf. «Da kann ich mir nichts räum-lich vorstellen. Diesen Stadtplan hatte ich schon, als ich noch in Straßburg gearbeitet habe. Der ist wie ein guter Freund.» Sie biss eine große Ecke von ihrem Baguette ab und fegte kauend die Krümel auf den Boden.

Eine Weile aßen sie schweigend. Plötzlich sagte Luc: «Ich verstehe Ihre Fragen von vorhin nicht ganz. Wir wissen doch, wohin Segolène Lambert, also Leni Krinckenheimer wollte.»

«So? Wissen wir das?»

«Ja. Zu Hugo Filipier.»

«Nein. Ich denke, wir können davon ausgehen, dass sie auf keinen Fall dorthin wollte.»

«Aber wieso?»

«Haben Sie nicht gesehen, was sie anhatte? Alte Jeans und ein verwaschenes Sweatshirt. Turnschuhe. Ich glaube, wenn sie Filipier hätte treffen wollen, hätte sie sich doch eher etwas von den schönen Dingen angezogen. Filipier kannte sie als Segolène Lambert, er war ihr Prinz. Zu Segolène gehörten die schönen Dinge im Koffer. Außerdem ist sie schon kurz vor sechs losge-fahren. Als wir in der Nacht zu Filipier gerufen wurden, war sie aber nicht bei ihm, und ihr Auto stand auch nicht dort, wo es jetzt steht. Wir sind an der Stelle vorbeigegangen. Sie muss erst danach gekommen sein, also nach ein Uhr nachts. Vorher war sie irgendwo anders.»

Luc nickte. «Da haben Sie recht.» Er dachte nach, dann fügte er hinzu: «Und weil die Schuhe nicht voller Erde waren, so wie unsere, kann sie nicht durch den Park gekommen sein, sondern muss die Einfahrt genommen haben.»

«Genau. Das sind die Fragen, auf die ich gerne eine Antwort hätte: Was hatte Segolène Lambert mitten in der Nacht auf Hugo Filipiers Veranda zu suchen, und wo war sie vorher? Und warum hat sie ihr Auto außerhalb und nicht auf dem Grundstück abgestellt?»

«Was, glauben Sie, ist mit ihr passiert?», fragte Luc nach einer Weile. «Woran ist sie gestorben?»

Céleste schob sich das letzte Stück Baguette in den Mund. «Ich habe keinen blassen Schimmer», gestand sie kauend.

«Sie sah so friedlich aus», sagte Luc betrübt. «Als ob sie einfach nur schlafen würde.»

«Wir müssen abwarten, was die Obduktion ergibt», sagte sie. «Sandrine wird schon herausfinden, woran sie gestorben ist.» Sandrine Veilleux war die Gerichtsmedizinerin von Colmar und seit Jahren mit Céleste befreundet. Céleste begann, den Stadtplan zusammenzufalten. «Ich werde sie gleich am Montag anrufen.»

«Und was machen wir jetzt?», wollte Luc wissen.

Céleste lächelte über den Eifer des Brigadiers. «Jetzt ist Wochenende, Bato. Genießen Sie den schönen Frühlingsnachmittag.» Sie deutete auf das kleine Butzenscheibenfenster des alten Gebäudes, in dem sich die Mairie befand. «Der Himmel ist blau, die Sonne scheint.»

«Aber ...», setzte Luc empört an.

Céleste schüttelte den Kopf. «Wir haben schon mehr getan, als in unserer Zuständigkeit liegt. Den Rest können wir erst mal Wolfsberger und seinen Leuten überlassen. Ein ungeklärter Todesfall ist deren Sache und nicht Aufgabe der Police Municipale. Oder wollen Sie die Familie ausfindig machen, um die Todesnachricht zu überbringen?»

Luc zögerte, dann schüttelte er den Kopf. «Ungern», sagte er leise. «Aber ich kann doch jetzt auch nicht einfach so tun, als wäre nichts passiert!»

«Das tun wir auch nicht. Wir warten bis Montag, dann sprechen wir mit Sandrine, und je nachdem, was die Obduktion ergeben hat, sehen wir weiter. Keine Sorge, Luc. Wir überlassen den Fall nicht Wolfsberger. Falls es überhaupt ein Fall ist. Aber jetzt fahren Sie nach Hause zu Ihren Eltern.» Céleste stand auf und nahm ihre Krücken. «Gehen Sie mit Ihren Hunden spazieren, melken Sie die Kühe, was weiß ich. Lenken Sie sich ab.»

Luc schüttelte trübsinnig den Kopf. «Ich fahre dieses Wochenende nicht nach Hause. Morgen früh singt der Chor in der Messe, und wir haben heute Abend noch Sonderprobe. Es ist zu spät, um vorher noch heimzufahren.»

Céleste musterte ihren jungen Brigadier mit einer Mischung aus Mitgefühl und Ungeduld. Sie wusste, dass er fast jedes Wochenende nach Hause zu seinen Eltern fuhr, um dort auf dem Hof zu helfen. Sie wusste auch, dass er im Kirchenchor sang. Zusammen mit Hortense Grimaud, seiner Angebeteten, in deren Gegenwart er aber kaum ein Wort herausbrachte. Was er sonst in seiner Freizeit machte, davon hatte sie keine Ahnung.

«Haben Sie Lust auf ein Stück Kuchen?», fragte sie. «Ich dachte mir, ich gehe noch zu *Tantine Ninette* und esse eine Zitronentarte in der Sonne...»

Luc hob den Kopf. «Sie meinen das neue Café am Marktplatz? Gerne!» Er sprang auf. «Dann können wir noch ein bisschen über unseren Fall reden.»

Céleste nickte gutmütig. «Von mir aus.»

6

Als Céleste am nächsten Morgen gegen halb neun aufwachte, genoss sie erst einmal das Gefühl, während der Nacht nicht von einem Telefonanruf aufgeschreckt worden zu sein. Es war Sonntag. Sie hatte frei. Kurz darauf saß sie bei einer Schale Café au lait am geöffneten Fenster und lauschte dem Glockengeläut der Dorfkirche St. Peter und Paul. Sie dachte an ihren Brigadier, der jetzt auf der Empore stand und seinen klangvollen Bariton ertönen ließ. Hoffentlich gelang es ihm, nach der Messe wenigstens ein paar Worte mit der sommersprossigen Hortense zu wechseln. Es wurde Zeit, dass er endlich einmal anfing, richtig zu leben. Er konnte doch nicht für immer am Rockzipfel seiner Mutter hängen, Käselaibe rollen und mit seinen Hunden schmusen. Da gab es doch noch so viel mehr!

Wobei – was das *mehr* anbelangte, beschlichen Céleste in letzter Zeit immer wieder leise Zweifel, ob sie selbst dafür das richtige Händchen hatte. Seit Jahren steckte sie in einer Beziehung fest, in der es weder vor noch zurück ging. Ihr deutscher Freund Max war Journalist und lebte im nahen Freiburg, und obwohl sie sich wirklich liebten, war bisher keiner bereit gewesen, sein Leben für den anderen aufzugeben. Max war viel im Ausland unterwegs, und sie sahen sich eher selten. Inzwischen waren sie an einem Punkt angelangt, an dem sie über die Zukunft gar nicht mehr sprachen, und eine Zeitlang war das

auch recht gut gegangen. Céleste war nicht der Typ für groß-
artige Zukunftspläne und auch nicht für das, was andere eine
ordentliche Beziehung nennen würden. So gönnte sie sich
auch noch einen zweiten Liebhaber, Yves, der im Nachbarort
wohnte. Diese Geschichte war nicht geplant gewesen, es hatte
sich einfach so ergeben, und Céleste hatte keinen Grund gesehen, sich dagegen zu sträuben, solange die Beziehung zu Max so
in der Schwebe hing. Yves war gutaussehend und unterhaltsam,
er hatte Humor und sah das Leben ähnlich locker wie sie selbst.
Mit Max hatte sie nie über Yves gesprochen, und sie wusste
nicht, ob er etwas ahnte. Im Gegenzug fragte sie ihn auch nie,
ob die Fotografin, die ihn auf seinen Reisen fast immer begleitete, mehr für ihn war als nur eine Arbeitskollegin. In letzter
Zeit jedoch hatte das Arrangement, das Céleste und Max miteinander getroffen hatten, allmählich seine Würze verloren.
Céleste ertappte sich immer häufiger dabei, tagelang nicht an
Max gedacht zu haben. Wenn sie sich dann sahen, waren die
Treffen meist von einem Gefühl der Traurigkeit überschat-
tet, das im Grunde gar nicht ihrem Naturell entsprach. Als ob
etwas bereits zu Ende gegangen wäre, ohne dass sie es wahrha-
ben wollten.

Sie riss sich von ihren trüben Gedanken los, die so gar nicht
zu dem sonnigen Morgen passten, und inspizierte stattdessen
ihren Knöchel. Die Schwellung war endlich zurückgegangen,
und es schmerzte nicht mehr so stark wie in den vergangenen
Tagen. Céleste beschloss daher, dass ihr ein bisschen Bewegung
nicht schaden könne. Zwar war an Laufen, neben dem Kickboxen ihr Lieblingssport, noch nicht zu denken, aber Radfahren
würde wohl gehen. Keine steile Tour in die Berge, sondern nur
ein Stündchen rund ums Dorf, da lief das Rad ohnehin fast wie
von selbst. Danach würde sie ihren Großvater Théo besuchen

und mit ihm zu Mittag essen, wie sie es sonntags meistens hielten. Oft gingen sie zusammen zu Catherine in den Fetten Frosch, wo Théo eine doppelte Portion seines Leibgerichts *Choucroute garnie* serviert bekam. Manchmal trafen sie sich aber auch im Garten ihres Großvaters oder in seinem Weinberg und machten dort ein Picknick. Théos Leidenschaft galt dem Riesling, und aus den Trauben seines kleinen Weinbergs, den er – mit Célestes Unterstützung – noch immer weitgehend allein bewirtschaftete, entstand jedes Jahr der beste Riesling von ganz Eguisheim. Was schon zu zahlreichen Kaufangeboten von Seiten seiner viel größeren Winzerkollegen geführt hatte, vor allem von Jerôme Dopfer und Bertrand Fleckenstein. Doch Théo Kreydenweiss würde seinen Weinberg nicht hergeben. Nicht, solange er noch aufrecht gehen konnte.

Céleste radelte gerade am Weinberg von Bertrand Fleckenstein vorbei, als ihr auffiel, dass sie, ohne nachzudenken, in Richtung *Maison des Chevaliers* unterwegs war. Der Weinberg grenzte an die Straße, die an Hugo Filipiers Grundstück entlangführte. Eigentlich war das nicht verwunderlich. Man konnte sich kaum einen Schritt aus Eguisheim herausbewegen, ohne auf einen Weinberg von Bertrand Fleckenstein zu treffen. Als sie an der Kreuzung ankam, von der die schmale Straße abging, die parallel zur Mauer des *Maison des Chevaliers* verlief, bemerkte sie, dass Segolène Lamberts Auto noch am selben Platz wie gestern stand. Sie fuhr näher heran und spähte hinein. Die Handtasche und der Zündschlüssel waren fort, stattdessen lag ein Formblatt auf dem Armaturenbrett, das darüber informierte, dass sich die Gegenstände bei der Brigade Criminelle in Colmar befanden. Immerhin hatte Wolfsberger ihren Hinweis auf den Wagen zur Kenntnis genommen, dachte Céleste und sah sich um.

Die Gebäude am Ende der Straße lagen still in der Vormittagssonne. Kurzentschlossen radelte Céleste auf sie zu. Vielleicht traf sie jemanden an, dann konnte sie fragen, ob womöglich ein nächtlicher Radfahrer auf einem Mountainbike oder sonst irgendetwas aufgefallen war.

Das erste Gebäude, an dem Céleste vorbeikam, war ein hübsches, spitzgiebeliges Haus inmitten von Obstbäumen, die gerade auszutreiben begannen. Auf dem First hatten Störche ein Nest gebaut, das jetzt, nach dem Winter, noch arg zerrupft aussah. Eine etwa siebzigjährige Frau mit kurzen grauen Haaren stand im Garten und rechte die letzten Blätter vom Herbst zusammen.

«Bonjour, Madame», rief Céleste ihr zu und lehnte ihr Fahrrad an den Gartenzaun.

Die Frau beäugte sie misstrauisch. «Ja?»

«Ich wollte Sie nur etwas fragen ...»

Langsam kam die Frau näher, den Rechen fest in der Hand. Als sie vor Céleste stand, kniff sie überrascht die Augen zusammen. «Du bist doch die kleine Kreydenweiss von der Polizei.»

«Céleste Kreydenweiss, ja», sagte Céleste und war versucht, hinzuzufügen «Chef de Police», um das ‹klein› ein wenig zu relativieren, ließ es dann aber sein.

Sie war hier aufgewachsen und daher längst daran gewöhnt, dass ein Großteil der Eguisheimer sie kannte, seit sie noch ein kleines, mageres Schulmädchen mit schwarzen Zöpfen gewesen war. Für diese Leute würde sie immer die ‹kleine Kreydenweiss› bleiben, selbst wenn sie Polizeipräsidentin wäre. Wenn nötig, wusste Céleste sich schon Respekt zu verschaffen. Hier war das aber nicht nötig. Außerdem war Sonntag, und sie hatte frei. Eigentlich.

«Ich bin Eugénie. Eugénie Puppinger. Ich kenne deinen

Opa.» Die Frau reichte ihr eine runzelige, schwielige Hand und lächelte breit. «Und dich kenne ich, seit du so ein kleiner Stöpsel warst.» Sie zeigte mit der Hand ungefähr einen Meter Höhe an.

Céleste, die die Frau höchstens vom Sehen kannte, nickte vage. «Ja ... ich hätte da ein paar Fragen ...»

«Wegen des armen Mädchens, oder?» Madame Puppinger deutete mit dem Kinn in Richtung *Maison des Chevaliers.* «Die gestern ums Leben gekommen ist.»

Céleste nickte. «Kannten Sie sie?»

«Ach wo.» Die Frau schüttelte den Kopf. «Nur vom Sehen.»

«Hat sie öfters dort an der Straße geparkt?», wollte Céleste wissen und deutete auf den Peugeot.

Die Frau musterte den roten Wagen. «Ach, das ist ihr Auto? Ich dachte, das wär wieder so ein Wandervogel aus der Stadt. Die parken ja an den unmöglichsten Stellen. Da müsstet ihr von der Polizei mal ein Auge drauf haben. Stell dir vor, manche wollen sogar hier zelten, mitten im Weinberg! Oder gleich in meinem Garten. Die Leute werden immer bekloppter. Ich habe Bertrand schon gesagt, er soll mit seinem neuen Hund mal wieder ein paar Runden durch die Weinberge drehen, da wird er sein blaues Wunder erleben ... Stell dir vor, letztens hat sich hier so ein Mountainbiker aus der Stadt bis auf die Unterhose ausgezogen und seine verschwitzte Kleidung über meinen Gartenzaun zum Trocknen gehängt.» Sie schüttelte empört den Kopf. «Sachen gibt's. Ich frage mich immer, wie es bei diesen Leuten zu Hause zugehen muss, wenn die unterwegs so gar keinen Anstand ...»

«Das Auto stand also noch nie hier?», unterbrach Céleste den Redefluss der Frau, die nun das Auto erneut musterte.

«Also ich hab's jedenfalls noch nie gesehen. Wüsste auch

nicht, wozu sie hier parken sollte, so weit weg von der Einfahrt. Filipier hat doch drinnen im Hof genug Platz für einen ganzen Fuhrpark.»

«Es gibt da eine Pforte ...»

«Ja, die kenn ich. Dort an der Mauer. Aber wird die überhaupt noch benutzt?»

«In letzter Zeit ist sie häufiger benutzt worden, wie es scheint. Ist Ihnen vielleicht etwas aufgefallen? Ein Radfahrer zum Beispiel? Auf einem Mountainbike?»

Die Frau lachte. «Ach Gott, Mädel, Radfahrer kommen hier ständig lang. Es gibt einen ausgeschilderten Radweg durch die Weinberge, der führt bei uns am Haus vorbei.»

«Und in der Nacht? Haben Sie vielleicht etwas gehört?»

«In der Nacht?» Eugénie Puppinger überlegte mit krausgezogener Stirn. «Ich glaub, da waren kürzlich mal Jugendliche hier unterwegs und haben eine Party gefeiert. Gehört habe ich zwar nichts, aber ich habe Zigarettenkippen und ein paar leere Dosen Bier neben dem Gartenzaun gefunden.» Sie deutete auf eine Stelle am Zaun, wo ihr Grundstück an Bertrand Fleckensteins Weinberg grenzte.

«Haben Sie die noch?»

«Was?» Madame Puppinger starrte sie verständnislos an.

«Die Kippen und die Bierdosen.»

Sie schüttelte amüsiert den Kopf. «Die hab ich natürlich gleich weggeworfen. Du kannst ja mal in die Aschentonne schauen.»

«Wann war das denn mit der Party?»

«Das weiß ich nicht. Gefunden habe ich den Müll vor ein paar Tagen ... ja, vorgestern war's. Am Freitag. Da bin ich nämlich mit dem Rad ins Dorf, um einzukaufen. Wie jeden Freitag. Freitags hat Paul immer Lammfleisch, und bei Cécile im Fischladen gibt es Forellen. Letztens hatte sie sogar einen Hecht da, den gibt's ja eher selten. Ich hab ihn aber nicht gekauft, war mir zu teuer, und mein Mann mag auch nicht so gerne Hecht...»

«Ist Ihrem Mann vielleicht was aufgefallen?»

Eugénie Puppinger schüttelte den Kopf. «Sicher nicht. Der schläft wie ein Toter.» Sie überlegte einen Moment, dann sagte sie: «Du kannst ja auch mal Monsieur Bell fragen. Vielleicht hat er was gehört. Er wohnt noch ein bisschen näher dran am Herrenhaus, und der Rundradweg geht direkt an seinem Haus vorbei.»

«Wer ist Monsieur Bell?»

«Jean Bell. Er wohnt gleich da drüben.» Madame Puppinger deutete auf ein weiteres Haus, etwa zweihundert Meter entfernt in einer flachen Senke. Es war hinter mehreren hohen Bäumen nahezu verbogen. «Monsieur Bell wohnt schon seit Jahren da hinten. Eigentlich ein sehr netter, ruhiger Mann. Momentan schmollt er aber. Er ist ein bisschen empfindlich, hat so seine Vorstellungen. Da muss man ihn lassen. Nach einer Weile beruhigt er sich aber immer wieder.» Sie überlegte. «Ich glaube, ich bringe ihm am Nachmittag ein Stück Apfeltarte vorbei, mit Sahne, das wird ihn freuen. Die habe ich gebacken, weil unsere Tochter heute mit den Kindern zu Besuch kommt. Die mögen so gerne...»

«Danke, Madame, dann werde ich mal mit ihm reden.»

Céleste stieg auf ihr Fahrrad und radelte los, bevor die redselige Madame Puppinger auf den Gedanken kam, sie zu begleiten.

Jean Bells Häuschen war klein und geduckt, neben der Haustür gab es einen Anbau, der wie eine Werkstatt aussah. Auf einem großen Schild neben der Klingel stand *Jean Bell, Glasermeister*. Das Schild war aus buntem Glas und wirkte in seiner aufwändigen Kunstfertigkeit an der verwitterten Fassade etwas deplatziert. Die Klingel schrillte laut durch das Haus, doch niemand öffnete. Ob das wohl zu Monsieurs ‹Schmollen› gehörte, wie Madame Puppinger es ausgedrückt hatte? Gerade als sie noch einmal klingeln wollte, fiel Célestes Blick auf den Briefkasten neben der Tür. Ein paar Werbebriefe standen oben heraus, sodass sich der Deckel nicht mehr richtig schließen ließ. Sie hob die Klappe an und spähte hinein: Darin lagen zusammengeschoben die Zeitungen von mindestens drei Tagen. In ihrem Nacken begann es warnend zu kribbeln. Noch einmal drückte sie die Klingel, noch einmal schrillte die Glocke ungehört durch das Haus.

Céleste drückte die Klinke, doch die Tür war verschlossen. «Hallo? Monsieur Bell?» Als niemand antwortete, ging sie am Haus entlang und blieb vor einer in einem stumpfen Grau gestrichenen Metalltür stehen. Sie war verwittert, stellenweise wucherte roter Rost durch die abblätternde Farbe. An der Klinke hing ein Schild: *Werkstatt geschlossen.* Allerdings war die Tür nur angelehnt.

Noch bevor Céleste die schwere Tür aufzog, hörte sie ein Geräusch durch den schmalen Spalt, fast aufdringlich in der Stille, die über dem Haus lag. Ein vieltönendes, hektisches Summen: Fliegen. Dann, fast gleichzeitig, drang ihr ein Übelkeit erregender Geruch in die Nase. Die böse Ahnung, die sie bereits beim Anblick des vollen Briefkastens erfasst hatte, verstärkte sich. Vorsichtig betrat sie die Werkstatt.

Obwohl draußen die Sonne schien, herrschte hier ein seltsam diffuses Dämmerlicht. Bunt verglaste Fenster verliehen dem mit allerlei Kram und Gerätschaften vollgestopften Raum einen unwirklichen, rötlich orangefarbenen Schimmer, fast so, als glühte irgendwo im Verborgenen ein Feuer. Der Körper, von dem der widerliche Geruch ausging, lag hinter der großen Werkbank, die in der Mitte des Raumes stand. Céleste konnte vom Eingang aus die Füße sehen. Schwere Schuhe mit robusten Sohlen, Arbeitsschuhe, konstatierte ein nüchtern operierender Winkel ihres Gehirns, während der Rest darum rang, die Oberhand über den rebellierenden Magen nicht zu verlieren. Glasscherben knirschten unter den Gummisohlen ihrer Turnschuhe, während sie flach durch den Mund atmend langsam weiterging.

Die Füße gehörten zu einem Mann um die sechzig, und Céleste vermutete, dass es sich um Jean Bell handelte. Gesicht und Hände waren bereits grünlich verfärbt und leicht aufgedunsen, und das Blut, in dem er lag, war unter seinem massigen Körper zu einem großen dunklen Fleck eingetrocknet. Der Mund des Toten stand ebenso weit offen wie seine Augen, die in einem Ausdruck grenzenloser Überraschung leer und gebrochen zur Decke starrten. Ein Schwarm Fliegen flog auf, als Céleste näher kam. Sie registrierte die Brille, die neben dem Toten auf dem Boden lag, rote Glasscherben, wie frische Blutstropfen um die Leiche verstreut, und die klaffende Bauchwunde, dann hielt sie es nicht mehr länger aus und flüchtete zurück nach draußen. Gierig frische Luft einsaugend versuchte Céleste, den Geruch nach Blut und Tod aus ihren Lungen zu vertreiben. Dann griff sie nach ihrem Handy, um erneut bei der Brigade in Colmar anzurufen.

Eine junge Frauenstimme meldete sich, die Céleste nicht kannte.

«Geben Sie mir Capitaine Wolfsberger», bat sie knapp.

«Der ist heute nicht da, Madame…»

«Kreydenweiss. Chef de Police aus Eguisheim. Können Sie ihn irgendwo erreichen?»

«Nein, Madame le Commissaire. Er ist in Lille, sein Schwiegervater, der Präfekt, hat heute Geburtstag.»

Céleste entfuhr ein herzhafter Fluch. «Und Lieutenant Vasarely?»

«Der ist auf einem Rugbyspiel. Er ist Quarterback beim Colmar Rugby Club.»

«Wer ist denn dann überhaupt da?»

«Nur ich, Madame le Commissaire.»

«Und wer sind Sie?»

«Lola Berchy, Madame.»

«Sind Sie Polizistin, Lola Berchy?»

«Ja, Madame. Also Lieutenant de police stagiaire ...»

«Kommissarin auf Probe.» Céleste seufzte, dann sagte sie: «Na, besser als nichts, stimmt's? Kommen Sie her. So schnell es geht. Und bringen Sie die Spurensicherung und Sandrine Veilleux von der Gerichtsmedizin mit.»

«Madame ...»

«Beeilen Sie sich.» Sie erklärte der verdutzten Polizeianwärterin den Weg und legte auf. Dann rief sie Luc an und wartete.

Lola Berchy war etwa in Lucs Alter, klein und kräftig. Ihr schwarzes, in unzählige kleine Zöpfe geflochtenes Haar und der hellbraune Teint ihres hübschen Gesichts ließen eine Herkunft aus den ehemaligen Kolonien vermuten. Céleste tippte auf Guadeloupe oder eine andere Insel der Antillen. Mit Berchy zusammen trafen die Kriminaltechniker ein sowie ein junger Mann, den Céleste nicht einzuordnen wusste. Während die Spurensicherer, die Céleste vom Sehen kannte, ihr zunickten und dann ihre Gerätschaften auspackten, blieb der Typ neben Lieutenant Berchy stehen. Von Sandrine Veilleux keine Spur.

«Wo ist die Gerichtsmedizinerin?», fragte Céleste.

Zunächst kam keine Antwort. Lieutenant Berchy warf dem jungen Mann einen schnellen Blick zu und begann zögerlich: «Sie ist im Urlaub, Madame le Commissaire ...»

«Himmel, Herrgott noch mal! Das darf doch wohl nicht wahr sein!», fluchte Céleste und schüttelte dann unwirsch den Kopf. Sie erinnerte sich vage daran, dass Sandrine ihr von einem geplanten Urlaub erzählt hatte. Irgendwas Exotisches, Tauchen oder Klettern oder Pilgern, glaubte sie sich zu erinnern. «Gibt es keine Vertretung?»

«Doch, Madame, Dr. Maybach, aber ich habe ihn nicht erreicht.»

«Maybach!» Céleste verdrehte die Augen. «Der ist doch keine Vertretung.» Der Arzt war Sandrines Vorgänger gewesen und vor einigen Jahren wegen massiver Alkoholprobleme in den Vorruhestand versetzt worden. Ein unhöflicher und zynischer Typ, dessen Fahne schon am Morgen den Formalingeruch in der Gerichtsmedizin verdrängt hatte. Absolut unfähig, wie Sandrine immer behauptete, und Céleste, die bereits vor Jahren das Vergnügen gehabt hatte, mit ihm heftig aneinanderzugeraten, glaubte ihr aufs Wort.

«Gut, dass Sie ihn nicht erreicht haben. Selbst ich könnte eine Leiche noch besser untersuchen als dieses stinkende Weinfass.»

Um Lola Berchys Mundwinkel zuckte es, doch sie beherrschte sich sofort wieder und senkte den Blick.

Céleste wandte sich an den jungen Mann. Er war dünn und schlaksig und trug eine Strickmütze auf dem dunklen Wuschelkopf. Auf seinem T-Shirt stand auf Deutsch #mehrliebe. «Und wer sind Sie?»

«Jo. Joël Blumtritt», sagte er und lächelte etwas nervös. Er hatte blaue Augen, tiefe Grübchen in beiden Wangen und trug einen noch ausbaufähigen Dreitagebart. «Ich bin der Praktikant von Madame Veilleux.»

«Der Praktikant, ach je ...» Céleste lachte auf. «Das ist ja mal 'ne Supertruppe für eine Mordermittlung.»

«Ich habe Jo gebeten mitzukommen», sagte Lieutenant Berchy schnell. «Sie hatten doch nach Madame Veilleux verlangt, und da dachte ich, besser ein Praktikant als gar kein Gerichtsmediziner, oder?»

«Ich bin auch schon fast fertig mit der Ausbildung zum Sektionsassistenten», fügte der junge Mann hinzu. «Außerdem bin ich Bestatter und studiere Philosophie.»

«Philosophie! Oho!» Céleste hob spöttisch die Brauen. «Ja, dann sind Sie ja bestens gerüstet.»

Der junge Mann nickte lächelnd. «Absolut.»

Céleste betrachtete die beiden einen Moment lang unschlüssig. Lola Berchy hatte wache Augen und ein intelligentes Gesicht, und Céleste gefiel, wie sie sich sofort für den jungen Mann eingesetzt hatte. Sie wich Célestes forschendem Blick nicht aus und schien in der Lage, eigene Entscheidungen zu treffen und sie auch zu vertreten. Und der zappelige Joël mit seiner Mütze und dem T-Shirt wirkte zwar ein wenig fehl am Platz, aber nicht unsympathisch. Fürs Erste sollte es ihr recht sein, mit den beiden zusammenzuarbeiten. Sie hatte im Grunde auch keine Wahl. Alles war besser als Dr. Maybach. Und Capitaine Wolfsberger.

«Gut, dann bilden wir eben für heute das Team ...»

«... und morgen auch», ergänzte Lieutenant Berchy. «Der Capitaine kommt erst übermorgen zurück.»

Was ihr offenbar nicht ganz unrecht war, wie Céleste ihrem eifrigen Blick zu entnehmen meinte. Capitaine Wolfsberger als

Vorgesetzten zu haben, war mit Sicherheit kein Spaß. Sie deutete in Richtung Werkstatt. «Dort drin liegt die Leiche eines Mannes. Ungefähr sechzig Jahre alt. Er hat eine Bauchwunde, vielleicht durch ein Messer verursacht. Vermutlich ist es der Bewohner des Hauses, Jean Bell, und ich würde sagen, er ist schon ein paar Tage tot.»

In den großen, blauen Augen von Jo blitzte Interesse auf. «Totenflecken? Verwesungserscheinungen? Fliegen?», fragte er aufgeregt.

Céleste musterte ihn belustigt. «Sie kommen voll und ganz auf Ihre Kosten.» Mit einer einladenden Handbewegung wies sie in Richtung Werkstatt. «Bitte! Machen Sie sich ein eigenes Bild.» Während sich die beiden zusammen mit der Kriminaltechnik in Bewegung setzten, ging Céleste Luc entgegen, der gerade aus dem Auto gestiegen war.

Es war schon Abend, als Céleste bei ihrem Großvater an die Küchentür klopfte. Mittagessen und *Choucroute garnie* im Fetten Frosch hatte sie absagen müssen, doch sie wollte Théo wenigstens noch einen kurzen Besuch abstatten. Sie ging durch den Garten zur Hintertür und blieb einen Moment vor den hell erleuchteten Küchenfenstern stehen. Théos Elternhaus war schmucklos, groß und geräumig, einst erbaut für mehrere Generationen, die zusammen unter einem Dach wohnten, und es war untrennbar mit zahlreichen bittersüßen Erinnerungen an Célestes Kindheit verbunden.

Als sie acht Jahre alt war, verließ ihr Vater die Familie auf Nimmerwiedersehen, ein Schock für Céleste, der quasi über Nacht aus einem fröhlichen, freundlichen kleinen Mädchen eine zornige, ungebärdige Göre machte und gelegentlich noch immer heftigen Schmerz verursachte, wie eine Wunde, die nicht heilen konnte. Danach wohnten sie und ihre Mutter Catherine eine Weile bei Théo. Doch das ging nicht lange gut. Théo und Catherine, zwei wie Feuer und Wasser, lagen sich ständig in den Haaren, und als Catherine schließlich den Fetten Frosch übernahm, zog sie mit ihrer Tochter in die kleine Wohnung, die zum Restaurant gehörte und wo Catherine noch immer wohnte. Céleste wäre damals jedoch lieber bei Théo geblieben – eine Tatsache, die sie auch vehement geäußert hatte, was ihre Mutter ziemlich getroffen hatte. Théo war für Céleste damals eine Zuflucht vor dem Sturm in ihrem Inneren gewesen, ein Felsen, an den sie sich lehnen konnte, wenn der Schmerz, von ihrem Vater verlassen worden zu sein, sie zu überwältigen drohte. Sie liebte Théos altes Haus, diesen großen Kasten mit den vielen leeren Zimmern und dem verwunschenen Garten. Vor Jahren hatte sie einmal vorgeschlagen, bei ihm einzuziehen, Platz wäre ja genug, doch ihr sturer Großvater hatte kategorisch abgelehnt. Seine Begründung: Er brauche um Himmels willen kein Kindermädchen, und sie solle gefälligst ihr eigenes Leben leben und nicht zusammen mit einem alten Zausel in dem kalten Gemäuer versauern. Céleste hatte nicht insistiert. Sie wusste, Théos Sorge galt der schwierigen Beziehung zu seiner temperamentvollen Tochter, er wollte sich nicht zwischen Tochter und Enkeltochter stellen. Mit ein bisschen Distanz verstanden sich seiner Meinung nach alle am besten, und wahrscheinlich hatte er da recht. Auf diese Weise freuten sich wenigstens immer alle, einander zu treffen, auch wenn es Théo schwerfiel, das zu zeigen.

Als Céleste hereinkam, nickte er ihr nur zu und brummte: «Hol dir ein Glas, Manouche.» Manouche war sein Spitzname für sie. So hatte die schwarze Streunerkatze geheißen, die ihm vor Jahren zugelaufen war und die ihn in ihrer Magerkeit und gleichzeitigen Verfressenheit angeblich an seine Enkeltochter erinnert hatte.

Céleste nahm ein Glas aus der Anrichte und setzte sich zu ihrem Großvater an den großen Holztisch, wo eine angebrochene Flasche Wein und ein Brett mit Brot, Käse und Wurst bereitstanden.

«Üble Geschichte heute?», fragte Théo nach einer Weile.

Céleste nickte. «Ja. Ein Mord.»

«Und das an einem Sonntag», brummte Théo und schüttelte den Kopf.

«Ich glaube, er ist schon länger tot», sagte Céleste.

«Habt ihr nicht gestern erst diese junge Frau gefunden?» Théo schnitt sich ein Stück Knackwurst ab. «Das ist doch nicht normal, zwei Tote an einem Wochenende.»

«Es ist nicht gesagt, dass die beiden Fälle etwas miteinander zu tun haben», meinte Céleste, nahm einen Schluck Wein und streckte ihre langen Beine unter dem Tisch aus. Sie bemerkte erst jetzt, wie angespannt sie den ganzen Tag gewesen war, ließ die Schultern sinken und atmete tief aus. Ihr Knöchel pochte. «Sieht eher nicht danach aus. Wir wissen auch noch gar nicht, woran die Frau gestorben ist.»

«Man sagt, das war Julie», ließ sich Théo vernehmen.

Céleste richtete sich überrascht auf. «Wer sagt das?»

«Na, alle.»

«Alle.» Céleste sah ihren Großvater an. «Und das wären?»

«Alle bei Henri. Sogar Dédé...»

«Dédé?» Céleste lachte. «Der wird doch wohl nicht ernsthaft an Gespenster glauben!»

«Das ist nicht lustig, Manouche. Du bist noch zu jung, aber von den Älteren hier im Dorf kennt jeder die Geschichte von Julie und *La Dame Blanche*...»

«Ich kenne die Geschichte auch, Théo. Dédé hat sie uns erzählt. Aber deswegen glaube ich noch lange nicht, dass hier eine Spukerscheinung Menschen umbringt. Das ist doch Blödsinn.»

Célestes Großvater neigte zweifelnd den kahlen Kopf. «Immerhin ist *La Dame Blanche* der jungen Frau vorher erschienen. Das war eine Warnung. Und Filipier hat sie auch gesehen, hab ich gehört. Wenn ich der wäre, hätte ich ganz schön Muffensausen, das kann ich dir sagen. Wer weiß, vielleicht hat sie den Toten, den ihr heute gefunden habt, auch vorher besucht?»

«So wie es aussieht, wurde er erstochen. Glaubst du nicht, einem Gespenst stünden subtilere Mordmethoden zur Verfügung? Und überhaupt, warum sollte *La Dame Blanche* oder Julie, oder wie auch immer das Gespenst heißt, so etwas tun?»

«Sie holt sich böse Menschen», sagte Théo schulterzuckend. «Ist doch klar.»

«Ist das jetzt eine allgemeine Geisterregel oder deine persönliche Interpretation?», spottete Céleste. «Ich wüsste auch nicht, warum sie sich dann gerade Segolène Lambert und Jean Bell ausgesucht haben sollte. Da gäbe es bestimmt bessere Kandidaten.»

«Woher weißt du das?», fragte Théo und schenkte seiner Enkelin Wein nach. «Man sieht den Menschen das Böse nicht an.»

«Ja, da hast du schon recht.» Céleste nickte gleichmütig. Sie hatte keine Lust, mit ihrem Großvater über Geister zu streiten. «Kanntest du eigentlich den Toten?», wollte sie wissen. «Er hieß Jean Bell und wohnte draußen bei Eugénie Puppinger, in der Rue des Vosges. Sie sagt, sie kennt dich gut.»

«Eugénie?» Théo lächelte. «Natürlich kennen wir uns. Schon sehr lange. Sie war so ein hübsches, nettes Mädchen früher. Hat aber nichts von mir wissen wollen, hatte nur Augen für César. Das war damals der Dorfcasanova.»

«Ja, gut, aber ...»

«Er hatte ein tolles Auto, einen Renault Floride, rot. So ein Sportflitzer. Himmel, was waren wir neidisch auf diesen Kerl.»

«Théo ...»

«César hat Eugénie sitzenlassen, dieser Trottel, und am Ende hat sie den ollen Mathieu geheiratet. Der hatte nur 'nen Traktor. Hab ich nie verstanden, was sie an dem fand ...»

«Kanntest du den Toten? Jean Bell?», unterbrach Céleste die nostalgischen Erinnerungen ihres Großvaters mit gewissem Nachdruck, um zu verhindern, dass er nahtlos zu einer anderen seiner alten Flammen überging oder darüber nachsinnierte, was wohl aus dem Dorfcasanova César geworden sein mochte.

«Bell?» Théo kratzte sich am Kinn. «Der Name kommt mir bekannt vor.»

«Er ist Glaser gewesen. Schon in Rente, vermute ich.»

«So ein Kleiner, Dicker mit Brille? Um die sechzig?»

Céleste nickte erwartungsvoll. «Ja, genau!»

Théo schüttelte den Kopf. «Den kenn ich nicht.»

«Wie jetzt? Du sagtest doch gerade ...»

«Ich weiß, wer das ist, aber ich kenne ihn nicht. Das ist ein Unterschied.» Théo hob die Flasche. «Noch Wein?»

Céleste hielt ihm ihr Glas hin. «Ein bisschen konkreter könntest du schon werden.»

«Kann ich nicht, tut mir leid, Manouche. Ich kenne ihn nur vom Sehen. Hab ihn mal beim Bäcker oder beim Metzger getroffen oder auf der Straße. Wie man die Leute eben so sieht in einem kleinen Dorf wie dem unseren.» Er runzelte die Stirn und überlegte. «Ein komischer Kauz. Aber immer sehr höflich.

‹Bonjour Madame›, ‹au revoir Madame›, ‹noch einen schönen Tag, Madame›. Nicolette von der Bäckerei fand ihn traurig.»

«Traurig?»

Théo nickte. «Sie sagte mal, Monsieur Bell erinnert sie an eine Figur von diesem Zeichner, du weißt schon, der mit den Männchen mit den Knubbelnasen ...»

«Mordillo?»

«Genau! Sie nannte ihn sogar ‹Monsieur Mordillo›.»

«Wieso?»

«Das habe ich sie auch gefragt. Sie meinte, diese Figuren sähen alle gleich aus, hätten keinen Mund und keine Ohren, und obwohl sie so komisch sind, sind sie auch irgendwie traurig. Und so wäre Monsieur Bell auch. Stumm und unscheinbar, ein bisschen komisch und irgendwie traurig.»

«Monsieur Mordillo», wiederholte Céleste, und das Bild des Toten in der Werkstatt tauchte wieder vor ihrem inneren Auge auf. «Das ist tatsächlich ziemlich traurig», sagte sie und trank ihr Glas aus. «Ich glaub, ich muss jetzt ins Bett. Gute Nacht, Théo.» Sie gab ihrem Großvater drei Küsschen auf die Wangen. «Schlaf gut.»

Théo schenkte sich den Rest aus der Flasche ein. «Da mach dir mal keine Sorgen, Manouche. *Ich* muss mich schließlich nicht mit Geistern und Mördern herumschlagen.»

7

S ie müssen nicht mit reingehen, Luc», sagte Céleste noch einmal zu ihrem Brigadier, der immer langsamer wurde, je näher sie der ihnen wohlbekannten Milchglastür im gerichtsmedizinischen Institut Colmar kamen. Die Schwellung am Auge war zurückgegangen, allerdings hatte sich der dunkle Bluterguss um seine angebrochene Nase herum inzwischen gleichmäßig unter beide Augen verteilt und schimmerte blaugrün, was ihm zusammen mit der ungewohnten Blässe einen leicht kränklichen Anstrich verlieh.

Er schüttelte den Kopf. «Es geht schon, Chef.»

Lieutenant Berchy hatte sie am Morgen angerufen, um ihnen mitzuteilen, dass Joël noch am Sonntagabend eine Obduktion vorgenommen hatte und ihnen das vorläufige Ergebnis gerne persönlich mitteilen wollte.

«Joël hat obduziert? Der Praktikant?», hatte sich Céleste gewundert.

«Nicht allein. Mit Madame Veilleux' Hilfe», hatte sie Lieutenant Berchy beruhigt.

«Ach. Ist sie doch schon zurück?»

«Nein. Per Skype. Sie ist auf den Seychellen.»

«Oh. Aha.» Céleste hatte sich einen Moment vorzustellen versucht, wie diese Obduktion via Skype vonstattengegangen sein mochte, hatte es aber aufgegeben. Das war Gott sei Dank

nicht ihr Problem. Jetzt öffnete sie die Tür zum Obduktions-
raum und schluckte angesichts des Geruchs, der ihnen entge-
genschlug. Luc wurde noch ein bisschen blasser. Es schien, als
würde sich die grünliche Farbe unter seinen Augen auf den Rest
des Gesichts ausdehnen. Lieutenant Berchy und Joël Blumtritt
erwarteten sie bereits neben der zugedeckten Leiche. Jo trug
an diesem Morgen keine Strickmütze, und seine wilden Haare
standen ihm zu Berge wie einem Kobold. Er begrüßte die beiden mit Handschlag und verzog dabei das Gesicht zu einem
Lausbubengrinsen.

«Alles easy?», fragte er mit einem Blick auf Luc.

Der nickte etwas konsterniert. «Absolut.»

«Also. Laborberichte stehen noch aus, aber ich kann euch
schon mal Folgendes sagen: Der Tote war sechzig Jahre alt und
von guter Gesundheit. Er hat weder getrunken noch geraucht,
sein Herz war in Ordnung, er hätte locker hundert Jahre werden
können.» Seine Grübchen vertieften sich.

«Aber das ist er nun mal nicht, sonst wären wir nicht hier»,
gab Céleste trocken zurück. «Können Sie etwas zum Todeszeitpunkt sagen?» Sie betonte das ‹Sie› schärfer als beabsichtigt,
und Joël verstand augenblicklich. Eine leichte Röte überzog
seine Wangen. «Ja, Madame Kreydenweiss. Mittwochabend.»
Er trat neben den Untersuchungstisch und zog das grüne Laken
mit einem Ruck von der Leiche, wie ein Zauberkünstler, der ein
soeben zersägtes Fräulein präsentiert.

«Fehlt nur noch, dass er Simsalabim sagt», flüsterte Céleste
ihrem Brigadier verstimmt zu und entlockte Luc damit ein
zaghaftes Lächeln. Sie musterte die Leiche einen Moment lang
aufmerksam: ein blasser, dicklicher, älterer Mann, der offenbar
so zurückgezogen gelebt hatte, dass ihn vier Tage lang niemand
vermisst hatte. Womöglich hätte er sogar noch länger tot in

seiner Werkstatt gelegen, wenn Céleste nicht zufällig vorbeigekommen wäre.

«Monsieur Mordillo», murmelte sie leise. «Ein kleiner Mann ohne Mund und ohne Ohren und immer ein bisschen traurig.» Sie musterte seine Hände, die schwielig und voller kleiner Kratzer waren. Die Fingerkuppen waren dunkel verfärbt. «Was ist das?», fragte sie.

«Lötzinn, Blei, so was», sagte Joël. «Er war Glaser. Auf der Werkbank waren ein paar halbfertige Arbeiten. Mehr so künstlerische Sachen, Mosaikfenster, richtig krass schön.»

«Krass schön, aha.» Céleste nickte. Sie musste sich die Werkstatt und die Wohnung unbedingt noch einmal genauer ansehen.

«Aber das Coolste kommt noch», unterbrach Jo ihren Gedankengang. Er zappelte aufgeregt hin und her. «Die Tatwaffe.»

Er ging mit Céleste um den Toten herum und deutete auf die klaffende Wunde in seinem Bauch, direkt unterhalb der Rippen. «Ein etwa zwölf Zentimeter tiefer Stich, beziehungsweise eher ein Hieb, mit großer Wucht ausgeführt. Und mit einer Besonderheit.»

«Die da wäre?»

«Es gibt eine Kurve.»

«Eine Kurve?» Céleste runzelte die Stirn.

«Ich habe Ihnen das mal aufgezeichnet», sagte Joël Blumtritt und nahm ein Blatt Papier von dem Schreibtisch an der Wand.

Céleste musterte die Zeichnung verblüfft. Dort war ein Messer zu sehen, das sich am Ende halbmondförmig bog. «Was ist das?», fragte sie. «Ein Krummsäbel?»

«Tja, das habe ich mich auch gefragt. Zuerst dachte ich, es könnte ein Trumbasch sein, aber ...»

«Ein was?» Céleste hob die Brauen.

«Ein Trumbasch. Das ist ein sichelförmiges Messer aus dem Kongo, ursprünglich war es nur ein gewöhnliches Werkzeug, nach und nach hat man es aber als Waffe benutzt. Es wurde zu einem regelrechten Statussymbol ...», der junge Mann unterbrach sich, als er Célestes erstaunten Blick bemerkte, und erklärte: «Ich interessiere mich für historische Waffen, vor allem solche aus Afrika und dem arabischen Raum.»

«Sie sind ja ein recht vielseitig interessierter junger Mann. Und jetzt möchten Sie mir sagen, unser Monsieur Mordillo wurde mit einer historischen Waffe aus dem Kongo getötet?»

«Nein, nein.» Jo schüttelte den Kopf. «Das dachte ich zuerst, aber dann kam mir die Rundung zu flach vor, außerdem war der Hieb nicht tief genug. Ich meine, das hätte schon ein sehr kleines Exemplar gewesen sein müssen, echt. Ein Hieb mit einem echten Trumbasch hätte ihm den Magen und die Gedärme rausgerissen.»

«Nun ja, wenn Sie das sagen.» Céleste sah sich nach Luc Bato um, doch er war nicht mehr im Raum. Ebenso wenig wie Lieutenant Berchy.

«Ich habe also weiter überlegt. Madame Veilleux sagt immer, das Naheliegende ist meistens das Richtige. Und da dachte ich mir, es könnte vielleicht ein Glaserwerkzeug gewesen sein. Deshalb bin ich in der Nacht noch mal zurück zum Tatort gefahren und habe mich dort umgesehen. Und bin fündig geworden. Voilà!»

Er präsentierte Céleste mit einer theatralischen Geste und breitem Lächeln ein rostiges Messer. «Das habe ich in der Werkstatt gefunden. Es ist alt und sicher nicht die Tatwaffe, aber so in etwa dürfte sie aussehen.»

«Was ist das?»

«Ein Bleimesser. Das habe ich gegoogelt. Wenn Sie es nachlesen möchten, schicke ich Ihnen ein paar Links dazu. Mit dem Messer werden Bleiruten geschnitten, die man für Glaseinfassungen verwendet. Es ist ziemlich scharf.»

Céleste musterte das Messer. Es hatte einen kurzen Holzgriff und eine sichelförmige breite Klinge, die an beiden Seiten geschliffen war. «Das bedeutet, die Tat war nicht geplant», sagte sie langsam. «Der Täter hat sich einfach das nächstbeste Messer gegriffen, das in der Werkstatt herumlag. Vielleicht gab es Streit – haben Sie Kampfspuren gefunden? Abwehrverletzungen?»

Joël Blumtritt schüttelte den Kopf. «Nichts. War voll die Überraschung, würde ich meinen.»

«Wie stark muss jemand sein, um mit diesem Messer jemanden zu töten?»

Der junge Mann hob vage die Schultern. «Madame Veilleux meinte, das könnte jeder einigermaßen kräftige Mann gewesen sein.»

«Auch eine Frau?»

«Vermutlich schon. Wie gesagt, das Überraschungsmoment war wohl entscheidend. Das Opfer kam gar nicht dazu, sich zu wehren. Jeder, der einen Laib Brot schneiden kann, hätte mit so einem scharfen Messer jemanden töten können.» Er hob die Hand und demonstrierte ziemlich eindrucksvoll den Hieb.

Céleste wich einen Schritt zurück. «Schon verstanden.»

Joël Blumtritt legte das Messer zurück und deckte den Toten wieder zu. «Wollen Sie noch was wissen?»

Céleste musterte den jungen Mann nachdenklich. «Sagen Sie, die junge Frau, die am Samstag tot aufgefunden wurde, haben Sie die auch untersucht?»

Jo schüttelte den Kopf. «Das war Maybach. Aber der hat gar keine Obduktion vorgenommen.»

«Nicht?», wunderte sich Céleste.

«Kein Hinweis auf Fremdverschulden.»

Céleste schüttelte den Kopf. «Das ist doch Blödsinn! Eine junge Frau legt sich mitten in der Nacht in einen Liegestuhl und stirbt? Einfach so?»

«Ich fand's auch seltsam», räumte der junge Mann ein, «aber mit Dr. Maybach kann man nicht reden.» Er zögerte, dann fügte er mit entwaffnender Offenheit hinzu: «Zumindest ich nicht. Er hält mich für einen Spinner.»

Céleste lächelte: «Und? Sind Sie einer?»

«Denken Sie das auch?»

«Ich weiß nicht. Sie sind zumindest etwas ungewöhnlich», gab Céleste nach kurzer Überlegung zu. «Weshalb wird ein junger Mann, noch dazu ein Philosophiestudent, Bestatter und macht dann auch noch eine Ausbildung zum Sektionsassistenten?»

«*Philosophen, die ihr die Welt erklären wollt, lernt erst einmal Tod und Teufel kennen, die Liebe und das Leben*», deklamierte Joël Blumtritt mit tiefer Stimme. «Das hat unser Professor immer gesagt. Und ich dachte mir, nachdem es mit der Liebe bisher noch nicht so hingehauen hat, fange ich mal mit Tod und Teufel an.»

Céleste konnte nicht anders, sie musste laut lachen. Der junge Mann gefiel ihr, trotz seiner übertriebenen Gestik, seiner Schnoddrigkeit und seiner recht seltsamen Interessen.

«Das Argument hat was für sich. Und im Grunde ist es eher ein Kompliment, wenn Dr. Maybach Sie für einen Spinner hält.»

Joël Blumtritt bohrte die Hände in die Taschen seiner Jeans. «Danke.»

«Was meinen Sie, könnten Sie auf die junge Frau auch noch

einen Blick werfen? Vielleicht hat Sandrine ja noch mal ein biss-chen Zeit zum Skypen?»

«Echt?»

«Ja.»

«Mach ich gerne. Ich fang gleich an.» Joël griff nach einer hell-grünen Schürze, die an einem Haken an der Wand hing. «Wol-len Sie dabei sein, Madame le Commissaire?»

Céleste schüttelte den Kopf. «Danke, sehr freundlich, aber lieber nicht.» Sie wandte sich zum Gehen. «Ich werde mal bes-ser Brigadier Bato suchen.»

«Madame?», rief Joël ihr nach, als sie schon fast aus der Tür war.

«Ja?»

«Wer ist Mordillo? Ich dachte, der Tote heißt Bell, aber Sie haben ihn Monsieur Mordillo genannt.»

«Ach, das war nur ein Spitzname. Nicht so wichtig.» Wahr-scheinlich war Joël Blumtritt zu jung, um Mordillos Knollenna-senmännchen noch zu kennen. Sie selbst hatte schon seit Ewig-keiten keine Bilder des Zeichners mehr gesehen. Sie bedankte sich bei dem angehenden Assistenten und ging Luc suchen.

Luc wartete in Lola Berchys Büro auf sie, wo er zerknirscht vor einer Tasse Kaffee saß. Er sprang auf, als sie eintrat. «Es tut mir leid, Chef, aber…»

«Kein Problem, Bato. Ich sagte doch, Sie brauchen nicht dabei zu sein.»

Er schauderte. «Daran werde ich mich nie gewöhnen.»

Lieutenant Berchy kam herein. Sie hielt zwei weitere Tas-sen Kaffee in der Hand und hatte eine dünne Akte unter den Arm geklemmt. «Ich dachte mir schon, dass Sie gleich kommen, Madame», sagte sie zu Céleste und hielt ihr die Tasse hin. «Kaf-fee?»

«Gerne.»

Sie setzten sich, und Lieutenant Berchy schlug die Akte auf.

«Bisher haben wir leider noch nicht viel herausgefunden. Der Tote heißt Jean-Marie Bell, geboren 1958 in Husseren les Chateaux. Er ist vor zehn Jahren hierher gezogen, in das Haus in der Rue des Vosges, wo Sie ihn gefunden haben. Die Nachbarin sagt, er hat angeblich vorher in Straßburg gewohnt. Von Beruf war er Glaser, wurde aber mit 50 Jahren frühpensioniert. Rückenprobleme. Offenbar hat er immer noch kleinere Aufträge angenommen, das bestätigte ebenfalls die Nachbarin. In der Werkstatt gab es verschiedene Fenster, Mosaike, mehr so Spielereien, keine größeren Glaserarbeiten. Bankauskünfte haben wir noch nicht, aber in der Wohnung haben wir Unterlagen gefunden, die besagen, dass er eine bescheidene Rente bezog, ein kleineres Barvermögen und anscheinend keine Schulden hatte. Alle seine finanziellen Transaktionen der letzten zehn Jahre waren in einem einzigen Ordner abgeheftet. Er war offenbar nicht sehr risikofreudig, hatte kaum Ausgaben. Das Haus in der Rue des Vosges, in dem er gewohnt hat, gehörte ihm, er hatte es vor zehn Jahren gekauft. Es wurde nicht eingebrochen, und es sieht auch nicht so aus, als wäre etwas entwendet worden. Weder in der Werkstatt noch in der Wohnung. Es gibt auch keine Kampfspuren. Wir können zwar noch nicht mit Sicherheit sagen, ob etwas fehlt, aber Raubmord würde ich erst mal ausschließen.»

«Was wissen Sie über seine Familienverhältnisse?», fragte Céleste. Sie war angenehm überrascht, wie selbstverständlich sich die Zusammenarbeit gestaltete. Im Gegensatz zu Capitaine Wolfsberger hatte Lieutenant Berchy offenbar kein Problem damit, ihre Ermittlungsergebnisse mit der Police Municipale zu teilen. Céleste ertappte sich dabei, wie sie Didier Wolfsberger einen länger anhaltenden Infekt an den Hals wünschte. Wie schön wäre es doch, noch ein bisschen von diesem Ekelpaket verschont zu bleiben.

«Er war geschieden. Seit zwölf Jahren. Keine Kinder. Er hatte noch eine Schwester, aber die ist genau wie seine Eltern tot. Bisher konnten wir keine weiteren Angehörigen ausfindig machen.»

«Hat die Nachbarin etwas von einem Streit erwähnt?», fragte Céleste. «Sie sagte gestern Morgen zu mir, Monsieur Bell würde ‹wieder mal schmollen›.»

Lola Berchy schüttelte den Kopf. «Sie war ziemlich geschockt. Hat kaum was gesagt. Ihr Mann hat mich recht schnell hinaus-komplimentiert.»

«Ich spreche noch einmal mit ihr», sagte Céleste. «Hätten Sie etwas dagegen, wenn ich mich auch noch mal in Jean Bells Haus umsehe?»

Die junge Beamtin sah sie mit großen Augen an. «Aber nein! Ich bin froh, wenn ich nicht die ganze Verantwortung für diese Sache alleine trage.» Sie reichte ihr eine durchsichtige Tüte mit mehreren Schlüsseln. «Er hatte auch ein Auto, steht in der Garage neben der Werkstatt. Die KT hat es schon unter die Lupe genommen – nichts Auffälliges.»

«Danke.» Céleste steckte die Schlüssel ein. «Wissen Sie auch etwas über die tote Frau vom Samstag? Segolène Lambert, beziehungsweise Leni Krinckenheimer.»

Lola Berchy schaute sie verblüfft an. «Ich dachte, das wäre gar kein Fall für uns. Kein Fremdverschulden, meinte Dr. Maybach. Er geht von Herzversagen aus. Der Capitaine hat erst mal die Kollegen in Straßburg angerufen, um die Familie ausfindig zu machen.»

«War schon jemand da, um sie zu identifizieren?»

Die junge Frau schüttelte den Kopf. «Ich habe jedenfalls nichts mitbekommen. Aber ich kann Ihnen die Akte ebenfalls kopieren, wenn Sie möchten.»

Céleste nickte. «Gerne.»

Als sie wieder zurück nach Eguisheim fuhren, hatten sie nicht nur zwei ordentlich kopierte Akten und die Schlüssel zu Jean Bells Wohnung und Werkstatt dabei, sondern auch Lola Berchys Versprechen, sie über die Ermittlungen auf dem Laufenden zu halten.

Céleste konnte ihr Glück kaum fassen. «Das Leben wäre so schön», sagte sie zu ihrem Brigadier gewandt, der am Steuer saß, «wenn Menschen wie Capitaine Wolfsberger öfters mal ihre Familie besuchen würden.»

Luc Bato nickte. «Und dann vom vielen Essen eine Magenverstimmung bekämen.»

«Ja, genau. Vielleicht einen kleinen Magen-Darm-Virus.»

«Ausgedehnte Urlaube wären auch gut. Nach Island zum Beispiel. Oder in die Mongolei.»

Céleste lachte. «Und dann ein Vulkanausbruch. Pilotenstreik, Revolution...»

«Was halten Sie von der Sache, Chef?», fragte Luc unvermittelt, als sie bereits Eguisheim erreichten.

«Von welcher von beiden?»

«Dem Mord. Wer bringt denn einen einsamen Rentner um? Kann es nicht doch Raubmord gewesen sein? Eine Bande von außerhalb...»

«Das wünscht man sich immer, nicht wahr?» Céleste warf einen Blick in die Akte auf ihren Knien. «Lieutenant Berchy sagt nein. Es wurde nirgends eingebrochen und offenbar nichts gestohlen. Ich vertraue ihrer Einschätzung, sie wirkt recht kompetent. Aber machen wir uns ein eigenes Bild. Und mit der Nachbarin wollte ich auch noch sprechen.»

Luc bremste. «Jetzt gleich?»

«Warum nicht?»

«Es ist Mittag, Chef. Haben Sie denn keinen Hunger?»

Céleste sah auf die Uhr. Es war halb eins. «Sie haben recht. Lassen Sie uns erst bei Henri vorbeischauen und einen Happen essen. Dann können wir besser denken.»

Auf dem Marktplatz herrschte reges Treiben. Neben den zahlreichen Touristen, die wie üblich ihre Handys gezückt hielten, um nur ja keines der pittoresken Fachwerkhäuser zu übersehen, liefen auch viele Eguisheimer geschäftig herum, überwiegend Frauen. Sie schleppten Blumenkästen, schoben Schubkarren, füllten Gießkannen am Papst-Leo-Brunnen oder standen in Grüppchen herum und unterhielten sich eifrig gestikulierend. Überall waren Blumen verteilt, in Töpfen und Plastikcontainern warteten sie darauf, eingepflanzt zu werden. Grund für die Betriebsamkeit war der Wettbewerb der ‹Schönsten Blumendörfer›, der regelmäßig in ganz Frankreich stattfand. Eguisheim war stolze Trägerin der maximalen Auszeichnung von vier ‹Blumen› und kämpfte seit Jahren darum, auch noch den Ehrenpreis, die *Fleur d'Or*, zu erhalten. Beim letzten Mal hatte das nur fünfzig Kilometer entfernte Itterswiller die Goldene Blume erhalten, während Eguisheim schmählich übergangen worden war. Diesen Affront konnte der örtliche Blumenschmuckverein nicht auf sich sitzen lassen. Dieses Mal galt es daher, den nationalen Rat vollends zu überzeugen.

Céleste und Luc gingen im Zickzack über den Marktplatz, wichen Schubkarren und umgefallen Blumentöpfen aus und nickten dabei in alle Richtungen. Sie kannten nahezu jede einzelne Person, die hier herumwerkelte. Céleste spürte, wie zahllose Blicke auf ihnen ruhten – die einen besorgt bis ängstlich, die anderen unverhohlen neugierig. Alle wussten von dem gestrigen Leichenfund, alle wussten von der toten Frau auf Filipiers Veranda. Da Célestes Knöchel nach ihrem gestrigen Fahrradausflug unglücklicherweise wieder etwas angeschwollen war, hatte sie erneut ihre Krücken dabei, und unter den prüfenden Blicken der Dörfler fühlte sie sich ganz besonders ungeschickt, wie sie da so langsam und schwerfällig über das Kopfsteinpflaster humpelte. Die Lahme und der Blinde, hatte Wolfsberger gehöhnt, und auch Hugo Filipier und sogar ihr Arzt hatten sie mit mehr oder weniger mildem Spott bedacht. Sie konnte förmlich hören, was die Eguisheimer hinter ihrem Rücken tuschelten, sobald sie an ihnen vorübergehumpelt war: «Hast du gesehen? Die Armen! Total lädiert. Die beiden sind doch vollkommen überfordert mit so einer Sache …» Céleste spürte, wie die Wut in ihr hochkroch. Und mit der Wut kam der Ehrgeiz, ihnen allen zu beweisen, dass sie durchaus in der Lage waren, diese beiden Fälle zu lösen. Blaues Auge hin, Krücken her. Das war ihr Dorf, und sie würde dafür sorgen, dass dieser Mörder, der hier sein Unwesen trieb, gefasst würde. Wäre ja noch schöner!

Henri Breton empfing sie mit einem derart erschrockenen Blick, dass es schon fast verdächtig war. Er sah noch schlechter aus als bei ihrem letzten Zusammentreffen. Seine ohnehin blasse Gesichtsfarbe war fahl, dicke Augenringe zeugten von mangelndem Schlaf, und alles an ihm schien irgendwie erschlafft. Nun war Henri noch nie ein Mann gewesen, der vor Elan strotzte, aber inzwischen ließ er jede Spannkraft vermissen. Das weiße Hemd war ihm aus der Hose gerutscht, und die wenigen verbliebenen Haare auf seinem Kopf hingen so traurig herunter, dass man Mitleid bekam. Céleste fragte sich erneut, was wohl mit ihm los war. Er begrüßte sie und Bato fast unterwürfig, als sie sich an einen freien Tisch am Fenster setzten. Auch das war nicht seine Art. Der Henri, den sie kannte, war geschwätzig wie eine Elster, dazu neugierig wie ein Eichhörnchen, zuweilen mürrisch und pampig, aber niemals hatte er sie auf diese ängstliche, verschreckte Weise begrüßt. Als Céleste bestellen wollte, was sie immer bei Henri aß – Salat mit warmem Ziegenkäse, Honig und Nüssen –, schüttelte Henri traurig den Kopf.

«Es gibt nur Toast, Baguette und hartgekochte Eier.»

«Wieso das denn?», fragte Céleste enttäuscht. «Sind Alberts Ziegen etwa krank?» Albert Epfacher, der Kurator des Stadtmuseums, war stolzer Besitzer einer Ziegenherde und stellte jenen göttlichen Käse her, den Henri in Speck gewickelt und mit flüssigem Honig beträufelt normalerweise im Bistro servierte.

«Ist mir ausgegangen, und ich bin noch nicht dazu gekommen, Nachschub zu holen. Meine Frau...» Er hob wie zur Erklärung die Hand und ließ sie dann kraftlos wieder sinken.

«Wann kommt denn Irène wieder zurück?» Céleste betrachtete Henri mit einer gewissen Ungeduld. Offenbar gehörte er zu der Sorte Mann, die ohne Ehefrau vollkommen aufgeschmissen war.

Henri zögerte, dann sagte er vage: «Ende der Woche, denke ich.»

«Denkst du?»

«Ja. Freitag.»

«Gut, dann nehme ich ein *Croque Madame*.» Sie warf Luc einen Blick zu. «Und Sie, Bato?»

«Wie?» Der Brigadier zuckte zusammen. Er war völlig in die Betrachtung des Treibens vor dem Fenster versunken gewesen, und Céleste ahnte auch, weshalb: Gerade war der grüne Lieferwagen der Gärtnerei Grimaud vorgefahren, und die hübsche

Hortense, Lucs heimliche Liebe, stieg mit einer Kiste pinkfarbener Petunien aus.

«Essen, Luc. Oder wollen Sie lieber Hortense beim Eintopfen helfen?»

Luc wurde rot. «Ich nehme das Gleiche wie Sie, Chef.»

Henri brachte ihnen zwei Schinken-Käse-Toasts mit Spiegelei und blieb dann unschlüssig neben dem Tisch stehen. «Woran ist sie denn gestorben?», fragte er, ganz leise, fast unhörbar.

«Du meinst Madame Lambert?»

Henri nickte. «Da habe ich sie am Donnerstag noch zu euch in die Mairie gefahren, und keine zwei Tage später ...» Er schauderte.

«Wir kennen die Todesursache noch nicht», sagte Céleste und zerteilte das Spiegelei kunstfertig auf ihrem Toast. Luc aß bereits geistesabwesend, den Blick noch immer nach draußen gewandt.

«Das ist so furchtbar ...» Henri schüttelte den Kopf. «Das arme Mädchen.»

«Kanntest du sie eigentlich schon vor eurer mitternächtlichen Begegnung?»

«Kennen würde ich nicht sagen. Ich habe sie ab und zu mit Hugo gesehen.»

«Waren die beiden schon lange zusammen?» Céleste machte sich gedanklich eine Notiz: Hugo Filipier befragen.

«Glaube ich nicht.» Henri kratzte sich am Kinn, dann sagte er langsam: «Ich weiß nicht, ob das wichtig ist, aber als ich heute Morgen das Foto von ihr in der Zeitung gesehen habe, ist mir wieder etwas eingefallen. Ich glaube, die beiden haben sich hier kennengelernt. Hier bei mir im Bistro ...»

«Wann war das?», fragte Céleste.

«Schon vor ein paar Wochen. Sie ist mir aufgefallen, weil sie ein Glas Champagner bestellt und mit Fünfzig-Cent-Münzen bezahlt hat. Sie hat sie einzeln aus einem kleinen rosa Portemonnaie gekramt, als wäre es ihr allerletztes Geld. Dann hat sie eine ganze Weile nur dagesessen, an ihrem Champagner genippt und aus dem Fenster gestarrt. Sie kam mir irgendwie verloren vor.»

Céleste nickte. «So etwas Ähnliches hat noch jemand über die junge Frau gesagt.»

«Hugo Filipier war auch da. Er hat an der Theke gestanden, einen Kaffee getrunken und mich gefragt, ob ich die junge Dame kenne. Ich habe verneint, und nach einer Weile ist er zu ihr an den Tisch und hat sie angesprochen. Sie waren dann noch eine ganze Weile zusammen da.»

Als Henri wieder hinter seine Theke geschlurft war, sagte Luc leise: «Vielleicht hat sie sich umgebracht? Mit Tabletten? Hugo Filipier hat sie sitzengelassen, und um sich an ihm zu rächen, hat sie sich auf seine Veranda gelegt. Als Strafe sozusagen.»

Céleste nickte. «Könnte sein. Das wird Jo, unser fabelhafter neuer Gerichtsmediziner, sicher herausfinden.» Sie stippte die Reste des Eis auf dem Teller mit einem Toaststückchen auf. Nach einer Weile sagte sie: «Aber so ganz logisch ist das nicht.»

«Warum nicht?»

«Wie Henri gerade erzählt hat, war sie schon vorher unglücklich. Und offensichtlich pleite. Erst danach hat sie Filipier kennengelernt. Da frage ich mich, ob wirklich Filipier der Grund für ihr Unglück war ...»

«Und wir dürfen den Geist nicht vergessen», sagte Luc.

«Ach ja», Céleste verdrehte die Augen. «Stimmt, dieser verdammte Geist ist ja auch noch da.»

«Meine Oma meinte, über solche Dinge sollte man nicht leichtfertig hinweggehen», sagte Luc unbehaglich.

«Ihre Oma? Sie haben mit Ihrer Großmutter über den Geist gesprochen?», wunderte sich Céleste.

«Hätte ich das nicht gedurft?» Luc Bato sah sie verunsichert an. «Ich habe keine Dienstgeheimnisse preisgegeben ...»

«Nein, nein, so meinte ich das nicht», beruhigte ihn Céleste. «Ich finde es nur interessant, dass Sie dieser Geist so beschäftigt.»

«Ich habe meine Oma am Samstag angerufen, weil ich ja nicht nach Hause gefahren bin», sagte Luc etwas verlegen. «Sie ist schon sehr alt und freut sich immer so, wenn ich komme. Da habe ich ihr von unserem Gespenst erzählt. Sie wusste von mehreren Fällen bei uns in der Gegend: Nicht wenige Leute wurden von Geistern getötet.»

«Tatsächlich? Gleich mehrere? Du meine Güte. Das ist ja eine gefährliche Ecke, aus der Sie da kommen.» Céleste verzog spöttisch das Gesicht.

«Ein Mann ist angeblich vor Schreck gestorben, als ihm an einer Wegkreuzung in der Nähe unseres Dorfs um Mitternacht ein anderer Mann mit einer Sense begegnet ist ...»

«Woher weiß man das, wenn er doch gestorben ist?», fragte Céleste amüsiert.

«Er ist nicht sofort gestorben, er konnte es noch erzählen», erklärte Luc und wirkte dabei so vollkommen ernst, dass sich Céleste wieder einmal nicht ganz sicher war, wie viel er davon selbst glaubte und inwieweit er nur die Schauergeschichten seiner Großmutter wiedergab.

«Und die anderen?»

«Das sind die Fälle mit der Wäsche. Das ist laut meiner Großmutter öfters vorgekommen. Zumindest früher, als es noch nicht so viele Trockner gab.»

«Sie sprechen in Rätseln, Brigadier Luc Bato», sagte Céleste. «Was, bitte, hat Wäsche mit Geistern zu tun?»

«Das wissen Sie nicht?» Luc sah sie so erstaunt an, als hätte ihm Céleste gerade offenbart, Analphabetin zu sein.

«Nein. Klären Sie mich auf.»

«In den Raunächten, also in der Zeit zwischen Weihnachten und Dreikönig, ist es verboten, Wäsche im Freien aufzuhängen. In diesen Nächten treibt sich die Wilde Fahrt am Himmel herum, und die klaut die Wäsche von der Leine. Angeblich stirbt innerhalb eines Jahres derjenige, dem das Wäscheteil gehört hat. Die Wilde Fahrt holt ihn zu sich.»

«Aha. Und auf die Idee, dass derjenige auch ohne Wäscheklau gestorben wäre, ist man noch nicht gekommen?»

Luc zuckte gleichmütig mit den Schultern. «Ich will damit nur sagen, dass Geistergeschichten die Leute beeinflussen, wenn sie daran glauben. Das ist wie beim Voodoo. Wenn man fest daran glaubt, verflucht worden zu sein, stirbt man.»

Céleste nickte. «Da bin ich aber erleichtert. Ich dachte schon, Sie glauben tatsächlich an Todesboten an Wegkreuzungen und wilde Reiter am Himmel.»

Luc schüttelte den Kopf. «Nicht wirklich. Das sind eben die alten Geschichten meiner Großmutter. Andererseits muss man zugeben, dass es vieles gibt, was wir uns nicht erklären können.»

«Mag sein. Nichtsdestotrotz finde ich einen irdischen Mörder, der frei herumläuft, immer noch besorgniserregender als seine übersinnlichen Kollegen.»

«Und Kolleginnen», fügte Luc hinzu. «*La Dame Blanche* ist immerhin eine Frau.»

«Natürlich.» Céleste grinste. «Immer korrekt gendern, Brigadier Bato.»

«Jawohl, Chef», gab Luc zurück und strafte damit seine eigene Korrektheit sofort wieder Lügen.

Als sie nach draußen traten, war Hortenses Lieferwagen nirgends mehr zu sehen. Doch wie Céleste ihren Brigadier kannte, hätte er so oder so nicht mehr als ‹Salut› über die Lippen gebracht. Während sie langsam zurück zu ihrem Auto schlenderten, schlug Céleste vor, dass sie sich aufteilten: Sie selbst würde noch einmal mit Eugénie Puppinger sprechen, und Luc solle sich währenddessen mit Hugo Filipier unterhalten. Danach würden sie gemeinsam zu Jean Bells Haus fahren und sich dort umsehen.

«Fragen Sie Filipier vor allem nach seiner Beziehung zu der Toten. Wie lange sie zusammen waren, ob er von ihrem falschen Namen gewusst hat und wann er sie zuletzt gesehen hat. Vielleicht ist er von Mann zu Mann offener. Sie können ja einen auf Chauvi-Kumpel machen.» Sie knuffte Luc spielerisch in die Seite.

«Chauvi-Kumpel?» Luc sah sie zweifelnd an. «Ich glaube nicht, dass ich das in meinem Repertoire habe, Chef.»

«Sie machen das schon, Luc. Denken Sie an das Theater bei unserem letzten Mittelalterfest. Da haben Sie sehr überzeugend einen Landjunker gegeben. Und das in Strumpfhosen.»

«Ich werd's versuchen.»

«Apropos spielen. Wie war Ihr Gesangsauftritt in der Messe gestern? Ich habe an Sie gedacht.»

«Gar nicht.» Luc ließ die Schultern hängen. «Ich durfte nicht mitsingen. Wegen meiner gebrochenen Nase. Sie ist immer noch leicht geschwollen. Armand meinte bei der Probe am Samstag, ich würde *knödeln*.» Er sah Céleste empört an. «Vor allen anderen hat er es gesagt, stellen Sie sich das mal vor! Der ganze Chor hat gelacht.»

«Oje, Sie Armer. Hat Hortense auch gelacht?»

Luc schüttelte den Kopf. «Nicht laut jedenfalls. Aber ein bisschen gegrinst hat sie schon.» Er blieb abrupt stehen. «Ich glaube, Chef, es ist vorbei.»

«Was denn?»

«Das mit Hortense und mir!»

Während Céleste noch überlegte, ob ihr etwas entgangen war, fügte Luc schon hinzu: «Also nicht, dass Sie denken, da wäre was gewesen ... also ... Sie wissen schon ...» Er hüstelte.

«Wäre ich nie auf die Idee gekommen», sagte Céleste wahrheitsgemäß.

«Ich meine ja nur. Also ich glaube ... meine Zuneigung ... ist vergeblich ... Sozusagen verschwendet ...» Luc wand sich.

«Aber warum das denn?», wunderte sich Céleste. «Hortense ist eine ganz entzückende junge Frau, sie ist intelligent, hübsch ...»

«Wem sagen Sie das!», gab Luc finster zurück. «Das ist aber leider nicht nur mir aufgefallen. Am Samstagabend nach der Probe habe ich sie gesehen. Mit einem Mann. Er hat sie abgeholt. Und ... sie haben sich geküsst.»

«Verflucht noch eins», entfuhr es Céleste, und es wunderte sie selbst, warum sie das so wütend machte.

«Ich habe zu lange gezögert», sagte Luc geknickt. «Ich war zu schüchtern.»

Céleste tätschelte dem Brigadier den Arm. «Warten Sie's ab, Bato. Vielleicht ist es nichts Ernstes. Und wenn sich die Gelegenheit ergeben sollte, dann greifen Sie endlich an, verdammt noch mal!»

Luc nickte, ein wenig getröstet. «Das werde ich, Chef. Versprochen.»

8

Mathieu Puppinger, der ‹olle Mathieu›, wie ihn Célestes Großvater wenig schmeichelhaft tituliert hatte, war gerade dabei, den Zaun zu reparieren, während Céleste sich dem Grundstück näherte. Der schwere Mann mit den kleinen, engstehenden Augen und einem kapitalen Doppelkinn richtete sich schnaufend auf, als Céleste ihn ansprach, und beäugte sie misstrauisch.

«Noch mal die Polizei? Da waren gestern schon welche da. Wir haben nichts gesehen, und wir wissen nichts. Absolut gar nichts. Wir kannten diesen Menschen nicht mal.»

«Ich würde gerne mit Ihrer Frau sprechen.»

«Eugénie geht's nicht gut. Sie hat einen Schock.»

«Ich dachte, Sie kannten den Toten gar nicht? Da kann der Schock ja nicht so groß sein», gab Céleste bissig zurück. Sie konnte Leute, die sich aus allem und jedem raushalten wollten, nicht ausstehen. Und der olle Mathieu schien ihr genau so ein Typ zu sein.

«Na, hören Sie mal!», empörte der sich augenblicklich. «Da schleicht ein Mörder nachts hier draußen rum, und das soll meine Frau nicht umhauen? Fangen Sie den lieber mal ein, anstatt uns unbescholtene Bürger zu belästigen.»

«Mathieu, du Hornochse!», schallte es aus einem der Fenster des Hauses. «Das ist doch die kleine Céleste. Du weißt schon, die Enkelin vom Théo!»

«Théo? Théo Kreydenweiss?» Der dicke Mann musterte Céleste leicht verunsichert.

«Chef de Police Kreydenweiss», präzisierte Céleste kühl. «Und jetzt würde ich gerne mit Ihrer schockierten Frau sprechen.» Eugénie Puppinger erwartete sie in der Küche und sah kein bisschen mitgenommen aus. Im Gegenteil, ihre Wangen leuchteten rot, und ihre Augen blitzten. Ob vor Zorn über ihren Mann oder vor Aufregung angesichts der Ereignisse, wusste Céleste nicht zu sagen.

«Möchtest du einen Kaffee? Oder vielleicht ein Gläschen Wein?» Sie wartete Célestes Antwort gar nicht ab. «Ach nein, ich weiß was Besseres.» Sie holte aus der Anrichte zwei Schnapsgläser und eine Flasche ohne Etikett heraus. «Obstbrand. Den macht mein Mann. Schwarz natürlich.» Sie zwinkerte Céleste zu. «Du wirst uns aber nicht verraten, oder? Zumindest das kann er gut, das muss man ihm lassen.» Céleste ließ das zweifelhafte Kompliment, das Eugénie ihrem Mann gerade gemacht hatte, ebenso unkommentiert wie ihr Geständnis, der Schwarzbrennerei zu frönen. Das taten fast alle Leute in der Gegend, die über entsprechende Mengen Obst verfügten. Ihre Mutter Catherine hatte einige dieser Obstbrände sogar im Sortiment ihres Restaurants.

Sie sah zu, wie Eugénie Puppinger ihr großzügig einschenkte und dann ihr eigenes Glas bis zum Rand füllte. «Auf die Gesundheit», sagte Eugénie feierlich und kippte ihren Schnaps in einem Schluck.

Céleste war etwas vorsichtiger, und als der höllisch starke Obstbrand ihr die Kehle hinunterrann, war sie dankbar dafür, nur genippt zu haben.

«Ich komme noch mal wegen Jean Bell», sagte sie und räusperte sich unauffällig.

Eugénie Puppinger nickte. «Das habe ich mir schon gedacht.»

«Sie sagten gestern, Jean Bell hätte ‹wieder einmal geschmollt›. Was bedeutet das denn?»

«Möchtest du nicht Eugénie zu mir sagen, Kindchen? Immerhin kenne ich dich, seit du laufen kannst.»

Céleste nickte gottergeben. «Also gut, Eugénie. Kannst du mir ein bisschen was über euren Nachbarn erzählen?»

Eugénie schenkte sich einen Fingerbreit Schnaps nach. «Er war ein netter Mann. Sehr höflich und freundlich. Hat uns im Herbst immer die Äpfel aus seinem Garten gebracht, es waren ja viel zu viele für ihn. Und wenn wir nicht da waren, hat er ein Auge auf unser Haus gehabt. So hat er es immer genannt. ‹Ein Auge draufhaben›. Hat die Post reingeholt, mal den Hof gekehrt und die Blumen gegossen. Ein netter Nachbar. Ich hab ihm dafür öfters Kuchen gebacken. Er war ja ein Süßer, genau wie mein Mathieu. Der kann auch nie genug vom Kuchen oder Dessert haben.» Sie nippte an ihrem Schnaps und deutete auf das Küchenfenster. Dort hing ein Windspiel aus bunten Glasscheiben, in denen sich das Licht fing. «Das hat Monsieur Bell mir zu Weihnachten geschenkt. Ist das nicht schön?» Sie stand auf und tippte es mit einem Finger vorsichtig an. Ein leises, fast sphärisches Klingeln ertönte. «Das Glas ist so dünn, dass es singt. So hat er sich ausgedrückt: Das Glas muss singen. Er hat sein Handwerk verstanden, eindeutig.» Ihr Gesicht verdüsterte sich. «Furchtbar, was mit ihm passiert ist.»

Céleste betrachtete das Windspiel nachdenklich. Ihr kam es so vor, als hätte dieses filigrane Gebilde irgendeine Bedeutung für sie, eine Botschaft, die sie jedoch nicht entschlüsseln konnte.

Eugénie unterbrach ihre Gedanken mit einem missbilligenden Zungenschnalzer. «Du hast ja noch gar nichts getrunken.

Schmeckt er dir nicht?» Sie deutete auf das fast volle Schnaps-glas.

«Doch, doch!» Céleste kippte den Schnaps hinunter, nur um damit zu erreichen, dass Eugénie nachschenkte, noch bevor sie sich von dem Feuer in ihrer Kehle erholt hatte. Mit tränenden Augen krächzte sie: «Stopp! Ich bin im Dienst.»

«Ist ja nur noch ein Schlückchen.» Eugénie lächelte. «Ich freue mich über deinen Besuch. Ist ja manchmal recht einsam hier draußen.»

«Du wolltest mir noch von dem Schmollen erzählen», erin-nerte sie Céleste. «Hattet ihr Streit?»

Eugénie schüttelte den Kopf. «Nein, wir nicht. Aber Gabriel.»

«Wer ist das?»

«Gabriel Fleckenstein. Der Sohn von Bertrand.»

«Ah ja, der ist so um die achtzehn, oder?» Céleste überlegte. Sie hatte das vage Bild eines schlaksigen Jungen mit rotblonden Haaren und einer Brille vor sich.

«Siebzehn.»

«Und mit ihm hatte Jean Bell Streit?»

«Gabriel ist ein lieber Junge», begann Eugénie, und die Art, wie sie sich zurechtsetzte, ließ eine längere Geschichte erwar-ten. «Aber er ist ein bisschen durch den Wind, seit sich die Eltern getrennt haben. Das ist jetzt schon eine Weile her, aber er hat es noch nicht ganz verwunden. Gabriel ist ein Eigenbrötler, oft alleine unterwegs, hier in der Gegend.» Sie machte eine aus-holende Handbewegung. «Die ganzen Weinberge hier gehören ja seinem Vater. Meistens ist er mit seinem neuen Hund unter-wegs. Du weißt vielleicht, dass Gaston, der alte ...»

Céleste nickte. «Hugo Filipier hat ihn versehentlich erschos-sen.» Dieser Vorfall hatte für eine saftige Prügelei zwischen Hugo Filipier und Bertrand Fleckenstein gesorgt, in deren Verlauf Filipier einiger Zähne verlustig ging und Bertrands Nasenbein gebrochen wurde.

«Gabriel hing sehr an Gaston, und deshalb hat ihm sein Vater jetzt einen neuen Hund gekauft. Ebenfalls einen Griffon, aber der ist noch jung und ziemlich ungezogen. Er hat wohl im Garten nebenan Rabatz gemacht. Ich habe anfangs nur das Bellen und dann das Schimpfen von Monsieur Bell gehört. Gab ein ziemliches Gezeter, man konnte es bis in unsere Küche hören. Vielleicht hat der Hund ihn angesprungen oder in seine Wiese gemacht, keine Ahnung. Als es nicht aufgehört hat, bin ich rüber, aber er hat mich und Gabriel angeschrien, wir sollten alle verschwinden, sonst sticht er den Köter ab. Und dann ist er in seiner Werkstatt verschwunden.»

«Er hat gedroht, den Hund abzustechen?» Céleste hob die Brauen. «Das klingt aber nicht nach einem netten Nachbarn.»

Eugénie winkte ab. «Halb so wild. Der hatte halt auch hin und wieder seine verrückten fünf Minuten. Wie Männer eben so sind, wenn ihnen etwas gegen den Strich geht. Mein Mathieu ist auch nicht anders. Schreit manchmal schon wegen der kleinsten Kleinigkeit herum, richtig zum Fürchten, dabei kann er keiner Fliege was zuleide tun. Wir haben Jean Bell dann in Ruhe gelassen und sind gegangen, Gabriel, sein Hund und ich. Ich dachte mir, der beruhigt sich schon wieder. Seitdem hab ich ihn nicht mehr gesehen.» Sie verstummte. Nach einer Weile setzte sie zögernd hinzu: «Die Polizistin gestern meinte, er hat wohl schon etwas länger dort in der Werkstatt gelegen. Wie lange war er denn schon tot?»

«Vermutlich seit Mittwochabend», sagte Céleste.

Die Frau sah sie entsetzt an. «O mein Gott. Dann ist er ja an dem Tag umgebracht worden, an dem er mit Gabriel gestritten hat.» Das frische Rot aus ihren Wangen verschwand. «Vier Tage lag er da tot herum, nur ein paar Meter von uns entfernt, und wir haben nichts gemerkt...» Sie wurde noch ein bisschen blasser und griff erneut nach ihrem Schnapsglas.

«Ihr könnt nichts dafür. Man kann ja nicht ahnen, dass so etwas passiert», versuchte Céleste sie zu beruhigen. Sie trank aus Solidarität auch noch einen Schluck von Mathieus Gesöff, unterdrückte ein Schütteln und stand dann auf. «Ich sage euch Bescheid, wenn wir mehr wissen. Und wenn dir noch was einfällt – vielleicht jemand, den du gesehen hast, irgendetwas Ungewöhnliches, egal was –, dann sag mir Bescheid.» Sie legte ihre Karte auf den Tisch und nahm ihre Krücken.

Eugénie Puppinger nickte bekümmert. «Werd ich, Céleste. Aber ich habe nichts bemerkt. Nicht das Geringste...»

Als Céleste nach draußen trat, leicht betäubt von Mathieus Obstbrand, erwartete Eugénies Mann sie schon am Gartenzaun. «Na? Überzeugt, dass wir nichts mit diesem Mord zu tun haben?», fragte er.

«Das stand nie zur Debatte, Monsieur», gab Céleste zurück. «Ich hatte eine rein informative Unterredung mit Ihrer Frau. Und sie hat durchaus neue Erkenntnisse gebracht.» Sie machte eine kurze Pause, dann fügte sie boshaft hinzu: «Einen teuflischen Obstbrand fabrizieren Sie da.» Sie lächelte zufrieden, als sie sah, wie die überlegene Miene des feisten Mannes in sich zusammenfiel.

«Nur für den Hausgebrauch», murmelte er.

«Schon klar.» Céleste humpelte zur Straße und hielt Ausschau nach Luc, der eigentlich jeden Moment vorbeikommen müsste, um sie aufzusammeln. «Interessiert mich eigentlich auch gar nicht.»

Mathieu Puppinger folgte ihr. «Wir wissen doch alle, wer das war, mit dem Mord, meine ich», sagte er.

Céleste blieb abrupt stehen. «So? Tun wir das?»

«Sie machen doch nur pro forma weiter, weil es sonst wieder heißt, man hätte nicht in alle Richtungen ermittelt...»

«Wie meinen Sie das?»

«Das war doch keiner von uns. Das waren die! Verbrecher allesamt.»

«Wen meinen Sie?»

«Na, die Ausländer!»

«Welche Ausländer?»

«Das ganze Pack, das sich neuerdings bei uns herumtreibt. Nur Gesindel, überall. Ich sag Ihnen, Frankreich geht vor die Hunde.»

Céleste ließ ihn einfach stehen. Sie hatte eigentlich auf Luc warten wollen, aber dazu war ihr jetzt die Lust vergangen. Da ging sie doch lieber zu Fuß zu Jean Bells Haus hinüber. Trotz Krücken. Sie humpelte langsam die schmale Straße entlang, die zwischen den Weinstöcken hinunter in die flache Senke führte, wo Jean Bells Haus verlassen dalag. Etwas Düsteres umgab das kleine Fachwerkgebäude mit der alten Werkstatt, und Céleste fragte sich, ob ihr das bei ihrem gestrigen Besuch hier auch schon aufgefallen war oder ob es daran lag, dass sie nun wusste, was hier geschehen war. So manch einer behauptete, von schrecklichen Ereignissen bleibe etwas an dem Ort zurück, an dem sie geschehen waren, und das erschien ihr nicht so abwegig. Sie hatte selbst schon oft den Eindruck gehabt, dass sich Gefühle wie Schmerz, Hass und Angst in Gemäuern festsetzten, in den Boden einsickerten wie ausgelaufene Giftstoffe, und man ihre Ausdünstungen noch lange danach wahrnehmen konnte, selbst wenn man von der Geschichte des Hauses und ihrer Bewohner nichts wusste.

Sie sah sich um. Der kleine Garten war gepflegt, wenn auch

nicht gerade von überbordender Hingabe gekennzeichnet. Zwar gab es ein paar Blumenbeete am Rande des Rasens, rechtwinklig mit bemoosten Betonmäuerchen eingefasst, doch sie waren bis auf ein paar verwelkte Krokusse und drei einsame blassgelbe Tulpen leer. Stauden, Büsche oder Rosenstöcke suchte man vergebens, auch sonst gab es keinerlei gestalterische Elemente, keine Hecken, nicht einmal eine Hausbank oder einen Gartenstuhl, sodass das Ganze recht kahl und traurig wirkte. Céleste kramte gerade in ihrer Tasche nach dem Schlüssel, den Lola Berchy ihr überlassen hatte, als Luc auf den Hof fuhr.

«Wieso haben Sie nicht gewartet?», rief er Céleste entgegen, als er ausstieg. «Ich hätte Sie doch mitgenommen!»

«Ich brauchte etwas frische Luft», gab Céleste zurück. «Außerdem waren es nur ein paar Schritte.» Sie erzählte Luc von Jean Bells Streit mit Gabriel Fleckenstein und von Mathieu Puppinger und seinem schauerlichen Obstbrand. «Er hat den Fall natürlich schon gelöst», sagte sie. «Praktisch, wenn man immer jemanden zur Hand hat, der für alles herhalten muss, was schiefläuft. Wenn im Herbst die Obsternte schlecht ausfällt und er keinen Schnaps brennen kann, dann ist mit Sicherheit auch irgendwelches fremdes ‹Gesindel› schuld, das ihm auf die Äpfel gespuckt hat.»

Luc zuckte resigniert mit den Schultern. «Leider sind die Leute so», sagte er gleichmütig. «Die ändern sich nicht. Haben keine Lust nachzudenken, das ist ihnen zu anstrengend.»

Céleste seufzte. Ihr Brigadier hatte natürlich recht. Es war sinnlos, sich aufzuregen. Verschwendete Energie. Leider gelang es ihr dennoch selten, so gelassen wie Luc zu bleiben. «Wie ist denn Ihr Gespräch verlaufen?», wollte sie wissen.

Luc grinste stolz. «Ich war voll chauvikumpelmäßig, Chef. Filipier hat mir sein Herz ausgeschüttet.»

Céleste lächelte. «Wie haben Sie das denn angestellt?» Auch wenn sie ihn ausdrücklich dazu ermutigt hatte, fiel es ihr schwer, sich vorzustellen, wie sich der überkorrekte Brigadier mit einem Typen wie Hugo Filipier verbrüderte.

«Ich habe ihm von der Wildschweinjagd erzählt. Das hat ihn schwer beeindruckt.»

Céleste war ebenfalls beeindruckt. «Sie jagen Wildschweine, Bato? Das wusste ich ja gar nicht.»

«Ich auch nicht.» Luc lachte vergnügt. Die Unterredung mit Filipier hatte ihm offensichtlich Spaß gemacht. «Ich selbst habe keine Lust, die armen Viecher zu jagen, aber viele Leute in meinem Dorf schon. Mein Vater zum Beispiel. Ich habe einfach die Geschichten, die ich von ihm gehört habe, so erzählt, als wäre ich dabei gewesen. Das hat gereicht. Viel hat nicht gefehlt, und Filipier hätte mir eine Ehrenmitgliedschaft im Jagdverein angeboten.»

«Luc Bato, Sie sind ja ein ganz Ausgefuchster!»

Luc grinste noch ein wenig breiter.

«Und? Was hat er erzählt?», wollte Céleste wissen.

«Er hat mir erzählt, wie er Segolène Lambert kennengelernt hat und warum seine Begeisterung für sie recht schnell wieder abgekühlt ist.»

«Da bin ich ja mal gespannt...», sagte Céleste. «Schießen Sie los!»

«Sollten wir nicht erst das Haus ansehen?», bat Luc mit einem Blick auf die Fassade. «Hier ist es unheimlich. Ich bin froh, wenn wir wieder weg sind.»

Jean Bells Haus bestand aus einer Wohnküche, einem weiteren kleinen Zimmer im Erdgeschoss, in dem ein Fernseher und eine Couch standen, einem winzigen, uralten Bad sowie einem

Zimmer unter dem Dach, dem Schlafzimmer. Céleste und Luc gingen langsam und bedächtig durch die schmucklosen Räume, öffneten Schränke und Schubladen und sahen in jede Ecke, hinter jeden Vorhang, ohne irgendetwas von Interesse zu finden. Die Zimmer wirkten seltsam unbewohnt, fast leer. Das schmale Bett im Schlafzimmer unter der Dachschräge war so ordentlich gemacht – die Laken und das Kissen militärisch glatt, die Kanten der Bettdecke rechtwinklig aufeinandergelegt –, dass es aussah wie eine Pritsche in der Stube einer Soldatenkaserne.

«Fällt Ihnen was auf, Bato?», fragte Céleste ihren Brigadier, als sie wieder in der Küche standen.

Luc überlegte, dann sagte er: «Es ist ungemütlich.»

«Finde ich auch.» Céleste nickte. «Woran liegt das?»

«Ich weiß nicht», sagte Luc. «Vielleicht weil es so ordentlich ist?»

Céleste sah sich erneut in der Wohnküche um, öffnete den Kühlschrank, der bis auf ein Päckchen Wurst, ein paar Eier und eine Butterdose leer war, und schloss die Tür wieder. «Was für ein Mensch war Jean-Marie Bell?»

Luc sah sie verunsichert an. «Ist das noch eine Frage, Chef?»

«Ja. Durchaus.»

«Ich habe keine Ahnung.»

«Eben. Dieses Haus sagt überhaupt nichts über seinen Bewohner aus. Es wirkt wie ein Gästehaus – es gibt keinerlei private Gegenstände: keine Fotos, Erinnerungen, Dinge, die auf ein Hobby schließen lassen.» Sie deutete auf die kahlen, weiß gestrichenen Wände. «Kein einziges Bild. Nicht mal ein Kalender, eine Uhr, irgendein Mitbringsel, gar nichts. Lieutenant Berchy sagte, seine ganzen privaten Unterlagen, der Kaufvertrag für das Haus, Kontoauszüge, Rechnungen der letzten zehn Jahre waren in einem Ordner abgeheftet. Zehn Jahre eines Lebens in einem einzigen Ordner! Und was war vorher? Wo sind all die Dinge, Unterlagen, Hinweise aus seinem Leben, bevor er hierhergezogen ist? Der Mann war sechzig Jahre alt, er war verheiratet. Er muss doch irgendetwas erlebt, an irgendetwas gehangen haben. Hat er denn nichts geliebt? Sich an überhaupt nichts gerne zurückerinnert? Es gibt nicht einmal Fotos von seinen Eltern.» Céleste strich mit dem Finger über die makellos saubere Tischkante. «Er hat seit zehn Jahren in unserem Dorf gewohnt, und ich habe ihn überhaupt nicht gekannt. Dabei kenne ich fast jeden hier. Vielleicht habe ich ihn hin und wieder mal gesehen, mag sein, aber er ist mir nicht aufgefallen. Ich wusste nicht, dass er hier wohnt. Ich wusste nicht, dass er Jean Bell heißt.» Sie sah Luc Bato an. «Wissen Sie, wie mir dieser Mann vorkommt?»

«Nein, Chef.»

«Wie ein Gespenst.»

«Noch ein Gespenst?», fragte Luc irritiert.

«Jemand, der unsichtbar war, der hier gar nicht wirklich gelebt hat. Und ich frage mich, ob das Absicht war. Vielleicht *wollte* er Monsieur Mordillo sein ...»

«Mordillo? Sie sprechen von dem Cartoon?» Luc runzelte verwirrt die Stirn.

«Genau, diese Männchen sind gar nicht so lustig, wie es auf den ersten Blick scheint», sagte Céleste nachdenklich. «Sie haben keinen Mund und keine Ohren und wirken immer ein bisschen traurig. Und das Wichtigste: Sie haben keine Identität. Sie sind austauschbar. Und damit auch irgendwie unsichtbar.»

«Was wollen Sie damit sagen, Chef?»

«Jean Bell hatte bereits ein ganzes Leben hinter sich.» Sie sah sich noch einmal in dem Raum um. «Sieht das hier nach einem gelebten Leben aus?»

Luc schüttelte den Kopf. «Nein. Aber ...»

«Er hat dieses gelebte Leben nicht mit nach Eguisheim genommen, und mich würde interessieren, warum nicht.»

«Aber ...»

«Hatte er etwas zu verbergen? Hat er sich vielleicht sogar vor etwas versteckt? Gibt es noch einen anderen Jean Bell außer diesem hier?»

«Chef ...»

«Ja?

Luc räusperte sich. «Könnte es nicht sein, dass Sie da ein bisschen zu viel hineininterpretieren?», fragte er vorsichtig, und als Céleste nicht widersprach, fuhr er etwas mutiger fort: «Mein Appartement in Eguisheim sieht auch nicht besonders wohnlich aus. Aber ich verstecke mich nicht vor irgendetwas. Ich habe einfach kein Händchen für solche Sachen. Jean Bell war vielleicht nichts weiter als ein älterer Mann ohne besondere Eigenschaften. Er war geschieden, hatte keine Familie, wollte wohl auch nicht an sein früheres Leben und an seine Frau erinnert werden. Ich finde das nicht so ungewöhnlich oder rätselhaft. Und schon gar nicht gespenstisch. Und das mit Mordillo verstehe ich auch nicht.»

Céleste nickte langsam. «Vielleicht haben Sie recht, Luc.»

Luc nickte. Er schien erleichtert.

«Aber Sie vergessen etwas.»

«Was denn, Chef?»

«Wenn er einfach nur ein harmloser älterer Mann ohne besondere Eigenschaften war, warum wurde er dann umgebracht?»

Luc schwieg einen Moment, dann hob er die Schultern. «Zufall? Es gibt doch viele Morde ohne besonderes Motiv.»

Céleste lächelte. «Tatsächlich? Gibt es das? Mord ohne Motiv?»

«Also ... hm ...» Luc kratzte sich am Kopf. «Darüber muss ich jetzt erst einmal nachdenken.»

Céleste nickte. «Ja, tun Sie das.»

Während der Brigadier nachdachte, schauten sie sich noch in der Werkstatt um. Das vielfarbige Licht, das durch die bunten Glasfenster fiel, verlieh dem großen Raum einen warmen, fast fröhlichen Schimmer, und wäre nicht der große dunkle Blutfleck auf dem Holzboden gewesen und der unangenehm süßliche Geruch, der noch immer in der Luft hing, hätte man die Werkstatt im Gegensatz zur Wohnung fast gemütlich nennen können. Offenbar war dies der Ort gewesen, an dem sich Jean Bell am liebsten aufgehalten hatte. Trotz Lucs nicht ganz unberechtigter Zweifel an ihrer Theorie hatte Céleste noch immer das Gefühl, dass mit Jean Bells Art zu wohnen etwas nicht stimmte, auch wenn sie nichts fand, woran sie das festmachen konnte. Zwar hatte nicht jeder Mensch das Talent oder auch nur das Bedürfnis, seine Umgebung wohnlich zu gestalten, dennoch war es seltsam.

«Chef!» Lucs Ruf riss sie aus ihren Gedanken. Er stand vor der Werkbank und deutete auf ein gerahmtes Foto, das dort an der Wand hing. Das einzige Foto im ganzen Haus.

Céleste nahm es herunter. Es zeigte ein Haus – nichts Besonderes, ein schmuckloses Einfamilienhaus, schmal, zweistöckig, grau verputzt mit und grünen Fensterläden, hinter einem kleinen Vorgarten umgeben von einem Zaun. Die Art der Bauweise ließ auf die fünfziger Jahre tippen. Sie reichte das Bild an Luc weiter. «Das nehmen wir mit.»

Als sie zur Tür gingen, knirschte es unter Célestes Schuhen, und sie erinnerte sich, wie sie gestern, als sie die Leiche gefunden hatte, ebenfalls auf Scherben getreten war. Sie hatte nicht nachgefragt, ob die Brigade aus Colmar herausgefunden hatte, um welche Art Scherben es sich handelte oder ob sie sich überhaupt darum gekümmert hatten. Scherben waren in einer Glaserwerkstatt vermutlich nichts Ungewöhnliches. Dennoch kam es Céleste angesichts der Ordnung, die Jean Bell im Haus und auch in der Werkstatt gehalten hatte, seltsam vor, dass hier einfach so Scherben herumlagen. Womöglich war bei dem Angriff des Mörders eine Scheibe zu Bruch gegangen. Céleste deutete mit der Krücke auf ein paar größere Scherben aus rotem Glas am Boden.

«Könnten Sie die eintüten, Bato?», bat sie. «Wer weiß, vielleicht geben sie ja irgendeinen Hinweis.»

Luc bückte sich und schob behutsam einige Scherben in eine durchsichtige Plastiktüte. «Das auch?» Er deutete auf etwas neben den Scherben, das Céleste nicht erkennen konnte.

«Was ist das?»

Luc hob einen dünnen Faden hoch. Sie nickte. «Packen Sie's dazu. Man weiß ja nie.»

Sie verließen Jean Bells Anwesen mit einem Gefühl der Erleichterung. Während Luc wendete und zurück zur Hauptstraße fuhr, musterte Céleste das Foto, das sie mitgenommen hatten.

«Kommt Ihnen dieses Haus irgendwie bekannt vor?»

«Nein.» Luc warf einen flüchtigen Blick auf das Bild. «Das könnte überall sein. Zumindest bei uns in der Gegend. Vielleicht sein Elternhaus?»

«Möglich.» Céleste nickte. «Oder das Haus, in dem er gewohnt hat, bevor er hierhergezogen ist. Eugénie Puppinger meinte ja, er kam aus Straßburg.» Vorsichtig nahm sie das Foto aus dem Rahmen und sah sich die Rückseite an. «1962», las sie. «Na toll. Ein bisschen mehr Info wär nicht schlecht gewesen.»

«Warum ist das so wichtig, Chef?», wollte Luc wissen. «Das ist doch nur ein altes Foto von einem Haus. Was sollte das mit dem Mord zu tun haben?»

Céleste schwieg. Wie sollte sie ihrem Brigadier am besten erklären, was sie damals gelernt hatte, als sie noch bei der Police Nationale war? Intuition und Gründlichkeit waren die Schlagworte ihres Ausbilders gewesen, und er war seinen jungen Kommissaranwärtern damit so ordentlich auf die Nerven gegangen, dass sie schon Witze darüber gerissen hatten. Für die meisten Schüler waren diese Begriffe völlig beliebig, sie konnten nichts mit ihnen anfangen. Céleste dagegen hatte verstanden, was Etienne Walter damit hatte sagen wollen: Vertrauen in das eigene Gespür. Erst einmal alles aufnehmen, alles aufsammeln, alles registrieren. Dem eigenen Gefühl folgen. Möglichst nichts übersehen, auch wenn es sich später als unwichtig herausstellen sollte. Erst im zweiten Schritt war Ordnung angesagt, Logik, Systematik, Technik, kriminalistische Finesse. Damit man dann im dritten Schritt die richtigen Schlussfolgerungen ziehen konnte. Ihre Kollegen waren in der Regel sofort losgestürmt, hatten die Dinge bewertet, ohne sie zu verstehen, und waren so viel zu früh in eine einzige Richtung gerannt – die sich im Nachhinein oft als falsch herausgestellt hatte. Auch Céleste war oft dieser Versuchung erlegen und hatte es hinterher meist bereut. Es war schwer, sich angesichts eines Verbrechens diese absolute Offenheit zu bewahren und erst einmal auf das Gefühl zu hören, das einen in scheinbar absurde Richtungen trieb. Sie konnte Luc nicht wirklich erklären, warum sie dieses Haus für so bedeutsam hielt. Und die Scherben, die sie mitgenommen hatte. Sie vertraute lediglich einem starken Gefühl.

Also sagte sie nur: «Es ist das einzige Foto im ganzen Haus. Es muss Jean Bell wichtig gewesen sein. Um zu verstehen, warum er umgebracht wurde, muss man erst einmal verstehen, wer er war. Und ich glaube, dieses Bild ist ein Teil des Puzzles, das Jean-Marie Bell heißt.»

Luc nickte. Vielleicht verstand er, was sie damit meinte, vielleicht war er auch ganz anderer Meinung. So genau ließ sich das bei Luc Bato nicht immer sagen, und oft genug hatte er sie auch überrascht. Sie schob das Bild zurück in den Rahmen.

«Erzählen Sie mir, was Hugo Filipier Ihnen über Leni Krinckenheimer verraten hat.»

Wie von Henri Breton ganz richtig beobachtet, hatte Hugo Filipier Segolène Lambert in seinem Bistro kennengelernt.

«Sie hat ihm leidgetan», erklärte Luc. «Filipier meinte, sie hätte ausgesehen wie jemand, dem man gerade die letzte Hoffnung geraubt hat. Außerdem fand er sie hübsch, und er war gerade ‹solo› …» Er schüttelte leicht den Kopf, so als fände er diese Argumentation kaum nachvollziehbar. Für Luc Bato gab es nur die große Liebe, die wie ein Blitz einschlug und alles von Grund auf veränderte. Für rationale Erwägungen war da kein Platz.

«Anfangs lief es ganz gut. Filipier sagte, Segolène wäre charmant gewesen, witzig und …» Er räusperte sich und fügte nach kurzem Zögern zutiefst verlegen hinzu: «… eine ‹Granate im Bett›. So jedenfalls hat er sich ausgedrückt.»

«Und was ist dann passiert? Warum hat er seine Meinung geändert?»

Luc überlegte. «So ganz genau konnte er mir das gar nicht sagen. Er meinte, er hätte gemerkt, dass mit Segolène etwas ‹nicht stimmt›.»

«Wie meinte er das?»

«Er hatte den Eindruck, sie hätte ihm was vorgespielt. War

nicht ehrlich. Er meinte, sie hätte immer versucht, die feine Madame zu geben, wäre aber eigentlich ziemlich gewöhnlich gewesen.»

«Bemerkenswert, dass ausgerechnet Hugo Filipier so etwas auffällt», kommentierte Céleste trocken. «Wusste er denn, dass sie gar nicht Segolène Lambert hieß?»

Luc schüttelte den Kopf. «Er hatte keine Ahnung, behauptet er. Angeblich hat sie kaum etwas von sich erzählt.»

«Hat sie ihm auch nicht verraten, weshalb sie in Eguisheim war, als sie sich getroffen haben?»

«Das habe ich ihn auch gefragt. Angeblich wollte sie eine alte Freundin besuchen und hatte erst vor Ort erfahren, dass die längst weggezogen war. Sie hätten sich vor Jahren zerstritten, und sie hätte vorgehabt, sich zu entschuldigen. Deshalb war sie auch so traurig, als sie sich im Bistro begegnet sind. Weil es zu spät war, die Sache wiedergutzumachen.»

«Hat Filipier ihr geglaubt?», fragte Céleste skeptisch.

Luc zuckte mit den Schultern. «Er meinte, er hätte nicht weiter darüber nachgedacht. Erst in letzter Zeit, weil ihm so einige Widersprüche an Segolène aufgefallen sind, hat er sich an diese Geschichte erinnert. Und als sie ihn dann vor ein paar Tagen so überraschend besuchen gekommen ist, mit Sack und Pack, da ist ihm angst und bange geworden, sagt er.»

«Kann ich mir vorstellen.» Céleste nickte freudlos. «Bei einem Frauenverschleißer wie Hugo Filipier müssen ja alle Alarmglocken losgehen, wenn eine Frau mit einem so riesigen Koffer vor der Tür steht.»

«Er hatte das Gefühl, er würde Segolène nicht mehr loswerden», bestätigte Luc ihre These.

«Hat er das so gesagt?»

Luc nickte.

«Und ihm ist nicht aufgefallen, dass er uns damit ein Motiv auf dem Silbertablett liefert?»

«Ich verstehe nicht ganz, Chef.»

«Na, jetzt ist er sie ja losgeworden, oder nicht?»

Luc sah sie erschrocken an. «Sie denken, dass Hugo Filipier Segolène ... also Leni Krinckenheimer ermordet hat? Das kann ich mir nicht vorstellen. Außerdem wissen wir doch noch gar nicht, ob sie überhaupt ...»

«Ich denke gar nichts», wehrte Céleste ab. «Ich sammle nur. Fakten, Aussagen, Widersprüche, Glasscherben, Fotos ...» Sie rieb sich die müden Augen. «Haben Sie Filipier auch gefragt, ob er Leni vor ihrem Tod noch einmal gesehen hat?»

«Natürlich.» Sie waren jetzt wieder in der Grand'Rue angekommen, und Luc parkte den Wagen vor der Mairie. Dann zog er sein Notizbuch aus der Jackentasche und las vor, was er sich zu Filipiers Aussage notiert hatte: «Seit Leni in diese Pension gezogen ist, haben sie sich nicht mehr gesehen. In der Nacht, als wir bei ihm waren, ist er danach sofort ins Bett gegangen und eingeschlafen, trotz des Schreckens. Am nächsten Morgen ist er früh aufgestanden, so gegen sieben, hat sich einen Kaffee gekocht und ist, wie jeden Samstag außerhalb der Schonzeiten, jagen gegangen. Allein. Auf die Veranda hat er nicht geschaut.»

«Hat er denn etwas geschossen?», wollte Céleste wissen.

«Zwei Hasen. Er hat sie mir gezeigt. Sie liegen in seiner Tiefkühltruhe. Aber da könnten sie natürlich auch schon länger liegen.»

Céleste gähnte. Sie fühlte sich plötzlich unendlich erschöpft. Als hingen diese beiden Toten und die Frage, was passiert war, an ihr und Luc ganz allein. Sie kam sich vor wie ein Eichhörnchen, das in dem Versuch, seine Vorräte wiederzufinden, wahllos grub, mal hier, mal da, und nirgends eine Nuss fand. «Macht es Ihnen etwas aus, mich die paar Meter nach Hause zu fahren, Luc? Ich glaube, ich kann keinen Schritt mehr laufen.»

«Kein Problem, Chef.» Luc startete den Wagen wieder. «Sie sollten noch mal zum Arzt gehen», riet er ihr. «Vielleicht ist doch was gerissen.»

Céleste nickte vage. «Mal sehen. Was macht Ihr Nasenbein?»

Luc befühlte seine Nase vorsichtig. «Geht so. Ich hoffe nur, dass ich bald wieder singen kann.» Er warf Céleste einen besorgten Blick zu. «So etwas bleibt doch nicht, oder?»

«Das Knödeln meinen Sie?» Céleste musste lachen, als sie Lucs empörten Blick sah. «Sicher nicht», beruhigte sie ihn. «Sie werden bald wieder ganz der Alte sein.»

Es war ein langer Tag gewesen. Während der Himmel über den Dächern der alten Fachwerkhäuser noch im Licht der untergehenden Sonne leuchtete, lag die Gasse, in der sich Célestes Wohnung befand, bereits im Schatten. Sie stieg langsam die wenigen ausgetretenen Stufen zur Haustür hinauf und wollte gerade aufsperren, als die Tür von innen geöffnet wurde. Madame Denis, ihre Vermieterin, empfing sie mit weit aufgerissenen Augen. «Herr im Himmel, Céleste, Sie kommen aber spät heute!»

«Viel Arbeit, Madame», murmelte Céleste und unterdrückte ein Gähnen. «Sie haben es ja sicher schon gehört...»

«Meine Nachbarin hat es mir gesagt. Sie hat es von Madame Puppinger erfahren, der Nachbarin des armen Mannes.» Die kleine grauhaarige Dame schnalzte betrübt mit der Zunge. «Fürchterlich. Zuerst diese tote junge Frau und jetzt auch noch ein Mord... die Welt geht zugrunde!»

«Na ja, ganz so schlimm ist es nicht», tröstete Céleste die Witwe. «Wir werden den Täter schon finden.»

«Mag sein, mag sein ...» Madame Denis zwinkerte vor Nervosität mit den blauen Augen. «Aber gegen überirdische Heimsuchungen sind auch Sie machtlos, werte Céleste.»

«Sie meinen diese Geistergeschichte?»

«Das ist nicht irgendeine Geistergeschichte, Céleste, das war Julie. Sie ist zurückgekehrt. Ich sage Ihnen, das ist ein Fluch.» Sie bekreuzigte sich. «Niemand entkommt *La Dame Blanche*.»

Céleste spürte, dass ihr heute Abend die Geduld fehlte, sich mit ihrer Vermieterin über Heimsuchungen und Flüche zu streiten. Madame Denis war eine entzückende alte Dame, die jedoch mit einer ausschweifenden Phantasie gesegnet war. Und sie redete gerne. Normalerweise, wenn es keine Morde und Geister gab, über die man sich Sorgen machen konnte, berichtete sie Céleste in regelmäßigen Abständen und äußerst ausführlich von ihrem Papagei Dodi, der ihr seit dem Tod ihres Mannes den Gesprächspartner ersetzte. Aber auch dem Vogel wurde es manchmal zu viel. Dann büxte er aus, und Céleste wurde gerufen, um ihn wieder einzufangen. Glücklicherweise beschränkten sich Dodis gelegentliche Fluchtversuche auf den Apfelbaum in Madame Denis' Garten. Er wollte wahrscheinlich nicht wirklich weg von der Witwe, er brauchte nur hin und wieder eine Pause, was Céleste voll und ganz verstehen konnte.

Madame Denis plapperte immer weiter, Céleste hatte allerdings längst den Faden verloren. Die Worte plätscherten an ihr vorüber wie ein fröhlicher Bach, der sich durch eine Wiese schlängelt – ein freundliches Geräusch, aber auch eintönig, ja fast einschläfernd. «... ja, und wir haben immer gesagt, so etwas bleibt. Der kalte Griff der Geisterfrau verfolgt alle, die ...»

«Madame Denis, bitte entschuldigen Sie mich, aber ich muss jetzt unter die Dusche», unterbrach Céleste den Redefluss der alten Dame. «Es war ein langer Tag.»

«O ja, natürlich!» Madame Denis nickte ernsthaft. «Den Geruch des Todes abwaschen.»

«So ähnlich.» Céleste begann, die Stufen zu ihrer Wohnung hinaufzuhumpeln. «Gute Nacht, Madame Denis.»

«Schlafen Sie gut, Céleste. Das ist wahrlich kein leichter Beruf, den Sie sich da ausgesucht haben! Nein, wirklich nicht…»

Madame Denis murmelte weiter, während Céleste ihre Wohnungstür aufschloss, durchatmete und die Tür fest hinter sich zudrückte. Das Blinken ihres Anrufbeantworters stach ihr sofort ins Auge. Mittlerweile gab es nur noch wenige Menschen, die sie auf ihrem Festnetzanschluss zu erreichen versuchten. Eigentlich war es neben Anrufen von irgendwelchen Bankberatern oder anderen Nervensägen, die ihr etwas verkaufen wollten, nur noch ihr Großvater Théo, der sie gelegentlich zu Hause anrief.

Als sie die Playtaste drückte und Max' Stimme ertönte, war sie deshalb umso überraschter. Max rief normalerweise auf dem Handy an, meistens schickten sie sich nur kurze Textnachrichten, Verabredungen, kleine Liebesbezeugungen, ein paar Emojis, Vergewisserungen, dass der eine an den anderen dachte. Diese Nachricht auf dem Anrufbeantworter klang schon beim ersten Satz anders.

«Céleste, wir müssen etwas besprechen», begann Max umständlich mit seinem putzigen deutschen Akzent, den Céleste normalerweise so gerne hörte, der jetzt aber ein nervöses Flattern in ihrer Magengegend hervorrief. Sie sah die Länge der Nachricht auf dem Display: geschlagene drei Minuten – das war fast die gesamte Speicherkapazität. Instinktiv drückte sie auf die Stopptaste. Sie wollte Max' Nachricht jetzt nicht hören. Sie glaubte ohnehin zu wissen, was er sagen würde. Der Ernst in seiner Stimme, seine zögerliche Art, der ungewöhnliche Weg der Kommunikation – das konnte nur eines bedeuten: Er war ihr zuvorgekommen. Er hatte beschlossen, die Reißleine zu ziehen, bevor sie ihre Beziehung in Schweigen und Routine versanden ließen. Obwohl Céleste schon selbst darüber nachgedacht hatte, traf sie der Schmerz, der sie bei diesem Gedanken erfasste, wie ein Schlag ins Gesicht.

Sie warf die Krücken in die Ecke und humpelte langsam durch ihre Wohnung, während sich ihre Augen mit Tränen füllten. Obwohl sie den ganzen Tag außer dem Toast bei Henri nichts gegessen hatte, verspürte sie keinen Hunger. Stattdessen nahm sie sich eine offene Flasche von Théos Riesling aus dem Kühlschrank und ein Glas und setzte sich damit auf den Balkon, ihre Zuflucht in allen schwierigen Lebenslagen. Es war kühl geworden, und die Straßenlaternen brannten bereits. Über dem Dach des Nachbarhauses flog eine Fledermaus. Unten aus dem offenen Fenster drangen Dodis aufgeregtes Kreischen und die leise plätschernden Kommentare ihrer Vermieterin.

Etwas war zu Ende, und sie hatten nichts daran ändern können.

9

W as ist das nur für eine furchtbare Angelegenheit!»
Dédés Stimme klang vorwurfsvoll, als wäre es Célestes
und Lucs Schuld, dass in seinem beschaulichen Dorf ein Mord
geschehen war. «Klären Sie mich auf, Kreydenweiss, Bato. Ich
muss den Leuten schließlich etwas sagen.» Er sah von einem
zum anderen und seufzte bedeutungsschwanger. «Sie sehen
mir nicht sehr motiviert aus, Kreydenweiss, wenn ich das mal
sagen darf.»

Céleste saß mit schwerem Kopf und müden Gliedern vor
ihrem Schreibtisch und hielt sich an einer großen Tasse Kaffee fest. Ihr Knöchel war über Nacht nur unwesentlich besser
geworden und schmerzte noch immer. Dennoch hatte sie heute
auf die beiden verhassten Krücken verzichtet und stattdessen
einen alten Gehstock zur Hilfe genommen, der ihrer vor vielen Jahren verstorbenen Großmutter Odile gehört und den sie
zur Erinnerung aufbewahrt hatte. Er war schwarz, mit einem
silbernen Griff in Form eines Vogelkopfes, eine unglaubliche
Extravaganz für ihre bescheidene, bäuerliche Großmutter, die
sie sich damals geleistet hatte, als ihr Hüftleiden immer schlimmer geworden war. Auch wenn Céleste sich damit um mindestens zwanzig Jahre gealtert vorkam, war der Stock immer
noch leichter zu handhaben als die beiden sperrigen Krücken,
mit denen sie sich in jedem Raum vorkam wie ein Elefant im

Porzellanladen. Ein lahmer Elefant, um genau zu sein. Sie warf Luc, der mit seinem allmählich verblassenden Veilchen und den Schwellungen um die Nase herum ebenfalls noch ein wenig ramponiert aussah, einen kurzen Blick zu. Dédé hatte schon recht: Mit ihnen beiden war heute Morgen kein Staat zu machen.

Sie richtete sich ein wenig auf und sagte: «Wir sind dafür eigentlich gar nicht zuständig, Monsieur le Maire.»

«Papperlapapp, das weiß ich doch. Trotzdem ermitteln Sie, oder sehe ich das falsch?»

«Nur weil Capitaine Wolfsberger verreist war. Heute ist er wieder im Dienst, und jetzt wird er die Sache übernehmen.»

«Umso wichtiger, dass ich Bescheid weiß, was Sie bisher herausgefunden haben.»

Céleste überflog ihre Notizen. «Jean-Marie Bell, frühpensionierter Glaser, sechzig Jahre alt, seit zehn Jahren wohnhaft in der Rue des Vosges 2. Er wurde erstochen, vermutlich Mittwochabend. Die Tatwaffe war ein ungewöhnlich geformtes Messer, vermutlich ein sogenanntes Bleimesser, ein Glaserwerkzeug, das sich wahrscheinlich in der Werkstatt befunden hat. Die Kollegen der Brigade haben dort ein solches Messer gefunden, das zu den Verletzungen passt. Das ist allerdings nicht die Tatwaffe – die hat der Täter offenbar mitgenommen.» Sie blätterte um. «Wir haben uns in der Werkstatt und in der Wohnung umgesehen und nichts Ungewöhnliches gefunden. Raubmord können wir mit ziemlicher Sicherheit ausschließen. Bell hat sehr zurückgezogen gelebt, über sein Privatleben ist bisher nichts bekannt. Die Nachbarin hat ausgesagt, dass er ein netter, hilfsbereiter Nachbar war, aber er konnte auch jähzornig sein. Am Tag seines Todes hatte er einen heftigen Streit mit dem Sohn von Bertrand Fleckenstein. Es ging um Fleckensteins

Hund, und er hat gedroht, den Hund abzustechen, wenn der noch einmal in seinen Garten läuft.»

«Dann ist er verdächtig?»

Céleste sah von ihren Notizen auf. «Sie meinen Gabriel Fleckenstein?»

«Ja.»

Céleste überlegte. «Der Junge ist siebzehn Jahre alt. Ich kann mir ehrlich gesagt nicht vorstellen, dass dieser Streit ein Mordmotiv darstellt. Außerdem hat er das Grundstück nach dem Streit zusammen mit der Nachbarin verlassen. Und da lebte Jean Bell noch.»

«Aber er kann später zurückgekommen sein», meinte Dédé unbehaglich.

«Ja, schon, ist aber unwahrscheinlich. Wieso sollte er das tun?»

«Keine Ahnung. Jugendliche kommen auf die seltsamsten Ideen», gab Dédé zu bedenken. «Wenn ich mir da meine Kinder so ansehe ...» Er seufzte. «Ich bin froh, wenn Léo auch endlich aus dem Gröbsten heraus ist.»

«Léo ist doch ein anständiger Kerl», meinte Céleste.

Dédé nickte ergeben. «Schon. Aber anstrengend. Immer muss man alles diskutieren. Jeder Fliegenschiss wird in Frage gestellt. Der ist noch schlimmer als Sie, Kreydenweiss.»

Céleste grinste. «Sag ich doch. Toller Typ.»

Dédé drohte ihr spielerisch mit dem Zeigefinger, dann wurde er wieder ernst. «Aber Sie haben schon recht, das ist im Grunde nicht der Rede wert. Gabriel Fleckenstein macht da schon erheblich mehr Schwierigkeiten als unser Léo, was man so hört.»

«Was hört man denn?», fragte Céleste interessiert.

«Ich weiß es nur von Léo, die beiden gehen ja an die gleiche

Schule in Colmar. Gabriel ist anscheinend ein Außenseiter, der einen seltsamen Sinn für Humor hat. Letztens soll er sogar die Schulcomputer gehackt haben.»

«Um an die Prüfungsaufgaben zu kommen?»

«So was könnte man ja noch verstehen! Nein, er hat Totenköpfe verschickt. Alle PCs in der Schule hatten plötzlich einen grinsenden Totenkopf als Hintergrundbild, das sich nicht mehr deinstallieren ließ. Die Aufregung war groß, natürlich dachte jeder sofort an einen möglichen Amokläufer. Aber der junge Fleckenstein hat sich irgendwann selbst gemeldet und gemeint, das wäre nur ein Spaß gewesen.»

«Nicht sehr lustig», sagte Luc.

Dédé nickte. «Sein Vater hat angeblich einen größeren Geldbetrag gespendet, damit das Ganze nicht an die große Glocke gehängt wird und Gabriel nicht von der Schule fliegt.»

Céleste machte sich eine Notiz. «Ich werde mit Lieutenant Berchy von der Colmarer Brigade darüber sprechen. Die sollen sich den jungen Mann mal vorknöpfen.»

Dédé sah sie kummervoll an. «Könnten nicht Sie das erledigen, Kreydenweiss? Da muss man sensibel vorgehen. Bertrand Fleckenstein ist ein sehr einflussreicher Mann in unserem Dorf. Der wird nicht glücklich darüber sein, wenn die Police Nationale seinen Sprössling verhört.»

«Von Verhören ist doch noch gar keine Rede, Monsieur le Maire», beruhigte Céleste den Bürgermeister. «Aber die Brigade ist nun mal zuständig, und wir können nicht alles selbst in die Hand nehmen.»

«Wer ist dieser Lieutenant Berchy überhaupt?», fragte Dédé. «Von dem habe ich noch nie gehört. Ein herumtrampelnder Grünschnabel könnte viel Unheil anrichten. Es geht da auch um die Interessen unseres Dorfes ...»

«Lieutenant Lola Berchy ist kein herumtrampelnder Grün-schnabel, Monsieur le Maire», mischte sich Luc mit ungewöhn-licher Heftigkeit ein. «Sie ist sehr kompetent und sicher sensibel genug für einen so groben Hackstock wie Bertrand Flecken-stein.»

Überrascht sah Céleste ihren Brigadier an. So deutliche Worte kannte sie von ihm gar nicht.

Auch Dédé verschlug es für einen Moment die Sprache. Nach ein paar Sekunden hatte er sich jedoch wieder gefan-gen und lenkte ein: «Ich gebe ja zu, Bertrand ist vielleicht kein besonders feinfühliger Mensch. Aber er tut viel Gutes für unser Dorf.»

«Das kann nicht der Maßstab für die Ermittlung in einem Mordfall sein», sprang nun Céleste ihrem Brigadier bei. «Sie selbst haben doch Gabriel Fleckenstein ins Gespräch gebracht.»

Dédé seufzte. Dieses Gespräch wurde ihm augenscheinlich zu kompliziert. «Schon gut. Sie werden das schon machen.» Er wechselte rasch das Thema: «Was ist eigentlich mit der toten jungen Frau? Gibt es schon Informationen, woran sie gestor-ben ist? Hoffentlich wurde die nicht auch noch ermordet. Zwei Morde an einem einzigen Wochenende, das wäre wirklich zu viel.» Er zog sein Stofftaschentuch aus dem Jackett und wischte sich damit über die Stirn.

«Die beiden Todesfälle haben sich nicht an einem Wochen-ende ereignet, Monsieur le Maire», erinnerte Luc, dessen Gesicht von seinem unerwartet zutage getretenen Wider-spruchsgeist noch leicht gerötet war. «Jean Bell wurde bereits am Mittwoch ermordet, nur seine Leiche wurde erst am Sonn-tag aufgefunden.»

«Das spielt doch keine Rolle. Hauptsache, diese beiden Ge-schichten hängen nicht zusammen. Die junge Frau ist doch

eines natürlichen Todes gestorben, nicht wahr, Kreydenweiss?»
Er sah Céleste fast flehentlich an.

Sie zuckte mit den Schultern. «Das wissen wir nicht, Monsieur le Maire. Capitaine Wolfsberger und der diensthabende Pathologe haben es bisher nicht für angebracht gehalten, eine Obduktion durchzuführen.»

Dédé schnaubte empört. «Das ist ja mal wieder typisch. Bei mir im Dorf sterben die Leute wie die Fliegen, und die Colmarer Brigade tut so, als ginge sie das alles nichts an.»

Céleste sah aus den Augenwinkeln, dass diese Dédé-typische Übertreibung Luc ein Lächeln entlockte, und sie musste sich ebenfalls beherrschen, ernst zu bleiben. «Leider ist Dr. Veilleux im Urlaub, Monsieur le Maire. Ich habe aber ihren persönlichen Assistenten gebeten, sich die Tote einmal anzusehen.» Die Tatsache, dass es sich bei dem ‹persönlichen Assistenten› um einen Praktikanten handelte, verschwieg sie dem Bürgermeister wohlweislich. Noch ein Grünschnabel bei den Ermittlungen wäre vermutlich zu viel für ihn.

«Gut, gut.» Dédé wirkte erleichtert. «Dann werden wir hoffentlich bald Gewissheit haben.» Er wandte sich zum Gehen, drehte sich jedoch noch einmal um. «Bitte, Kreydenweiss, bleiben Sie am Ball!» Er warf einen Blick auf den Gehstock, der an ihrem Schreibtisch lehnte, und räusperte sich. «Entschuldigung. Das war vielleicht eine etwas unpassende Formulierung. Sie sind ja momentan nicht so gut zu Fuß, als dass Sie ans Fußballspielen denken . . .»

«Ich habe Sie schon verstanden, Monsieur le Maire», gab Céleste etwas säuerlich zurück. «Wir werden uns nicht die Butter vom Brot nehmen lassen.»

«Die Butter vom Brot, ja, das ist ein gutes Bild, Kreydenweiss. Und nicht vergessen: immer schön behutsam vorgehen.» Dédé sah von einem zum anderen und verließ dann auffallend rasch das Büro.

Céleste sah ihm mit mildem Kopfschütteln nach. «Manchmal geht mir die Harmoniebedürftigkeit unseres Bürgermeisters ziemlich auf die Nerven.»

«Er hat Angst um die Spenden, die Bertrand Fleckenstein dem Dorf jedes Jahr zukommen lässt», sagte Luc nüchtern.

«Dafür bekommt Bertrand ja auch vieles genehmigt, was nicht ganz koscher ist.» Céleste warf dem Brigadier einen anerkennenden Blick zu. «Sie haben gut dagegenhalten, Bato. So etwas ist Dédé von Ihnen gar nicht gewöhnt. Und ich bin es auch nicht, um ehrlich zu sein.»

Lucs Ohren färbten sich dunkelrot. «Ist mir so rausgerutscht.»

«Gut gemacht. Kann Ihnen ruhig öfter passieren.» Céleste trank ihren Kaffee aus und schaltete den PC ein. «Ich schreibe Lieutenant Berchy eine Mail. Sie soll sich den Jungen mal genauer ansehen.»

Luc nickte. «Glauben Sie, er hat was damit zu tun?»

«Kann ich mir eigentlich nicht vorstellen. Andererseits ... wer weiß? Im Grunde traue ich allen alles zu.» Céleste begann zu tippen, doch sie kam nicht weit, denn in diesem Moment läutete das Telefon. Ein Blick auf das Display sagte ihr, dass es die Gerichtsmedizin war.

Doch nicht Joël Blumtritt war am Apparat, sondern Lola Berchy. Sie klang seltsam gehetzt. «Madame le Commissaire, wir haben da ein kleines Problem ...»

«Worum geht es denn?», fragte Céleste. Durch den Hörer waren schrilles Gekeife und das Weinen eines Kindes zu hören.

«Die Mutter von Leni Krinckenheimer ist hier», sagte Lieutenant Berchy so leise, dass Céleste sie kaum verstehen konnte. «Wir sind in der Gerichtsmedizin.»

«Ja, und? Was ist das Problem?»

«Äh ... Moment mal ...» Das Telefon wurde weggelegt, und der Lärm im Hintergrund wurde lauter. Etwas ging klirrend zu Bruch. Dann war Lieutenant Berchy wieder am Apparat. «Sie ist ein wenig, äh, aufgebracht ...» Sie klang hilflos.

«Wir kommen», sagte Céleste und legte auf.

Als Céleste und Luc beim pathologischen Institut des Hôpital Pasteur in Colmar eintrafen, wo die Gerichtsmedizin untergebracht war, stand Lola Berchy vor dem Eingang des Gebäudes und rauchte eine Zigarette. Sie sah ein wenig schuldbewusst aus.

«Tut mir leid, dass ich Sie hergescheucht habe», sagte sie und trat ihre halbgerauchte Zigarette aus. «Aber ich wusste nicht, was ich mit ihr machen sollte.»

«Was ist denn passiert?», fragte Céleste, während sie zu dritt hineingingen.

«Leni Krinckenheimers Mutter, Sylvie Krinckenheimer, ist heute Morgen zu uns in die Dienststelle gekommen. Sie stand plötzlich vor der Tür, mit einem kleinen Jungen im Buggy, und wollte ihre Tochter sehen. Wir waren völlig überrascht, der Capitaine hat vor seiner Abreise nichts gesagt, wir wussten nicht einmal, ob die Kollegen in Straßburg überhaupt irgendwelche Angehörigen ausfindig gemacht haben.» Sie zupfte an ihrem Kragen, und in ihren dunklen Augen blitzte ein Funke Zorn über ihren Vorgesetzten auf. «Wir haben sie also hierher gebracht, und als ihr klar wurde, dass eine Obduktion vorgenommen wurde, ist sie vollkommen ausgerastet. Lieutenant Vasarely konnte sie kaum bändigen.» Sie rollte mit den Augen.

«Sie hat mit einem Laborglas nach Joël geworfen, und es hat nicht viel gefehlt, und sie wäre buchstäblich auf ihn losgegangen.»

«Und das Kind?», fragte Luc.

«Das hat draußen im Flur im Buggy gehockt und geheult.»

«Ist das etwa Leni Krinckenheimers Kind?», fragte Céleste betroffen.

«Nein. Soweit ich verstanden habe, ist der Junge der Halbbruder der Toten. Sylvie Krinckenheimer war wohl noch ziemlich jung, als sie Leni bekommen hat.» Sie hob resigniert die Arme. «Am besten, Sie sprechen selbst mit ihr. Es ist uns gelungen, sie ein bisschen zu beruhigen. Jetzt sitzt sie im Büro von Sandrine Veilleux und rührt sich nicht mehr. Lieutenant Vasarely passt auf sie auf.»

«Wo ist denn Capitaine Wolfsberger?», fragte Céleste, während sie durch den Flur und dann die Treppen hinunter in den Keller gingen. Alles war ruhig, von Randale war nichts zu hören.

«Er ist krankgeschrieben. Hat sich bei der Familienfeier was eingefangen. Magen-Darm-Virus oder so.»

Céleste und Luc wechselten einen überraschten Blick. «Ist nicht wahr!», platzte Céleste heraus.

«Doch, wieso?» Lieutenant Berchy sah sie verwundert an.

«Ach, nur so … Dieses Virus macht auch in Eguisheim gerade die Runde», log Céleste, und Luc sprang seiner Chefin zu Hilfe: «Das halbe Rathaus liegt flach!»

«Ach je.» Lieutenant Berchy rückte einen deutlichen Schritt von den beiden ab. «Dann passen Sie nur auf, dass es Sie nicht auch noch erwischt. Nicht dass ich diese beiden Fälle am Ende ganz alleine lösen muss.»

«Machen wir», versprach Luc und fügte hinzu: «Wobei ich

sicher bin, dass Sie diesen Fall auch gut ohne uns lösen könnten, Lieutenant.»

«Oh, danke für die Blumen, Brigadier Bato.» Lola Berchy lächelte. Luc wandte sofort den Blick ab und starrte auf den Boden, zutiefst erschrocken über seine eigene Courage.

Sandrine Veilleux' Büro befand sich direkt neben dem Sektionssaal und war wie alle Räume in der Rechtsmedizin fensterlos, nüchtern und zweckmäßig. Eine Neonlampe an der Decke tauchte den Raum in ein kühles, fast giftiges Licht, das vortrefflich zu dem Geruch nach Formalin passte, der hier überall in der Luft lag.

Sylvie Krinckenheimer hockte zusammengesunken auf einem Stuhl. Sie war mager und knochig, etwa Anfang vierzig, aber gekleidet wie ein Teenager. Die billigen Stretchjeans waren mit Strass verziert, dazu trug sie Turnschuhe mit Plateausohlen und eine enge Sportjacke aus glänzendem Synthetikstoff über einem engen rosa T-Shirt mit goldener Aufschrift. Die blond gefärbten, am Ansatz dunklen Haare hatte sie zu einem Pferdeschwanz gebunden. Ihr Gesicht war rot vom Weinen, die Wimperntusche verschmiert. Lieutenant Vasarely stand neben ihr, einen etwa dreijährigen, ebenso verheulten Jungen auf dem Arm, der am Daumen nuckelte. Er wirkte nicht besonders glücklich mit seiner Rolle als unfreiwilliger Babysitter.

«Madame Krinckenheimer?», sprach Lieutenant Berchy mit unüberhörbarer Vorsicht in der Stimme die reglose Frau an. «Hier sind zwei Polizisten aus Eguisheim. Sie waren dabei, als man Ihre Tochter gefunden hat.»

Sylvie Krinckenheimer richtete sich ein wenig auf, und Céleste konnte die Aufschrift auf dem rosa T-Shirt lesen: *Klug war's nicht – aber geil.* Céleste stellte sich und Luc vor und

154

reichte der Frau die Hand, doch die ergriff sie nicht. «Was wollen Sie?», fragte sie feindselig.

«Mit Ihnen über Ihre Tochter reden.» Céleste nahm Sandrines Bürostuhl und setzte sich ihr gegenüber. Luc blieb stehen und hielt Notizbuch und Stift so demonstrativ gezückt, als wollte er sich damit schützen – vor Schmerz, vor Wut oder auch vor Gegenständen, die möglicherweise nach ihm geworfen werden würden.

«Wieso? Leni ist tot. Und die da…», sie deutete mit dem Finger so aggressiv auf Lieutenant Berchy, dass diese unwillkürlich zurückwich, «…hat sie aufschneiden lassen.»

«Das ist nicht Lieutenant Berchys Entscheidung gewesen, sondern bei ungeklärten Todesfällen allgemein üblich», sagte Céleste. «Wollen Sie denn nicht wissen, woran Ihre Tochter gestorben ist?»

Die Frau schüttelte den Kopf. «Wen kümmert's. Sie ist tot. Sie aufzuschneiden, macht sie nicht wieder lebendig.» Die Tränen liefen ihr die Wangen herunter, ohne dass sie Anstalten machte, sie wegzuwischen. Céleste reichte ihr ein Taschentuch und schwieg.

Lola Berchy nickte ihr zu. «Der Lieutenant und ich warten draußen. Rufen Sie, wenn Sie was brauchen.»

Als die beiden den Raum verlassen hatten und Sylvie Krinckenheimer immer noch nicht den Blick hob, sagte Céleste: «Möchten Sie nicht ein bisschen über Leni erzählen? Hatten Sie ein gutes Verhältnis?»

«Was heißt Verhältnis?» Die Frau zuckte mit den knochigen Schultern. «Ich war noch nicht mal fünfzehn, als ich mit ihr schwanger wurde. Meine Mutter hat Leni aufgezogen.» Sie hob die Arme wie zur Entschuldigung, ließ sie dann aber auf halbem Weg wieder sinken. «Ich konnte mich doch nicht um ein Baby kümmern. Bin noch zur Schule gegangen.» Sie schnäuzte sich geräuschvoll in ihr Taschentuch. «Leni war ein süßer kleiner Fratz. Und hübsch war sie auch. Hatte meine blonden Haare.»

«Was war denn mit dem Vater?»

«Das war 'n Deutscher, so alt wie ich. Hab ihn in einem Sommercamp von der Schule kennengelernt. Stefan hieß er. Den Nachnamen wusste ich gar nicht.» Wieder diese resignierte Handbewegung. «Der hat keine Ahnung davon, dass er 'ne Tochter hatte.»

«Wann haben Sie Leni denn zuletzt gesehen?»

Sylvie Krinckenheimer überlegte. «Vor ein paar Monaten. Sie hat mich besucht. Wollte aber nur Geld.» Sie lachte bitter auf. «Als ob ich Geld zu verschenken hätte.»

«Hatte sie denn finanzielle Probleme?»

Die Frau warf ihr einen müden Blick zu, der besagte: Wer hat die nicht? Leise murmelte sie: «Leni hatte immer Probleme. Kein Geld, keinen Job, miese Typen, mit denen sie sich eingelassen hat. Das ganze Programm. Schon als Teenager ist sie ständig abgehauen, hat geklaut und gelogen, hat sich sonst wo rumgetrieben. Sie hat die Schule abgebrochen, wollte aber gleichzeitig ganz hoch hinaus. Tänzerin wollte sie werden, Schauspielerin, was weiß ich. Ich glaub nicht, dass sie jemals irgendwo getanzt oder gespielt hat. Soweit ich weiß, hat sie immer nur in schäbigen Bars gejobbt.» Sie zögerte einen Moment, dann fügte sie noch leiser hinzu: «Ich glaub, sie ist auch anschaffen gegangen.»

«Kann es sein, dass sich Ihre Tochter umgebracht hat?», fragte Céleste.

Sylvie sah sie mit roten Augen an. «Glaub ich nicht», sagte sie. «Die Leni hatte doch immer ganz große Pläne. Die lebte in einer rosaroten Traumwelt. So jemand bringt sich doch nicht um.»

«Wenn alle Träume platzen, vielleicht doch», gab Céleste zu bedenken. «Sie war offenbar ziemlich verzweifelt, wie uns Zeugen berichtet haben.»

Sylvies Kinn begann zu zittern, und sie schwieg eine ganze Weile, dann sagte sie mit belegter Stimme: «Ich hab sie rausgeworfen, als sie letztens bei mir war. Hab ihr gesagt, sie soll sich verpissen und nicht mehr wiederkommen.» Sie wischte sich mit dem zerknüllten Taschentuch über die Augen. «Ich wollt nichts mehr mit ihr zu tun haben.»

«Warum?»

«Sie hat mich beklaut. Jedes Mal, wenn sie da war, fehlten danach Zigaretten, ein paar Scheine aus dem Geldbeutel oder aus der Schublade in der Küche. Ich hatte es so satt. Mein Freund und ich haben's echt nicht so dicke. Und der Kleine ist ja auch noch da. Aber sie wollt einfach nicht aufwachen aus ihrer Zuckerwattewelt. Sie war der Meinung, ich schulde ihr was. Aber was kann ich dafür, wenn sie ihr Leben nicht auf die Reihe kriegt? Ich muss auch sehn, wo ich bleib.» Sie nestelte an der Tasche ihrer Sportjacke. «Darf man hier rauchen?»

«Nein, tut mir leid.» Céleste warf Luc, der wie ein Standbild neben der Tür stand und Sylvie Krinckenheimer nicht aus den Augen ließ, einen kurzen Blick zu und holte ihr Notizbuch aus der Tasche. Sie nannte der Frau die Adresse, auf die Lenis Auto zugelassen war. «War das auch die aktuelle Wohnadresse Ihrer Tochter?»

«Nee. Das ist die alte Wohnung meiner Mutter. Ich wohn jetzt dort, mit meinem Freund und dem Kleinen, seit meine Mutter gestorben ist.»

«Wo hat Leni denn dann gewohnt?»

«Mal hier, mal da, was weiß ich?»

«Sie wissen keine Adresse?»

«Zuletzt hat sie im Haus ihrer Chefin 'n Zimmer gehabt, glaub ich.»

«Welcher Chefin? Wo hat sie denn gearbeitet?»

«In 'ner Bar in Krutenau. Keine Ahnung, wie die hieß. Aber die hat zugemacht. Zumindest hat Leni das behauptet, als sie letztens bei mir war.»

Céleste steckte ihr Notizbuch wieder ein und stand auf. «Danke, dass Sie sich die Zeit genommen haben, Madame Krinckenheimer.»

Die Frau stand ebenfalls auf. Sie roch nach kaltem Zigarettenrauch und billigem Deo. «Hören Sie, das Auto von der Leni, das erb ich doch jetzt, oder?»

«Vermutlich.»

«Könnt ich das nicht gleich mitnehmen? Wir sind mit'm Bus gekommen, der Kleine und ich. Ist ja 'ne ganze Ecke von Straßburg hierher. Da hatte ich Unkosten und...»

Céleste schüttelte den Kopf. «Das Auto ist noch Teil der Ermittlung, tut mir leid.»

Luc öffnete die Tür. Lieutenant Vasarely und Lola Berchy standen im Flur und warteten – der kleine Junge war im Arm des rothaarigen Lieutenants eingeschlafen. Er reichte ihn der Mutter so behutsam, als wäre das Kind eine Bombe, die jeden Moment explodieren konnte.

Céleste nickte den beiden zu. «Danke.»

«Sie geben mir Bescheid, wenn ich mein Mädchen abholen kann, oder?», sagte Sylvie Krinckenheimer leise und warf einen letzten Blick zu der Tür, die in den Sektionssaal führte. Der Junge auf ihrem Arm war aufgewacht und klammerte sich an ihren Hals. Fast hätte man meinen können, er wollte ihr die Luft abdrücken.

Lola Berchy nickte. «Natürlich.»

«Ja, also ... dann gehe ich jetzt», sagte sie und nickte vage in die Runde. Als sie bereits ein paar Schritte gegangen war, das Kind noch immer im Arm und den leeren Buggy mit der freien Hand vor sich her schiebend, drehte sie sich noch einmal um. «Ich bin nicht schuld», sagte sie, halb trotzig, halb flehentlich. «Ich kann nix dafür. Ich war zu jung ...» Dann ging sie.

Céleste sah der schmalen Gestalt in den billigen Klamotten unschlüssig nach, doch noch ehe sie etwas sagen konnte, rief Luc der Frau hinterher: «Warten Sie, Madame Krinckenheimer. Wir fahren Sie und Ihren Sohn nach Hause.»

«Herzstillstand?» Céleste sah Joël Blumtritt enttäuscht an. «Die Obduktion hat also nur das ergeben, was der alte Maybach schon vermutet hat?»

Sie hatte Luc gebeten, Lieutenant Berchy über Gabriel Fleckenstein, den Streit und die Sache in der Schule zu informieren und dann mit Sylvie Krinckenheimer im Auto auf sie zu warten. Sie selbst wollte noch kurz mit Sandrines Praktikanten sprechen.

«Nun ja, wenn man es genau nimmt, ist das doch immer die Todesursache, nicht wahr?» Der junge Mann grinste ein wenig schief. «Das Herz hört auf zu schlagen, und man stirbt. Time out. So einfach ist das im Grunde mit dem Leben und dem Tod. Wie auch Heidegger sagte, wir laufen dem Tod nur voraus ...»

«Keine Philosophie bitte.» Céleste winkte ungeduldig ab. «Dafür ist es mir noch zu früh am Tag.»

«Entschuldigung.» Jo begann, die Scherben zusammenzukehren, die Sylvie Krinckenheimers Gefühlsausbruch hinterlassen hatte. Er schob die Glasstücke auf eine Kehrschaufel und schüttete sie in einen großen Mülleimer. «Ich wollte damit nur sagen, dass damit noch lange nicht klar ist, aus welchem Grund das Herz aufgehört hat zu schlagen.»

«Und? Was ist der Grund?»

«Ich weiß es nicht.»

«Na, toll.» Céleste sah ihn finster an.

«Ich bin nur der Praktikant, Madame.»

«Konnten Sie denn *irgendetwas* herausfinden?»

«Also, es gibt keine Spuren äußerer Gewalteinwirkung – keine Druck- oder Kampfspuren, sie wurde nicht festgehalten und ...» Er zögerte und verstummte schließlich ganz.

«Und was?» Céleste sah ihn forschend an. «Sie haben doch noch was.»

Joël Blumtritt wand sich ein wenig. «Schon. Aber ich bin mir nicht sicher.»

«Spucken Sie's schon aus, verdammt noch mal.» Céleste verlor allmählich die Geduld. Randalierende Mütter, ängstliche Bürgermeister, ratlose Praktikanten und weit und breit kein Hinweis, keine Spur, ja, nicht einmal der Hauch von einer Idee, wie das alles zusammenhängen könnte. Und morgen würde wahrscheinlich Capitaine Wolfsberger wieder zurück sein, mit Sicherheit noch schlechter gelaunt als sonst, weil er zwei Tage lang nur trocken Brot und Hagebuttentee bekommen hatte. Unter Garantie würde er ihr die Hölle heiß machen, weil sie eine Obduktion durch einen ahnungslosen Sektionsassistenten angeordnet hatte, was nun wirklich meilenweit außerhalb ihrer Kompetenzen lag. Wenn das zu nichts anderem führte als einem lapidaren Herzstillstand, konnte sie sich auf gehörigen Ärger gefasst machen.

«Ähm, ich denke, ich habe vielleicht ein Lungenemphysem entdeckt.» Es klang ein wenig so, als wäre er auf Schatzsuche gewesen und fündig geworden, ohne zu wissen, was genau er gefunden hatte.

«Und was zum Teufel heißt das?»

«Ihre Lungenbläschen waren gebläht, was auf einen Erstickungstod hinweist.»

«Sie ist erstickt? Wie das?»

Er stellte den Besen beiseite und schlug ein bereits etwas zerfleddert wirkendes Buch auf, das er an verschiedenen Stellen mit bunten Post-its markiert hatte. Mit dem Finger fuhr er ein paar Zeilen nach und erklärte: «Nach dem Lehrbuch könnte sie bei diesem Befund entweder ertrunken sein, oder sie wurde erstickt, zum Beispiel mit einem Kissen oder einer Decke oder etwas anderem Weichem, Nachgiebigem. Sie könnte auch Autoabgase eingeatmet haben, was dann eher an einen Suizid denken lässt. Genauso gut hätte sie längere Zeit in einem kleinen Raum ohne Sauerstoffzufuhr eingesperrt gewesen sein können, etwa in einem Kofferraum, einer Kiste oder so.»

«Aha. Und was davon war es nun?» Céleste sah Jo abwartend an.

Der klappte sein Studienbuch zu, richtete sich auf und sagte: «Alle diese Möglichkeiten kann man hier ausschließen.»

Céleste runzelte die Stirn. «Sie wollen mich auf den Arm nehmen, oder?»

Jo winkte erschrocken ab. «Nein, Madame. Ich lege Ihnen nur meinen Gedankengang dar. Es ist nämlich so, dass ich keine Alternative gefunden habe, die auf diesen Fall passt.» Er zählte an den Fingern ab: «Sie hat weder Wasser in der Lunge noch erhöhte CO_2-Werte, die sie aber haben müsste, wenn sie aufgrund von Sauerstoffmangel erstickt wäre. Sie hat auch nicht gekämpft, versucht, sich aus irgendeinem Gefängnis zu befreien. Keinerlei Verletzungen oder Kampfspuren. Auch kein

Todeskampf. Eine Kohlenmonoxidvergiftung kann man ebenfalls ausschließen. Also keine Autoabgase oder kaputten Öfen oder so was.»

Céleste runzelte die Stirn. «Und was bedeutet das jetzt?»

«Das bedeutet, dass ich keine Ahnung habe, Madame le Commissaire. Es scheint, als wäre sie erstickt, ohne zu ersticken.»

«Erstickt, ohne zu ersticken …», wiederholte Céleste sarkastisch. «Das ist ja mal ein prima Ergebnis. Mit dem kann ich richtig was anfangen.»

Jo kratzte sich am Kopf und brachte damit seine ohnehin unordentlichen Locken noch ein wenig mehr durcheinander. «Ja, es ist ein echtes Rätsel.» Es klang eher fasziniert als bedrückt. «Ich habe noch alle möglichen Gewebeproben entnommen, und die Laborwerte stehen noch aus, wobei ich ja nicht einmal weiß, wonach ich das Labor suchen lassen soll.» Er verzog das Gesicht zu einer Grimasse. «Schon krass.»

«Und Dr. Veilleux? Hat sie keine Idee?»

«Ich konnte sie noch nicht sprechen. Sie ist auf einem Tauchausflug und kommt erst heute Abend wieder ins Hotel zurück.»

Céleste sah ein, dass sie nicht mehr weiterkommen würde. «Vielen Dank, Joël. Nehmen Sie mir meine Ungeduld nicht übel, Sie haben getan, was Sie tun konnten. Und wenn Sie mit dem Capitaine Schwierigkeiten wegen dieser eigenmächtigen Obduktion bekommen sollten, schieben Sie alles auf mich. Capitaine Wolfsberger kennt mich. Es wird ihn nicht wundern.» Sie versuchte ein Lächeln, doch sie spürte selbst, dass es nicht besonders überzeugend ausfiel.

Der junge Mann grinste. «Das ist kein Problem, Madame. Mit dem Capitaine komm ich schon klar. Wie Sie wissen, bin ich hier, um Tod und Teufel kennenzulernen.» Er lachte vergnügt.

Offenbar konnte ihm nichts die Laune verderben, noch nicht einmal die Aussicht auf einen wütenden Capitaine Wolfsberger.

Vielleicht wird man so, wenn man Philosophie studiert, überlegte Céleste, während sie langsam die Treppe hinauf und den Flur entlang in Richtung Ausgang humpelte. Wenn man den Überblick über das große Ganze hatte, konnten einen die kleinen Widrigkeiten des Lebens vermutlich nicht mehr ganz so sehr schrecken.

10

Sylvie Krinckenheimers Wohnung befand sich wie die Halteradresse von Lenis Wagen in Straßburg-Neuhof, einem der trostlosesten Viertel der Stadt. Rund zwanzigtausend Menschen lebten hier in Betonburgen, von denen der Putz bröckelte. Als Céleste noch bei der Police Nationale in Straßburg gearbeitet hatte, war Neuhof ein regelmäßiger Einsatzort für ihre Abteilung gewesen. Ständig kam es zu Prügeleien, Diebstählen, Sachbeschädigungen. Dazu Drogen, illegale Autorennen, häusliche Gewalt. Und dann das regelmäßige, vor allem zum Jahreswechsel fast schon rituelle Abfackeln zahlloser Autos.

Die Fenster im Erdgeschoss des Plattenbaus, in dem Sylvie Krinckenheimer wohnte, waren vergittert, der Eingang sah aus wie ein düsteres Loch. Daneben hatte jemand in eckigen, markanten Buchstaben ein Graffiti an die Wand gesprüht: *Hier wohnt der Tod*. Ein paar Jugendliche hockten auf Mofas davor herum. Kein Geschäft, kein Supermarkt, kein Café weit und breit, nichts, was die Trostlosigkeit der Betontürme ein wenig aufgelockert hätte.

Während Sylvie und ihr Sohn ausstiegen und Luc den Buggy aus dem Kofferraum hob, blieb Céleste im Auto sitzen. Bei ihrer Rückkehr nach Eguisheim damals war sie froh gewesen, diese Gegend hinter sich zu lassen. Lieber Disneyland als Betonwüste, hatte sie gedacht, wohl wissend, dass ihre Heimat aus beidem bestand und sich die Dinge nicht so einfach voneinander trennen ließen.

Und so verhielt es sich auch bei ihren Ermittlungen: Auch wenn es noch keinen ersichtlichen Zusammenhang zwischen den beiden Toten gab, hatten doch beide einen Bezug zu Straßburg. Leni Krinckenheimer war hier aufgewachsen, und Jean Bell hatte vermutlich ebenfalls in Straßburg gelebt; zumindest hatte er das seiner Nachbarin erzählt. Vielleicht gab es eine Verbindung zwischen den beiden, die hier, in dieser Stadt, ihren Ursprung hatte? Während sie zusah, wie Luc sich förmlich und ein wenig steif von Sylvie Krinckenheimer verabschiedete und dabei die Jugendlichen nicht aus den Augen ließ, rief sie sich zur Räson. Es war zu früh, Verbindungen zu suchen. Sie hatten einen Mord an einem Rentner, ausgeführt mit einem Messer, und eine tote junge Frau, die – äußerlich völlig unversehrt – in einem Liegestuhl vor dem Haus ihres Freundes gelegen hatte und von der man bisher nicht einmal wusste, woran sie gestorben war. *Erstickt, ohne zu ersticken …*

Es gab keinen Anlass, hier einen Zusammenhang zu sehen.

«Zumindest bis jetzt nicht», sagte sie laut zu sich selbst – genau in dem Moment, als Luc die Fahrertür öffnete.

«Wie bitte?», fragte er.

«Nichts. Hab nur mit mir selbst geredet. Lassen Sie uns fahren. Dieser Ort macht mich krank.»

«Nichts lieber als das», gab Luc zurück und startete den Wagen. Als er losfuhr, drückte er so energisch aufs Gaspedal, dass die Reifen quietschten. Die Jugendlichen johlten und machten obszöne Gesten. Luc beobachtete sie im Rückspiegel, während er auf die breite Straße fuhr, die von Neuhof in die Innenstadt führte.

«Diese Häuser …», sagte er nach einer Weile auf seine

165

bedächtige Art, die er immer an den Tag legte, wenn er sich über eine Sache besonders viele Gedanken machte. «Diese Häuser, die sind ein Verbrechen. So darf man Menschen nicht wohnen lassen.»

Céleste nickte stumm. Der Anblick deprimierte sie schon genug, auch ohne darüber zu sprechen. Als Luc in die Straße einbog, die sie zur Autobahn führte, sagte sie, einem plötzlichen Entschluss folgend: «Lassen Sie uns vorher noch schnell zu den Kollegen fahren.» Sie nannte ihm die Adresse der Police Nationale in Straßburg. «Vielleicht wissen die ja etwas über unsere Toten, das uns weiterhilft.»

Das moderne Gebäude, nur wenige hundert Meter vom Rheinkanal entfernt, lag genau zwischen den Problemvierteln im Osten und dem alten Zentrum der Stadt, wo der Puppenhauscharme von *Petite France* Touristen aus aller Welt in Verzückung versetzte.

Luc parkte auf dem Besucherparkplatz und musterte den weißen Klotz mit den geschwungenen dunklen Fensterfronten respektvoll. «Meinen Sie, wir sollten da einfach so reinspazieren? Wir sind schließlich gar nicht zuständig, wir sind ja nur ...»

«Stopp!», unterbrach ihn Céleste. «Da gibt es kein ‹nur›! Kapiert?»

Luc nickte, ein wenig erschrocken über den Ausbruch seiner Chefin.

Doch Céleste lächelte schon wieder. «Entspannen Sie sich, Bato. Hier wird Sie niemand beißen. Ich habe schließlich auch ein paar Jahre in dem Laden gearbeitet und bin einigermaßen heil wieder rausgekommen. Und wie lautet die Anweisung unseres lieben Dédé? Nicht die Butter vom Brot nehmen lassen.»

Der frühere Chef der Straßburger Mordkommission und Célestes ehemaliger Ausbilder, Commandant Etienne Walter, war kürzlich in Rente gegangen. Seine Nachfolgerin hieß Sophie Bernheimer. Céleste kannte sie flüchtig von einem früheren Fall, in den die Straßburger Polizei mit involviert gewesen war: eine ehrgeizige, ein wenig forsch wirkende Frau, die etwa in ihrem Alter war. Sie fragten am Empfang nach ihr und bekamen die Zimmernummer und eine Wegbeschreibung zum Büro der inzwischen zum Capitaine beförderten Bernheimer. Nach kurzer Suche landeten sie schließlich in einem kleinen, für einen Capitaine wenig respektabel wirkenden Büro, das, den Akten- und Papierstapeln auf und um dem Schreibtisch nach zu schließen, nach sehr viel Arbeit aussah. Nur die breite Fensterfront mit Blick auf die Straßburger Altstadt entschädigte etwas für die Enge des vollgestopften Raums.

Capitaine Bernheimer saß im Schneidersitz auf der Fensterbank, eine dicke Akte auf dem Schoß und eine Tasse Kaffee in der Hand. Célestes und Batos Besuch war ihr vom Empfang offenbar nicht angekündigt worden. Sie hatte auf das Klopfen hin ganz offensichtlich jemand anderen erwartet, einen Kollegen vielleicht. Entsprechend reagierte sie auf das Erscheinen der beiden Fremden.

«Was wollen Sie denn?», fragte sie unwirsch und stand auf.

Céleste stellte sich und Luc kurz vor. «Es geht um einen Mordfall in Eguisheim. Wir bräuchten ein paar Informationen, und weil wir gerade in der Gegend waren, dachte ich, persönlich geht es schneller und wir müssen keine langen Mails hin und her schreiben.»

«Eguisheim?» Capitaine Bernheimer runzelte die Stirn. Sie war groß und schlank, auf eine herbe Art gutaussehend und erschien ziemlich durchtrainiert. Auf Céleste wirkte sie so, als wäre sie für die Leitung dieses sicher nicht einfachen Dezernats gut geeignet. Jedenfalls war sie keine, die sich ‹die Butter vom Brot nehmen ließ›.

«Ich kenne Sie», sagte Sophie Bernheimer, nachdem sie Céleste und Luc eine Weile schweigend gemustert hatte. «Sie haben doch vor einiger Zeit an diesem Fall gearbeitet, mit meinem Vorgänger…»

«Mit Commandant Etienne Walter, ja.» Céleste nickte. «Er war mein alter Chef. Ich habe früher mal hier gearbeitet.»

Sophie Bernheimer nickte. «Ich weiß. Er hat von Ihnen erzählt. Hat ihm immer leidgetan, dass Sie gegangen sind.»

Céleste schwieg. Ihr hatte es auch leidgetan, aber sie hatte keine Wahl gehabt. Die ganze Abteilung war gegen sie gewesen, nachdem sie damals ihren Kollegen angezeigt hatte. Auch wenn es schwerwiegende Vorwürfe gewesen waren – gewalttätige Übergriffe gegenüber Verdächtigen, sexuelle Nötigung einer Zeugin –, waren sich alle einig gewesen: So etwas tut man nicht. Schon gar nicht als blutjunge Polizistin, die gerade erst zu dieser eingeschworenen Truppe dazugestoßen war, die jeden Tag in Neuhof und anderswo den Kopf hinhalten musste. Auch Commandant Walter hatte sie damals im Stich gelassen. Nicht so wie die Kollegen, die sie wahlweise beschimpft oder geschnitten hatten. Aber er hatte sich nicht in dem Maße für sie eingesetzt, wie sie es sich erhofft hatte. Vielleicht war das jedoch gar nicht möglich gewesen. Céleste hatte längst ihren Frieden mit der Sache gemacht. Auch mit Etienne Walter, den sie im Rahmen der Ermittlungen vor einiger Zeit wiedergetroffen hatte und noch immer schätzte. Im Grunde war die Entscheidung, nicht nur das Dezernat zu wechseln, sondern von der Police Nationale zur Gemeindepolizei und zurück nach Hause zu gehen, für Céleste ein ausgesprochener Glücksfall gewesen. Auch wenn viele Kollegen diesen Schritt als Scheitern betrachtet haben mochten, als Eingeständnis, es nicht gepackt zu haben, hatte sie diese Entscheidung nie so empfunden – sie liebte ihren Beruf, ihr Dorf, die Leute, alles, was damit zusammenhing, und war glücklicher und zufriedener in Eguisheim, als sie es hier je gewesen war. Und doch konnte sie es nicht lassen, hin und wieder ein wenig über den Tellerrand hinauszublicken. Was sollte man auch anderes tun, wenn einem die Morde quasi vor die Füße fielen?

Nach einer Weile gegenseitigen Taxierens sagte Sophie Bernheimer mit entwaffnender Offenheit: «Es war gut, dass Sie das Schwein damals angezeigt haben. Ich bin mir nicht sicher, ob ich nicht zu feige gewesen wäre.»

Céleste lächelte. «Oder zu klug, Capitaine.»

Sophie Bernheimer zuckte mit den Schultern, dann sagte sie: «Wie kann ich Ihnen helfen?»

Céleste erzählte ihr von Jean-Marie Bell und ihrer Zusammenarbeit mit der Brigade Colmar. «Ich wollte eigentlich nur wissen, ob Sie etwas über den Toten haben. Er hat offenbar lange in Straßburg gelebt. Eine Adresse wäre auch hilfreich.»

Sophie Bernheimer setzte sich hinter ihren Computer. «Colmar ist also dafür zuständig ... ist der Leiter dort nicht ...»

«Capitaine Wolfsberger, jawohl.» Céleste nickte mit unbewegter Miene.

Ihre Blicke trafen sich. «Ach, du meine Güte», murmelte Capitaine Bernheimer, während sie in den PC zu tippen begann. «Sie haben's aber auch nicht leicht.» Nach einer Weile schüttelte sie den Kopf. «Nichts. Wir haben überhaupt nichts über einen Jean-Marie Bell in unserer Datei. Der Mann war so unschuldig wie ein neugeborenes Baby.» Sie tippte noch etwas ein, scrollte sich durch zahlreiche Einträge und nannte ihnen dann eine

Adresse in Straßburg. «Dort hat er bis vor zehn Jahren gewohnt. Das Haus gehört ihm. Er ist noch immer als Eigentümer eingetragen.»

Céleste notierte sich die Anschrift. «Könnten Sie vielleicht auch noch nach Leni Krinckenheimer suchen? Sie benutzte auch eine Art Künstlernamen, Segolène Lambert.»

Sophie Bernheimer hob die Brauen. «Noch ein Mord? Ganz schön gefährlich da unten in Ihrem Dorf.»

«Nur ein weiterer Todesfall. Mehr wissen wir noch nicht.»

Sophie Bernheimer gab die beiden Namen ein, und nach wenigen Sekunden schnalzte sie mit der Zunge. «Diese Dame war jedenfalls nicht ganz so unschuldig wie Ihr Mordopfer.» Sie drehte den Bildschirm so, dass auch Céleste und Luc darauf schauen konnten. *«Zahlreiche Anzeigen wegen Diebstahls und unerlaubter Prostitution»*, las sie vor.

«Haben Sie da auch eine Adresse?», fragte Céleste.

Sophie Bernheimer tippte erneut. «Die letzte bekannte Adresse ist in Krutenau», sagte sie dann und deutete auf den Bildschirm.

Céleste schrieb sich die Straße auf. «Danke», sagte sie und reichte Sophie Bernheimer die Hand. «Wenn Sie etwas von Commandant Walter hören, grüßen Sie ihn bitte von mir.»

Capitaine Bernheimer lächelte, was ihr herbes Gesicht gleich erheblich sympathischer machte. «Werde ich tun. Seine Frau und er sind ja nach seiner Pensionierung in die Bretagne gezogen, aber so ganz lässt ihn Straßburg nicht los. Er ist gerade in der Stadt, Freunde besuchen, und hat für morgen einen Besuch bei uns angekündigt.» Sie zwinkerte. «Ich glaube fast, ihm ist ein bisschen langweilig am Ende der Welt.»

Als Céleste und Luc wieder im Auto saßen, fragte der Brigadier, der im Büro von Capitaine Bernheimer eisern geschwiegen hatte, vorsichtig: «Was war das für eine Sache, Chef, die Capitaine Bernheimer angesprochen hat? Das mit der Anzeige?»

Céleste zögerte. Bisher hatte sie Luc und auch allen anderen im Dorf den eigentlichen Grund für ihren Weggang aus Straßburg immer verschwiegen, und auch als sie einmal einen Fall zusammen mit Commandant Walter zu lösen hatten und klargeworden war, dass sie sich besser kannten, war sie vage geblieben, hatte immer nur das Nötigste erzählt. Nicht weil sie sich schämte, sondern weil sie ihren Neuanfang nicht mit einer alten Geschichte belasten wollte. Doch inzwischen hatte diese alte Geschichte ihre Wichtigkeit für sie verloren, und es machte keinen Unterschied mehr, ob Luc Bescheid wusste oder nicht.

«Ich habe damals einen Kollegen angezeigt, der sich unkorrekt gegenüber Verdächtigen und Zeugen verhalten hat», begann sie. «Mehr als unkorrekt, würde ich sagen. Aber die einzige Konsequenz war, dass er in eine andere Abteilung versetzt wurde und ich die Police National verlassen habe. Irgendwann ist dieser Kollege dann in die Provinz gegangen. Genauer gesagt hat er die Leitung der Brigade Criminelle in Colmar übernommen.»

Vor Überraschung ließ Luc, der gerade den Wagen gestartet hatte, den Motor absterben. Einigermaßen fassungslos sah er seine Chefin an. «Wir reden jetzt aber nicht von Didier Wolfsberger, oder?»

Céleste schwieg. Nach einer Weile nickte sie. «Doch. Dieser Mensch verfolgt mich irgendwie.» Sie lachte freudlos auf.

«Aber ... das ...» Luc wirkte vollkommen vor den Kopf gestoßen. «Und so einer wird Capitaine? Das darf doch nicht wahr sein.»

«Träumen Sie weiter, Luc.» Céleste tätschelte Luc Batos Arm. «Und tun Sie mir einen Gefallen: Behalten Sie die Geschichte für sich. Wir alle wissen auch so, was Capitaine Wolfsberger für ein Typ ist.»

Luc nickte. «Versprochen, Chef.» Er startete den Wage neu. «Da haben Sie dem Capitaine aber ganz schön ans Bein gepinkelt, Chef, wenn ich das so sagen darf. Das wird ihm nicht gefallen haben.» Er wirkte äußerst zufrieden angesichts dieser Vorstellung.

Céleste grinste. «Ja, stimmt, Bato. So kann man es sehen. Und jetzt fahren Sie endlich los! Ich will bei Leni Krinckenheimers alter Adresse vorbeifahren.»

Krutenau war ein Viertel östlich von *Petite France*, Straßburgs malerischer Altstadt. Zum Teil hatte es früher einmal zum Rotlichtviertel gehört, zu einem anderen Teil zum Studentenviertel, wieder ein anderer war eine Wohngegend für einfache Leute. Auch Céleste hatte hier eine Weile gelebt. Die Wohnungen waren zentral und noch verhältnismäßig günstig, und man befand sich mitten im geschäftigen Leben zwischen Handwerksbetrieben, Gemüsehändlern, Studentenkneipen und Künstlerateliers. Die Rotlichtbezirke hatten sich inzwischen weitgehend an den Stadtrand verlagert, nachdem vor einigen Jahren die Gesetze drastisch verschärft worden waren. In den neunziger Jahren war das noch anders gewesen. Damals hatte Straßburg als europäische Hochburg der Prostitution gegolten und von der Presse den Spitznamen ‹Strapsburg› verpasst bekommen. Die Prostitution war seitdem beileibe nicht weniger geworden, sie war jedoch nicht mehr so sichtbar. Zumindest nicht in der Innenstadt, wo die allgegenwärtige Rundumerneuerung längst auch schon Teile von Krutenau erfasst hatte.

Die Straße, durch die sie jetzt fuhren, war davon jedoch noch weitgehend verschont geblieben. Zwischen vielen alten Wohnhäusern, schummrigen Eckkneipen und einigen eher zweifelhaft wirkenden Etablissements gab es nur wenige Baustellen und frischrenovierte Häuser. Allerdings war ausgerechnet das Gebäude, in dem Leni Krinckenheimer gewohnt hatte, eine dieser Verschönerungsbaustellen. Enttäuscht betrachtete Céleste das bis auf die Außenmauern ausgehöhlte Hausgerippe. Hier würden sie nichts mehr finden, was auf die ehemalige Bewohnerin hinwies.

«Sollen wir aussteigen?», fragte Luc, während er langsam die Straße entlangfuhr.

«Ich glaube nicht, dass das viel bringt», meinte Céleste. «Lassen Sie uns zu Jean Bells Adresse weiterfahren und nachsehen, ob es das Haus auf dem Foto ist.»

Luc hielt dennoch am Straßenrand und schaltete den Motor aus.

«Ist noch etwas?»

«Ich würde vorschlagen, dass wir zuerst etwas essen gehen.» Er deutete auf eine kleine Crêperie nur wenige Schritte von ihrem Auto entfernt, die Céleste noch nicht aufgefallen war. Luc hatte sie aber offenbar schon die ganze Zeit im Auge gehabt.

«Wieso das denn jetzt?», fragte Céleste verblüfft.

«Es ist halb eins. Haben Sie keinen Hunger?»

«Doch, aber ...»

«Dann lassen Sie uns bitte eine Kleinigkeit essen. Nichts für ungut, Chef, aber wenn Sie Hunger haben, ist es kein Vergnügen, mit Ihnen zusammenzuarbeiten.»

Céleste lachte. Lucs seltene Anfälle von trockenem Humor überraschten sie immer wieder. Und sie musste ihm recht geben: Wenn sie hungrig war, war sie unausstehlich.

Eine halbe Stunde später machten sie sich, gestärkt durch Kaffee und Crêpes, auf den Weg zu der zweiten Adresse, die Capitaine Bernheimer ihnen gegeben hatte. Sie ließen das Stadtzentrum hinter sich und gelangten in eine ruhige Wohngegend. Einfamilienhäuser älteren Baujahrs mit kleinen Gärten, nichts Protziges, eher bescheiden. Eine Rentnergegend. Ein Haus wie auf Jean Bells Foto würde gut ins Bild passen. Aber falls sie es hier tatsächlich fanden, würde es etwas von Monsieur Mordillos tatsächlichem Leben preisgeben? Sein Geheimnis? Denn ein solches gab es in Jean Bells Leben, dessen war sich Céleste sicher. Dieses nichtssagende Haus in Eguisheim war nicht Jeans Bells ganze Geschichte. Da gab es noch etwas anderes, etwas, das sich in diesen unbewohnt wirkenden Räumen verbarg, unter den sauber geschrubbten, nackten Dielen und leeren Wänden. Und was immer es sein mochte, es war nichts Gutes.

In dem Moment, als sie in die Straße einbogen, war beiden klar, dass sie hier richtig waren. Jean Bells Haus war das letzte in einer Reihe einander ähnelnder Wohnhäuser, und es sah noch genauso aus wie auf dem Foto. Dahinter franste das Stadtgebiet langsam aus, zerfledderte in Kleingartensiedlungen, verlassen wirkenden Firmengebäuden, einer Hundeschule. Aus der Ferne dröhnte das stete Rauschen der Autobahn nach Mulhouse herüber. Luc parkte den Wagen in einer Parkbucht direkt vor dem Gebäude, und sie stiegen aus. Das Haus war offensichtlich unbewohnt. Der Vorgarten war verwildert, dort, wo früher wohl Blumenbeete angelegt gewesen waren, sprossen frische Brennnesseln und allerlei Unkraut, und durch das langsam vermodernde Laub der umliegenden Bäume hatten sich Frühlingsblüher unverdrossen einen Weg gebahnt. Leuchtend gelbe Schlüsselblumen, violette Krokusse, letzte Schneeglöckchen und dazu ein Meer zarter, leuchtender Blausterne überwucherten die unübersehbaren Zeichen von Verwahrlosung. Die grauen Steinplatten, die zum Eingang führten, waren gesprungen und ebenfalls von Unkraut überwuchert; das Haus selbst – die Fenster im Erdgeschoss und die Haustür waren mit stabilen Brettern vernagelt – stand im Schatten eines alten Apfelbaumes, der wohl bald sein irdisches Dasein aufgeben würde. An den wenigen Ästen, die noch nicht abgestorben waren, leuchteten noch ein paar letzte zartgrün-rosa Knospen.

Sie umrundeten das Anwesen, und von hinten bot sich das gleiche Bild: Alles war zugenagelt, die Fenster und die Terrassentür mit grau verwitterten Brettern verbarrikadiert, die Nägel verrostet. Die Terrasse selbst war unter dem Laub vieler Herbste regelrecht begraben.

«Hier ist schon länger niemand mehr gewesen», brachte Luc schließlich das Offensichtliche auf den Punkt. Er sah sich nachdenklich um. «Wer lässt sein Haus so verkommen? Warum hat er es nicht verkauft?»

«Hallo?» Er wurde von einem Rufen unterbrochen, das vom Haus nebenan kam. Am Gartenzaun stand ein älterer grauhaariger Mann in einer dunkelblauen Strickjacke, einen sehr kleinen, wuscheligen Hund im Arm, und schaute misstrauisch zu ihnen herüber. Als Luc näher an den Zaun trat, erkannte der Mann die Uniform des Brigadiers, und seine Haltung entspannte sich ein wenig. «Polizei? Was wollen Sie denn hier? In dem Haus wohnt doch schon lange niemand mehr.»

«Kannten Sie denn die Bewohner?», fragte Céleste, die inzwischen ebenfalls herübergekommen war.

Der Mann maß sie mit einem fast vorwurfsvollen Blick. «Natürlich. Meine Frau und ich wohnen schon seit über vierzig Jahren hier.»

«Und wer waren die letzten Bewohner?», fragte Luc.

«Na, die Bells. Hier haben immer nur die Bells gewohnt.»

«Jean Bell und seine Frau?», fragte Céleste.

«Ja, die auch, aber nicht für lange. Die Irina ist ja recht schnell wieder abgehauen. Aber Jean-Marie und seine Mutter, Ernestine, die haben schon immer hier gewohnt. Sie waren schon da, als wir eingezogen sind.»

«Gab es auch einen Herrn Bell? Einen Vater?»

«Schon, aber der war da schon tot. Ernestine war früh Witwe. Ihren Mann hat der Schlag getroffen, da war der Jean-Marie noch ein Kind.»

«Und seit wann steht das Haus leer?», fragte Céleste.

«Na, seit die Mutter gestorben ist.» Der Mann überlegte. «Ich glaube, das war vor ungefähr zehn Jahren. Danach ist der junge Bell weggezogen. Wobei, so jung war der da auch nicht mehr. Um die fünfzig, glaub ich. Wenn Sie mich fragen, ist das ohnehin viel zu alt, um noch bei seiner Mutter zu leben.»

«Und seitdem war er nie wieder hier?»

«Ich habe ihn jedenfalls nicht gesehen. Und auch niemand anderen. Das Haus ist noch immer genau so, wie er es damals verlassen hat. Zugenagelt wie ein Sarg. Wir haben das nie verstanden. Er hätte es ja auch verkaufen können, wenn er nicht hierbleiben wollte. Aber vielleicht konnte er sich einfach nicht davon trennen. Wer weiß.» Der Mann streichelte den Hund und sah dann von einem Polizisten zum anderen. «Warum wollen Sie das eigentlich wissen? Ist was passiert?»

Céleste ignorierte die Frage. «Sie sagten, Jean-Marie Bells Frau sei abgehauen? Wann war das denn?»

Der Mann kraulte seinen Hund etwas fester und dachte nach. Das Tier grunzte vor Behagen und schloss seine schwarzen Knopfaugen halb. «Ist schon eine ganze Weile her. Das war

in dem Jahr, als ich meinen ersten Bandscheibenvorfall hatte ...
das muss also 2006 gewesen sein. Die Ehe hat nicht lange
gehalten. Nur ein knappes Jahr. Irina war eine schöne Frau. Wo
Jean-Marie die herhatte, würde mich heute noch interessieren.
Lange Beine und eine tolle Figur.» Er unterbrach sein Kraulen,
um mit der freien Hand die Beinlänge der ausgebüxten Ehefrau zu verdeutlichen. Der Hund fiepte vorwurfsvoll, und der
Mann nahm das Kraulen wieder auf. «War uns ein Rätsel, wie
dieser plumpe, tollpatschige Kerl zu so einer Ehefrau gekommen ist. Meine Adèle meinte immer, die hat er sich aus dem
Katalog bestellt. Irina kam ja aus dem Osten – Polen, Russland,
was weiß ich. Hatte auch so einen harten Akzent. Aber ich hab
das nicht geglaubt. Das war keine, die gerade erst aus dem Ural
gekommen ist. Die kannte sich hier aus.»

«Und dann war sie plötzlich weg?»

«Ja, sie ist ihm davongelaufen. Hat behauptet, sie will nach
Hause, ihre Familie besuchen. Ernestine hat uns danach erzählt,
dass sie die Irina noch zum Bahnhof gefahren hat. Mit zwei
großen Koffern. Wenn Sie mich fragen, da hätte man schon
misstrauisch werden können. Wer nimmt denn zwei Riesen-
koffer mit, wenn er nur die Familie besuchen will?» Er sah die
beiden auffordernd an, verlangte offensichtlich eine Bestätigung. Céleste und Luc nickten automatisch.

«Wenn unsere Tochter uns besuchen kommt, hat sie nur eine
kleine Tasche dabei und sagt als Erstes, dass sie nicht lange bleiben kann, und als Zweites, dass sie keine Quiche isst und keinen Kuchen und keine Baeckeoffe, weil sie auf Diät ist. Niemals
würde die uns mit zwei Koffern besuchen kommen.»

«Wo wohnt denn Ihre Tochter?», wollte Luc wissen.

«In Metz.» Er musterte Luc scharf. «Ich weiß schon, was Sie
mir sagen wollen: Das ist quasi um die Ecke, und natürlich ist

das was anderes, als wenn man Familie irgendwo in Sibirien hat. Aber trotzdem, ich bleib bei meiner Meinung – zwei Koffer sind zu viel für einen gewöhnlichen Familienbesuch. Die hatte von vorneherein vor abzuhauen. So viel ist mal klar. Und sie ist dann ja auch nicht mehr wiedergekommen.» Der Mann bückte sich ächzend und setzte seinen Hund auf den Boden. Der hockte sich auf sein flauschiges Hinterteil und schaute enttäuscht zu seinem Herrchen auf.

«Gab es eine Untersuchung?»

«Da war schon mal jemand da von der Polizei. Jean-Marie hat seine Frau nach einer Weile als vermisst gemeldet. Aber die haben nichts rausgekriegt. Hätte ich denen gleich sagen können, dass sie die Irina nicht mehr finden. Die war weg. Mit zwei Koffern.» Er tippte sich andeutungsweise an die Stirn. «So eine kommt doch nicht wieder.» Er zuckte mit den Schultern. «Er hat sich dann in Abwesenheit seiner Frau scheiden lassen.»

«Haben Sie denn eine Ahnung, warum sie ihren Mann verlassen hat?», wollte Céleste wissen.

Der Mann runzelte die Stirn. «Sie meinen, ob sie viel gestritten haben?»

«Zum Beispiel.»

«Kann ich nicht sagen. Gehört habe ich nie was. Aber gewundert hat es mich auch nicht, dass sie weg ist. Was will denn so eine hübsche junge Frau von einem Kauz wie Jean-Marie Bell? Der noch mit über vierzig bei seiner Mutter lebt? Die hätte doch ganz andere Männer haben können.»

Céleste nickte dem Mann zu. «Danke für die Auskunft, Monsieur...»

«Bronner. Claude Bronner. Aber was ist denn nun eigentlich los?»

«Mit wem sprichst du denn da?» Eine rundliche Frau mit

mehlverstaubter Kochschürze war aus dem Haus in den Garten getreten und musterte die beiden Polizisten neugierig.

«Die Herrschaften sind von der Polizei», erklärte ihr Mann überflüssigerweise und fügte etwas wichtigtuerisch hinzu: «Sie brauchen Auskunft über Jean-Marie.»

«Aber der wohnt doch schon lang nicht mehr hier», sagte die Frau verwundert. Sie kam näher und reichte Céleste und Luc die Hand – sie war warm und der Händedruck fest. «Ich bin Adèle Bronner. Worum geht es denn?»

Ihr Mann hob den Hund wieder auf den Arm und sah etwas enttäuscht drein. Ihm wäre es offenkundig lieber gewesen, seine Frau hätte sich nicht eingemischt, dann hätte er ihr beim Nachmittagskaffee seine aufregende Begegnung mit vielen Ausschmückungen und Übertreibungen schildern können.

«Das haben sie mir noch nicht verraten», sagte er mit leisem Vorwurf in der Stimme.

«Warum hast du sie denn nicht hereingebeten?», fragte seine Frau und wandte sich dann mit einem Lächeln an Luc und Céleste. «Ich habe einen Apfelkuchen im Ofen. Mit Rahmguss und gehackten Nüssen. Er ist jeden Moment fertig ...»

Céleste schüttelte den Kopf. «Das ist sehr freundlich, aber nein, danke. Wir müssen weiter.»

«Was ist denn nun mit dem armen Jean-Marie?», fragte Madame Bronner.

«Wieso nennen Sie ihn arm?», fragte Céleste.

«Ach, weil er mir immer irgendwie leidgetan hat.» Die Frau warf ihrem Mann einen Blick zu. «Haben wir doch immer gesagt, Claude, nicht wahr? Der arme Kerl kann einem leidtun.»

Claude Bronner nickte. «Ja. Das haben wir immer gesagt.»

«Seine Mutter Ernestine war eine ziemlich dominante Person», gab die Frau bereitwillig Auskunft. «Sie hatte ständig

Angst um Jean-Marie, das kann man ja verstehen, so als Mutter, aber sie hat es schon übertrieben. Ich meine, er war ja längst erwachsen.»

Céleste runzelte die Stirn. «Weshalb hatte sie denn Angst um ihn?»

«Wir wissen nur, was Ernestine uns erzählt hat», sagte Adèle Bronner und warf ihrem Mann erneut einen Blick zu. «Sie war öfters mal bei mir zum Kaffee. Wie man das halt so macht unter Nachbarn. Wobei sie mich nie eingeladen hat.»

«Du bist eben besonders gastfreundlich, meine Liebe», meinte ihr Mann. «Das kann man nicht von jedem anderen auch erwarten.»

«Na ja, ich finde, das gehört sich schon …»

«Warum also hatte sie Angst, Madame?», versuchte Luc, sie zum Wesentlichen zurückzubringen.

«Jean-Marie war wohl als Kind einmal sehr krank. Er hatte eine Hirnhautentzündung und wäre fast gestorben.» Madame Bronner schüttelte betrübt den Kopf. «Die Angst um ihn hat Ernestine wohl nie mehr losgelassen. Sie hat ihn regelrecht eingesperrt. Der Arme hatte sicher keine einfache Kindheit. Er hat mir einmal erzählt, dass er nicht Radfahren lernen durfte, weil seine Mutter es nicht erlaubt hat. Stellen Sie sich das mal vor: ein Kind, das nicht mal Radfahren darf!»

«Und trotzdem hat er geheiratet», sagte Céleste. «Wie hat denn die Mutter das aufgenommen?»

«Schlecht. Ganz schlecht.» Adèle Bronners Miene verfinsterte sich. «Ernestine hat von Anfang an kein gutes Haar an Jean-Maries Frau gelassen. Das Flittchen, so hat sie Irina immer genannt. Ich glaube, sie war heilfroh, als die Frau abgehauen ist. Da hatte sie ihren Jean-Marie wieder ganz für sich und konnte ihn beschützen.» Sie zögerte, warf ihrem Mann einen fragenden Blick zu, den dieser mit einem warnenden Kopfschütteln erwiderte.

«Gibt es noch was, das sie uns erzählen wollen?», fragte Céleste schnell. «Bitte. Alles ist wichtig.»

Die Frau verschränkte die Arme vor der Brust und machte ein forderndes Gesicht. «Zuerst müssen Sie uns aber verraten, was Jean-Marie angestellt hat.»

«Wieso sollte er etwas angestellt haben?», fragte Céleste.

«Hat er nicht?» Nun war es an Adèle, verwundert dreinzuschauen.

«Nein. Er ist tot. Er wurde ermordet», sagte Luc.

«Tot? Ermordet? Ach Gott, ach Gott ...» Adèle Bronner schlug die Hände vors Gesicht, und auch ihr Mann sah erschrocken aus. Er umfasste sein Hündchen fester, als wollte er es vor der bösen Welt beschützen.

«Was wollten Sie uns denn noch sagen?», fragte Céleste.

Die Frau zögerte noch immer. «Nichts Bestimmtes», sagte sie verlegen.

«Das spielt keine Rolle.» Céleste nickte ihr aufmunternd zu.

«Dann erzähl es ihnen halt», sagte ihr Mann leise.

«Also gut. Ich hatte immer das Gefühl, da war noch was, das Ernestine Angst gemacht hat, nicht nur Jean-Maries Krankheit als Kind», sagte sie. «Irgendetwas war da noch ...»

«Meine Frau hat eine gute Intuition», erklärte Claude Bronner. «Sie täuscht sich selten.»

«Könnten Sie etwas konkreter werden?», bat Céleste. «Woran haben Sie das festgemacht?»

«Das kann ich nicht so genau sagen. Ernestine hatte vor etwas Angst, vor etwas nicht Greifbarem. Sie war nicht nur eine Glucke, sie war förmlich besessen davon, ihren Sohn zu beschützen. Nachdem Irina weg war, wurde es noch schlimmer.

Sie hat einmal zu mir gesagt, dass sie glaubt, ein Fluch liegt auf Jean-Marie.»

«Ein Fluch? Wie kam sie denn darauf?»

«Sie hat nichts weiter dazu gesagt. Man konnte ihr ansehen, dass es ihr schon schwergefallen ist, überhaupt darüber zu sprechen. Ich habe auch nie nachgehakt. Ich meine, ein Fluch – das ist doch wirklich albern, oder? Wer glaubt denn an so was! Und einmal, das war kurz vor ihrem Tod, hat sie noch gemeint, sie weiß, dass es mit Jean-Marie einmal ein böses Ende nehmen wird.» Adèle Bronner sah Céleste und Luc unbehaglich an. «Und jetzt kommen Sie und erzählen uns, der arme Kerl ist ermordet worden ...»

11

Céleste ließ sich auf den Beifahrersitz fallen und warf ihren Gehstock auf die Rückbank. Sie hatten die erneut ausgesprochene Einladung zu Kaffee und Apfelkuchen freundlich, aber bestimmt abgelehnt und sich dann rasch verabschiedet. Die Bronners waren erkennbar enttäuscht gewesen darüber, keine weiteren Informationen über den Mord an Jean-Marie Bell zu erhalten. Céleste hatte ihnen lediglich versichert, dass ein Fluch nichts damit zu tun gehabt hatte.

Der Ausflug zu dem alten Haus hatte sich aus ihrer Sicht als nicht sehr fruchtbar erwiesen. Zwar wussten sie nun ein wenig mehr über die Vergangenheit des Toten, aber zur Aufklärung des Mordfalls trug dieses Wissen nicht bei. Céleste fiel es schwer, sich einzugestehen, dass sie sich offenbar getäuscht hatte. Sie hatte sich mehr von der Entdeckung des Hauses erhofft, ja, fast hatte sie erwartet, auf eine Art Doppelleben zu stoßen, so stark war das Gefühl gewesen, dass bei Jean Bell irgendetwas im Verborgenen lag. Er war vermutlich wirklich nur ein einsamer, eigenbrötlerischer Mann gewesen, wie Luc gemeint hatte. Und was die Frage nach seinem Mörder und dem Warum anbelangte, so standen sie noch immer ganz am Anfang.

«Was halten Sie von diesen seltsamen Andeutungen, die die Nachbarin gemacht hat?», fragte Luc plötzlich mitten in ihre Grübeleien hinein.

Céleste zuckte mit den Schultern. «Ich finde es etwas nervig, dass uns schon wieder so übersinnliches Geraune begegnet. Mir hätte *La Dame Blanche* eigentlich schon gereicht. Aber wenn man mal die Geschichte mit dem Fluch weglässt, haben die Bronners eigentlich nichts Wesentliches gesagt. Nur dass Jean Bells Mutter wohl krankhaft ängstlich war und ihr Goldstück ihr Leben lang nicht aus den Augen gelassen hat. Solche Geschichten gibt es ja immer wieder, und man fragt sich, warum die Kinder nicht viel früher aus solchen zerstörerischen Beziehungen ausbrechen. Ich sehe allerdings nicht, wo da ein Zusammenhang mit dem Mord bestehen könnte.»

«Aber Madame Bronner hat doch gesagt, die Mutter hatte solche Ahnungen», beharrte Luc. «Ich meine, das mit dem bösen Ende. Wie konnte sie das wissen?»

«Sie wusste doch gar nichts. Meine Großmutter Odile hat früher auch über jeden gesagt, der ein bisschen aus der Reihe getanzt ist: ‹Mit dem wird es mal ein böses Ende nehmen.› Das ist eine Redensart, damit kann man alles Mögliche meinen.»

«Aber Jean Bell hat ja tatsächlich ein böses Ende genommen.» Luc ließ nicht locker. «Und Sie selbst hatten doch auch so ein Gefühl …»

Céleste schüttelte vehement den Kopf. «Nein, Luc, *so* ein Gefühl hatte ich nie. Ich habe lediglich vermutet, dass Jean Bell etwas zu verbergen hatte und dass es irgendwie mit diesem Haus zusammenhängen könnte. Aber bisher haben wir nichts in der Richtung herausgefunden. Im Gegenteil. In diesem Haus ist seit Jahren niemand mehr gewesen, Jean Bell hat offenbar nach dem Tod der Mutter alle Brücken hinter sich abgebrochen. Also ich denke, wir sollten diese Spur vergessen und erst einmal darauf warten, was die Ermittlungen von Lieutenant Berchy ergeben.»

Sie lehnte sich müde zurück. Straßburg lag inzwischen hinter ihnen. Gegen sechs würden sie in Eguisheim sein. Sie waren den ganzen Tag unterwegs gewesen, aber sie hatten nichts Entscheidendes herausgefunden. Sie schaute aus dem Fenster, ohne wirklich etwas zu sehen, die Landschaft floss einfach so an ihr vorüber. Da draußen gab es aber auch nichts Bemerkenswertes: Häuser, Gewerbegebiete, Weinberge und im Hintergrund die Bergrücken der Vogesen, über denen schwere Wolken hingen. Das milde Frühlingswetter der letzten Wochen schien sich fürs Erste verabschiedet zu haben, seit Tagen war es unbeständig. Die Fahrt nach Straßburg hatte Céleste deprimiert. Zuerst Leni Krinckenheimers Mutter, diese verwirrende Mischung aus Feindseligkeit, Resignation und Schmerz, und jetzt auch noch Jean Bells traurige Geschichte. Wenn die beiden Toten irgendetwas verbunden hatte, dann wohl ein nicht besonders glückliches Leben, wenn auch aus ganz unterschiedlichen Gründen. Vermutlich gab es gar kein Geheimnis. Nirgendwo. Vermutlich war alles ganz banal und deshalb umso trauriger. Céleste wusste es seit ihrer Zeit an der Polizeischule: Die meisten Morde waren unendlich banal. Was sie umso sinnloser und deprimierender machte. Sie sollte einmal mit Joël Blumtritt darüber sprechen. Womöglich hatte einer seiner Philosophen dafür einen passenden Spruch parat.

«Soll ich Sie nach Hause fahren, Chef?», fragte Luc, als sie das Ortsschild von Eguisheim passierten.

Das dörfliche Blumenschmuckkomitee hatte inzwischen ganze Arbeit geleistet: Überall entlang der Straße sah man Töpfe mit leuchtenden Arrangements, vor den Fenstern der Häuser hingen noch prächtigere Geranienkästen als sonst, und die winzige Verkehrsinsel am Dorfeingang war ein einziges Blütenmeer. Sogar das Ortsschild war mit einem alten Weinfass voller dunkelrot leuchtender Petunien aufgehübscht worden. Die Juroren konnten also kommen. Soweit Céleste es in Erinnerung hatte, waren sie für Samstag angemeldet. Beim Gedanken an ihre leere Wohnung und den noch leereren Kühlschrank fiel ihr Max' Nachricht auf dem Anrufbeantworter ein, die sie noch immer nicht abgehört hatte. Auch einen Anruf auf ihrem Handy heute Vormittag hatte sie ignoriert. Jetzt nach Hause zu fahren, wäre keine gute Idee. Das würde nur wieder mit einer Flasche Riesling auf dem Balkon enden.

«Könnten Sie mich bitte am Fetten Frosch rauslassen?», bat sie Luc. «Ich glaube, ich brauche noch ein bisschen kulinarischen Trost.»

Céleste war praktisch in dem Wirtshaus aufgewachsen. Wenn sie nicht mit ihrem Großvater im Weinberg gewesen war, hatte sie in dem niedrigen Gastraum mit dem buckligen Boden und den im Laufe der Jahre geschwärzten Deckenbalken gespielt, ihre Hausaufgaben gemacht und schon früh in der Küche mitgeholfen. Sie liebte den Fetten Frosch, der ihr Zuhause war, ebenso wie Opa Théos altes Haus – ein Zufluchtsort, an dem sie zur Ruhe kommen und auftanken konnte. Ihre Mutter, die rothaarige, bissige Catherine Kreydenweiss, war nicht nur eine hervorragende Köchin, sondern auch eine gute Ratgeberin. Obwohl Céleste nicht immer hören wollte, was sie zu sagen hatte, denn ihre Mutter nahm für gewöhnlich kein Blatt vor den Mund.

Als Luc vor dem Restaurant hielt, zögerte Céleste daher kurz. Ihre Mutter würde ihr vermutlich sofort ansehen, dass etwas sie bedrückte, und auf ihre unnachahmliche Art direkt den Finger auf die Wunde legen: «Du immer mit deinen unausgegorenen Männergeschichten ...» Céleste sah ihre Mutter schon vor sich, wie sie die Arme vor der Brust verschränkte, mit der Zunge schnalzte und dann loslegte. Jeder Satz wäre vermutlich ein Volltreffer, und trotzdem würde Catherine irgendwie falschliegen. In der Liebe gab es nicht nur schwarz und weiß. Zudem war Catherine, die keinem anderen Mann mehr eine Chance gegeben hatte, seit ihre große Liebe Emile sie verlassen hatte, wohl kaum die Richtige, ihrer Tochter in Liebesdingen Ratschläge zu erteilen. Céleste warf ihrem Brigadier einen unschlüssigen Blick zu und fragte dann: «Wie sieht's aus, Luc, hätten Sie vielleicht auch noch Lust auf eine kleine kulinarische Aufmunterung?»

Wenn sie geahnt hätte, dass sie ihrem Brigadier mit dieser Bitte eine schlaflose Nacht bescheren würde, hätte sie auf seinen Beistand verzichtet. Doch das konnte sie nicht wissen, und deshalb freute sie sich, als Luc kurzentschlossen nickte und gestand: «Ich habe Hunger wie ein Wolf.»

Sie ließen sich daraufhin nicht lumpen. Der Tag hatte bei beiden an den Nerven gezehrt, das wurde ihnen erst jetzt so richtig bewusst, als sie in einer gemütlichen Ecke des Restaurants saßen und einen Crémant als Aperitif tranken. Catherine stellte ihnen ein Menü zusammen, das so ziemlich alles umfasste, was sie frisch auf der Tageskarte hatte: Es gab Geflügelsuppe mit Mandeln, frischen Löwenzahnsalat mit Speck und Morcheln in Rahm als Vorspeise, dann folgten gratinierte Schleie mit Kartoffeln und Gemüse, Wachteln mit Blaubeeren und je eine Portion Baeckeoffe. Als Nachspeise servierte ihnen Lucie, die junge Kellnerin, zu Lucs großer Freude zuerst eine Auswahl Munsterkäse und zu guter Letzt noch einen deftigen Apfelkuchen mit Rahmguss, der sicherlich dem Kuchen von Madame Bronner heute Nachmittag Konkurrenz gemacht hätte.

Rundherum satt, zufrieden und glücklich stießen die beiden gerade mit einem Quetsch auf den gelungenen Abschluss dieses eher betrüblichen Tages an, als die Tür aufging und Hortense Grimaud hereinkam. Und zwar nicht allein.

Als Luc die beiden sah, erstarrte er mit seinem Schnapsglas in der Hand mitten in der Bewegung. Hortense und ihre Begleitung, ein untersetzter, muskulöser Mann um die dreißig, setzten sich an einen Tisch etwas abseits. Jedoch nicht abseits genug, als dass Luc sie nicht hätte genauestens unter die Lupe nehmen können. Nachdem jeder Versuch, ihren Brigadier mit einem Gespräch abzulenken, gescheitert war, gab Céleste es auf und beobachtete die beiden ebenfalls unauffällig. Luc hatte recht gehabt: Sie waren ganz offensichtlich ein Paar. Der Mann, in Sakko und auffallend gemustertem Hemd, ließ Hortense, die in einem zart geblümten Kleid und hochgesteckten Haaren ganz entzückend aussah, keine Sekunde aus den Augen. Er redete auf sie ein, hielt ihre Hand so fest, als fürchte er, sie würde ihm davonlaufen, und dann, ganz so, als wollte er jeden Zweifel beseitigen, beugte er sich quer über den Tisch zu ihr hinüber, um sie zu küssen. Céleste warf Luc einen vorsichtigen Blick zu. Er hatte die Augen wütend zusammengekniffen, und seine Kiefer arbeiteten heftig.

«So ein ungehobelter Muskelprotz», knurrte er. «Er sieht sie an, als würde er sie gleich auffressen.»

«Wir sollten jetzt gehen», schlug Céleste vor und winkte Lucie. Sie bezahlten und gingen, ohne dass Hortense und ihr neuer Freund sie bemerkt hätten. Céleste musste Luc zustimmen, der Typ wirkte auch in ihren Augen nicht besonders sympathisch. Zu breit, zu laut, zu besitzergreifend. Allerdings musste sie sich eingestehen, dass sie nicht objektiv war. Sie hätte Luc seine Hortense von ganzem Herzen gegönnt. Und sie musste auch zugeben, dass Hortense sehr glücklich ausgesehen hatte. Mehr noch: Sie hatte richtiggehend gestrahlt. Doch bevor sie das gegenüber Luc erwähnte, würde sie sich lieber die Zunge abbeißen.

In dieser Nacht träumte Céleste von Koffern. Sie selbst, Hortense Grimaud und eine ihr unbekannte Frau mit langen blassen Beinen und blonden wallenden Haaren, von der Céleste mit traumwandlerischer Sicherheit wusste, dass es Irina war, Jean Bells Exfrau, plagten sich mit riesigen Koffern ab. Sie versuchten vergeblich, die Koffer durch einen Wald zu schleppen, zogen und zerrten an den Griffen, und Céleste spürte, wie ihre Kräfte schwanden. Sie würde ihren Koffer zurücklassen müssen. Doch aus irgendeinem Grund kam das nicht in Frage. Während sie sich weiter mühte, wurde aus dem Wald plötzlich eine Stadt, um sie herum ragten die düsteren Plattenbauten von Straßburg-Neuhof in den Himmel. Die beiden anderen Frauen waren nur wenige Schritte vor ihr, und sie sah, wie Hortense Grimaud plötzlich ihren Koffer losließ, die Arme ausbreitete und davonflog, während Irinas Koffer aufplatzte und der tote Jean Bell herausfiel. Aus dem klaffenden Schnitt an seinem Bauch ragte eine blutrote Glasscherbe. Irina schrie auf und lief davon. Ihr entsetzter Schrei gellte in Célestes Ohren nach, und sie wusste, sie musste sie einholen. Während Hortense wie ein zarter kleiner Vogel im geblümten Kleid am Himmel ihre Kreise zog, packte Céleste ihren eigenen Koffer und versuchte, ihn über den Randstein vor Leni Krinckenheimers Wohnung zu hieven, um Irina zu folgen. Die Jugendlichen, die dort auf ihren Mofas hockten, lachten sie aus und begannen, mit ihren knatternden Maschinen in engen Kreisen um sie herumzufahren. Sie spürte, wie sie wütend wurde, weil Irina inzwischen immer weiter davonlief und sie sie nicht mehr einholen würde. Die Glasscherbe in der Wunde von Jean Bell, der noch immer dort auf dem Pflaster lag, begann im Rhythmus ihres eigenen, hektisch pumpenden Herzens bedrohlich zu leuchten, und ihr war aus irgendeinem Grund klar, dass ihr keine Zeit mehr blieb zu warten. Wenn sie sich nicht beeilte, würde Irina für immer verschwinden. Sie riss mit aller Kraft an dem Koffer, um ihn über die Bordsteinkante zu wuchten, da sprang er auf, und sie sah voller Verwunderung, dass er leer war.

Als das Zwitschern der Vögel sie weckte, hatte Céleste das Gefühl, aus tiefer Bewusstlosigkeit zu erwachen. Sie hatte es noch nie gut vertragen, am Abend so viel zu essen – das ließ sie immer unruhig schlafen. Sie blieb noch einen Moment liegen und dachte über den wirren Traum nach, dessen Bedeutung zumindest in Teilen leicht zu entschlüsseln war: Sie steckten fest, mühten sich ab, und dennoch war alles vergeblich. Der Koffer, den sie schleppten, war zu schwer, und noch dazu war er leer. Sie kamen nicht weiter. Kein Geheimnis, kein Rätsel. Keine Richtung.

Sie kroch aus dem Bett und schlurfte gähnend unter die Dusche. Dabei stellte sie erfreut fest, dass ihr Knöchel zum ersten Mal seit Tagen nicht mehr geschwollen war. Vielleicht hatte sie die Folgen von Henris idiotischer Fluchtaktion nun endlich überstanden. Während das heiße Wasser auf sie niederprasselte, fiel ihr Luc ein. Sicher hatte er noch viel schlechter geschlafen als sie selbst. Vermutlich hatte er die ganze Nacht von Hortense und diesem breitschultrigen Jahrmarktschreier geträumt. Céleste seifte sich wütend ein und wusch sich die Haare. Warum hatte Luc sich auch so angestellt? Er hätte längst einen Schritt auf seine Angebetete zugehen müssen. Oder mehrere. So aber war ihm dieser Typ in dem geschmacklosen Hemd zuvorgekommen. Sie selbst verabscheute Männer in bunten Hemden, die redeten wie ein Wasserfall und ihr Gegenüber nicht zu Wort kommen ließen. Womöglich hatte er auch noch für Hortense bestellt und den Wein ausgesucht! Während sie sich abtrocknete und ihre Uniform anzog, beschloss sie, ein paar süße Teilchen einzukaufen, um Luc aufzumuntern. Ein gutes Frühstück konnte man immer gebrauchen. Vor allem, wenn man Liebeskummer hatte.

Recht beschwingt, ohne Krücken und ohne Gehstock, machte Céleste einen Stopp bei der Bäckerei. Es sollte ja Menschen geben, die nach einem derart üppigen Abendessen, wie sie und Luc es gestern genossen hatten, das Frühstück ausfallen lassen, weil sie noch vom Vorabend satt sind – für Céleste galt das jedoch nicht. Im Gegenteil, sie stellte immer wieder fest: Wenn sie am Abend zuvor viel gegessen hatte, war der Hunger am nächsten Morgen umso größer. Sie kaufte bei Nicolette Pelletier, der immer gutgelaunten, rundlichen Verkäuferin, vier Croissants, zwei natur, zwei mit Schokolade, und nach kurzer Überlegung noch zwei Brioches. Mit Henri Bretons Brioches konnte man ja zurzeit nicht rechnen, da seine Frau noch immer nicht zurück war; und für Ninette Schweitzers Köstlichkeiten war sie heute Morgen zu früh dran – das *Tantine Ninette* hatte noch geschlossen. Schade eigentlich. Vielleicht hätte sie wieder ein Glas Champagner bekommen.

«Wie gefällt dir unser Schaufenster?», fragte Nicolette, während sie die Gebäckstücke in eine Tüte packte. «Alles für die *Fleur d'Or*. Dieses Mal werden wir den Preis absahnen, ganz sicher. Hortense hat die schönsten Gestecke gemacht, die man sich vorstellen kann.»

Nicolette und Hortense waren gut befreundet. Sie sangen, wie Luc auch, im Kirchenchor und waren beide im Blumenschmuckkomitee. Céleste betrachtete das üppig mit Frühlingsblumen dekorierte Schaufenster genauer. Es war tatsächlich sehr einladend, bunt und fröhlich.

«Schön», lobte sie und fügte dann so harmlos wie möglich hinzu: «Hat denn Hortense überhaupt Zeit für so viel Blumendeko, jetzt, wo sie frisch verliebt ist?»

Nicolette lachte. «Du hast Gustave also auch schon kennengelernt?»

«Ich habe die beiden gestern im Fetten Frosch gesehen.»

«Ja, da hast du recht, Hortense schwebt gerade im siebten Himmel. Gustave ist Landschaftsgärtner, sie haben sich auf einer Gartenschau kennengelernt. Das passt doch wunderbar, nicht wahr?» Nicolette strahlte. «Er ist sehr romantisch, erst kürzlich hat er ihr eine ganze Schubkarre voll roter Rosen geschenkt. Und weißt du, wie die Sorte hieß? ‹Lovestory›! Ist das nicht entzückend?»

«Eine Schubkarre voll?» Céleste hob die Brauen. «Wirklich ganz entzückend.» Da konnte Luc Bato mit seinem stinkenden Munsterkäse, den er Hortense einmal mit Schleife überreicht hatte, natürlich nicht mithalten.

«Ja, sie sind wirklich sooo süß miteinander.» Nicolette war jetzt ganz in ihrem Element, und Céleste bereute es schon fast, mit dem Thema angefangen zu haben, als die Tür aufging und gottlob eine neue Kundin hereinkam. Der Windzug in der Tür verursachte irgendwo ein leises Klingeln, und als sich Céleste, der das Geräusch bekannt vorkam, suchend umsah, entdeckte sie oberhalb des Schaufensters ein Windspiel aus bunten Glasscheiben. Es war das gleiche filigrane Kunstwerk, wie es auch bei Eugénie Puppinger am Fenster hing – Jean Bells Weihnachtsgeschenk. Célestes Blick blieb an einem der Glasplättchen hängen, in dem sich funkelnd das Licht der Morgensonne brach. Das Plättchen war rot. Blutrot wie die Scherbe in ihrem Traum in der letzten Nacht. Sie deutete auf das Windspiel und fragte: «Wo habt ihr das her?»

«Schön, nicht wahr? Meine Chefin hat es bei Monsieur Bell gekauft. Seiner Nachbarin, Eugénie Puppinger, hat er so ein Windspiel zu Weihnachten geschenkt, und als Claire das gesehen hat, hat sie ihn gebeten, auch eines für unseren Laden zu machen ...» Sie unterbrach sich. «Ach Gott, ich rede, als ob er noch leben würde. Der arme Mann. Weiß man eigentlich, wer ihn ... also ... was passiert ist?»

Céleste gab keine Antwort. Plötzlich ahnte sie, was die Scherben zu bedeuten hatten, die sie aus der Werkstatt des Toten mitgenommen hatte.

«Weißt du, ob Jean Bell noch für andere Kunden solche Windspiele gemacht hat?»

«Kann schon sein.» Nicolette legte ihre breite Stirn in Falten. «Es haben uns schon einige Kunden auf das Windspiel angesprochen. Aber ich habe keine Ahnung, ob sie auch eines bei ihm in Auftrag gegeben haben.»

«Weißt du noch, wer das im Einzelnen war?» Céleste hoffte, dass ihre Frage nicht zu drängend erschien.

«Da müsste ich mal Claire fragen, die hat mit den Leuten gesprochen. Wieso, ist das wichtig?»

Inzwischen hatte sich die Bäckerei ziemlich gefüllt. Es herrschte eine für einen so vollen Laden ungewöhnliche Stille. Alle Wartenden mit Ausnahme eines ungeduldig dreinschauenden Touristenpärchens, das nicht verstand, warum es nicht weiterging, folgten dem Gespräch mit gespitzten Ohren und bemüht unbeteiligten Gesichtern. Céleste sah ein, dass es nicht besonders sinnvoll war, jetzt und hier weiter mit Nicolette über diese Sache zu sprechen. Der Versuch, in einer vollen Bäckerei an Informationen über einen Mordfall zu gelangen, war in etwa so diskret, wie die Fragen an eine Litfaßsäule zu kleben. Sie würde später noch einmal wiederkommen, wenn es ruhiger war, und jetzt erst einmal Luc bei einem Frühstück ihre neue Erkenntnis mitteilen.

Und nicht zu vergessen, die Neuigkeiten über Hortenses Liebhaber. Auch wenn es Luc neuerlichen Kummer bereiten würde, diese Einzelheiten zu erfahren, war Céleste der Überzeugung, dass man nicht genug über seinen Feind wissen konnte. Nur so ließ er sich besiegen.

12

Gustave? Er heißt tatsächlich Gustave?» Luc schaute Céleste so angewidert an, als hätte sie ihm ein unflätiges Schimpfwort an den Kopf geworfen.

«Ja, und er ist Landschaftsgärtner. Verschenkt rote Rosen in einer Schubkarre.» Céleste verdrehte die Augen.

Luc warf einen niedergeschlagenen Blick auf das Croissant in seiner Hand. «Rosen in einer Schubkarre . . .»

Céleste versuchte, ihn zu trösten: «Ich jedenfalls mag Gustave nicht. Er passt nicht zu Hortense, und sie wird das auch recht bald merken.»

Luc sah sie zweifelnd an. «Ist das jetzt eine Prophezeiung oder nur der Versuch, mich zu trösten?»

«Beides.» Céleste lächelte. «Wie ein guter Wetterbericht. Da weiß man auch nicht genau, ob er stimmt, aber es tröstet einen doch, wenn man gesagt bekommt, dass das Wetter wieder besser wird.»

«Ich halte rein gar nichts von Wetterberichten», murmelte Luc und biss trübsinnig in sein Croissant.

Céleste kam nicht mehr dazu, den Brigadier mit Hilfe ihrer neuen Erkenntnis über die Glasscherben und das Windspiel in der Bäckerei auf andere Gedanken zu bringen, denn in dem Moment wurde die Tür zu ihrem Büro aufgerissen. Eine zornentbrannte Frau in grüner Gartenlatzhose und Gummistiefeln erinnerte sie mit voller Wucht daran, dass die eigentliche Aufgabe der Police Municipale nicht darin bestand, Morde aufzuklären und Liebeskummer zu lindern, sondern in der Gemeinde für Ruhe und Ordnung zu sorgen. Bei der Dame handelte es sich um Madame Eveline Dupin, die Vorsitzende des Blumenschmuckkomitees, und sie bebte vor Wut.

«Was sitzen Sie hier rum und frühstücken?», fauchte sie und stemmte die Arme in die ausladenden Hüften. «Tun Sie was! Knallen Sie die Viecher meinetwegen ab, aber *tun* Sie was. Schnell!» Für Nebensächlichkeiten wie Erklärungen hatte sie erkennbar keine Geduld, stattdessen drehte sie sich auf dem Absatz um und ging zur Tür. Dort blieb sie stehen. «Worauf warten Sie noch?»

Es war nicht ganz einfach, Madame Dupin den Grund ihres Zorns zu entlocken. Dennoch gelang es Céleste und Luc, von der aufgebrachten Dame zumindest eine Kurzinformation zu erhalten. Demnach waren «wildgewordene, stinkende Bestien» gerade dabei, auf dem Marktplatz den Blumenschmuck zu frühstücken, den das Komitee in Erwartung der Juroren in mühsamer Arbeit aufgestellt hatte. Céleste und Luc wurden nachdrücklich aufgefordert, Madame Dupin zu folgen, um die Blumenräuber so rasch wie möglich zu identifizieren und dingfest zu machen, wollten sie nicht riskieren, dass der große Traum der *Fleur d'Or* den gefräßigen Tieren zum Opfer fiel. Und selbstverständlich wollten das weder Céleste noch Luc. Vor allem aber Dédé wäre untröstlich gewesen.

Als sie am Marktplatz ankamen, stellte sich heraus, dass es sich bei den wildgewordenen Bestien um die Ziegenherde von Albert Epfacher handelte, dem Kurator des Stadtmuseums, der selbst ziemlich verzweifelt herumlief und versuchte, seine Tiere zusammenzutreiben, während aus allen Himmelsrichtungen herbeieilende Mitglieder des Blumenkomitees sich mit ausgebreiteten Armen vor die zahlreichen Blumenkübel und Kästen stellten, ganz so, als gälte es, selbige mit ihrem Leben zu beschützen.

Céleste und Luc waren geraume Zeit damit beschäftigt, gemeinsam mit Albert Epfacher und den anderen die Ziegen zusammenzutreiben, die – Freiheit, Abenteuer und saftige Blumenimbisse witternd – ihren Häschern immer wieder entkamen und glücklich meckernd über den Marktplatz sprangen. Zahlreiche Touristen blieben stehen, lachten und machten Fotos, und als ein dicker, rotgesichtiger Amerikaner mit Baseballkappe und Sonnenbrille Céleste fragte, was das denn für eine *funny French tradition* sei, musste sie an sich halten, um nicht ausfallend zu werden.

Nach erfolgreicher Ziegenjagd mussten erst einmal die aufgebrachten Mitglieder des Komitees beruhigt werden, von denen einige angesichts der Schäden an ihren Blumenarrangements in Tränen ausbrachen, um dann die Frage der Verantwortung zu klären. Der völlig geknickte Albert Epfacher, selbst Mitglied im Blumenschmuckverein, erklärte sich ohne Umschweife bereit, die Kosten für die Erneuerung der aufgefressenen Blumen zu übernehmen, damit sofort mit der Beseitigung der Schäden begonnen und die Teilnahme am Wettbewerb gesichert werden konnte. Nachdem mit dieser Lösung alle einigermaßen zufriedengestellt und die Ziegen wieder in ihren Stall gebracht worden waren, gingen Luc und Céleste, verschwitzt und nach Ziege stinkend, zurück zur Mairie, wo bereits neuerlicher Besuch auf sie wartete.

Lieutenant Vasarely und Lieutenant Berchy standen in ihrem Büro.

«Ihre Sekretärin meinte, wir könnten hier auf Sie warten»,

meinte Lola Berchy und musterte belustigt Céleste und Luc, die beide noch ziemlich außer Atem waren. «Was hatten Sie denn gerade für einen Einsatz?», fragte sie und schnupperte vorsichtig.

Luc blickte peinlich berührt drein und stopfte sich das herausgerutschte Hemd in die Hose. Céleste wischte sich derweil mit beiden Händen über das heiße Gesicht und klopfte sich einige braun-weiße Ziegenhaare von der dunkelblauen Hose.

«Eine ausgebrochene Ziegenherde und mehrere ältere Damen in Latzhosen und Gummistiefeln am Rande des Nervenzusammenbruchs. Was man halt so zu tun hat, hier bei uns auf dem Dorf.» Sie setzte sich und wackelte vorsichtig mit dem angeschlagenen Knöchel, in der Hoffnung, dass ihre Verfolgungssprints den Heilungsprozess nicht beeinträchtigt hatten. «Was kann ich denn für Sie tun? Gibt es was Neues?», fragte sie. Es erschien ihr besorgniserregend, dass die zwei Kriminalpolizisten ohne Vorwarnung hier bei ihnen auf der Dienststelle auftauchten.

«Allerdings», sagte Lieutenant Berchy. «Wir sind hier, um Sie darüber zu informieren, dass wir Gabriel Fleckenstein verhaften werden.»

«Wie bitte?» Céleste starrte die beiden ungläubig an. «Sie denken tatsächlich, dass er etwas mit dem Mord an Jean Bell zu tun hat?»

«Ja, das tun wir.» Lola Berchy nickte. «Wir waren gestern bei den Fleckensteins, um uns mit dem Jungen über den Streit mit dem Mordopfer zu unterhalten, über den Sie uns informiert hatten. Er hat sich ziemlich auffällig benommen und war sehr nervös. Wir hatten den ganz starken Eindruck, er verschweigt uns etwas. Heute Morgen waren wir deswegen noch einmal dort, mit einem Durchsuchungsbeschluss, und haben unter anderem sein Zimmer unter die Lupe genommen. Da haben wir etwas gefunden.» Sie warf Lieutenant Vasarely einen kurzen Blick zu, der daraufhin einen transparenten Beutel aus seiner Jackentasche zog und ihn an Céleste weiterreichte.

Die musste nur einen Blick darauf werfen, um zu wissen, worum es sich handelte. «O nein», seufzte sie. «Das kann ich nicht glauben.» Sie reichte den Beutel an Luc weiter.

Luc begutachtete die Plastiktüte, in der sich ein Messer mit kurzem Holzgriff und einer scharf gebogenen, blutverschmierten Klinge befand, von allen Seiten. «Ist das die Tatwaffe?», fragte er an Lieutenant Berchy gewandt.

Die nickte. «Die Klingenform entspricht den Verletzungen des Opfers, meint Joël. Und ich bin mir sicher, wenn wir das Messer untersuchen lassen, wird sich bestätigen, dass das Blut an der Klinge von Jean Bell stammt.»

«Wo haben Sie es denn gefunden?», fragte Céleste beklommen.

Lieutenant Vasarely antwortete: «Ganz klassisch unter seiner Matratze versteckt. Er hatte es in eine alte Socke gewickelt. Ich glaube, wir müssen wirklich davon ausgehen, dass es der Junge war.» Er schaute bei diesen Worten nicht gerade glücklich drein, und Céleste dachte bei sich, dass der rothaarige, sommersprossige Lieutenant ihr um einiges sympathischer erschien, wenn Capitaine Wolfsberger nicht in seiner Nähe war.

«Der Vater hat uns erzählt, dass es wohl schon öfters Ärger mit Jean Bell gab, wegen des Hundes», fuhr er fort. «Gabriel war in dieser Hinsicht sehr empfindlich, weil wohl im letzten Jahr sein alter Hund erschossen worden ist...»

Céleste nickte. «Ja. Das war Hugo Filipier.»

Vasarely steckte den Beutel mit dem Messer wieder in seine Jackentasche. «Er hing offenbar sehr an dem Tier. Wir vermuten, dass er irgendwie ausgetickt ist, weil Jean Bell damit gedroht hat, seinen neuen Hund abzustechen.»

«Kann sein.» Wieder nickte Céleste, fast gegen ihren Willen. «Und jetzt?», fragte sie dann überflüssigerweise. Sie wusste genau, was jetzt kam.

Lieutenant Berchy räusperte sich. «Wie gesagt, wir werden Gabriel Fleckenstein wegen dringenden Tatverdachts festnehmen. Der Junge ist noch in der Schule, er geht auf das Gymnasium in Colmar. Sie schreiben gerade eine Klassenarbeit, hat uns sein Vater gesagt.» Sie schaute auf die Uhr. «In einer guten halben Stunde ist diese Arbeit vorbei. Wir dachten uns, weil der Junge noch minderjährig ist und weil Sie beide die Leute kennen und Bertrand Ihnen vertraut, wäre es gut, wenn einer von Ihnen bei der Verhaftung dabei wäre.» Sie wandte sich fragend an Luc. «Würden Sie mitkommen, Brigadier Bato?»

«Ich?», fragte Luc fast erschrocken. «Aber warum denn ich und nicht meine Chefin?»

Lola Berchy wandte sich an Céleste. «Entschuldigung, nicht dass Sie meinen, ich würde Sie übergehen, ich habe ganz vergessen zu erwähnen, dass Joël Blumtritt Sie dringend sprechen möchte. Persönlich. Er hat anscheinend etwas ziemlich Brisantes entdeckt.»

«Worum handelt es sich denn?», wollte Céleste verwundert wissen.

«Das weiß ich nicht. Wir hatten bisher keine Zeit, darüber zu sprechen. Er hat gerade angerufen, als wir bei der Hausdurchsuchung waren.» Lola Berchy sah ein weiteres Mal auf die Uhr. «Wenn Sie nichts dagegen haben, wäre es mir lieber, wir könnten das alles später klären und uns jetzt schnell auf den Weg machen.» Sie zögerte, dann fügte sie hinzu: «Der Vater von Gabriel Fleckenstein war zwar zunächst ganz kooperativ, aber als ihm aufgegangen ist, was unsere Fragen bedeuten, wurde er ziemlich unangenehm, vor allem nachdem wir das Messer gefunden hatten. Nicht dass er noch irgendeinen Blödsinn macht und versucht, den Jungen zu warnen oder so.»

Céleste nickte und stand auf. Bertrand Fleckenstein war irgendein Blödsinn durchaus zuzutrauen. «Fahren wir», sagte sie und warf Luc einen auffordernden Blick zu. «Sie nehmen den Dienstwagen, Bato, ich fahre mit meinem eigenen Auto.»

Im Gegensatz zu ihrem altersschwachen Dienstwagen, den sie nur benutzte, weil es keine Alternative gab, liebte Céleste ihr Privatauto umso mehr und freute sich jedes Mal, wenn es eine Gelegenheit gab, damit zu fahren – auch wenn es nur die kurze Strecke nach Colmar zur Gerichtsmedizin war. Sie nannte einen alten Citroën DS aus dem Jahr 1975 ihr Eigen, *La Déesse*, die Göttin, ein ausgesprochenes Kult-Auto, das früher auch als «Gangsterlimousine» galt. Ihr Gelegenheitslover Yves, der auf die Restauration alter Autos spezialisiert war, hatte den Wagen für sie hergerichtet, und Céleste schätzte jedes verchromte Detail, jede kühne Kurve der Karosserie. Vom Komfort der Hydropneumatik mal ganz abgesehen.

So fuhr sie trotz der bedrückenden Nachricht von der bevorstehenden Verhaftung Gabriel Fleckensteins ziemlich beschwingt nach Colmar und hatte keinerlei schlechtes Gewissen bei dem Gedanken, dass Luc bei der heutigen Arbeitsteilung – zumindest aus ihrer Sicht – die schlechteren Karten gezogen hatte. Sie war kein bisschen traurig darüber, bei der Verhaftung nicht dabei sein zu müssen, schätzte jedoch die Kooperation der Colmarer Beamten umso mehr, da sie völlig ungewohnt war. Blieb nur zu hoffen, dass sich Lola Berchy gegenüber Capitaine Wolfsberger auf Dauer würde behaupten können, sodass diese angenehme Zusammenarbeit kein allzu jähes Ende fand.

Céleste bog schwungvoll auf den Parkplatz des Hôpital Pasteur ein. Während sie hinunter ins Souterrain ging und nebenbei noch einmal unauffällig an ihrem Uniformhemd schnupperte, um zu überprüfen, ob der Ziegengeruch noch immer so aufdringlich war, fragte sie sich, was Joël Blumtritt wohl so Spannendes gefunden haben mochte, dass er es ihr nur persönlich mitteilen wollte.

Zappelig wie ein Kind empfing sie der junge Mann im Sektionssaal. Joël Blumtritt trug eine weite khakigrüne Cargohose zu limonengrünen Sneakers, ein schwarzes, ausgeleiertes Kapuzenshirt und eine bunt geringelte Strickmütze. Darüber hatte er sich, ganz der seriöse Sektionsassistent, einen weißen Laborkittel gezogen, den er aber lässig offen gelassen hatte – eine Kombination, die unfreiwillig komisch aussah und ihm die Aura eines leicht durchgeknallten Professors verlieh.

«Super, dass Sie kommen konnten, Madame», rief er ihr entgegen. «Das wird Sie umhauen.» Er rieb sich die Hände. «Madame Veilleux jedenfalls war schon mal platt.»

Diese Ankündigung machte Céleste nur noch neugieriger, als sie ohnehin schon war, doch sie wollte es sich gegenüber dem jungen Hüpfer nicht so deutlich anmerken lassen. «Na, dann schießen Sie mal los, Herr Gerichtsmediziner», sagte sie mit leichter Ironie in der Stimme. «Ich bin gespannt.»

«Sie erinnern sich, dass ich gesagt habe, die Tote scheint erstickt zu sein, ohne erstickt zu sein», begann er aufgeregt.

Céleste lachte trocken auf. «Wie könnte ich diese bemerkenswerte Aussage vergessen?»

«Zugegeben», Jo grinste ein wenig schief. «Es klang tatsächlich ein wenig verrückt, aber im Nachhinein muss ich sagen, dass es eine ziemlich treffende Einschätzung meinerseits war. Ich habe es eigentlich nur so formuliert, weil ich nicht verstehen konnte, wie jemand ersticken kann, ohne die typischen Merkmale aufzuweisen. Aber jetzt, nachdem ich das Rätsel gelöst habe, ist mir die doppelte Bedeutung klar geworden. Sie ist tatsächlich erstickt, ohne zu ersticken.»

«Vielleicht können Sie mir die Sache etwas weniger kryptisch erklären?», schlug Céleste vor.

«Natürlich.» Jo ging zu dem langen Arbeitstisch an der Wand. Dort lagen eine durchsichtige Plastiktüte und ein Klebeband. Daneben stand eine Gasflasche. Er hob die Tüte hoch. «Das hat die Frau getötet.»

Céleste hob die Brauen. «Eine Plastiktüte? Aber dann wäre sie doch ganz klassisch erstickt?»

«Eben nicht! Das ist ja der Clou!» Jo strahlte Céleste an. «Es war nicht einfach nur eine Plastiktüte. Sie ist eben nicht im herkömmlichen Sinn erstickt. Wahrscheinlich hat sie es gar nicht gemerkt.»

Céleste verschränkte die Arme vor der Brust und runzelte die Stirn. «Na, da bin ich ja mal gespannt.»

«Man nennt es ‹Tod in Tüten› oder ‹Exit Bag›, im Netz ist das sehr populär. Sozusagen der Star unter den Suizidmethoden», erklärte der junge Mann und deutete auf seinen Laptop, der auf dem Tisch stand. «Ich bin durch Zufall drauf gestoßen.»

«‹Tod in Tüten›», wiederholte Céleste etwas skeptisch. Das Ganze erschien ihr doch ziemlich seltsam.

Doch Joël Blumtritt ließ sich von ihrer zweifelnden Miene nicht beirren und fuhr fort: «Man stülpt sich eine Tüte über den Kopf, bindet sie mit Klebeband zu und führt durch eine kleine Lücke einen Schlauch ein, der mit einer Heliumflasche verbunden ist. Ohne dieses Gas wäre ein solcher Selbstmord eine ziemliche Quälerei – Atemnot, Erstickungsanfälle, Panik, das ganze Programm.» Er machte eine kurze Pause und ging zu dem zugedeckten Körper. Anders als beim letzten Mal hob er das Tuch ohne Theatralik fast behutsam hoch und entblößte die Leiche von Leni Krinckenheimer bis zur Brust. Dann erklärte er mit einem Blick auf die Tote weiter: «Das Tolle an Helium ist – also aus Selbstmördersicht, meine ich –, dass es bei der Inhalation von Helium zwar zu einem Sauerstoffmangel im Blut kommt, aber – und das war das Rätsel, das ich nicht lösen konnte – nicht zu einem Anstieg von CO_2. So entsteht auch keine Atemnot und kein Erstickungskampf. Man erstickt also, ohne zu ersticken. Auf die sanfte Tour sozusagen. Deshalb ist diese Methode der Hit auf den einschlägigen Seiten. Ob es wirklich so angenehm ist, auf diese Art zu sterben, kann ich nicht sagen. Und hinterher kann natürlich niemand mehr posten, wie es wirklich war.»

Céleste schwieg einen Augenblick, dann fragte sie: «Und da sind Sie sicher?»

«Japp.» Jo nickte heftig. «Hundertprozentig. Die Gewebeproben und alle Laborwerte bestätigen meine Theorie. Nachdem ich wusste, wonach ich suchen musste, war es einfach.»

Céleste musterte die tote junge Frau nachdenklich. Sie war Jo dankbar, dass er nicht lockergelassen hatte. Sollte er sich einmal für die Gerichtsmedizin statt für die Philosophie entscheiden, hatte er sicher eine große Zukunft vor sich. Und das notwendige Gemüt, um nicht nach kürzester Zeit depressiv oder zynisch zu werden, hatte er offenbar auch. Dennoch warfen diese Untersuchungsergebnisse für die Ermittlung mehr Fragen auf, als sie beantworteten, das wurde ihr schnell klar. «Auf der Terrasse, wo man die Leiche gefunden hat, war aber nichts davon zu sehen, keine Plastiktüte, kein Helium», sagte sie.

Joël nickte. «Ja, das habe ich in den Akten schon gelesen. Das spricht natürlich eher gegen einen Selbstmord. Oder aber jemand hatte Interesse, den Selbstmord zu vertuschen. Das passiert manchmal wegen der Versicherung oder so.»

«Ich glaube nicht, dass Leni Krinckenheimer eine Lebensversicherung hatte», sagte Céleste. «Sie hatte gar nichts. So haben die Zeugen sie mir jedenfalls beschrieben. Verloren, verzweifelt, pleite ...»

Jo hob die Arme. «Da kann ich Ihnen nicht weiterhelfen, Madame. Fest steht nur, dass sie sich nicht gewehrt hat. Es gibt, wie gesagt, keine Abwehrverletzungen oder Kampfspuren. Hier ist übrigens mein Bericht.» Er reichte ihr zwei DIN-A4-Seiten.

«Ist es denn möglich, jemanden auf diese Weise umzubringen, ohne dass er sich wehrt?», fragte Céleste.

Jo überlegte. «Durchaus», sagte er dann. «Wenn jemand bewusstlos ist oder so betrunken, dass er sich nicht mehr wehren kann.» Er tippte auf eine Stelle in dem Bericht. «Sie hatte etwas über 1,1 Promille Alkohol im Blut. Nicht mehr wirklich nüchtern, aber auch nicht sturzbetrunken. Ich denke, das allein hat nicht ausgereicht, sie komplett handlungsunfähig zu machen. Ich hätte es mit GHB versucht.»

«Und das wäre was?» Céleste sah ihn fragend an.

«Gammahydroxybuttersäure. Oder besser bekannt als ‹Liquid Ecstasy›, obwohl es mit Ecstasy eigentlich nichts zu tun hat.»

Céleste nickte. «Sie sprechen von K.-o.-Tropfen.»

«Genau. Der Nachweis ist aber leider nur innerhalb eines kurzen Zeitfensters und nur in Speziallaboratorien möglich. Unser Labor ist dafür nicht ausgerüstet. Vermutlich wäre es ohnehin schon zu spät gewesen.»

«Leni und ihr Täter treffen sich also, sie trinken etwas zusammen, unterhalten sich, irgendwann kippt er oder sie ihr K.-o.-Tropfen ins Glas und wartet, bis sie sich nicht mehr wehren kann. Und dann kommt das ‹Exit Bag› zum Einsatz ...» Céleste schauderte bei der Vorstellung. «Das ist ziemlich perfide.»

Jo schürzte die Lippen. «‹Im Menschen sind Tiefen, die bis in die unterste Hölle hinabreichen, und Höhen, die bis in den höchsten Himmel ragen›», sagte er leise. «Das hat Thomas Carlyle gesagt.»

Céleste seufzte. «Ich habe keine Ahnung, wer das ist, Jo, aber er hatte jedenfalls recht.» Sie überflog den Bericht. Er war ordentlich getippt, mit zahlreichen Fußnoten, Verweisen und Zitaten ergänzt wie eine Seminararbeit. Ganz studentisch. Nach ein paar Zeilen stutzte sie. «Sie haben als Todeszeitpunkt Mitternacht angegeben.»

«Ja. Pi mal Daumen. Kleine Abweichungen sind immer möglich.»

Céleste warf ihm einen überraschten Blick zu. «Sind Sie sicher? Nicht später?»

«Eher früher. Als man sie fand, hatte die Totenstarre bereits eingesetzt. Der Arzt, der sie als Erster untersucht hat ...»

«Das war Dr. Schupfer.»

«Ja, er hat das vermerkt. Und Dr. Maybach hat es bestätigt.»

«Aber dann muss sie in jedem Fall woanders gestorben sein. Um Mitternacht waren Luc Bato und ich bei Hugo Filipier. Es hatte einen Notruf gegeben. Da war die Veranda leer, von Leni Krinckenheimer keine Spur.»

«Das passt zu meinen Ergebnissen. Die Leiche ist transportiert worden», bestätigte Joël.

«Das wussten Sie? Und sagen es erst jetzt?»

«Steht auch in meinem Bericht.» Jo deutete auf die Papiere

in Célestes Hand. «Die Leiche ist einige Stunden nach ihrem Tod bewegt worden. Die Totenflecken stimmen nicht mit der Position im Liegestuhl überein, wo man sie aufgefunden hat. Außerdem gibt es ein paar kleine Druckstellen, die *post mortem* entstanden sind. Im Genick und an den Kniekehlen.»

«Was heißt das?»

«Fragen Sie mich jetzt, was ich weiß, oder fragen Sie mich, was ich vermute?»

«Was vermuten Sie?»

«Sie könnte mit einer Schubkarre transportiert worden sein. Diese kleinen Auffälligkeiten passen genau dazu. Der Täter könnte sie also eine Weile am Tatort oder irgendwo anders versteckt und dann, vermutlich in den frühen Morgenstunden, als es noch dunkel war, unbemerkt in einer Schubkarre zur Veranda chauffiert haben.»

«Das klingt plausibel.» Céleste nickte. «Und es erklärt die sauberen Sohlen ihrer Schuhe trotz des Regens. Lenis Auto stand direkt neben einer Pforte am Rande des Grundstücks. Der Täter könnte mit ihrem Auto dorthin gefahren sein. Danach ist er zu Fuß zurück, wo auch immer er hergekommen ist. Bei uns sind die Wege ja nicht weit.»

Sie schwiegen eine Weile, jeder in seine Gedanken versunken, dann sagte Joël Blumtritt mit Blick auf die Tote: «‹In ihrer Schönheit wandelt sie wie wolkenlose Sternenpracht ... der Dämmrung zarte Harmonie, die hinstirbt, wenn der Tag erwacht.›»

«Äh ... wie?» Céleste runzelte die Stirn.

«Ein Gedicht von Lord Byron. ‹She walks in beauty›. Ist mir spontan eingefallen, als ich Leni Krinckenheimer auf dem Tisch hatte. Ich fand sie sehr schön. Sie wirkte so unschuldig, auch wenn sie es vermutlich gar nicht war.»

«Warum glauben Sie, dass sie nicht unschuldig war?»

«Na ja, sie ist immerhin ermordet worden. Irgendjemand muss der Ansicht gewesen sein, sie hätte den Tod verdient. Dabei war es andererseits ein so …» Er suchte nach Worten. «Ja, ein fast liebevoller Mord. Leni musste sterben, aber es sollte nicht weh tun.»

Während Céleste aus der Gerichtsmedizin, in der immer die gleiche, grünliche Neonlampenstille herrschte, zurück in den belebten Eingangsbereich des Krankenhauses ging, ließ sie sich die Worte des jungen Mannes noch einmal durch den Kopf gehen. Einen liebevollen Mord hatte er die Tat genannt. Liebevoll, aber aus irgendeinem Grunde notwendig. Weil Leni Krinckenheimer trotz ihres Aussehens nicht unschuldig gewesen war. Der Lärm und die Unruhe im Foyer des Krankenhauses schienen ihr plötzlich unerträglich. Sie sehnte sich nach einem Ort, an dem sie in Ruhe nachdenken konnte. Dieses Untersuchungsergebnis änderte alles. Sie hatten nun plötzlich nicht mehr einen, sondern zwei Morde, und ein übersinnliches Wesen spielte bei keinem der beiden eine Rolle. Im Gegenteil. Zumindest bei Leni Krinckenheimer war jemand ausgesprochen planvoll ans Werk gegangen.

Sie trat ins Freie und zündete sich eine Zigarette an. Normalerweise rauchte sie nicht. Oder jedenfalls nur selten. Die zerknautschte Packung Gauloises in ihrer Jackentasche hatte Yves einmal bei ihr vergessen, und sie hatte sie eingesteckt. Für Notfälle sozusagen. Die Zigaretten waren alt und schon so trocken, dass es knisterte, als sie daran zog. Ein kurzer Blick auf ihr Handy zeigte ihr zwei Nachrichten, eine von Max und eine von Yves. Beide waren kurz. Max schrieb: *Wo steckst du?*, und Yves beschränkte sich auf zwei Worte: *Heute Abend?*

Sie ignorierte beide und setzte sich auf eine Bank vor dem Krankenhaus. Auch wenn Joël Blumtritt seine Sache gut machte, ihre Freundin Sandrine fehlte ihr. Sie wäre gerne mit Sandrine in ihr gemeinsames Colmarer Stammcafé *Au Croissant Doré* gegangen, um die ganze Sache zu besprechen. Während sie rauchte, fiel ihr auf, dass dieses erstaunliche Obduktionsergebnis auch Gabriel Fleckenstein als Täter in Frage stellte. Sie war nie recht überzeugt davon gewesen, dass dieser Junge wegen eines lächerlichen Streits Jean Bell erstochen hatte, aber ganz sicher hatte sie nicht sein können. Immerhin sprach auch einiges dafür – was wusste man schon von den Aggressionen, die ein junger Außenseiter so mit sich herumtrug? Jetzt sah die Sache jedoch anders aus. Auch wenn sie noch keine Ahnung hatte, wie diese beiden Fälle zusammenhingen, konnte man doch schwerlich davon ausgehen, dass gleich zwei Mörder auf einmal in ihrem Dorf ihr Unwesen trieben. Das war völlig absurd. Andererseits unterschieden sich die beiden Taten erheblich voneinander. Sie überlegte, ob es möglich war, dass Filipier seine Geliebte auf eine so hinterhältige und gleichzeitig sanfte Weise getötet hatte, und Jean Bell, dessen Haus ja nicht weit von Filipiers Anwesen entfernt gewesen war, ihn dabei beobachtet hatte und daher zum Schweigen hatte gebracht werden müssen? Das würde die unterschiedlichen Tötungsweisen erklären.

Während sie aufstand und ihre Zigarette ausdrückte, wurde ihr klar, dass es so nicht gewesen sein konnte. Der Mord an Jean Bell war ja Tage vor dem Mord an Leni Krinckenheimer geschehen.

«Verdammt!», knurrte Céleste und kickte einen Stein auf die Straße.

Sie stieg in ihr Auto und fuhr los in Richtung Dienststelle

der Brigade. Wie man die Sache auch bewerten wollte, die Brigade musste jedenfalls sofort davon erfahren. Denn eines stand zumindest für Céleste fest: Es war höchst unwahrscheinlich, dass Gabriel Fleckenstein für diese beiden Morde verantwortlich war.

13

Das Kommissariat von Colmar befand sich am nördlichen Rand der Altstadt in einem modernen Gebäude, das sich wie ein Keil zwischen die Rue de la Cavalerie und die breite Route de Sélestat schob. Der Eingangsbereich bestand aus einer dunkel verspiegelten Fensterfront, deren Reflexion die Trikolore und die Europaflagge, die auf dem Vorplatz gehisst waren, wirkungsvoll verdoppelte. Obwohl Céleste durchaus hin und wieder hier war, war ihr noch nie zuvor aufgefallen, dass die Gebäude in Colmar und in Straßburg einander sehr ähnelten, wobei natürlich das Straßburger Kommissariat um einiges größer war. Céleste konnte diese kalten, funktionalen Gebäude nicht ausstehen, die in erster Linie darauf ausgelegt waren, Überlegenheit auszustrahlen. Sie fröstelte bereits, als sie durch die Glastür am Eingang trat.

Der Pförtner am Empfang kannte sie und nickte ihr freundlich zu. Sie fuhr mit dem Aufzug in den ersten Stock, wo sich das Dezernat Tötungsdelikte befand. Als sie durch eine weitere Glastür trat, blieb sie abrupt stehen. Am Ende des Flurs stand Capitaine Didier Wolfsberger und fixierte mit Mörderblick den langsam vor sich hin sprotzenden Kaffeeautomaten. Sie zögerte, unschlüssig, ob sie nicht lieber gleich wieder kehrtmachen sollte. Mit Capitaine Wolfsberger über den Fall zu sprechen, erschien ihr ungefähr so sinnvoll, wie mit einer Klapperschlange zu kuscheln. Und ebenso reizvoll. Ein naiver Teil von ihr war gegen jede Vernunft davon ausgegangen, dass sie noch länger von ihm verschont bleiben würde. Mehr noch. Sie hatte sich selbst vorgegaukelt, eine Magen-Darm-Grippe könnte Capitaine Wolfsberger einfach so für immer verschwinden lassen. Der vernunftbegabte Teil hatte zwar immer gewusst, dass das Schwachsinn war, aber das hatte sie bisher erfolgreich verdrängen können. Die Aussicht auf ein wolfsbergerfreies Berufsleben war einfach zu wunderbar gewesen. Jetzt holte sie die Realität dafür umso gnadenloser ein. Didier Wolfsberger, angetan mit einem pastellrosa Hemd und tintenblauem Jackett, die unvermeidliche Sonnenbrille auf seiner Stirn platziert, entdeckte sie, bevor sie unauffällig abdrehen konnte.

«Sieh einmal an», sagte er und fletschte die Zähne zu einem falschen Lächeln. «Chef de Police Céleste Kreydenweiss.»

«Capitaine», erwiderte sie kühl. «Wieder genesen?»

«Durchaus, Kreydenweiss, durchaus.» Wolfsberger nickte knapp. Es war ihm sichtlich unangenehm, an die Ursache für seine Abwesenheit erinnert zu werden. Kranksein kam im Universum Wolfsberger nicht vor.

«Ich wollte eigentlich zu Lieutenant Berchy», sagte Céleste.

«Sie ist beschäftigt. Falls Sie wegen der Verhaftung von Gabriel Fleckenstein kommen, müssen Sie ohnehin mit mir sprechen. Aber ich sage Ihnen gleich, jeder Widerstand ist zwecklos.» Er öffnete die Tür zu seinem Büro und machte eine Geste, die vielleicht einladend sein sollte, aber fast wie eine Drohung wirkte.

Weil ihr praktisch nichts anderes übrigblieb, ging Céleste voraus in Capitaine Wolfsbergers Büro. Im Gegensatz zu Capitaine Bernheimers schlichtem Amtszimmer in Straßburg war dieser Raum groß und ziemlich protzig eingerichtet, mit schweren Möbeln und gerahmten Fotos an den Wänden, die ausnahmslos Capitaine Wolfsberger zeigten.

Wolfsberger setzte sich hinter seinen Schreibtisch, bot Céleste jedoch keinen Platz an. «Der junge Mann wird gerade vernommen», sagte er. «Meine Leute haben hervorragende Arbeit geleistet. Einen Mord innerhalb von drei Tagen aufzuklären, das muss uns erst mal einer nachmachen.» Er reckte das Kinn in einer Weise, die klarmachte, dass er diesen Erfolg auf sein Konto zu verbuchen gedachte, auch wenn er gar nicht anwesend gewesen war.

«Hat Gabriel Fleckenstein etwa gestanden?», fragte Céleste scheinheilig.

«Noch nicht, aber das wird er noch. Der Junge ist jetzt schon ein Nervenbündel.» Wolfsberger rückte mit einem selbstgefälligen Lächeln die kleine Trikolore zurecht, die auf seinem Schreibtisch stand. Er wirkte rundum zufrieden.

«Was sagt er denn, wie er zu der Waffe gekommen ist?»

«Er behauptet, sein Hund hätte das Messer angeschleppt, als er an dem Abend noch einmal mit ihm spazieren war.»

«Wo war das?»

«In einem Gebüsch in der Nähe von Jean Bells Haus.»

«Hat er auch gesagt, wann das war?», fragte Céleste.

«Gegen neun Uhr abends am Tag des Mordes. Angeblich hat er mit dem Hund noch eine letzte Runde gedreht. Er behauptet, immer dort spazieren zu gehen.»

«Aber das glauben Sie ihm nicht?»

«Ich bitte Sie, Kreydenweiss! Er hatte Streit mit dem Opfer. Trotzdem geht er am gleichen Abend noch einmal *zufällig* den gleichen Weg, und da findet der Hund *zufällig* ein blutiges Messer, und er steckt es auch noch ein.» Wolfsberger verzog verächtlich den Mund. «Wer bitte soll das denn glauben?»

«Aber warum sollte er das Messer mitgenommen und unter seiner Matratze versteckt haben, ohne es wenigstens sauber zu machen, wenn er es selbst war? Das ist doch nicht sehr klug.»

Wolfsberger schnalzte mit der Zunge. «Liebe Madame Kreydenweiss, Sie können es sich vielleicht nicht vorstellen, aber Jungs in dem Alter sind oft nicht sehr klug. Das liegt an den Hormonen. Vielleicht wollte er das Messer als Trophäe behalten, um im Netz damit anzugeben.»

«Gibt es Fingerabdrücke?»

«Nur die von Gabriel Fleckenstein.»

«Und Abdrücke von ihm in der Werkstatt?»

«Nein. Im ganzen Haus und in der Werkstatt haben wir nur Jean Bells Fingerabdrücke gefunden. Der Mann scheint offenbar kein sehr reges Sozialleben gehabt zu haben.»

Céleste sah Wolfsberger zweifelnd an. «Finden Sie das nicht seltsam? Der Junge muss doch in der Werkstatt gewesen sein, wenn er Jean Bell ermordet hat.»

«Er hat nichts angefasst.» Wolfsberger zuckte mit den Schultern und lehnte sich in seinem Ledersessel zurück. «War's das, Kreydenweiss? Ich habe noch zu tun.»

«Nicht mal den Türgriff?»

«Die Tür war offen. Oder er hat den Griff abgewischt. Soll vorkommen.»

Céleste nickte bedächtig. «Aha. Er hat also den Türgriff, und was auch immer er noch angefasst hat, abgewischt, aber das blutige Messer mit seinen Fingerabdrücken darauf mitgenommen und unter der Matratze versteckt, ohne es sauber zu machen. Verzeihen Sie, Capitaine, aber das ist doch wirklich nicht logisch.»

Wolfsberger schüttelte genervt den Kopf. «Sagen Sie mal, ist

Ihr Widerspruchsgeist eigentlich angeboren oder mühsam einstudiert?»

«Weder noch», gab Céleste zurück. «Er wird provoziert. Durch Ungereimtheiten.»

«Sind Sie etwa der Ansicht, Lieutenant Vasarely und Lieutenant Berchy hätten schlechte Arbeit geleistet?»

«Keineswegs. Im Gegenteil. Ich sehe auch ein, dass Gabriel Fleckenstein verdächtig ist. Trotzdem habe ich meine Zweifel.»

«Schön für Sie. Hätscheln Sie Ihre Zweifel nur brav weiter, und lassen Sie uns einstweilen unsere Arbeit machen. Das wäre dann aber alles, oder?» Er blickte demonstrativ auf seine geschmacklose Armbanduhr.

«Meine Zweifel rühren daher, dass ich mir Gabriel Fleckenstein schwerlich als Doppelmörder vorstellen kann», sagte Céleste, seine Aufforderung ignorierend, endlich zu gehen. Er musste ihr zuhören. Dann würde er verstehen, dass die Dinge höchstwahrscheinlich ganz anders lagen.

Didier Wolfsberger hob eine Augenbraue. «Wovon sprechen Sie?»

«Von Leni Krinckenheimer.»

«Von wem?» Wolfsberger runzelte die Stirn. «Ach, Sie meinen die zweite Tote aus Ihrem Dorf. Die hatte doch noch einen anderen Namen...»

«Segolène Lambert», half Céleste ihm auf die Sprünge.

«Richtig, richtig.» Ihm war anzusehen, dass er diesen Fall gedanklich bereits ad acta gelegt hatte. «Herzstillstand. Keine Fremdeinwirkung. Hat die Gerichtsmedizin doch einwandfrei festgestellt.»

Céleste schnaubte verächtlich. «Dr. Maybach, ja, indem er von weitem einen trüben Blick auf die Tote geworfen hat.»

«Haben Sie jetzt auch noch etwas an unserem Gerichtsmediziner auszusetzen? Nur weil Ihre Busenfreundin Veilleux nicht da ist?»

«Joël Blumtritt hat eine sehr interessante Entdeckung gemacht.»

«Wer zum Teufel ist Joël Blumtritt?», fragte Wolfsberger.

«Der Praktikant von Sandrine Veilleux.»

«Der Praktikant?» Wolfsberger starrte sie an. «Was hat ein verdammter Praktikant mit dieser Sache zu tun?»

«Ich habe ihn gebeten, sich die Leiche noch einmal anzusehen», sagte Céleste und wappnete sich innerlich gegen das, was jetzt kommen würde.

«Sie haben *was*?» Wolfsbergers Augen wurden größer und größer, bis sie ihm vor Wut fast aus den Höhlen traten. «Sind Sie noch ganz bei Trost?», schrie er sie an. «Was glauben Sie eigentlich, wer Sie sind? Sie haben dazu keinerlei Befugnis. Wäre ja noch schöner, wenn eine kleine Gemeindepolizistin der Gerichtsmedizin Anweisungen erteilen könnte!»

«Ich weiß selbst, dass ich dafür nicht zuständig bin», gab Céleste ungeduldig zurück. «Aber lassen Sie das doch jetzt mal kurz beiseite und hören Sie sich an, was Joël Blumtritt entdeckt...»

Capitaine Wolfsberger schnitt ihr mit vor unterdrückter Wut bebender Stimme das Wort ab: «Es interessiert mich nicht, was ein übermotivierter Praktikant und eine frustrierte Gemeindepolizistin für einen Schwachsinn zusammenspinnen. Ich halte mich an das Untersuchungsergebnis von Dr. Maybach.» Er stand auf und öffnete die Tür. «Hauen Sie ab und kümmern Sie sich um ihren eigenen Kram, Kreydenweiss, bevor ich mich vergesse. Oder noch besser: Lassen Sie sich mal wieder ordentlich durchvögeln. Das entspannt.»

Der Schlag kam, ohne dass Céleste ihn hätte stoppen können. Es war wie beim Kickboxen, wenn sich in einem Kampf das rationale Gehirn zurückzog, um dem Instinkt die Führung zu überlassen. Die Ohrfeige traf Wolfsberger mit voller Wucht und riss seinen Kopf zur Seite. Céleste hatte das Gefühl, das laute Klatschen ihrer Hand auf Capitaine Wolfsbergers Gesicht hallte von den Wänden wider. Er war so überrascht, dass er keinen Laut von sich gab, und Céleste ließ ihn einfach stehen.

Als sie bebend vor Wut auf den Flur trat, blickte sie in die fassungslosen Gesichter von Lieutenant Vasarely und Lieutenant Berchy. Sie hatten offenbar Wolfsbergers beleidigende Worte ebenso mitbekommen wie ihre Reaktion darauf. Céleste zitterte vor Anspannung, und das Letzte, was sie jetzt gebrauchen konnte, waren irgendwelche Kommentare. Wortlos drängte sie sich an ihnen vorbei und verließ fluchtartig das Gebäude. Zurück im Auto blieb sie eine Weile schwer atmend sitzen und versuchte, ihre rasenden Gedanken zu beruhigen. Capitaine Wolfsberger zu ohrfeigen, war das maximal Dümmste, was sie hatte tun können. Warum nur hatte sie sich nicht beherrschen können? Céleste schloss für einen Moment die Augen. «Scheiße», murmelte sie leise, dann noch ein paarmal, immer lauter werdend, bis sie schließlich zornentbrannt mit den Fäusten auf ihr edles Lederlenkrad eindrosch. Nach einer Weile ließ sie erschöpft die Arme sinken und startete den Wagen. Zeit, nach Hause zu fahren.

Sie hatte gehofft, in der Mairie auf ihren Brigadier zu treffen. Luc Bato war der einzige Mensch, mit dem sie jetzt gerne gesprochen hätte. Er besaß die nötige Distanz und eine gehörige Portion Pragmatismus. Und er verabscheute Capitaine Wolfsberger ebenso wie sie. Ihm konnte man solche Dinge erzählen. Doch ihr gemeinsames Büro war verwaist. Als sie ihn anrufen wollte, bemerkte sie, dass sie ihr Handy zu Hause vergessen hatte. Sie rief ihn über das Telefon der Dienststelle an, doch es meldete sich nur die Mailbox, auf der er sie in seiner gewohnt bedächtigen, etwas umständlichen Art darauf hinwies, dass er nicht erreichbar war, aber zurückrufen würde. Sie legte auf, ohne eine Nachricht zu hinterlassen. Was hätte Sie ihm auch sagen sollen? ‹Ich habe gerade den Capitaine der Police Nationale in Colmar ins Gesicht geschlagen und möchte mich jetzt bei Ihnen ausheulen›?

Sie setzte sich an ihren Schreibtisch und schaltete den PC ein. Ohne sich wirklich darauf zu konzentrieren, überflog sie ihre Mails, bastelte ein wenig an einem Bericht herum, den sie längst hätte schreiben müssen, und gab es dann wieder auf. Nach kurzem Zögern gab sie *Exit Bag* in die Suchmaschine ein und klickte sich eine ganze Weile durch eine große Anzahl von Seiten, die *Der Sanfte Tod* oder *Frei-Tod* hießen und Ratschläge erteilten, wie man sich am besten das eigene Leben nehmen konnte.

In den dazugehörigen Foren tauschte man sich mit großem Eifer über die verschiedenen Methoden aus, und mit jedem Beitrag, den Céleste las, wunderte sie sich mehr darüber, wie viele Menschen es offenbar gab, die das Leben so unerträglich fanden, dass sie den Tod als Lösung, ja gar als Befreiung herbeisehnten. War ihnen denn nicht bewusst, dass es ohne Leben auch keine Freiheit mehr gab? Der Tod beendete alle Wahl- und Entscheidungsmöglichkeiten, die man jemals gehabt hatte. Danach gab es nichts mehr – keine Hoffnung, keine Veränderung, einfach nichts.

Sie versuchte, die deprimierenden Gedanken beiseitezudrängen, die sie bei der Lektüre befielen, und sich stattdessen auf das Wesentliche, nämlich ihren Fall zu konzentrieren.

Dabei bestätigte sich, was ihr Joël Blumtritt bereits gesagt hatte: Der ‹Tod aus der Tüte› erfreute sich großer Beliebtheit. In den Foren war er der Favorit unter den Suizidmethoden, und die Vorgehensweise wurde genau beschrieben. Auch wenn man keine Suizid-, sondern Mordabsichten hegte, war es also ein Leichtes, sich auf diesem Weg zu informieren. Und Helium war auch nicht schwer zu beschaffen. So weit, so plausibel. Blieb nur noch die Frage, wie es sein konnte, dass ein und derselbe Täter diese beiden so unterschiedlichen Morde begangen hatte: auf der einen Seite dieser heftige, brutale Messerangriff auf Jean Bell, eine Affekttat, die einer erheblichen emotionalen Kraft bedurfte; und auf der anderen Seite diese minutiös geplante, heimtückische und gleichzeitig sanfte Methode, Leni Krinckenheimer zu töten. Oder gab es doch zwei Täter?

Ihre Gedanken wurden unterbrochen, als die Tür zu ihrem Büro aufgerissen wurde. Diesmal stand Dédé im Türrahmen, und ganz entgegen seiner sonst so konzilianten Art sah er überhaupt nicht entspannt aus.

«Kreydenweiss, in mein Büro, bitte», schnappte er und war auch schon wieder verschwunden.

Céleste wartete einen Moment, dann folgte sie dem Bürgermeister achselzuckend. Es kam äußerst selten vor, dass sie in das Amtszimmer ihres Chefs zitiert wurde. Meistens besprachen sie die notwendigen Dinge in ihrem Büro oder auch nur rasch zwischen Tür und Angel. Wichtigere Angelegenheiten dagegen wurden meist bei einem Essen im Fetten Frosch geklärt. Nach ihrer Begegnung mit Capitaine Wolfsberger jedoch schreckte sie sogar ein wütender Dédé nicht besonders.

Als sie an Marie vorbeikam, Dédés wasserstoffblonder Sekretärin, warf die ihr einen warnenden Blick zu. «Dicke Luft», hauchte sie und rollte mit den stark geschminkten Augen. «Bertrand Fleckenstein ist gerade gekommen.»

«Ach Gott, der hat mir noch gefehlt», murmelte Céleste, der allmählich klarwurde, weshalb Dédés Stimmung auf dem Tiefpunkt war.

Bertrand Fleckenstein war ein großer Mann Mitte fünfzig, rothaarig wie sein Sohn und mit einem buschigen Wikingerschnauzer. Im Gegensatz jedoch zu Gabriel, den Céleste blass, schmal und schlaksig in Erinnerung hatte, war Bertrand kräftig gebaut, hatte einen stattlichen Bauch und eine ausgesprochen gesunde Gesichtsfarbe. Er war der größte Winzer in der Gegend und wusste diese Position nicht nur zu schätzen, sondern auch zu nutzen. Aufbrausend und laut, ein Hackstock, wie Luc ihn einmal genannt hatte, ungehobelt und bisweilen reichlich grob. Andererseits konnte er auf seine polternde Art auch charmant und liebenswürdig, großzügig und herzlich sein. Céleste hatte sich immer schwergetan, Bertrand Fleckenstein richtig einzuschätzen. Sie konnte nicht genau sagen, ob sie ihn mochte oder nicht.

Als sie nun das Büro des Bürgermeisters betrat, war von Liebenswürdigkeit in Bertrands Miene allerdings nichts zu sehen. Mit zusammengezogenen Brauen saß er da und starrte finster vor sich hin. Als Céleste ihn begrüßte, reagierte er kaum. Neben ihm auf dem Teppich lag ein junger, cremefarbener Grand-Griffon-Rüde. Seine dunklen, klugen Hundeaugen musterten Céleste aufmerksam.

«Bertrand kommt gerade aus Colmar», begann Dédé, ohne sich mit langen Vorreden aufzuhalten. Auch er blickte ernst und besorgt drein. «Er hat mir erzählt, dass die Beamten der Brigade heute Mittag seinen Sohn verhaftet haben.»

Céleste nickte. «Stimmt», bestätigte sie. «Brigadier Bato war dabei.»

«Warum weiß ich davon nichts?», fragte Dédé verärgert. «Hatten wir nicht besprochen, dass ich über Ihre Ermittlungen auf dem Laufenden gehalten werde?»

Wieder nickte Céleste. «Schon. Aber das sind nicht unsere Ermittlungen, Monsieur le Maire. Die Brigade hat das entschieden, nicht wir.»

«Aber konnten Sie dagegen nichts unternehmen?» Dédé schaute ihr wütend in die Augen. «Das ist doch Ihr Dorf, Kreydenweiss. Das sind unsere Leute. Sie hätten die aufhalten müssen.»

«Hätten wir gerne getan, Monsieur le Maire.» Céleste zuckte mit den Schultern. Dédé wusste genauso gut wie sie selbst, dass keine Möglichkeit bestanden hatte, die Verhaftung zu verhindern. Doch er musste zumindest versuchen, das Gesicht zu wahren. Nach einem kurzen Seitenblick auf den massigen Bertrand, der zusammengesunken wie ein dunkler Berg aus Wut und Kummer auf seinem Stuhl saß, sagte sie: «Man hat die Tatwaffe bei Gabriel gefunden.»

«Was?» Dédé riss die Augen auf und wandte sich dann an Bertrand. «Wusstest du davon?»

Der große Mann sank noch ein wenig tiefer in seinen Stuhl. «Ja, schon, ich war ja dabei, aber ...»

«Zu mir hast du gesagt, die Verhaftung wäre reine Willkür! Schikane hast du es genannt. Aber wenn dein Sohn die Tatwaffe hatte ... und noch dazu Streit mit dem Opfer ...»

«Aber er war es nicht!», rief Bertrand Fleckenstein und klang verzweifelt. «Dédé, du kennst doch Gabriel, seit er laufen kann. Mein Junge bringt doch niemanden um!»

Céleste ging in die Hocke, um den Hund zu streicheln. «Ihr

221

Sohn hat der Polizei erzählt, der Hund hätte die Waffe gefunden.»

«Sniper? Tatsächlich? Davon wusste ich nichts. Aber Gabriel redet auch nicht viel mit mir ...»

«Der Hund heißt Sniper? Bedeutet das nicht Scharfschütze?», fragte Dédé irritiert dazwischen.

«Nein ... also, das ist eine Rap-Band, die Gabriel gut findet.» Bertrand warf einen traurigen Blick auf den wuscheligen Hund mit den Schlappohren. «Früher haben alle unsere Hunde Gaston geheißen. Aber nachdem der alte erschossen wurde, wollte Gabriel ihn nicht mehr so nennen.»

Bei diesen Worten kam Céleste ein Gedanke, zu flüchtig, um ihn festzuhalten, doch er hatte etwas mit dem Hund zu tun. Und mit Hugo Filipier. War es möglich, dass ...

Sniper grunzte wohlig und rollte sich auf den Rücken, um sich von Céleste den Bauch kraulen zu lassen, und unterbrach damit Célestes Grübelei. Wie sie gehofft hatte, hatte ihre Streichelaktion die aufgeladene Stimmung im Raum etwas beruhigt. Sie tätschelte dem Hund noch einmal abschließend den Kopf und richtete sich wieder auf. «Gabriel hat sich leider ziemlich verdächtig gemacht, weil er das Messer unter seiner Matratze versteckt hat. Mit dem Blut und seinen Fingerabdrücken darauf.»

«Aber das war doch sicher nur die unüberlegte Reaktion eines dummen Jungen», sagte Dédé, und er wirkte dabei fast flehentlich. «Das wird sich doch aufklären, oder?» Offenbar schien ihm jetzt der Gedanke, dass der Sohn seines größten Gönners in einen Mord verwickelt sein könnte, beunruhigender als die anfängliche Vermutung, es könnte sich um einen bedauerlichen Irrtum handeln.

Céleste hatte keine Lust, lange um den heißen Brei herumzureden. «Capitaine Wolfsberger ist zurück», sagte sie knapp. «Und er hält den Fall mit der Festnahme von Gabriel Fleckenstein für aufgeklärt.»

«Dieser verdammte Hornochse», schimpfte Dédé, und Bertrand Fleckenstein, der sein aufbrausendes Temperament im Moment gänzlich verloren zu haben schien, warf ihm einen erschrockenen Blick zu.

«Was bedeutet das für meinen Jungen?», fragte er alarmiert.

Dédé riss sich offenkundig schwer zusammen. Er atmete tief ein, wischte sich ein paarmal über die Glatze und zwang sich dann zu einem Lächeln. «Das heißt, dass *unsere* Polizei hier alles tut, um deinen Jungen rauszuboxen. So schnell wie möglich, nicht wahr, Kreydenweiss?» Er sah sie scharf an. «Sie unternehmen da was, nicht wahr?»

Céleste nickte nur stumm. Es hatte keinen Sinn, jetzt und hier damit anzufangen, Zweifel anzumelden und womöglich noch ihren Disput mit Wolfsberger auf den Tisch zu bringen. Dédé wollte eine Lösung. Jetzt sofort, mehr interessierte ihn nicht. «Wir werden tun, was in unserer Macht steht, Monsieur le Maire», sagte Céleste vorsichtig, und sie hörte selbst, dass es wenig überzeugend klang.

Entsprechend zweifelnd sah Bertrand Fleckenstein sie auch an. «Und was heißt das?», fragte er. «Könnt ihr denn überhaupt irgendetwas tun?»

Céleste nickte noch einmal. Diesmal energischer. Sie selbst konnte ein bisschen Selbstsicherheit auch ganz gut gebrauchen. «Gabriel war es nicht», sagte sie. «Das weiß ich. Und wir kriegen raus, wer es wirklich war. Das verspreche ich Ihnen.»

14

Niemals. Niemals durfte man einem Opfer oder einem Angehörigen in einem Kriminalfall ein Versprechen geben. Das war einer der allerersten Grundsätze, die man ihr auf der Polizeischule eingetrichtert hatte. Noch vor den Lektionen zu Vernehmungstaktiken, Verhalten beim Überbringen einer Todesnachricht und anderen Regeln, die es zu beachten galt. Ein persönliches Versprechen war im höchsten Maße unprofessionell, es durchbrach die Distanz, die man zu wahren hatte, schürte falsche Hoffnungen und konnte einen alles in allem in Teufels Küche bringen. Dieser Grundsatz galt selbstverständlich auch für Gemeindepolizisten und ebenso in Bezug auf Verdächtige, das war Céleste in dem Moment auch klar gewesen, als sie das Versprechen ausgesprochen hatte. Und sie konnte schon gar nichts versprechen, was nicht in ihrer Macht stand. Sie hatten weder die Zuständigkeit noch die Mittel, einen Doppelmörder zu überführen. Hinzu kam, dass sie zu den Dorfbewohnern ein sehr viel engeres und vertrauteres Verhältnis hatte, als es bei der Brigade Criminelle aus Colmar der Fall war. Die würde sich wieder zurückziehen, sobald der Fall gelöst war – oder auch nicht gelöst. Sie selbst jedoch würde bleiben. Und damit auch das gegebene Versprechen, ob es nun eingelöst wurde oder nicht.

Céleste spürte, dass ihr ein wenig übel wurde. Der Tag heute war keiner ihrer besten gewesen. Er hatte schon mit den dämlichen Ziegen von Albert angefangen. Und gegessen hatte sie auch kaum etwas. Sie sah auf die Uhr. Es war inzwischen halb sechs. Nach einem weiteren vergeblichen Versuch, Luc zu erreichen, löschte sie das Licht im Büro und ging. Ihr reichte es für heute.

Kurzentschlossen lief sie in Richtung Marktplatz und betrat das *Café du Marché*, das um diese Zeit ziemlich gut besucht war. Sie setzte sich an den kleinen Katzentisch in der Ecke unter dem Fernseher. Henri, der hinter der Bar alle Hände voll zu tun hatte, warf ihr seinen in letzter Zeit so typisch gewordenen, furchtsamen Blick zu, und sie bedeutete ihm über die Köpfe der Gäste an der Bar hinweg: «Etwas zu essen und Wein», worauf er nickte. Da heute Donnerstag war und seine Frau Irène erst am Freitag zurückkommen sollte, machte sich Céleste keine Hoffnungen auf kulinarische Vielfalt, es bedurfte also auch keiner größeren Diskussion. Tatsächlich kam Henri nach einer Weile mit einem *Croque Madame* an, das zumindest heiß, dick mit Schinken und Käse belegt sowie unter zwei Spiegeleiern begraben war. Dazu stellte er ihr eine Flasche Weißwein an den Tisch.

«Du siehst aus, als könntest du mehr als ein Glas gebrauchen», sagte er, als sie protestierte. «Trink so viel, wie du magst, den Rest werde ich schon los.»

Eine Weile konzentrierte sich Céleste nur auf das Essen und ein paar Schlucke Wein dazwischen. Während sich ihr Magen langsam füllte und sich ein vertrautes Gefühl von Beruhigung und Tröstung einstellte, rückten Capitaine Wolfsberger, das scharfe Klatschen ihrer Hand auf seinem Gesicht und die Wut, die in ihrem Inneren gebrodelt hatte wie ein unlöschbares Feuer immer weiter in den Hintergrund. Stattdessen kehrten

Leni Krinckenheimer und Jean Bell zurück, gesellten sich an ihren Tisch und stellten ihre Fragen. Fragen, auf die sie keine Antwort wusste. Sie schenkte sich von dem Wein nach und holte ihr Notizbuch heraus, um aufzuschreiben, was ihr durch den Kopf ging – in der Hoffnung, die Worte, schwarz auf weiß, könnten das wirre Durcheinander ordnen und ihre Gedanken zu einem entscheidenden Sprung in die richtige Richtung motivieren.

Zuerst also ein Mord aus Hass, Zorn, Wut. Warum dieser Hass? Was hatte Jean Bell getan? Was hatte er gesagt? Was war der Auslöser gewesen? Célestes Gedanken wanderten unweigerlich wieder zu Gabriel Fleckenstein. Ein verschlossener Außenseiter, der Bilder von Totenköpfen an seine Mitschüler und Lehrer schickte und den der Tod seines Hundes offenbar schwerer getroffen hatte, als man es von einem Siebzehnjährigen erwarten würde. Wieder kam ihr jener flüchtige Gedanke von vorhin in den Sinn. Der tote Hund, Hugo Filipier mit dem Jagdgewehr … irgendwie gab es da einen Zusammenhang, doch sie kam nicht darauf, wo der lag. Jean Bell hatte Gabriel beschimpft. Seinen neuen Hund bedroht. Er sei bei der ersten Befragung als Zeuge äußerst nervös gewesen, hatte Lieutenant Berchy gemeint. Schuldbewusst, so, als habe er etwas zu verbergen. Was mochte er zu verbergen haben, wenn er am Tod von Jean Bell tatsächlich unschuldig war? Céleste schrieb nach kurzem Zögern Gabriels Namen unter ihre Notizen und setzte ein Fragezeichen dahinter.

Drei Tage später dann der Mord an Leni Krinckenheimer. Ein geplanter, ebenso heimtückischer wie sanfter Mord, soweit es so etwas überhaupt geben konnte. In diesem Fall kannten sie bisher noch nicht einmal den Tatort, geschweige denn ein Motiv. Fest stand nur, dass die junge Frau gegen sechs die

Pension verlassen hatte und erst nach zwei Uhr nachts auf das Grundstück von Hugo Filipier gelangt sein konnte, denn von Mitternacht bis zwei Uhr waren Luc und sie selbst im Maison des Chevaliers gewesen, und zu dem Zeitpunkt hatte Lenis Auto noch nicht an der Straße gestanden. Zu diesem Zeitpunkt war sie aber bereits tot gewesen, wie Céleste heute von Joël Blumtritt erfahren hatte. Jemand hatte nach zwei Uhr die tote Frau auf Hugo Filipiers Veranda gebracht. Und dieser Jemand war Leni Krinckenheimers Mörder. Hatte er sie womöglich von irgendwoher beobachtet? Vielleicht sogar die Sache mit dem Gespenst allein zu diesem Zweck inszeniert? War alles ein Ablenkungsmanöver, ein einziges, großes Theaterspiel, um aus einem kaltblütigen Mord eine Gespenstergeschichte zu machen? Doch wie war das vonstattengegangen? Und welche Rolle spielte Jean Bell dabei? Da hatte es, soweit sie wussten, keine Geistererscheinung gegeben.

Céleste rieb sich die Schläfen. Es war zum Verrücktwerden. Sie drehte sich im Kreis. Alles war Spekulation, reines Rätselraten. Deshalb schrieb sie jetzt mit großen Buchstaben, wie um sich selbst noch einmal zu vergewissern, abschließend unter ihre Notizen:

ZWEI MORDE – EIN MÖRDER?

Womöglich war es der Wein auf fast nüchternen Magen gewesen, das Gemurmel der Gäste an der Bar oder auch die Anspannung des Tages, die langsam von ihr abgefallen war. Jedenfalls musste Céleste eingenickt sein. So schrak sie heftig zusammen, als jemand sie am Arm berührte. Es war Henri. Sie blinzelte, einen Augenblick lang verwirrt. Das Bistro war leer bis auf Jean-Pierre, den Postboten, der sich gerade verabschiedete, und nur eine Lampe über der Bar brannte noch.

«Harten Tag gehabt, was?», sagte Henri und sah sie mit seinen traurigen Augen merkwürdig an.

Céleste richtete sich verlegen auf. «Kann man so sagen.»

Er deutete auf ihre Notizen. «Hab gesehen, was du da notiert hast», sagte er unbehaglich. «Versehentlich.»

Sie klappte hastig das Buch zu. War ja klar gewesen, dass Henri, dieser neugierige Knilch, der Versuchung nicht hatte widerstehen können.

«Das sind interne Überlegungen», sagte sie streng. «Das geht dich nichts an.»

«Stimmt das denn?», fragte er, und seine großen, immer ein wenig triefig wirkenden Augen wurden dunkel, ob vor Furcht oder vor Neugier, wusste Céleste nicht zu sagen.

«Was meinst du?», erkundigte sie sich widerstrebend und fragte sich dabei, wie viel er gelesen hatte.

«Ist die junge Frau auch ermordet worden?» Obwohl sie allein waren, sank seine Stimme zu einem Flüstern herab. Er sah hastig über die Schulter, als könne jeden Moment der Mörder zur Tür hereinspazieren.

Céleste nickte unwillig. «Zumindest besteht die Möglichkeit», sagte sie vage.

«Das ist … ganz schön unheimlich», murmelte Henri, und Céleste bemerkte zweierlei: Zum einen hatte sie das starke Gefühl, dass er etwas ganz anderes hatte sagen wollen, zum anderen war sie sich sicher, dass sich in seinem Gesicht keine Neugier spiegelte. Es war das blanke Entsetzen.

«Gibt es etwas, das du mir sagen willst?», fragte sie.

«Was?» Henri hatte ihr offenbar nicht zugehört. Gedankenverloren ließ er den Blick über den menschenleeren Marktplatz schweifen.

«Hast du etwas gesehen? Willst du mir etwas sagen?»,

wiederholte Céleste. «Alles ist wichtig. Auch Kleinigkeiten oder seltsame Dinge, die du möglicherweise nicht einordnen kannst.»

«Seltsame Dinge …», wiederholte Henri. «Ja, es geschehen wirklich seltsame Dinge.» Er musterte eine Weile seine Schuhspitzen, dann hob er zögernd den Kopf und sah Céleste an. «Wenn jemand was gesehen haben sollte», begann er, «dann könnte es doch sein, dass derjenige jetzt auch in Gefahr ist, oder?»

«Kommt darauf an», sagte Céleste, «was er gesehen hat und ob der Mörder davon weiß. Warum sagst du mir nicht einfach, worum es geht?»

Henri öffnete den Mund, dann klappte er ihn wieder zu und schüttelte den Kopf. «Ich muss erst darüber nachdenken.»

«Aber denk nicht zu lange nach. Wenn jemand etwas weiß, dann ist er verpflichtet, es zu sagen», warnte ihn Céleste.

«Nichts von der Sorte …», sagte Henri rätselhaft.

«Wie? Was meinst du damit?»

«Es hat nichts mit Beweisen zu tun. Es ist eher etwas … Übersinnliches, verstehst du?»

«Ich verstehe kein Wort», sagte Céleste.

«Ich meine, nur mal so ganz hypothetisch, wenn jemand einen Mord gesehen hätte …»

«Als Zeuge?»

«Nein! Mit dem inneren Auge. Als Vorahnung …»

«Wer hat was gesehen? Wovon sprichst du?»

«Kann ich dir nicht sagen. Ich weiß es selbst nicht genau. Aber wenn es so war, also wenn jemand auf einer … ähm, spirituellen Ebene … etwas weiß, dann könnte derjenige doch auch in Gefahr sein, oder? Dann muss man die Person doch warnen?»

Céleste runzelte die Stirn. Langsam verlor sie die Geduld. Sie war hundemüde, ihr Kopf pochte von dem Wein und dem unergiebigen Halbschlaf, der sie so plötzlich überfallen hatte – sie musste ins Bett. «Henri, sei mir bitte nicht böse, aber wenn du etwas gesehen hast, dann spuck's aus und kau mir nicht mit so esoterischem Zeug ein Ohr ab. Mir reicht schon dieses Gespenst, an das alle plötzlich glauben, da musst du mir nicht auch noch mit Vorahnungen daherkommen.»

«Vielleicht hängt das ja zusammen», sagte Henri. «Immerhin war diese junge Frau die Erste, die *La Dame Blanche* nach so vielen Jahren wieder gesehen hat. Und jetzt ist sie tot. Ermordet!»

Céleste holte ihren Geldbeutel aus der Tasche. «Wie viel bin ich dir schuldig?» Peinlich berührt bemerkte sie, dass sie mehr als die halbe Flasche ausgetrunken hatte. Kein Wunder, dass sie eingeschlafen war. «Und bitte behalte das mit dem Mord für dich. Erzähle es niemandem, auch nicht irgendwelchen spirituellen Seelenfreunden, hörst du?»

Henri nickte abwesend, dann nannte er ihr einen äußerst großzügig nach unten gerundeten Betrag, und Céleste legte das Geld auf den Tisch.

«Wird Zeit, dass Irène zurückkommt», sagte sie freundlicher, als sie eben noch gewesen war. «Du brauchst wieder ein bisschen normale Ansprache, scheint mir, und ich kann kein *Croque Madame* mehr sehen. Ich sehne mich nach eurem lauwarmen Ziegenkäse.»

«Sie kommt nicht mehr», sagte Henri düster.

«Wie bitte?» Céleste brauchte einen Augenblick, um zu begreifen, was Henri gerade gesagt hatte.

«Irène kommt nicht mehr zurück. Sie hat mich verlassen.»

Céleste konnte es nicht glauben. Wieso sollte die grundbiedere Irène, die jeden Tag unverbrüchlich in der Küche ihres Bistros gestanden hatte, plötzlich ihren Mann verlassen? Vielleicht genau deswegen, flüsterte eine boshafte Stimme in ihr. Sie war gelangweilt. Vom Bistro, von ihrer Ehe, von allem. Und Henri war ein lieber Kerl, aber nicht gerade *The sexiest man alive.*

«Das tut mir leid», sagte sie, aufrichtig betroffen. «Vielleicht renkt sich ja alles wieder ein?»

Henri schüttelte den Kopf, nahm sich einen Stuhl und setzte sich zu Céleste. «Das ist vorbei. Da renkt sich nichts mehr ein.»

Wie er da so vor Céleste saß, bot er ein wahres Bild des Jammers. Sie goss Wein in ihr unbenutztes Wasserglas und reichte es ihm. «Was ist denn passiert?», fragte sie. «Hat sie jemanden kennengelernt?»

Er starrte in das Glas, ohne zu trinken. «Nein. Es war andersherum. Ich ...» Er ließ den Kopf noch ein wenig weiter sinken.

«Du?» Céleste staunte. Das hätte sie am allerwenigsten erwartet. «Du hattest eine Affäre?»

Henri trank nun doch einen Schluck und nickte dann. «Es war nicht geplant. Nie hätte ich gedacht, dass ich so was jemals tun würde, aber es hat mich wie ein Blitz getroffen, und ich kann einfach nicht aufhören.» Er lächelte verschämt, doch in seinen Augen stand ein beseelter Funke, offenbar in Erinnerung an ungeahnte Wonnen.

«Diese Affäre läuft noch immer?», korrigierte Céleste sich selbst ungläubig.

«Ich wollte es längst beenden.» Er nestelte eine Packung Zigaretten aus seiner Hemdtasche. «An dem Abend, an dem ihr mich betrunken angehalten habt, du und der Brigadier Bato, hat Irène mich verlassen. Sie ist dahintergekommen und hat sofort die Koffer gepackt. Ohne ein Wort. Nach über fünfunddreißig Jahren Ehe. Man sollte doch meinen, ich könnte wenigstens jetzt damit aufhören ...»

«Aber du tust es nicht», vervollständigte Céleste den Satz, als er nicht weitersprach. Sie war völlig von den Socken. Jedem Mann im Dorf, wirklich jedem, sogar Dédé, hätte sie eine Affäre zugetraut, nur nicht dem großen traurigen Vogel Henri. Darauf wäre sie im Leben nicht gekommen.

«Es ist wie eine Sucht. Immer nehme ich mir vor, Schluss zu machen, aber dann, jedes Mal, wenn wir uns wieder treffen und sie mich…» Er schloss überwältigt die Augen.

Céleste überlegte, wer um Himmels Willen diese Wahnsinnsfrau war, die in Henri Breton solche Gefühle zu entfachen vermochte. «Ist sie aus dem Dorf?», fragte sie vorsichtig und schalt sich gleichzeitig selbst für ihre Neugier. Musste sie wirklich wissen, mit wem Henri Breton ins Bett ging?

Er schüttelte heftig den Kopf. «Das verrate ich nicht. Niemand darf davon wissen. Ich möchte doch, dass meine Irène wieder zu mir zurückkommt.» Er zog heftig an seiner Zigarette. «Ich liebe meine Frau. Mehr als alles andere auf der Welt.»

Céleste wusste nicht recht, ob sie lachen oder Mitleid haben sollte. «Dann wäre vielleicht ein klein wenig mehr Konsequenz angebracht», sagte sie. «Sonst sehe ich da schwarz.»

Henri nickte. «Du hast recht. Ich mache jetzt Tabula rasa. So geht's nicht weiter.» Er stand auf.

Céleste dachte an endlose Jahre trockener *Croque Madames*, die vor ihr lagen, falls Henri seine Irène nicht zurückbekommen sollte und nickte energisch. «Da hast du recht, so kann es wirklich nicht weitergehen.»

Während Céleste durch das schlafende Dorf langsam nach Hause trottete, müde und leicht weinselig, musste sie lächeln. Wer hätte das gedacht: Henri Breton, von Leidenschaft überwältigt. Jetzt verstand sie seine ungewohnte Sauferei an jenem

Abend, als sie ihn bei der Verkehrskontrolle erwischt hatten, sein so offenkundig schlechtes Gewissen, sein ganzes merkwürdiges Verhalten. Er war hin- und hergerissen zwischen Bewährtem und Neuem, Sicherheit und Abenteuer, Liebe und Lust. Das ganze alte Dilemma, für das es noch nie eine endgültige Antwort gegeben hatte und auch nie geben würde, lastete auf Henri Bretons hängenden Schultern. Céleste seufzte und spürte, wie sich bei allem Mitgefühl für den Bistrowirt so etwas wie Neid bemerkbar machte. Wann hatte es sie zum letzten Mal wirklich vor Leidenschaft so richtig durchgerüttelt? Sie konnte sich nicht erinnern.

Als sie vor ihrer Wohnung ankam, stand dort unter dem gelblichen Licht der Straßenlaterne eine blaue Bank. Louis Balzacs blaue Bank, um genau zu sein. Schuldbewusst erinnerte sie sich daran, dass sie versprochen hatte, für seine Bank einen würdevollen Platz zu finden. Angesichts der sich überstürzenden Ereignisse hatte sie dieses Versprechen vollkommen vergessen. Nun hatte Louis sich offenbar selbst geholfen und sie auf seine Weise daran erinnert. Céleste fand die blaue Bank neben ihrer Haustür gar nicht so schlecht, doch sie war sich sicher, dass Madame Denis nicht begeistert sein würde. Sie mochte keine Veränderungen. Alles musste so bleiben, wie es immer schon gewesen war. Und eine blaue Bank vor ihrer Haustür hatte es definitiv noch nie gegeben. Also würde es sie auch in Zukunft nicht geben. Und überhaupt, was sollten denn die Nachbarn denken? Dass sie auf ihre alten Tage plötzlich plante, faul vor ihrem Haus zu sitzen und Däumchen zu drehen? Das kam gar nicht in Frage … Céleste konnte Madame Denis' entrüstetes Geplapper förmlich hören, während sie so leise wie möglich an der Tür der alten Dame vorbei die knarzenden Stufen zu ihrer Wohnung hinaufstieg.

Ihr Appartement empfing sie mit jener lähmenden Stille, die sich ausbreitet, wenn Räume den ganzen Tag leer stehen und auf die Rückkehr ihrer Bewohner warten. Auf dem Boden vor dem Bett ein paar Socken, die Zeitung von heute lag ungelesen – wie meistens – auf dem Stuhl. Céleste ignorierte den Anrufbeantworter mit seiner rot leuchtenden Digitalanzeige, die ihr mittlerweile wie ein vorwurfsvoller Vater oder eine besorgte Mutter vorkam, die sie an ihre Pflichten zu erinnern versuchten. Sie hatte keine Lust, sich darum zu kümmern. Es würde ihr nur Kummer bereiten, und Kummer konnte sie jetzt nicht gebrauchen.

Henri Breton sah Céleste nach, wie sie langsam über den Marktplatz ging, bis sie von der Dunkelheit verschluckt wurde. Er wusste nicht recht, was ihn geritten hatte, ihr von seinen Eheproblemen zu erzählen. Bisher hatte niemand davon gewusst, und so sollte es auch bleiben. Vielleicht hatte er sich verpflichtet gefühlt, es ihr zu erzählen, weil er vorher so neugierig gewesen war und ihre Notizen gelesen hatte. Als er daran dachte, fuhr ihm der Schreck erneut in die Glieder und verdrängte alle anderen sorgenvollen Gedanken. Mord. Er zog seinen Geldbeutel aus der Hosentasche und nahm die Karte heraus, die er gefunden hatte. Sie war zerrissen, aber man konnte auch so sehen, was die Abbildung darauf bedeutete. Es war wie eine Prophezeiung. Und sie hatte sich erfüllt. Henri glaubte eigentlich nicht an solche Dinge. Normalerweise. Doch er hatte auch nicht geglaubt, dass ihn die Liebe, oder was auch immer es war, noch einmal wie ein Blitz aus heiterem Himmel treffen würde. Solche Dinge passierten einfach, ob man sie nun für möglich hielt oder nicht. Seine Hände begannen zu zittern, und er steckte die Kartenteile zurück in seinen Geldbeutel. Wenn man einen Mord sah, dann sah man auch den Mörder. Und wenn man den Mörder gesehen hatte, war man in Gefahr ... Plötzlich wusste er, dass er nicht mehr warten durfte. Er musste sich beeilen. Keine Zeit mehr verlieren.

Es war spät in der Nacht, als Henri Breton mit seinem alten Fahrrad nach Hause fuhr. Er war jetzt ruhiger, hatte das Gefühl, alles Notwendige getan zu haben. Die Bundesstraße, die entlang der Weinberge hinaus zu seinem kleinen Häuschen führte, war wie ausgestorben. Die Pedalen seines Rades quietschen bei jedem Tritt, und das Vorderlicht flackerte. Es vermochte kaum, die dunkle Straße zu erhellen. Hinter ihm tauchten die Scheinwerfer eines Autos auf. Sie warfen lange Schlaglichter auf die Weinreben, die sich in dem unruhigen Licht zu bewegen schienen.

Henri fiel jene Nacht wieder ein, als er völlig betrunken vor Céleste und Luc geflohen war. Er hatte voller Panik an zu Hause gedacht, an die Leere, die ihn dort erwartete, und war in seinem Rausch der Ansicht gewesen, keinesfalls dorthin zurückkehren zu können, jetzt, wo Irène nicht mehr da war. Er hatte Angst vor dem verlassenen Haus gehabt, hatte sich davor gefürchtet, sich am Ende noch einen Strick zu nehmen und sich am Balken über dem Ehebett aufzuhängen. Was man eben so dachte, wenn man ein paar Flaschen Gewürztraminer intus hatte. Depressiven Blödsinn. Er schämte sich, wenn er daran dachte, dass er dem armen Luc fast die Nase gebrochen und Céleste sich den Fuß verstaucht hatte. Sie hatten nichts gesagt, nie wieder über dieses Thema gesprochen. Dabei hätten sie ihm nicht nur ein Verfahren wegen Trunkenheit am Steuer anhängen können, sondern auch wegen Körperverletzung. Er musste sich noch einmal in aller Form bei ihnen entschuldigen. Die beiden waren schwer in Ordnung. Was man von ihm nicht mehr wirklich behaupten konnte. Er hatte sich verändert. Diese Geschichte hatte ihn verändert, hatte ihn kopflos, hirnlos, ja hilflos gemacht. Doch das war jetzt vorbei.

Während er mit neuem Elan die Landstraße entlangradelte, von hinten von den Scheinwerfern des Autos angeleuchtet, das schnell näher kam, wusste er, dass er soeben aufgewacht war. Dieses nächtliche Gespräch war der erste Schritt gewesen. Er hatte alles getan, was in seiner Macht stand. Und nun würde er die Sache beenden und versuchen, Irène zurückzuerobern. Er würde alles für sie tun. Es musste alles wieder gut werden.

Das Auto war nun direkt hinter ihm. Er wunderte sich noch, weshalb es nicht überholte, wenn doch die ganze Straße leer war. Doch es fuhr ihm einfach hinterher, in geringem Abstand, mit aufgeblendeten Scheinwerfern. Er drehte sich um, versuchte zu erkennen, was es für ein Auto war, doch er konnte im grellen Gegenlicht nichts sehen. Geblendet fuhr er weiter. Lichter tanzten vor seinen Augen, da gab das Auto plötzlich Gas, hupte direkt hinter ihm, und er erschrak. Dann war da dieser Baum. Aus dem Nichts gekommen. Ja, da waren Bäume, eine Allee hatte man dort früher einmal gepflanzt, am Ende der Weinberge, er erinnerte sich. Merkwürdigerweise erinnerte er sich genau daran. Dann war alles still.

15

Céleste wurde vom Klingeln an ihrer Wohnungstür geweckt. Es war noch nicht mal sieben, und jemand läutete Sturm. Schlaftrunken und «Ja doch, komme schon ...» schimpfend stolperte sie durch den Flur.

Vor der Tür stand ihre Vermieterin, Madame Denis, die Apfelbäckchen vor Aufregung gerötet, die blauen Augen weit aufgerissen. «Stellen Sie sich vor, Céleste, was heute Nacht passiert ist!» Sie rang die Hände. «Vandalen waren unterwegs ...»

«Vandalen?» Céleste kratzte sich am Kopf. Ihre dichten Haare waren ein einziger verfilzter Knäuel, wahrscheinlich sah sie aus wie eine Vogelscheuche nach einem Herbststurm.

«Jawohl! Sie haben eine Bank bei uns abgestellt.»

«Vandalen zerstören Dinge, Madame Denis. Sie bringen nichts vorbei.»

«Aber die Bank gehört uns nicht! Sie ist fremd. Sie wurde womöglich irgendwo gestohlen, und jetzt steht sie vor meiner Tür!» Sie verbarg ihr Gesicht in den Händen. «Ach Gott, ach Gott!», flüsterte sie durch die knotigen Finger hindurch. «Was soll ich nur tun? Womöglich stürzt jemand darüber. Oder ich werde verhaftet ... wegen Bankraubs.» Ihre schmale Brust hob und senkte sich hektisch. Von unten durch die offene Wohnungstür konnte man Dodi kreischen hören.

Céleste war inzwischen wach genug, um einerseits die Vorstellung lustig zu finden, dass jemand Madame Denis für eine Bankräuberin halten könnte. Andererseits tat ihr die alte Dame leid, und sie verfluchte Louis Balzac wegen seiner dämlichen blauen Bank. «Niemand verhaftet Sie, Madame Denis», sagte sie lächelnd. «Das müsste ja ich sein, denn ich bin schließlich die Polizistin hier.»

«Stimmt.» Madame Denis schien ein wenig beruhigt. «Aber wer könnte denn ...»

«Ich weiß, wem die Bank gehört und wer sie dort abgestellt hat.»

«Ach, das wissen Sie?» Die alte Dame zwinkerte überrascht.

«Ich kümmere mich darum», versprach Céleste und gähnte herzhaft. «Gleich nachdem ich geduscht habe, einverstanden?»

So kam es, dass Céleste an diesem Morgen, geduscht und ordentlich frisiert und in frischgebügelter Uniform, auf dem Weg zur Arbeit eine blaue Bank geschultert hatte. Sie war ziemlich schwer, und Céleste verfluchte Louis Balzac ein weiteres Mal, als sie die Bank endlich vor der Mairie ablud und versuchte, einen Platz vor dem Gebäude zu finden, wo das Objekt kein Hindernis darstellte.

Marie, Dédés Sekretärin, stieg gerade aus ihrem Kleinwagen und beobachtete die Aktion. «Was tust du da, Céleste?», fragte sie erstaunt.

«Das ist eine Maßnahme des Blumenschmückvereins», log Céleste ungeniert. «Da kommen noch ein paar Geranientöpfe drauf.» Sie hatte keine Lust, Marie die ganze Geschichte zu erzählen.

«Aha ...» Marie runzelte die Stirn. «Aber die Farbe passt überhaupt nicht zu den Fensterläden.» Bei Marie passte immer alles. Die Schuhe zum Nagellack, der Lidschatten zum Gürtel, die Handtasche zum Lippenstift und alles zusammen zu ihrem schicken weißen Flitzer, dem sie gerade auf hochhackigen Schuhen entstiegen war.

«Das sieht doch ganz originell aus», widersprach Céleste, obwohl sie insgeheim zugeben musste, dass Marie recht hatte: Das knallige Himmelblau der Bank biss sich eindeutig mit den gedeckt grünen Fensterläden des historischen Gebäudes.

«Außerdem muss so was genehmigt werden», mäkelte Marie weiter.

«Jetzt mach dir mal deswegen nicht gleich ins Hemd», meinte Céleste ungehalten. «Das wird Dédé schon regeln.»

«Was werde ich regeln?», kam es von hinten, und die beiden drehten sich erstaunt um. Ganz entgegen seiner Tradition, Amtsgeschäfte nicht vor zehn Uhr zu beginnen, stand Dédé ebenfalls auf dem Bürgersteig und musterte die blaue Bank. «Was ist das?»

«Guten Morgen, Monsieur le Maire», sagte Céleste und warf Marie einen bösen Blick zu. Wäre sie einfach weitergegangen, müssten sie jetzt nicht hier herumstehen und über diese Bank diskutieren. Sie hätte es Dédé einfach im Büro zwischen Tür und Angel gesteckt – ‹Ach übrigens, Louis Balzacs blaue Bank steht vorübergehend vor der Tür … ich kümmere mich so schnell es geht um einen neuen Platz!› –, aber das ging nun nicht mehr.

Denn Marie flötete schon mit einem heuchlerischen Augenaufschlag: «Monsieur le Maire, die Bank ist vom Blumenschmuckverein. Sagen Sie mal, brauchen die nicht eine Genehmigung?»

«Blumenschmuckverein?» Dédé sah irritiert von Marie zu Céleste, die unmerklich den Kopf schüttelte. «Aber das ist doch Madeleines Bank … Können Sie mir erklären, was der Blumenschmuckverein mit Madeleines blauer Bank vor dem Rathaus will?»

«Ich habe damit gar nichts zu tun. Céleste hat die Bank hergebracht.»

Auf Célestes tödlichen Blick hin befand es Marie für angebracht, das Weite zu suchen, und stöckelte mit den Worten «Ich muss jetzt wirklich an die Arbeit...» hastig in die Mairie.

Dédé hingegen blieb unverrückbar stehen. «Was soll das, Kreydenweiss? Diese Bank kann hier nicht stehen bleiben. Das ist ein öffentlicher Gehweg. Und überhaupt, die Farbe harmoniert ganz und gar nicht mit den Fensterläden. Unser Rathaus steht unter Denkmalschutz, da kann man nicht einfach...»

Céleste seufzte. «Ich weiß, Monsieur le Maire. Es ist ja auch nur vorübergehend. Die neue Pächterin von Madeleines Laden, Ninette Schweitzer, wollte die Bank wegwerfen, aber Louis Balzac hat sie gerettet. Ich habe ihm versprochen, einen würdigen Platz für sie zu finden.»

«Einen würdigen Platz. Für eine alte Bank in einer hässlichen Farbe.» Dédé maß Céleste mit einem langen Blick. «Haben Sie nichts Wichtigeres zu tun?»

«Natürlich, aber...»

«Ich finde, Kreydenweiss, Sie sind in letzter Zeit ein wenig... sagen wir: unmotiviert.»

«Unmotiviert?» Céleste starrte den Bürgermeister an. «Wie kommen Sie darauf?»

«Ich habe das Gefühl, Sie nehmen die Dinge zu locker. Gabriel Fleckenstein zum Beispiel. Diese Sache kann unser Dorf wirklich teuer zu stehen kommen.»

«Geben Sie jetzt mir die Schuld, dass die Brigade den jungen Fleckenstein verhaftet hat?» Céleste schüttelte den Kopf. «Ich glaub's nicht.»

«Ich hatte Sie gebeten, mit Gabriel Fleckenstein zu sprechen, erinnern Sie sich? Aber das haben Sie nicht getan.»

«Ich war in Straßburg, wir haben die Mutter der Toten nach Hause gefahren und ...»

«Sie hätten stattdessen mit Gabriel sprechen müssen. Vielleicht hätte er sich Ihnen offenbart, und die Sache wäre anders verlaufen. Sie sind von hier, Kreydenweiss. Das ist Ihre Verantwortung und nicht die von irgendwelchen Beamten aus Colmar, die hier herumtrampeln und unsere guten dörflichen Beziehungen beschädigen.»

Céleste blieb vor Empörung der Mund offen stehen. «Wir haben hier zwei Tote innerhalb weniger Tage, Monsieur le Maire», sagte sie, ihre Stimme vor Zorn bebend. «Der Mörder läuft frei herum. Was, glauben Sie, wiegen dagegen die guten Beziehungen zwischen einem Bürgermeister und einem Winzer? Einen gottverdammten Scheißdreck!» Sie presste die Lippen zusammen. Das war eindeutig zu viel gewesen. Sie war zu weit gegangen. Dédé mochte ein umgänglicher Mensch sein, aber er war immer noch ihr Chef.

«So, so», sagte er langsam. «So sehen Sie das also.»

«Ich meinte nur, dass momentan die Aufklärung der Morde Priorität hat», versuchte Céleste ein wenig zurückzurudern, doch dann unterbrach sie sich, zuckte mit den Schultern und sagte: «Ja, Monsieur le Maire. So sehe ich das.»

Nach ein paar Sekunden unbehaglichen Schweigens deutete Dédé mit einer unwirschen Geste auf die Bank. «Aber dieses Ding muss weg, Kreydenweiss. Sofort. Ich will es hier nicht sehen.» Und mit dieser Ansage verschwand auch er in der Mairie.

Céleste setzte sich auf die blaue Bank und stöhnte leise auf. Der Morgen begann ja wunderbar. Da konnte es nur noch besser werden. Also schleppte sie die Bank in ihr Büro, etwas Klügeres fiel ihr im Moment nicht ein. Jedenfalls konnte sie damit vermeiden, dass Dédés Blick während seiner Mittagspause erneut auf das Ding fiel und er sich an den unerquicklichen Disput vom Morgen erinnerte. Wobei – daran würde er sich ohnehin erinnern. Es kam sicher nicht oft vor, dass jemand seine politischen Interessen als «Scheißdreck» bezeichnete. Ihr Büro war nicht besonders groß und ziemlich vollgestopft mit allerlei Kram – es gab ja keinen sehr regen Publikumsverkehr. Auch die kleine Arrestzelle, über die die Dienststelle verfügte, wurde so gut wie nie genutzt und war längst zu einer Rumpelkammer verkommen. Nach kurzer Überlegung schob Céleste die Bank unter eines der Fenster, wo eine Topfpflanze vor sich hin kümmerte, und stellte diese auf die Bank. Dann schichtete sie ein paar Akten zu einem größeren Stapel zusammen und drapierte sie neben dem Blumentopf auf der Sitzfläche. So stach die Bank nicht allzu sehr ins Auge und konnte stehen bleiben, bis sie eine bessere Lösung gefunden hatte.

«Wo zur Hölle steckt eigentlich Luc?», brummte sie, während sie sich einen starken Kaffee machte und dabei der Bank einen finsteren Blick zuwarf. Was hatte sie sich nur dabei gedacht, Louis Balzac irgendetwas zu versprechen? Und da sie schon mal bei dämlichen Versprechungen war: dann auch noch Bertrand Fleckenstein! Dachte sie überhaupt manchmal an irgendetwas, bevor sie den Mund aufmachte? Was war nur los mit ihr? Es war schon eine Kunst, mit Dédé in Streit zu geraten. Andererseits hatte er angefangen. Sie setzte sich mit ihrem Kaffee an den Schreibtisch und starrte vor sich hin. Irgendwie war gerade in allem der Wurm drin.

Es hatte sie mehr getroffen als sie zugeben mochte, dass Dédé sie offen kritisiert hatte. Ungerechtfertigterweise, wie sie fand. Hätte es denn etwas geändert, wenn sie an besagtem Tag sofort mit Gabriel Fleckenstein gesprochen hätte, anstatt mit Leni Krinckenheimers Mutter nach Straßburg zu fahren? Sie wusste es nicht. Jedenfalls hätte es nichts an der Tatsache geändert, dass bei dem Jungen die Tatwaffe gefunden worden war. Sie trank einen Schluck Kaffee und sah auf die Uhr. Es war kurz nach neun. Wo zum Teufel steckte nur Luc? Sie wollte gerade zum Hörer greifen, um ihn anzurufen, als das Telefon klingelte. In der Hoffnung, es sei Luc, hob sie schnell ab und meldete sich ohne lange Begrüßungsfloskeln.

«Ja?»

«Spreche ich mit Chef de Police Céleste Kreydenweiss?», fragte eine tiefe Männerstimme.

«Ja, richtig.» Sie stutzte, die Stimme kam ihr bekannt vor.

«Guten Morgen, Céleste. Ich bin's, Etienne Walter.»

Ihr alter Chef aus Straßburg rief wegen ihres Besuches bei der Brigade in Straßburg an. Er wollte wissen, woran Leni Krinckenheimer gestorben war. Als sie ihm von der Tütenmethode erzählte, schien er fast ein wenig enttäuscht zu sein. «Sicher kein Messer im Spiel?», fragte er.

«Nein. Aber warum wollen Sie das wissen?»

«Weil Mademoiselle Krinckenheimer einmal Zeugin in einer Mordserie war, die ich vor vielen Jahren zu bearbeiten hatte. Allen Opfern wurde damals mit einem ungewöhnlich geformten Messer die Kehle durchgeschnitten. Die Fälle wurden nie aufgeklärt, das Messer nie gefunden. Der Täter läuft noch immer frei herum.» Er räusperte sich. «Ungelöste Fälle lassen einen einfach nicht los. Als Sophie Bernheimer mir von Ihrem Besuch erzählt hat und dass es um diese Zeugin von damals ging, hatte ich für einen Moment die Hoffnung ...» Er verstummte.

Céleste spürte, wie ihr Herz schneller zu schlagen begann. «Wir haben hier noch einen Toten», sagte sie langsam. «Und ein seltsam geformtes Messer ...»

Céleste konnte hören, wie der Commandant scharf die Luft einsog, und einen Moment lang herrschte Schweigen auf beiden Seiten der Leitung. Dann verkündete der alte Kommissar mit mühsam unterdrückter Erregung in der Stimme: «Ich bin in einer guten Stunde bei Ihnen.»

Als Luc zur Tür hereinkam, hielt Céleste noch immer den Hörer in der Hand und starrte nachdenklich vor sich hin. Sie zuckte zusammen und blickte auf die Uhr: Es war zehn nach neun. Er war also fast noch pünktlich, doch für seine Verhältnisse war diese Verspätung geradezu skandalös. Normalerweise saß der Brigadier um Punkt acht am Schreibtisch.

«Guten Morgen, Chef!» Luc klang etwas gehetzt.

«Guten Morgen, Luc», antwortete Céleste verwundert. «Stress?»

Luc, der sich gerade gesetzt hatte, hob ruckartig den Kopf. «Nein, wieso?» Er schien irgendwie schuldbewusst, fand Céleste, konnte sich jedoch nicht erklären, weshalb. Außerdem wirkte er, ebenfalls gemessen an seinem üblicherweise sehr adretten äußeren Erscheinungsbild, heute geradezu nachlässig gekleidet, war unrasiert und hatte gerötete Augen.

«Lange Nacht gehabt?», foppte ihn Céleste, wohl wissend, dass ihr grundsolider junger Assistent normalerweise seine acht Stunden Schlaf benötigte. Doch zu ihrer grenzenlosen Überraschung wurde Luc rot, seine Ohren fingen förmlich an zu glühen. Céleste hob die Brauen. «Gibt es da etwas, das ich wissen sollte, Brigadier Bato?», fragte sie mit gespielter Strenge.

Luc schüttelte heftig den Kopf und versuchte vergeblich, ein harmloses Gesicht aufzusetzen. «Aber nein, Chef!»

«Lassen Sie mich raten: Sie sind zum Angriff übergangen, stimmt's? Sie haben Hortense endlich rumgekriegt und den Landschaftsgärtner Gustave dahin geschickt, wo der Pfeffer wächst?»

Luc sah sie einigermaßen schockiert an. «So etwas würde ich niemals tun! Wenn Hortense mich nicht will...»

«Was ist es dann?» Langsam wurde Céleste wirklich neugierig. Der Brigadier wirkte verändert. Sie musterte ihn genauer und stellte fest, dass er einen neuen Haarschnitt hatte. «Sie waren beim Friseur», stellte sie überrascht fest. Luc hatte normalerweise einen nichtssagenden Wald-und-Wiesen-Schnitt – kurz, praktisch, langweilig. Heute sah seine Frisur hingegen sehr modisch aus, an den Seiten ausrasiert und mit einem akkuraten Seitenscheitel, was aus ihm, zusammen mit dem dunklen Bartschatten, einen ganz anderen Typ machte.

«Äh, ja...» Er wand sich ein wenig. «Ich war gestern nach der Verhaftung noch schnell in einem Barbershop in Colmar, die hatten einen Termin frei. Ich hoffe, das war in Ordnung?» Er fuhr sich verlegen mit der Hand über seinen Hipster-Schnitt.

«Ich hatte mich schon gewundert, wo Sie abgeblieben sind.» Ihr überkorrekter Brigadier war ihres Wissens noch nie während der Arbeitszeit beim Friseur gewesen. Und mit Sicherheit noch nie in Colmar im Barbershop.

«Steht Ihnen aber gut, die neue Frisur», sagte Céleste und grinste. «Hortense wird sich das mit diesem Gustave bestimmt noch mal überlegen, wenn Sie nur...»

«Wollen Sie nicht lieber wissen, wie die Verhaftung gelaufen ist?», unterbrach Luc seine Chefin hastig.

«Doch, natürlich! Und ich habe Ihnen auch eine ganze Menge zu erzählen.»

«Dann fangen Sie bitte an.» Demonstrativ legte Luc sich

Notizblock und Stift bereit, und Céleste sah ein, dass sie zumindest im Moment nicht erfahren würde, was Luc widerfahren war. Aber sie würde nicht lockerlassen, so viel war klar. Sie begann mit ihrem Besuch bei Joël Blumtritt in der Rechtsmedizin und schilderte dann ohne Umschweife und ohne zu beschönigen ihren Zusammenstoß mit Didier Wolfsberger.

«Sie haben *was* gemacht?» Luc riss die Augen auf. «Den Capitaine *geohrfeigt*? Nicht wirklich, oder? Sie meinen das im übertragenen Sinne ...»

«Nein, nein, ganz und gar buchstäblich.» Céleste verzog das Gesicht.

Luc starrte sie einen Moment lang fassungslos an, dann begann er zu lachen. «Das ist unglaublich», sagte er.

Céleste nickte. Ihr war nicht nach Lachen zumute. «Dédé wird stinksauer sein, wenn er davon erfährt. Er ist ohnehin nicht gut auf mich zu sprechen.» Und darauf schilderte sie dem Brigadier auch ihr Treffen mit dem Bürgermeister und Bertrand Fleckenstein, Dédés Vorwürfe heute Morgen und ihre Probleme mit einer gewissen blauen Bank.

Luc Batos Blick wanderte von Céleste zu der blauen Bank unter dem Fenster und wieder zurück. «Sieht doch gar nicht so schlecht aus», befand der Brigadier.

Céleste seufzte. «Ich glaube, die Bank ist momentan mein geringstes Problem.»

«Machen Sie sich keine Sorgen wegen Capitaine Wolfsberger», sagte Luc nach einer Weile. «Er wird den Teufel tun und Sie anzeigen. So was Peinliches wird er niemals öffentlich machen.»

«Meinen Sie?», fragte Céleste zweifelnd.

«Mit Sicherheit.» Er lächelte aufmunternd. «Geschieht ihm außerdem recht. Lola, also ... Lieutenant Berchy hat mir auch so ein paar Geschichten von ihm erzählt. Er hat sich wohl nicht gebessert, seit Sie mit ihm in Straßburg zusammengearbeitet haben.»

«Lola?», hakte Céleste sofort nach. «Sie verstehen sich ja offenbar recht gut mit dem Lieutenant Berchy.»

«Ja, schon. Wieso auch nicht?», fragte Luc betont gleichgültig und senkte den Blick auf die erste Seite seines Notizblocks, die jedoch, wie Céleste sehen konnte, bisher jungfräulich weiß geblieben war. Seine Ohren begannen erneut zu glühen.

Céleste wechselte das Thema: «Und wie war Ihr Nachmittag gestern so?», fragte sie. «Was halten Sie von Gabriel Fleckenstein?»

Luc hob den Kopf, offensichtlich erleichtert. «Ich war bei der Vernehmung dabei, auf Lieutenant Berchys Vorschlag», begann er. «Ich würde sagen, mit dem Jungen stimmt was nicht.»

Céleste sah ihn überrascht an. Sie hatte gehofft, dass Luc irgendetwas Entlastendes über Gabriel sagen könnte. «Halten Sie ihn für Jean Bells Mörder?»

Luc stand auf und holte sich einen Kaffee. Céleste wartete geduldig. Als er sich wieder hinter seinen Tisch gesetzt hatte, sagte er langsam: «Ich würde gerne glauben, dass er es nicht war, aber ich bin mir nicht sicher.» Er nippte an seinem Kaffee, verzog das Gesicht, rührte eine Weile um und nippte erneut. Dann sagte er: «Gabriel Fleckenstein hat etwas zu verbergen. Er ist das wandelnde schlechte Gewissen.»

«Was sagt er zu den Vorwürfen?»

«Nichts. Außer, dass er es nicht war und sein Hund das Messer beim Spazierengehen angeschleppt hat.»

«Aber warum hat er es nicht weggeworfen? Oder uns gebracht? Er ist doch nicht blöd», wandte Céleste ein.

Luc nickte. «Ja, das finde ich auch seltsam. Überhaupt ist die ganze Geschichte sehr rätselhaft. Er macht überhaupt keinen gewalttätigen Eindruck, eher einen sanftmütigen; er ist tierlieb, Vegetarier, Umweltschützer, spricht leise und kann sich gut ausdrücken. Er war kein bisschen aggressiv, gar nicht wie ein typischer großmäuliger und frustrierter Siebzehnjähriger, eher ein bisschen traurig und ängstlich. Am liebsten hätte ich ihm ein Kuscheltier in die Hand gedrückt.»

Céleste ließ sich Lucs Einschätzung durch den Kopf gehen. Der Brigadier hatte eine hervorragende Menschenkenntnis, und was er sagte, klang nicht nach der Beschreibung eines Mörders, vor allem da...

«...und jetzt, nachdem klar ist, dass die junge Frau wohl auch ermordet wurde, wird das Ganze noch rätselhafter», sprach Luc Célestes nächsten Gedanken aus. Luc mochte eine lange Nacht oder was auch immer hinter sich haben, sein Verstand funktionierte indes wie eh und je.

Céleste nickte. «Irgendetwas übersehen wir. Mir kam da gestern noch so ein Gedanke, dass das auch irgendwie mit Hugo Filipier und dem erschossenen Hund zu tun haben könnte. Erinnern Sie sich?»

Luc nickte. «Natürlich.»

«Aber ich komme nicht drauf, wie das mit den Morden zusammenhängen könnte.» Céleste seufzte. «Und das ist noch nicht alles. Es könnte sein, dass diese beiden Fälle noch eine ganz andere Dimension haben, von der wir bisher nicht einmal etwas geahnt haben.» Sie erzählte Luc von Etienne Walters Anruf. «Er hat nicht gesagt, worum es genau geht, aber es hat offenbar mit einer ungeklärten Mordserie zu tun.»

Luc schüttelte ungläubig den Kopf. «Ein Serienmörder? Hier bei uns in Eguisheim? Das kann ich mir nicht vorstellen. Dann noch eher ein Gespenst als Mörder ...» Er unterbrach sich so abrupt, als wäre ihm gerade tatsächlich ein Geist begegnet.

«Wenn es um einen Täter geht, der vor vielen Jahren schon gemordet hat, ist Gabriel Fleckenstein jedenfalls schon mal raus aus der Sache, denn da war er noch ein Kind», überlegte Céleste. Sie bemerkte, dass Luc ihr nicht mehr zuhörte. «Was ist los, Luc?»

«Der Hund», murmelte Luc. «Und das Gespenst. Sie haben recht, Chef. Da gibt es einen Zusammenhang. Julie kommt zu bösen Menschen...» Er starrte ins Leere und schaltete dann den PC ein. Eifrig begann er zu tippen. Als ihm Célestes Schweigen auffiel, fragte er zerstreut: «Entschuldigung, haben Sie noch was gesagt, Chef? Mir ist da nur gerade so ein Gedanke gekommen, aber ich weiß noch nicht...»

«Nicht so wichtig. Sagen Sie Bescheid, wenn Sie so weit sind», sagte Céleste mit einer gewissen Ironie in der Stimme, die jedoch an ihrem Brigadier völlig vorüberging.

«Klar, Chef.» Er tippte konzentriert weiter.

Céleste sah auf die Uhr. In einer guten halben Stunde würde Etienne Walter hier sein, und hoffentlich würde sie dann mehr erfahren. Währenddessen legte ihr Brigadier ungewohnte Aktivität an den Tag: Er tippte, fixierte den Bildschirm, schüttelte hin und wieder den Kopf, dann griff er zum Telefon. Als er zu sprechen begann, erkannte Céleste, dass Lieutenant Berchy am anderen Ende der Leitung war, und obwohl es ein absolut sachliches Gespräch war, meinte Céleste, eine gewisse Verlegenheit herauszuhören. Sollten Luc Bato, ihr braver Luc, und die junge Polizistin etwa ...? Céleste konnte es nicht glauben. Das Gespräch selbst war denkbar harmlos – Luc bat lediglich darum, sich Gabriel Fleckensteins Computer einmal ansehen zu dürfen. Eine kurze Bitte, knappe Worte, doch dazwischen vielsagendes Schweigen. Als er aufgelegt hatte, sagte Céleste: «Klären Sie mich vielleicht mal auf?», und sie hörte, dass die Frage schärfer klang als beabsichtigt.

«Entschuldigung!» Luc wandte den Blick kaum von seinem Bildschirm ab. «Ich habe da so eine Idee …» Fast widerwillig riss er sich los. «Keine Ahnung, ob es funktioniert, aber wenn, würde ich es Ihnen lieber erst dann erzählen, Chef.»

Céleste musterte ihn erstaunt. «So eine Geheimniskrämerei kenne ich von Ihnen gar nicht, Luc», sagte sie.

Luc wand sich ein wenig. «Ja, es ist nur, vielleicht liege ich ja vollkommen daneben, und das wäre dann irgendwie peinlich, oder?»

«Kommt drauf an, für wen», konterte Céleste spöttisch. «Wäre aber schon schön, wenn Sie mich informieren, bevor die nächste Verhaftung ansteht.»

Luc sah sie verdutzt an. «Natürlich, Chef. Aber das ist nicht geplant.»

«Na, da bin ich ja froh», gab Céleste zurück. «Ich hatte schon die Befürchtung, Sie würden mich dumm sterben lassen.»

«Aber nicht doch!» Luc stand auf. «Ich fahre nur schnell nach Colmar, um Gabriel Fleckensteins Notebook unter die Lupe zu nehmen. Lo… Lieutenant Berchy hat gemeint, das wäre okay. Ich bin so schnell wie möglich zurück!»

«Schon gut. Ich warte hier so lange auf Commandant Walter und seine Mordserie.»

Halb amüsiert, halb verärgert sah sie dem Brigadier nach, der es so eilig hatte zu verschwinden, dass er seine Jacke vergaß. In der Tür stieß er fast mit Dédé zusammen, der offenbar gerade zu ihnen wollte.

«Hoppla!», sagte Dédé und blickte dem jungen Brigadier verblüfft hinterher. «Wo will der denn so schnell hin?»

Céleste trank von ihrem kalt gewordenen Kaffee. «Ermitteln, Monsieur le Maire. Wie Sie sehen, ist er ausgesprochen motiviert.» Sie betonte das Wort *motiviert* demonstrativ.

Dédé seufzte. «Seien Sie doch nicht beleidigt, Kreydenweiss. Ich habe das vorhin nicht so gemeint. Da gibt es eben einfach höhere Interessen...»

Céleste sparte sich einen Kommentar. Stattdessen schaute sie auf die Uhr. «Wollten Sie noch was Wichtiges? Ich habe gleich einen Termin mit einem Kollegen aus Straßburg.»

«Aus Straßburg?» Dédé riss die Augen auf. «Wieso denn jetzt plötzlich Straßburg?»

«Könnte sein, dass Bato und ich auf eine Spur gestoßen sind, als wir in Straßburg waren. Der Commandant kommt extra deswegen her.» Sie unterschlug, dass es nur der Ex-Commandant war.

«Der Commandant persönlich?» Dédé war ganz offensichtlich beeindruckt. «Dann ist das also eine wichtige Spur?»

Céleste zuckte lässig mit den Schultern. «Wird sich rausstellen.»

«Gut. Dann halten Sie mich bitte auf dem Laufenden, Kreydenweiss. Ich muss jetzt ins Krankenhaus, einen Besuch machen. Das wollte ich Ihnen eigentlich nur schnell erzählen. Stellen Sie sich vor, Henri Breton hatte einen Unfall.»

Céleste richtete sich bestürzt auf. «Was sagen Sie da? Henri? Was ist passiert?»

«Er ist heute Nacht auf dem Heimweg vom Bistro mit dem Rad von der Straße abgekommen und gegen einen Baum gefahren.»

«Ist er schlimm verletzt?»

«Er hatte wohl Glück im Unglück», sagte Dédé. «Nur eine schwere Gehirnerschütterung und ein paar Rippenbrüche. Er hat behauptet, ein Auto hätte ihn von der Straße gedrängt. Außerdem war er betrunken», Dédé schüttelte bekümmert den Kopf. «Er macht mir Sorgen in letzter Zeit, er ist nicht mehr der Alte.»

Céleste nickte. «Das ist mir auch schon aufgefallen. Ich habe gestern Abend noch mit ihm gesprochen, und da hatte ich den Eindruck, er weiß etwas über den Mordfall Leni Krinckenheimer. Ich glaube, er denkt, jemand, den er kennt, hat etwas gesehen. Hat sich recht rätselhaft ausgedrückt.»

«Was reden Sie denn da? Seit wann ist der Tod dieser jungen Frau denn ein Mordfall?», rief Dédé bestürzt. «Davon weiß ich ja noch gar nichts!»

«Ihr Fokus war ja bisher auf andere Dinge gerichtet, höhere Interessen und so», gab Céleste bissig zurück. «Diese Geschichte scheint sich zu einem ziemlich monströsen Gebilde zusammenzubrauen. Nebenbei bemerkt halten bislang allerdings nur der gerichtsmedizinische Praktikant, Brigadier Bato und ich den Tod für einen Mordfall. Capitaine Wolfsberger will davon nichts wissen.»

«Monströs? Praktikant?» Dédé zückte irritiert sein Taschentuch und wischte sich ein paarmal über die Stirn. «Mon Dieu, Kreydenweiss! Will ich das alles wissen?»

Céleste schüttelte den Kopf. «Ich glaube nicht, Monsieur le Maire.» Sie lächelte versöhnlich – nun hatte sie den Bürgermeister genug aus der Fassung gebracht, wie sie fand.

«Aber ... Sie haben alles im Griff?»

«Voll und ganz.» Céleste nickte.

Dédé nickte ebenfalls, allerdings mehr, um sich selbst zu beruhigen. «Gut. Dann fahre ich jetzt ins Krankenhaus.»

«Tun Sie das. Und grüßen Sie Henri von mir. Richten Sie ihm bitte aus, er kann sich jederzeit an mich wenden, wenn er mir etwas sagen will.»

16

Kaum hatte Dédé die Mairie verlassen, traf Commandant Etienne ein. Offenbar hatte er richtig Gas gegeben und die rund achtzig Kilometer zwischen Straßburg und Eguisheim in Rekordzeit zurückgelegt.

Etienne Walter ging inzwischen auf die siebzig zu. Er hatte ein wenig an Gewicht zugelegt, seit Céleste ihn das letzte Mal gesehen hatte, und war noch ein wenig grauer geworden, ansonsten hatte er sich kaum verändert: noch immer dasselbe zerfurchte Gesicht und die dunklen Augen, der intelligente, wache Blick, der leicht arrogante Zug um den Mund, der ihr am Anfang ihrer Ausbildung ziemlichen Respekt eingeflößt hatte. Recht bald war ihr allerdings klargeworden, dass dieser überhebliche Gesichtsausdruck wie auch seine oft etwas harsche, wenig verbindliche Art nichts weiter als ein Schutzmechanismus waren und sich dahinter ein außerordentlich kluger, liebenswürdiger Mensch verbarg. Sie hatte Etienne Walter immer sehr geschätzt. Trotz allem. Er hatte ihr alles beigebracht, was sie wusste und was sie konnte, auch wenn das im Augenblick, so empfand sie es jedenfalls, nicht mehr besonders viel wert war.

«Céleste Kreydenweiss», sagte er, in einem so feierlichen Ton, dass es Céleste ein wenig verlegen machte. «Jetzt treffen wir uns schon zum zweiten Mal hier in Eguisheim wieder.» Er lächelte, und sein Gesicht legte sich in unzählige Falten. Ihr fiel auf, dass er ziemlich braun gebrannt war, mit roten Äderchen auf den Wangen. Offenbar verbrachte er in der Bretagne viel Zeit an der frischen Luft.

Sie erwiderte sein Lächeln und fühlte sich kurz wieder in den Moment zurückversetzt, als sie ihm zum ersten Mal gegenübergestanden hatte. Ihr war damals sofort klar gewesen, dass sie von diesem Mann viel lernen konnte. Und sie wollte lernen. Wollte alles wissen, was es zu wissen gab. Sie war so ehrgeizig und voller Enthusiasmus gewesen, nichtsahnend, welche Kompromisse es einzugehen galt. «Guten Morgen, Commandant», sagte sie und lächelte ebenfalls.

Er winkte ab. «Ach, hören Sie doch damit auf, alles Schnee von gestern. Wollen Sie nicht Etienne zu mir sagen?»

Céleste nickte etwas überrumpelt. Den Commandant von Straßburg mit dem Vornamen anzusprechen, wäre ihr nie in den Sinn gekommen. Auch jetzt nicht, wo er längst in Rente war. «Also gut, ähm ... Etienne.»

«Wunderbar.» Er wuchtete den Stapel Akten, den er unter dem Arm getragen hatte, auf ihren Schreibtisch. «Dann können wir ja anfangen.»

Sie setzten sich, und Walter breitete seine Akten aus. «Vor gut zehn Jahren hat es in Straßburg mehrere Morde an Prostituierten gegeben», begann er bedächtig, während er eine Akte nach der anderen aufschlug und Céleste reichte. «Insgesamt waren es drei Frauen in einem Zeitraum von achtzehn Monaten. Alle Opfer wurden an den Quais rund um Krutenau gefunden, und allen war die Kehle durchgeschnitten worden.»

Céleste betrachtete die Tatortfotos in den Akten. Drei Frauen in aufreizender Kleidung – Lackstiefeln, engen Tops, Webpelz-Jäckchen, Leggings, Miniröcken. Alle drei hatten eine fast identische klaffende Wunde am Hals.

«Sie sind alle blond, alle der gleiche Typ», bemerkte sie.

Walter nickte. «Gleicher Modus Operandi, ähnlicher Frauentyp, ähnliche Tatorte. Der klassische Serienmörder.»

«Gab es noch andere Verletzungen? Wurden die Opfer vergewaltigt?»

«Nein. Keine Abwehrverletzungen, kein Geschlechtsverkehr, keinerlei Hinweise auf einen verdächtigen Freier. Die Tatorte waren dunkel und verlassen. An den Quais gibt es viele solcher Ecken, das wissen Sie ja sicher noch. Es muss jedes Mal sehr schnell gegangen sein. Ein Angriff aus dem Nichts. Wie von einem Gespenst.»

«Einem Gespenst?» Céleste sah Etienne Walter überrascht an. «Wie meinen Sie das?»

«Nur so ein Ausdruck. Wir haben ihn damals so genannt: das Gespenst.» Walter seufzte. «Es gab eben keine einzige verdammte Spur von dem Täter, keine Zeugen, keine DNA, noch nicht einmal eine Waffe. Nur den Hinweis, dass es sich nach der Art des Schnitts um ein eigenartig geformtes Messer gehandelt haben muss.» Er machte mit seiner rechten Hand eine schneidende Bewegung durch die Luft. «Wir haben vermutet, dass das Messer sichelförmig gebogen gewesen sein muss.»

«Ein Bleimesser», bestätigte Céleste und zeigte ihm das Foto, das Joël Blumtritt dem Bericht beigefügt hatte. «Das ist ein Glaserwerkzeug. Unser Opfer war Glaser. Es war sein eigenes Messer, mit dem er getötet wurde.»

Etienne Walter runzelte die Stirn. «Eine Affekttat also?»

Céleste nickte. «Sieht jedenfalls ganz danach aus.» Dann fragte sie: «Welche Rolle spielte Leni Krinckenheimer in Ihrer Mordserie?»

«Wir haben damals jeden Stein umgedreht, das ganze Milieu aufgemischt, alle Mädchen befragt, die dort in der Gegend anschaffen waren. Darunter auch Leni Krinckenheimer.» Er nahm eine der Akten, blätterte darin und schlug eine Seite auf. «Hier. Das ist sie. Gerade mal volljährig. Sie war ein ähnlicher Typ wie die Opfer und kannte zwei von ihnen flüchtig. Wir hatten daher die Befürchtung, sie könnte die Nächste sein, deshalb ist mir ihr Name auch im Gedächtnis geblieben. Allerdings nannte sie sich damals anders …»

«Segolène», sagte Céleste. «Segolène Lambert.»

«Genau.» Walter nickte. «Ein richtig pompöser Name für so ein junges Ding, habe ich mir damals gedacht. Die meisten anderen solcher Mädchen zeigen nicht so viel Sorgfalt bei der Wahl ihrer Namen, sie nennen sich einfach nur Angel, Lulu oder Chérie – Bezeichnungen, die allenfalls die Phantasie ihrer Freier bedienen und nichts über sie selbst aussagen.»

«Sie wollte Tänzerin werden», sagte Céleste und betrachtete das Foto. Etienne Walter hatte recht: Trotz der Schminke sah Leni Krinckenheimer darauf wie ein Kind von etwa zwölf, dreizehn Jahren aus. Ein trotziges, ja, wütendes Kind mit Schmollmund und großen zornigen blauen Augen. Eine Welle von Trauer erfasste sie. Was für ein verschwendetes Leben. Leni war einem unerreichbaren Traum hinterhergelaufen – Cinderella, auf der vergeblichen Suche nach Rettung. Céleste legte die Akte auf den Schreibtisch zurück. «Sie denken, der Mörder von damals ist zurückgekommen?»

Walter zuckte mit den Schultern. «Ich weiß nicht so genau, was ich denken soll. Ich kenne Ihre Ermittlungsergebnisse ja noch nicht. Aber als ich Capitaine Bernheimer besucht habe, hat sie mir von Ihrem Besuch erzählt, und als Lenis Name gefallen ist, war ich wie elektrisiert.» Nach einer Weile fügte er zögernd hinzu: «Doch, ich hatte diesen Gedanken: Womöglich geht die Geschichte von vorne los.»

«Warum hat er damals wohl aufgehört zu töten?», fragte Céleste. «Das ist doch nicht üblich bei Serienmördern.»

«Stimmt», sagte Walter. «Wir konnten es damals auch kaum glauben. Wir dachten, er hat womöglich nur sein Umfeld verlagert. Die Brigade hat mit den deutschen Kollegen zusammengearbeitet, nach Mordfällen in ganz Frankreich gesucht, die in das Schema passten – aber nichts. Es war vorbei. Einfach so.» Er schnippte mit den Fingern. «Das Gespenst hatte sich in Luft aufgelöst.»

«Vielleicht saß er im Gefängnis? Oder war ausgewandert? Fremdenlegion?», schlug Céleste vor.

«Das haben meine Kollegen auch vermutet. Oder dass er gestorben ist. Autounfall, Krebs, irgendwas. Aber ich habe das nie geglaubt. Ich war immer der Überzeugung, dass er noch da ist, irgendwo ganz in unserer Nähe. Und ich habe gehofft, dass er mir eines Tages über den Weg läuft.»

Céleste nahm ihre eigenen Unterlagen zur Hand und seufzte. «Ich fürchte, unsere beiden Fälle können kein Licht in die Sache bringen. Im Gegenteil – sie machen das Ganze nur noch rätselhafter.» Sie zeigte Etienne die Kopien, die ihr Lieutenant Berchy überlassen hatte, sowie alles Weitere, was Luc und sie mit Hilfe von Joël Blumtritt zutage gefördert hatten. «Ein Gespenst gibt es bei uns übrigens auch, sogar ein echtes, wenn man so will», sagte sie und berichtete von *La Dame Blanche*. «Manche Leute bei uns im Dorf sind der Überzeugung, die Weiße Frau hätte Leni getötet.»

«Ach du meine Güte.» Etienne hob die Brauen. «Andere Verdächtige gibt es nicht?»

«Nicht in Sachen Leni Krinckenheimer. Da wissen wir auch erst seit gestern, dass es sich nicht um einen natürlichen Tod handelt. Was Jean Bell angeht, hat die Brigade den Jungen

verhaftet, bei dem die Tatwaffe gefunden wurde, Gabriel Fleckenstein, den Sohn eines großen Winzers hier im Ort. Er hatte Streit mit dem Opfer wegen seines Hundes, das hat die Nachbarin bestätigt. Für Capitaine Wolfsberger ist der Fall damit gelöst. Und der Tod von Leni Krinckenheimer ist für ihn überhaupt kein Fall. Er will nichts von Helium und Tüten hören ...»
Céleste dachte an das selbstgefällige Gesicht des Capitaine, seinen höhnischen Blick, und gestattete sich einen kurzen Moment der Genugtuung in Erinnerung an die Ohrfeige. Das war ihm sicher noch nicht häufig passiert.

«Lassen wir diese Pfeife mal aus dem Spiel», brummte Walter verächtlich. «Mich interessiert, wie Sie das sehen, Céleste. Hat dieser junge Mann etwas mit dem Mord an Jean Bell zu tun?»

«Es gibt schon einige Verdachtsmomente ...» Céleste zögerte, dann sagte sie: «Aber nein, ich glaube nicht. Da steckt was anderes dahinter.»

Etienne blätterte durch Célestes Unterlagen. Er las die Zeugenaussagen von Jean Bells Nachbarin Eugénie Puppinger und Lenis Vermieterin Eloise Lagrande sowie Joël Blumtritts Untersuchungsberichte zu den beiden Todesfällen. Danach schwieg er eine ganze Weile. «Das geht alles nicht zusammen», sagte er schließlich, und in seiner Stimme schwang eine gewisse Enttäuschung mit. «Diese seltsam ausgefeilte Tötungsmethode mit dem Helium bei der jungen Frau passt nicht zu unserem Mörder, und die Sache mit dem Messer ist auch zu dünn, um daraus irgendwelche Schlüsse zu ziehen. Vielleicht war es einfach Zufall, dass auch hier ein gebogenes Messer im Spiel war.»

«Und Leni Krinckenheimer, die ebenso zufällig schon vor zehn Jahren Teil Ihrer Mordermittlung war, wurde auch nur zufällig drei Tage später ermordet?», fragte Céleste und schüttelte energisch den Kopf. «So viel Zufall gibt es nicht, Etienne. Da muss es irgendeine Verbindung geben, irgendeinen logischen Zusammenhang. Wir sehen ihn nur noch nicht ...» Sie unterbrach sich, und sie ließ den Blick nachdenklich über die Akten auf dem Schreibtisch wandern. «Dieses Messer. Es muss eine Bedeutung haben ...» Plötzlich kam ihr ein unglaublicher Gedanke. Die Rädchen in ihrem Kopf begannen sich schneller zu drehen, und ihr Puls beschleunigte sich. War das womöglich der Zusammenhang, den sie bislang vergeblich gesucht hatte? Oder sah sie schon Gespenster, im wortwörtlichen Sinne? Sie hob den Kopf und sah Etienne direkt in die Augen. «Es war *sein* Messer!», rief sie, plötzlich ganz aufgeregt. «Das ist der Zusammenhang!»

«Was wollen Sie damit sagen?»

«Wie ich eben schon sagte, Jean Bell wurde mit seinem eigenen Messer getötet.» Sie deutete auf eine Seite ihrer Unterlagen.

Walter überflog die Stelle im Bericht, die Céleste ihm gezeigt hatte. Er runzelte die Stirn. «Ich verstehe nicht ganz. Sie meinen, unser Mörder könnte auch ein Glaser sein?»

«Nein! Ich meine, Jean-Marie Bell könnte Ihr Mörder sein.»

Es dauerte eine Weile, bis dieser Satz bei Etienne ankam. Céleste kannte das, so war es ihr eben auch ergangen: Man sucht und sucht, läuft in eine bestimmte Richtung, und plötzlich schlagen die Gedanken unerwartet einen Haken, und ein neuer Weg tut sich auf, der vorher nicht dagewesen ist. Sie konnte Walters Widerstand, dieser Kurve zu folgen, fast körperlich spüren.

«Jean-Marie Bell soll unser Serienmörder gewesen sein?», wiederholte er zweifelnd. «Ein Rentner aus Eguisheim, der bei den Nachbarn die Blumen gießt?»

«Warum nicht? Jean Bell hat in Straßburg gelebt, und er ist vor rund zehn Jahren hierhergezogen. Also genau zu dem Zeitpunkt, als bei Ihnen die Morde aufgehört haben. Ich hatte die ganze Zeit das Gefühl, dass bei ihm irgendwas nicht gestimmt hat, dass er etwas zu verbergen hatte. Seine Wohnung war absolut nichtssagend, sie hatte keine Geschichte, verstehen Sie? Keinerlei private Gegenstände, noch nicht mal Familienfotos. Ich dachte deshalb zunächst, er hat vielleicht eine Art Doppelleben geführt. Aber es könnte auch bedeuten, dass er sein altes Leben radikal hinter sich gelassen hat, als er hergekommen ist. Sein Leben, seine Vorgeschichte. Und seine Taten. Wir waren bei seinem Haus in Straßburg und haben uns dort mit den Nachbarn unterhalten. Die haben gesagt, er wäre ein komischer Kauz gewesen. Hat sein Leben lang bei seiner Mutter gewohnt, auch nachdem er geheiratet hatte.»

«Er war verheiratet?», fragte Etienne Walter.

«Ja, aber nicht lange. Nach einem guten Jahr ist ihm die Frau davongelaufen.»

«Wann war das?», erkundigte sich Walter, jetzt mit wachsendem Interesse.

Céleste blätterte in ihren Notizen. «Die Nachbarn sagen, es muss 2006 gewesen sein. Auch danach ist er bei seiner Mutter geblieben, und erst nach ihrem Tod ist er nach Eguisheim gezogen. Das Haus in Straßburg hat er allerdings nie verkauft. Es steht leer.»

«Dazu müsste es doch was bei uns im Archiv geben», meinte Etienne nachdenklich. «Jedenfalls, wenn er die Frau als vermisst gemeldet hat.»

«Hat er. Sagen jedenfalls die Nachbarn.»

«Das könnte der Auslöser gewesen sein», überlegte Walter. Er begann ebenfalls in den Akten zu blättern. «Wir haben damals einen Psychologen hinzugezogen, der uns ein Täterprofil erstellt hat.» Nach einer Weile fand er, was er gesucht hatte und begann vorzulesen:

«Der Täter ist männlich, ledig oder geschieden, kinderlos und vermutlich unterdurchschnittlich oder höchstens durchschnittlich intelligent. Mittleres Alter, geringe Schulbildung. Er dürfte emotional instabil sein, leidet unter Minderwertigkeitsgefühlen, Bindungs- oder Verlustängsten, hat eine geringe Reizschwelle und zugleich ein hohes Aggressionspotenzial, ist unsicher, sozial wenig kompatibel, vermutlich ein Außenseiter. Möglicherweise war er als Kind Opfer von emotionaler Kälte, Gewalt oder Missbrauch und konnte diese Erlebnisse nie verarbeiten.»

Sie sahen sich an und schwiegen. Beide dachten offenbar das Gleiche. «Es klingt ziemlich verrückt», sagte Walter nach einer Weile langsam, «andererseits aber auch nicht verrückter als so manch anderer Zufall, der mir in meiner Laufbahn begegnet ist.»

Céleste rief sich den dicklichen älteren Mann in Erinnerung, der drei Tage lang unbemerkt in seinem Blut gelegen hatte, die Werkstatt mit den bunten Glasscheiben und seine filigranen Windspiele, die fast schon kleine Kunstwerke waren, und musste Etienne recht geben: Es war verrückt. «Man sieht den Leuten das Böse nicht an», sagte sie. «Jeder Täter war irgendwann mal der nette Nachbar von jemandem.»

Etienne nickte abwesend. Es war offensichtlich, wie sehr ihn dieser Gedanke faszinierte, jetzt, wo er ihn zugelassen hatte. «Sie sagten, das Haus in Straßburg steht leer?», fragte er noch einmal nach, während er seine Akten auf einen ordentlichen Stapel zusammenschob.

«Es ist alles verrammelt und ziemlich verwahrlost. Vermutlich war Bell seit seinem Wegzug nie wieder dort.»

Er stand auf. «Haben Sie Zeit, mich zu begleiten?»

«Wohin?», fragte Céleste etwas überrumpelt.

«Na, zu Jean Bells Haus. Irgendetwas flüstert mir zu, dass wir dort einen Beweis finden könnten.» Er lachte grimmig und wirkte dabei plötzlich um Jahre jünger.

«Sie meinen, er hat dort drin irgendetwas aufbewahrt? Andenken an die Taten? Trophäen?»

«Serienmörder tun so was häufig», sagte Walter.

«Fehlte denn etwas bei den Opfern?»

«Nichts, was uns aufgefallen wäre», gab er zu. «Aber wer weiß? Vielleicht hat er Fotos gemacht? Hat sie vorher ausspioniert? Glauben Sie mir, Céleste, ich weiß es. Irgendetwas werden wir dort finden.»

Bei diesen Worten überkam Céleste unvermittelt eine Ahnung, dass sie womöglich etwas viel Schlimmeres finden könnten als nur die Beweise, die Walter sich erhoffte. Sie fröstelte. «Ich komme mit», sagte sie und stand ebenfalls auf. Während sie in ihre Uniformjacke schlüpfte, rief sie Luc Bato an und schilderte ihm knapp ihren Verdacht. «Ich fahre jetzt mit Commandant Walter zusammen nach Straßburg zu Jean Bells Haus.» Sie sah auf die Uhr. «Können Sie mich bitte gegen vier Uhr von dort abholen?»

«Natürlich, Chef, wird gemacht!» Luc klang ausgesprochen aufgeräumt. Im Hintergrund war Musik zu hören. Sehr seltsame Musik. Mehr ein Kreischen und Grölen, soweit Céleste es hören konnte.

«Wo sind Sie eigentlich, Luc?», fragte Céleste misstrauisch. «Noch in Colmar?» Machte sich Luc etwa mit Lola Berchy einen gemütlichen Tag? Bei Gruselmusik?

«Nein, ich bin bei mir zu Hause. Da habe ich mehr Ruhe. Ich habe mir ein bisschen Equipment besorgt.»

«Aha …» Diese Angelegenheit wurde immer rätselhafter, doch jetzt hatte sie dafür keine Zeit. Also sagte sie nur: «Was auch immer Sie gerade tun, Luc, ich hoffe, Sie kommen voran.»

«O ja, Chef, ich denke schon. Sie werden staunen!»

«Haben Ihre Nachforschungen etwas mit Jean Bell zu tun?», wollte sie zur Sicherheit noch wissen. «Dann sollten Sie es mir jetzt besser sagen.»

«Nein, nein, es geht um das Gespenst. Wir sehen uns dann in Straßburg.» Und damit drückte er sie weg, ohne sich zu verabschieden.

Verblüfft sah Céleste ihr Handy an. Hatte Luc Bato jemals so abrupt ein Gespräch beendet?

«Probleme?», fragte Etienne, der bereits ungeduldig in der Tür stand.

«Nicht wirklich. Nur ein möglicherweise frisch verliebter Brigadier auf Gespensterjagd.» Céleste folgte dem angesichts dieser Erklärung etwas verwirrt dreinblickenden Etienne Walter hinaus zu dessen Auto.

Während der Fahrt telefonierte Etienne mit Capitaine Bernheimer und erklärte ihr ebenfalls ihren Verdacht. Er bat sie, alles zu sammeln, was sie im Zusammenhang mit der Vermisstenanzeige zu Irina Bell aus dem Jahr 2006 fand. Er informierte sie außerdem, dass er auf dem Weg zu Jean Bells Haus war und hoffte, dort Beweise zu finden, die seinen Verdacht bestätigten. Offenbar hatte Sophie Bernheimer Einwände, denn er lauschte eine ganze Weile schweigend, runzelte dann leicht verärgert die Stirn und sagte: «Ja, gut, dann eben alles, was geht, Sophie. Ich bitte Sie darum.» Als er das Gespräch beendet hatte, warf er Céleste einen resignierten Blick zu. «Das ist das Problem, wenn man in Rente ist: Man hat einfach nichts mehr zu sagen.»

Céleste lächelte. «Ich glaube, Capitaine Bernheimer hält große Stücke auf Sie. Sie wird sich schon darum kümmern.»

Walter nickte, allerdings nur halb überzeugt. «Wir haben immer gut zusammengearbeitet, und ich habe sie als meine Nachfolgerin empfohlen. Dafür hab ich schon was gut bei ihr, keine Frage. Na ja, ich hätte ja am liebsten gleich die Spurensicherung dabeigehabt, aber damit warten wir vielleicht, bis wir uns ein Bild vor Ort gemacht haben.»

Céleste entging nicht, dass er ‹wir› gesagt hatte. So, als ob sie ein Team wären. Überrascht stellte sie fest, dass dieses kleine Wort noch immer geeignet war, ein ganzes Bündel höchst widersprüchlicher Gefühle in ihr auszulösen: Freude, Stolz, Ehrgeiz und eine große, bittere Portion Wehmut.

Anders als bei ihrem letzten Besuch, an dem die Frühlingssonne geschienen und der Verwahrlosung des Bell'schen Hauses einen gewissen *Shabby-Chic*-Charme verliehen hatte, wirkte das Haus bei grauem Himmel einfach nur düster. Auch das Nachbarhaus schien heute abweisend und verlassen. Weder Claude Bronner noch seine Frau Adèle waren zu sehen, kein Auto stand vor der Garage, Türen und Fenster waren geschlossen, der Garten aufgeräumt. Der Westwind trug den Verkehrslärm von der nahen Autobahn deutlicher herüber als beim letzten Mal, ein dröhnendes Rauschen, allgegenwärtig und unbeteiligt. An einem der Häuschen in der nahen Schrebergartensiedlung hatte sich eine Plane vom Dach gelöst und flatterte knatternd im Wind.

Da zeigt der Frühling mal sein anderes Gesicht, dachte Céleste, als sie mit Etienne den verwilderten Weg zum Haus hinaufging und sich die dünnen Handschuhe anzog, die er ihr gegeben hatte. Nicht voller duftender Blüten und sprießendem Gras, sondern ausgebremst, abwartend, irgendwo im Niemandsland zwischen der Kälte des Winters, die nicht weichen will, und warmen Sommertagen, die noch unerreichbar in weiter Ferne liegen. Etienne hatte aus seinem Auto ein Brecheisen und eine Taschenlampe mitgebracht und machte sich jetzt an der Tür zu schaffen. Krachend gaben die morschen Bretter nach, und auch das Schloss leistete keinen nennenswerten Widerstand – die Haustür schwang auf. Céleste schaltete ihre eigene Taschenlampe ein, die sie immer am Gürtel trug, und leuchtete in das Dunkel: Ein langer verstaubter Flur lag vor ihnen, Spinnweben, eine vergilbte Tapete mit einem Muster, das noch aus den siebziger Jahren stammte. Ein muffiger Geruch drang heraus. Bevor sie eintraten, warf Céleste instinktiv einen schnellen Blick zurück auf das Haus der Bronners und konnte gerade noch sehen, wie an einem Fenster im ersten Stock hastig eine Gardine zugezogen wurde. Ihr Kommen war also nicht unbemerkt geblieben. Doch dieses Mal hatten die Bronners es offenbar vorgezogen, sich auf den Beobachterposten zurückzuziehen.

Im Erdgeschoss befanden sich das Wohnzimmer, ein kleineres Zimmer, die Küche und eine Toilette. Alle Räume waren noch vollständig eingerichtet. Zerschlissene Teppiche lagen auf den alten Dielen, trübe Gläser und verstaubtes Geschirr standen in den Küchenschränken, sogar die Vorräte in einem Wandschrank im Flur waren noch vorhanden. Mäuse hatten sich zwischen Mehl, Grieß und Nudeln Nester gebaut, und als Céleste die Tür aufzog, meinte sie, hinter den Holzpaneelen der Rückwand ein leises Trippeln zu hören. Auf dem Küchentisch stand noch eine Tasse, in der der Kaffeesatz seit zehn Jahren eingetrocknet war. Ein billiger Werbekalender an der Wand zeigte ein Foto aus der Karibik für August 2008. Es war gespenstisch. Als ob eine Naturkatastrophe die Bewohner von einem Moment auf den anderen in die Flucht geschlagen hätte. Sie gingen langsam durch die völlig unberührt wirkenden Räume und öffneten dabei jeden Schrank und jede Schublade. Dann stiegen sie die knarzenden Stufen der Holztreppe hinauf in den ersten Stock.

Das erste Zimmer am Treppenabsatz war offenbar das Schlafzimmer der Mutter gewesen. Ein mottenzerfressener Mantel mit Pelzkragen hing noch im Schrank, daneben fanden sich geblümte Sommerkleider, Seidenblusen, Röcke. In der Kommode lagen Unmengen zerschlissener Seidenstrümpfe neben Unterwäsche, die sogar noch den leichten Duft aus dem Lavendelsäckchen verströmte, das man zum Schutz gegen Ungeziefer dazugelegt hatte. Im Bad nebenan standen neben Kamm und Seife noch zwei Becher mit Zahnbürsten auf der Ablage über dem Waschbecken, sogar die Zahnpastatuben waren noch da, hart wie Beton. Handtücher hingen an den Haken, eine Rolle Klopapier steckte im Halter.

Als sie sich dem zweiten Raum im ersten Stock näherten, hielt Céleste unwillkürlich einen Moment lang die Luft an. Es musste Jean Bells Schlafzimmer gewesen sein. Was erhoffte sie sich dort zu finden? Hinweise auf seinen Charakter, auf das, was er geliebt, gehasst, erduldet und womöglich getan hatte? Beweise, ob er ein Mörder war?

Doch das Zimmer war leer.

Der Boden war mit Holzdielen ausgelegt wie überall im Haus, und man konnte die Umrisse erkennen, wo ein Teppich gelegen und wo Möbel gestanden hatten. An den Wänden klebte eine orange-braun gemusterte Tapete, die in den Ecken Schimmel angesetzt hatte und sich stellenweise abzulösen begann. Céleste trat in die Mitte des Raumes und blieb dann stehen. Ihre Schritte hallten von den leeren Wänden wider, ebenso ihre Stimme, als sie sagte: «Jean Bell hat nicht sein früheres Leben ausgelöscht, als er von hier weggegangen ist. Er hat sich selbst ausgelöscht. Alles andere ist noch da. Nur er ist fort. Er hat sich selbst verschwinden lassen aus diesem Leben. Wie Sie sagten, Etienne: ein Gespenst.»

Er war ihr gefolgt. Mit einem resignierten Seufzer sah er sich um. «Ich hatte so sehr gehofft, dass wir auf irgendwas stoßen, irgendetwas finden …»

Enttäuscht trotteten sie wieder nach unten. Vor einer Tür gegenüber der Treppe blieb Céleste stehen. «Bleibt noch der Keller.»

Etienne lächelte etwas bemüht. «Glauben Sie, er hat doch noch eine Leiche im Keller?», versuchte er einen Scherz.

Céleste hob die Schultern. «Wer weiß?»

Doch der quadratische Keller war genau so leer wie Jean Bells Zimmer. Nur ein paar staubige Holzregale mit alten Konserven und Einmachgläsern standen an einer Wand. Ein «Pling» in der Stille kündigte eine Nachricht von Luc auf Célestes Handy an – er würde etwa in einer halben Stunde da sein.

Sie gingen wieder nach oben und sahen sich draußen um. Im Garten hinter dem Haus befand sich ein kleiner, von Efeu überwucherter Holzschuppen mit einem undichten Dach, in den das trübe, graue Licht des Tages kaum eindrang. Holzscheite, ein Hackstock und ein paar alte Werkzeuge moderten zwischen Brennnesseln, die durch die Ritzen gekrochen waren, vor sich hin. Daneben ein Stapel roter Ziegelsteine, teilweise von Moos bedeckt. Alles war alt und schien seit Jahrzehnten unberührt.

«Wir haben uns getäuscht», sagte Walter auf dem Rückweg zum Haus. «Ich habe mich wegen dieses Messers und Leni Krinckenheimer in etwas hineingesteigert. Wollte einen Zusammenhang sehen, wo keiner besteht.» Er zog mit einer resignierten Bewegung seine Gummihandschuhe aus und stopfte sie in die Hosentasche.

Céleste schwieg einen Moment, dann sagte sie: «Aber das ist doch trotzdem alles ziemlich seltsam. Warum hat er dieses Haus nie verkauft? Nur, weil es ihm schwergefallen ist, die Sachen seiner Mutter auszuräumen? Dafür hätte er ja auch eine Firma beauftragen können.»

«Weil er ein Freak war, der nie von seiner Mutter losgekommen ist?», schlug Walter vor. «Vielleicht hat er gedacht, er macht sich irgendwie schuldig, wenn er alles entsorgt und verkauft. Und seine Sachen hat er ausgeräumt, weil er sie in der neuen Wohnung gebraucht hat.»

Céleste schüttelte den Kopf. «Das glaube ich nicht. Die ganze Einrichtung hier ist aus den Siebzigern, womöglich noch älter. Ich glaube nicht, dass sein Schlafzimmer anders ausgesehen hat als der Rest. Die Möbel in seinem Haus in Eguisheim sind aber alle neueren Datums. Er hat alles neu gekauft, als er dort eingezogen ist. Darauf wette ich.» Noch einmal schüttelte sie den Kopf, wie zum Trotz. «Wir übersehen etwas, Etienne. Ich bin mir sicher. Er hat versucht, sich selbst auszulöschen, hat seine Anwesenheit in diesem Haus getilgt und in Eguisheim neu angefangen. Warum? Warum auf diese radikale Weise? Das erscheint mir nicht freiwillig. Eher zwanghaft, getrieben ... Aber getrieben wovon?» Sie blickte nachdenklich an der Fassade des alten Hauses hinauf. «Es ist ihm nicht gelungen, dieses Haus und alles, was es bedeutet, hinter sich zu lassen. Irgendetwas aus seiner Vergangenheit hat ihn eingeholt und getötet.»

Etienne Walter sah sie skeptisch an. «Interpretieren Sie in ein leeres Zimmer nicht etwas zu viel hinein, Céleste? Ich dachte, ich wäre hier derjenige, der sich etwas zusammenreimt.»

Céleste zuckte mit den Schultern. «So etwas Ähnliches hat mein Brigadier auch schon gesagt. Er meinte, für viele Männer ist es eher normal, die eigene Wohnung so kahl und unpersönlich zu lassen. Aber ich bin nicht dieser Ansicht. Es gibt einen Unterschied zwischen kahl und tot. Jean Bells Wohnung war tot. Da war kein Leben. Und ich frage mich die ganze Zeit, wieso. Wenn er Ihr Mörder war, dann wäre das eine Erklärung. Mit so einer Schuld kann man vielleicht nur weiterleben, wenn man etwas in sich abtötet.»

«Eine tote Wohnung?» Walter schüttelte lächelnd den Kopf. «Ich glaube wirklich, Sie übertreiben, Céleste. Wenn Sie meinen, wegen mir und meiner vergeblichen Suche nach diesem Mörder mehr aus dieser Sache machen zu müssen...»

«Ich mache nichts *wegen Ihnen*, Etienne», fauchte Céleste. «Hab ich noch nie gemacht.» Zornig funkelte sie den Commandant an. «Glauben eigentlich alle Männer, dass Frauen ständig irgendwelche Dinge *wegen ihnen* tun? Ist das ein Gendefekt oder so was?»

Etienne stutzte einen Moment, dann lachte er. «Sie haben sich kein bisschen verändert, Céleste.» Die sah ihn schweigend an, und er hob kapitulierend die Hände. «Schon gut. Das war dumm von mir. Entschuldigen Sie, das ist ja auch Ihr Fall. Und was würden Sie jetzt tun?»

«Ich würde die Kriminaltechnik holen», sagte Céleste prompt.

«Wonach sollen die suchen, nach über zehn Jahren? Und ohne den geringsten Verdacht?» Walter machte ein zweifelndes Gesicht.

«Sie haben mich gefragt.»

«Ja, schon, aber...»

«Wenn wir jetzt nach Hause fahren, werden Ihnen Jean-Marie Bell und die Frage, ob er etwas mit der Mordserie zu tun hatte, nicht mehr aus dem Kopf gehen.»

«Da haben Sie wahrscheinlich recht. Aber Sie überschätzen meinen Einfluss bei der Brigade. Wie ich schon sagte: Das ist das Problem, wenn man in Rente ist. Man hat einfach nichts mehr zu sagen.»

Céleste verschränkte die Arme. «Sie sagten, Sie hätten noch was gut bei Sophie Bernheimer.»

Etienne Walter kämpfte sichtlich mit sich. Schließlich sagte er: «Also schön. Ich rufe sie noch mal an, dann sehen wir weiter.»

Er ging zu seinem Auto, um zu telefonieren. Offensichtlich wollte er nicht, dass Céleste etwas von dem Gespräch mitbekam. Sie sah ihm mit gemischten Gefühlen nach. Was, wenn es ihm gelang, das Team der Kriminaltechnik herzubestellen, und die fanden nichts? Sie würde sich bis auf die Knochen blamieren. Die kleine Gemeindepolizistin mit ihren Ahnungen von «toten Wohnungen» und ähnlichem Quatsch. Sie spürte, wie ihr bei dem Gedanken, womöglich komplett falschzuliegen, heiß vor Scham wurde. Andererseits war *er* zu *ihr* gekommen, er hatte als Erster diesen Serienmörder ins Spiel gebracht. Und überhaupt: Was musste sie ihm noch beweisen? All ihre gemeinsame Geschichte war lange vorbei.

Sie zündete sich eine der alten Zigaretten an und kickte gedankenverloren einen Stein gegen das Haus. Er prallte von der Fassade ab und landete im Kellerschacht. Céleste stutzte. Irgendetwas daran war seltsam, passte nicht, doch sie kam nicht gleich darauf, was es war. Sie suchte einen weiteren Stein, kickte ein zweites Mal in dieselbe Richtung. Wieder prallte der Kiesel ab und fiel in den Kellerschacht. Ihr Blick wanderte forschend über die Fassade, dann, plötzlich, fiel ihr auf, was sie so irritiert hatte: der Kellerschacht. Wo ein Kellerschacht war, musste auch ein Fenster sein. Doch im Keller hatten sie kein Fenster gesehen. Nirgends. Sie warf die Zigarette weg, zog ihre Handschuhe wieder an und stapfte um das Haus herum zur Eingangstür. Dort nahm sie Etiennes Brecheisen, das an der Wand lehnte, schaltete ihre Taschenlampe an und ging ein zweites Mal in den Keller.

Etienne Walter hatte inzwischen sein Gespräch beendet, war jedoch noch im Auto sitzen geblieben, unschlüssig, was er zu Céleste sagen sollte. Es würde kein Team von der Spurensicherung kommen. Er hatte von Anfang an befürchtet, dass es nahezu unmöglich sein würde, Sophie Bernheimer davon zu überzeugen, ihm die Leute zu schicken. In einem uralten Fall, ohne Beweise oder auch nur annähernd stichhaltige Argumente, die die Wiederaufnahme des Ermittlungsverfahrens rechtfertigten. Lediglich aufgrund eines seltsam geformten Messers und der Spekulationen eines Ermittlers in Rente und einer Gemeindepolizistin. Es war dumm von ihm gewesen, es überhaupt zu versuchen. Sophie Bernheimer war nicht der intuitive Typ, so wie er und auch Céleste Kreydenweiss. Sie handelte logisch, überlegt und strukturiert, hatte immer beide Füße fest auf dem Boden. Die würde sich zu keinen unüberlegten Maßnahmen hinreißen lassen, das hatte er von vornherein geahnt. Und genauso war es gekommen: Sie hatte seine Bitte kategorisch abgelehnt, und er konnte es ihr nicht einmal verdenken.

Immerhin hatte sie nachgesehen, was es an Informationen über Jean Bells Frau gab. Er las den abschließenden Vermerk der Vermisstenstelle, den sie ihm geschickt hatte:

Irina Kalicinska, 38 Jahre.

In der Nacht vom 28. auf den 29. August 2006 verschwand Irina K., 38 Jahre, spurlos. Wie ihr Ehemann, Jean-Marie Bell, aussagte, wollte sie nach Polen reisen, um ihre Verwandten in Krakau zu besuchen. Die Mutter des Ehemanns brachte sie laut ihrer Aussage zum Bahnhof, wo sie den Zug nach Berlin bestieg. Von da an verliert sich ihre Spur. (vgl. Aussagen in der Akte)

Vermerk intern: Irina K. hat vor ihrer Ehe als Prostituierte gearbeitet.

8/2007: Akte geschlossen, Wiedervorlage 10 Jahre
gez. Vermisstenstelle Straßburg

Dazu hatte Sophie ihm ein Foto der Vermissten geschickt: eine aparte, blonde Frau mit einem offenen Lachen, die um einiges jünger aussah als achtunddreißig Jahre.

Im letzten Jahr hatte es offenbar eine Wiedervorlage gegeben, wie ein Stempel und eine unleserliche Unterschrift bezeugten, doch ob daraufhin überhaupt noch etwas unternommen worden war, bezweifelte Etienne Walter; schließlich hatte es keine neuen Anhaltspunkte gegeben. Jeden Tag verschwanden Menschen, und viele von ihnen tauchten nie wieder auf. Und dennoch. Sein Blick blieb an einem Wort hängen, und er war sich sicher, dass es Céleste genauso gehen würde: *Prostituierte*. Jean Bells Frau war vor der Heirat Prostituierte gewesen. Und blond. Genau wie die drei toten Frauen. Und wie Leni Krinckenheimer. Es passte. Es passte so gut, dass ihm ein wenig schwindlig wurde.

Weiter hatte Sophie ihm noch einige Daten zu Jean-Marie Bell geschickt:

Vater: Jacques Bell, geboren 1922 in Husseren-les-Chateaux, gestorben 1967 in Straßburg; Todesursache: Gehirnschlag. Beruf: Lkw-Fahrer. Arbeitslos. Zwei Anzeigen wegen häuslicher Gewalt, Trunkenheit am Steuer, Führerscheinentzug.
Mutter: Ernestine Bell, geborene Schneyder, geb. 1935 in Mulhouse, gestorben 2008 in Straßburg; Todesursache: Genickbruch nach Treppensturz, keine Fremdeinwirkung nachgewiesen; Hausfrau. Keine Vorstrafen; Untersuchung wg. nnTU vgl. anliegende Akte eingeleitet, Verfahren ohne Ergebnis eingestellt.
Schwester: Julie Bell, geboren 1948 in Husseren-les-Chateaux, gestorben 1962 in Eguisheim; Todesursache: Unfall durch Steinschlag; Leiche unauffindbar. Untersuchung wg. nnTU eingestellt.

Etienne Walter kannte das Kürzel *nnTU*. Es stand für «nicht natürliche Todesursache», was alles Mögliche bedeuten konnte, von Unfall bis Mord. Dass Bells Mutter mit 73 Jahren von ganz allein die Treppe hinuntergestürzt war, war natürlich denkbar. Andererseits konnte man Treppenstürze und Stöße kaum voneinander unterscheiden. Deshalb war auch eine Untersuchung eingeleitet worden. Selbst wenn das Verfahren eingestellt worden war, würde er sich die Akte einmal ansehen. Von einer Schwester hörte Etienne zum ersten Mal. Offenbar hatte auch Céleste nichts davon gewusst. Das war vor allem deswegen interessant, weil die Schwester in Eguisheim ums Leben gekommen war, mit vierzehn Jahren. Konnte das der Grund gewesen sein, warum Jean Bell dort hingezogen war? Er war vier Jahre alt gewesen, als sie umgekommen war. Hatte er sich überhaupt an sie erinnern können? Und was war damals passiert?

Er würde Céleste fragen. Sie konnte es sicher herausfinden. Er ertappte sich, wie er lächelte, während er ausstieg und sich aufmachte nachzusehen, wo Céleste wohl abgeblieben war.

Laute Geräusche, wildes Hämmern und Schlagen, leiteten ihn in den Keller. Er fand Céleste vor der Wand mit den Vorratsregalen. Sie hatte sie ausgeräumt und zur Seite geschoben und bearbeitete nun mit dem Brecheisen die dahinterliegende Ziegelmauer. Ein paar Stücke waren bereits herausgebrochen. Als sie ihn kommen hörte, drehte sie sich schwer atmend um. Auf ihrer Stirn glitzerten Schweißperlen.

«Was tun Sie da?», fragte Walter irritiert.

«Das ist eine falsche Wand. Sie wurde nachträglich eingezogen.» Sie deutete auf das Loch. «Sehen Sie. Der ganze Keller ist aus Beton. Nur diese Wand besteht aus Ziegeln. Die gleichen Ziegel, die im Schuppen lagern, wenn ich mich nicht täusche. Und sie ist nicht gerade fachmännisch gebaut. Man kann den Mörtel rauskratzen, dann lockern sich die Steine schnell.»

Walter trat näher und musterte die Wand. «Sie haben recht», sagte er. «Wie sind Sie darauf gekommen?»

«Draußen gibt es einen Kellerschacht, genau auf dieser Seite. Aber im Keller ist kein Fenster.» Sie drehte sich einmal um die eigene Achse. «Wenn man hier unten eine zusätzliche Wand einziehen will, dann ist diese Stelle die einzige Möglichkeit, denn an den anderen Seiten verlaufen die Rohre. Da wäre es aufgefallen.»

Sie reichte ihm grinsend das Brecheisen. «Falls es Sie interessiert, was dahinter ist.» Als er danach griff, wandte sie sich ab und ging zur Kellertreppe.

«Und Sie? Wo gehen Sie hin?»

«Im Schuppen liegen ein paar Werkzeuge – ich meine, ich hätte da auch eine Spitzhacke gesehen.»

Gemeinsam arbeiteten sie sich vorwärts, Céleste wieder mit der Brechstange und Walter mit einer schweren, rostigen Spitzhacke, die Céleste im Schuppen aufgetrieben hatte. Sobald die oberen Ziegel entfernt waren, war klar: Hinter der Mauer befand sich tatsächlich ein Hohlraum. Als sie eine Öffnung von etwa einem Meter Durchmesser freigelegt hatten, leuchtete Etienne mit seiner Taschenlampe hinein.

«Da ist was!», rief er aufgeregt. «Ein großer, zusammengerollter Teppich...» Er reckte sich und steckte den Kopf und den Arm mit der Taschenlampe so weit wie möglich in das Loch. «Und ein, nein, zwei Koffer.» Seine Stimme klang dumpf, als er sich noch weiter hineinbeugte. «In dem Teppich ist was eingewickelt. Ich glaube, ich kann einen Frauenschuh erkennen...» Er zog den Kopf wieder aus dem Loch heraus und klopfte sich den Staub von der Jacke. Die beiden sahen einander schweigend an.

«Das wird wohl reichen, um die Spurensicherung kommen zu lassen, was meinen Sie?», fragte Céleste leise.

Etienne nickte. «Ohne jeden Zweifel.»

Céleste legte das Brecheisen auf den Boden und rieb sich die Hände an ihrer Hose sauber.

«Was machen Sie?», fragte Walter.

«Ich gehe.»

«Aber warum? Warum jetzt? Wollen Sie denn nicht sehen...»

«Nein. Das hier reicht mir. Brigadier Bato wird jeden Moment kommen und mich abholen.» Sie reichte ihm die Hand. «Halten Sie mich auf dem Laufenden?»

Er nickte etwas beschämt. «Natürlich.» Er hatte das Gefühl,

etwas hatte sich verändert. Er konnte nicht sagen, ob es an Célestes Blick oder ihrer Haltung lag, und er wusste auch nicht, ob es etwas Gutes oder etwas Schlechtes war. «Es tut mir leid», sagte er, ohne genau zu wissen, was er damit überhaupt meinte.

Céleste nickte leichthin. «Salut, Commandant.» Mit diesen Worten verließ sie den Keller.

Etienne Walter sah ihr nach. «Ich bin kein Commandant mehr», murmelte er, doch da war sie schon weg.

Céleste ging noch einmal in Jean Bells altes Zimmer. Luc hatte ihr inzwischen eine weitere Nachricht geschrieben, dass er in etwa zehn Minuten da sein würde. Sie sah aus dem Fenster: Etienne Walter lief gerade zu seinem Auto, vermutlich um zu telefonieren. Es würde nicht lange dauern, und hier würde es von Polizisten der Brigade nur so wimmeln. Die Bronners auf ihrem Beobachterposten im ersten Stock würden ihre helle Freude haben. Sie sah sich ein letztes Mal in dem leeren Raum um, der nichts von Jean Bell preisgab, ebenso wenig wie seine Wohnung in Eguisheim. Dafür lag im Keller eine weitere Leiche, von der sich Céleste sicher war, dass es sich um Irina Kalicinska handelte. Vermutlich war sie das erste Opfer von Jean Bell gewesen. Ihre Absicht, ihren Mann zu verlassen, musste alles ins Rollen gebracht haben. Es war ihr Todesurteil gewesen, ebenso wie das der drei anderen Frauen. Für Céleste bestand kein Zweifel mehr daran, dass Jean Bell das ‹Gespenst› von vor zehn Jahren gewesen war. Alles würde ans Licht kommen.

Doch das war nicht ihr Fall. Sie musste sich jetzt um die Frage kümmern, wer Jean Bell, den Frauenmörder, umgebracht hatte. Und, nicht zu vergessen, Leni Krinckenheimer.

Luc Bato traf zeitgleich mit den ersten Autos der Brigade ein, was ihn sichtlich überraschte. Sie konnte es an seinem Stirnrunzeln erkennen, als er aus dem altersschwachen Mégane stieg, der sich im Vergleich zu den schnittigen Wagen der Brigade noch mickriger ausnahm als sonst. Céleste, die vor dem Haus auf ihn gewartet hatte, winkte ihm zu.

«Was ist denn hier los?», fragte er, als sie auf ihn zuging.

«Wir haben vermutlich die Leiche von Jean Bells Frau gefunden», sagte Céleste und öffnete die Beifahrertür. «Irina. Erinnern Sie sich?»

«Eine Leiche? Und was heißt ‹vermutlich›?» Luc sah sie verwirrt an. «Und wer ist ‹wir›? Sie und der Commandant?»

«Ja. Sie ist im Keller eingemauert. Wir konnten es durch ein Loch sehen, das wir freigelegt haben. Den Rest macht die Brigade.»

«Und Sie wollen nicht dabei sein?»

«Nein, will ich nicht. Lassen Sie uns fahren, Luc, dann erzähle ich Ihnen die ganze Geschichte. Außerdem brauchen wir noch Blumen.»

«Blumen?»

«Oder Pralinen. Wir müssen einen Krankenbesuch machen.» Sie stieg ein, und Luc blieb nichts anderes übrig, als es ihr gleichzutun.

Die Fahrt von Straßburg ins Hôpital de Pasteur nach Colmar reichte gerade so aus, um Luc zu erzählen, was sie von Etienne Walter über die zehn Jahre zurückliegenden Mordfälle erfahren hatte, und den Fund im Keller zu schildern.

«Jean Bell ein Killer?», meinte Luc. «Da wäre ich im Leben nicht drauf gekommen.»

«Ich auch nicht», gab Céleste zu. «Es gab ja eigentlich auch nur dieses Messer als Hinweis, und der war ziemlich dürftig. Aber dann passte plötzlich eins zum anderen.»

Am Krankenhaus angekommen, parkte Luc. «Und wie geht es jetzt mit unserem Fall weiter?», fragte er. «Oder besser: unseren Fällen», korrigierte er sich.

«Keine Ahnung.» Céleste klappte ihre Sonnenblende nach unten und betrachtete sich kritisch im Spiegel. Auf ihrer Stirn prangte ein dunkler Schmutzfleck, und in einer Strähne hatte sich eine Spinnwebe verfangen. «Unseren Mörder haben wir deshalb ja immer noch nicht.»

«Oder unsere Mörderin», gab Luc zu bedenken und klopfte Céleste fürsorglich auf den Ärmel. «Sie sind total staubig, Chef.»

Céleste flocht sich einen neuen Zopf und wischte ihre Stirn sauber. «Sie meinen, Leni Krinckenheimer hat Jean Bell ermordet?»

«Könnte doch sein. Weil sie ihn wiedererkannt hat.»

«Aber sie hat ihn doch nie gesehen.»

«Das hat sie behauptet.»

«Ja, das hat sie behauptet.» Céleste nickte langsam. «Da könnte sie natürlich gelogen haben. Und wir haben jetzt in jedem Fall eine Verbindung: Leni hat als Prostituierte in Straßburg gearbeitet, zu der Zeit, als vermutlich Jean Bell Prostituierten die Kehle durchgeschnitten hat. Frauen, die Leni kannte. Also, Sie haben schon recht, sie könnte ihn gekannt haben. Aber warum hat sie dann damals nicht ausgesagt?»

«Vielleicht hatte sie Angst? Sie war immerhin erst neunzehn.»

«Okay, sie hatte Angst. Aber wenn Leni Krinckenheimer die Mörderin von Jean Bell war, wer hat dann sie umgebracht?»

Auf diese Frage wusste Luc keine Antwort, Céleste hatte

jedoch auch keine erwartet. Sie nahm die Schachtel bunter Maca-rons vom Rücksitz, die sie auf der Fahrt noch besorgt hatten, und stieg aus. Am Empfang erkundigte sie sich nach Henri Bre-tons Zimmernummer, und während sie mit Bato zum Aufzug ging, fragte Céleste: «Und was ist mit Ihnen, Brigadier Bato?»

Er sah sie fast erschrocken an. «Was soll mit mir sein, Chef?»

«Haben Sie Ihr Gespensterrätsel gelöst?»

Er lächelte. «O ja. Sie werden Augen machen. Das wird Sie glatt umhauen.»

«Da bin ich ja mal gespannt.» Céleste erwiderte sein Lächeln. Ihr fiel auf, dass Luc seine Gespensterjagd zu Hause genutzt hatte, um sich zu rasieren. Er sah wieder so geschniegelt und frischpoliert aus wie eh und je, und auch an seine neue Frisur konnte man sich gewöhnen. Es war immer noch Luc, trotz keckem Seitenscheitel. Ihr grundsolider, liebenswürdiger Part-ner, auf den sie sich verlassen konnte. Céleste spürte, wie sie sich zu entspannen begann. Selbst wenn sie für einen Moment gezweifelt haben sollte – während der Fahrt nach Straßburg, mit Etienne, als das Jagdfieber sie gepackt und sie sich vorge-stellt hatte, was hätte sein können, wenn ... –, spätestens jetzt verflüchtigten sich diese Gedanken. Sie war hier am richtigen Ort. Zu hundert Prozent.

«Schön, dass ich Sie habe, Luc», sagte sie spontan, als der Auf-zug hielt.

Der Brigadier bekam augenblicklich rote Ohren. «Ich bin auch froh, dass ich Sie habe, Chef», sagte er verlegen und starrte dabei auf seine blitzblank polierten Schuhspitzen.

In Henri Bretons Zimmer erwartete sie eine Überraschung – er war nicht allein. An seinem Krankenbett saß, seine Hand umklammernd, niemand anderes als seine Frau Irène. Sie hatte rot verweinte Augen, und auch Henris zerschundenes Gesicht verriet einiges an Rührung. Céleste und Luc blieben taktvoll in der Tür stehen. Fast waren sie versucht, den Rückzug anzutreten, doch da bemerkte Henri sie und winkte sie herein.

«Wir wollen nicht stören», sagte Céleste, aber Henri schüttelte den Kopf.

«Ihr stört doch nicht.» Er strahlte übers ganze Gesicht und drückte die Hand seiner Frau.

Irène wischte sich schnell mit einem Taschentuch über die Augen und sagte dann tapfer: «Wie nett, dass ihr Henri besuchen kommt.»

Sie überreichten dem Verletzten die Macarons und blieben etwas unbeholfen am Fußende des Betts stehen.

«Was ist denn eigentlich passiert?», fragte Céleste.

«Nichts.»

«Nichts? Ich dachte ...»

Henri, dessen Gesicht übel verschrammt war und der mit Sicherheit ein ähnliches Veilchen bekommen würde, wie er Luc vor nicht allzu langer Zeit eines verpasst hatte, warf ihr einen Blick zu. «Es war nichts. Ich war betrunken und bin in den Graben gefahren.»

«Okay.» Céleste nickte langsam. «Dann war also kein Dritter beteiligt? Kein Auto ...?»

«Nein. Die Straße war menschenleer. Ich bin ein Dummkopf gewesen. In jeder Hinsicht.» Er warf seiner Frau einen liebevollen Blick zu, der aufgrund seiner zugeschwollenen Augen unfreiwillig komisch aussah.

Doch Irène schien das nicht zu stören. Sie begann erneut zu weinen. «Ach, mein Lieber», schluchzte sie und schnäuzte sich dann geräuschvoll in ihr zerknülltes Taschentuch.

Céleste räusperte sich. «Ja, also ... dann hoffe ich, dass wir

dich bald wieder gesund und munter im Bistro sehen, Henri.»
Sie nickte den beiden zu. «Wir müssen wieder los ...»

«Warte, Céleste!», rief Henri. «Du hast letztes Mal deine
Notizen bei mir im Café vergessen.»

«Notizen?», fragte Céleste verwundert. Sie tastete in ihrer
Jackentasche nach dem Notizbuch. Es war an seinem Platz. «Ich
glaube nicht ...»

«Doch. Du bist eingeschlafen, erinnerst du dich? Der Wein
auf nüchternen Magen. All die Gespenster ...» Er lachte nervös
und richtete sich mühsam auf, um etwas aus der Schublade
seines Nachtkästchens zu kramen. «Ich hatte es bei dem Unfall
dabei, weil ich es dir am Morgen vorbeibringen wollte.» Er
reichte ihr ein kleines schwarzes Buch. «Notizen in einer Mordermittlung sind immens wichtig. Man muss aufpassen, dass sie
nicht in falsche Hände geraten. Das könnte gefährlich sein.» Er
sah sie so eindringlich an, wie es ihm mit seinen zugeschwollenen Augen möglich war.

Céleste griff nach dem Büchlein. «Ach ja ... meine Notizen,
danke, Henri. Ich hatte mir schon Sorgen gemacht.»

Draußen im Flur fragte Luc: «Das ist doch gar nicht Ihr Buch,
oder?»

«Nein. Ich habe dieses Ding noch nie gesehen.» Sie betrachtete das kleine Buch ratlos von allen Seiten. Es war ein billiger
Kalender, wie man ihn von Banken oder Versicherungen geschenkt bekam. Céleste schlug ihn auf – doch die Seiten waren
leer.

«Was hat das zu bedeuten?», fragte Luc, ebenso verwirrt wie
Céleste.

Sie schob den Kalender zu ihrem Notizbuch in die Jackentasche. «Fragen Sie mich was Leichteres.»

«Was haben Sie denn gestern Abend mit Henri besprochen?»,
wollte Luc wissen. «Und sind Sie wirklich eingeschlafen?»

«Ja ... wohl kurz. Er hat gelesen, was ich mir zu Leni Krinckenheimer notiert hatte.» Sie versuchte, sich ins Gedächtnis zu
rufen, worüber sie gesprochen hatten. «Es ging hauptsächlich
um zwei Dinge», sagte sie. «Zum einen offenbarte er mir, dass
er eine Affäre hat ...»

«Henri? Eine Affäre?» Luc hätte nicht schockierter drein-
schauen können, wenn Céleste ihm erzählt hätte, dass Henri
der Mörder von Jean Bell sei. Oder von Leni Krinckenheimer.
Oder von beiden.

«Ja, kaum zu glauben.» Céleste sah sich vorsichtig um, nicht
dass Irène plötzlich um die Ecke bog. Leise fuhr sie fort: «Klang
ziemlich aufregend, um ehrlich zu sein. Ich war fast ein bisschen neidisch.»

«Sie, Chef? Ehrlich? Ich dachte immer, Sie ...»

«Sagen Sie jetzt nichts, Luc.» Céleste drohte ihm mit dem
Zeigefinger. «Ich will's nicht hören.»

«Und was war die andere Sache, über die Sie gesprochen
haben?», wechselte Luc hastig das Thema.

«Das war total seltsam. Es ging darum, ob jemand, der einen
Mord vorausgeahnt hat, in Gefahr ist. Ich hatte den Eindruck,
Henri meinte jemanden Bestimmtes. Aber er war ziemlich
kryptisch. Ich meine, mal ehrlich, *Vorahnung*!» Der Aufzug
kam, und sie fuhren nach unten. «Ich hatte das Gefühl, er wollte
mir etwas sagen, hat sich aber nicht getraut.»

«Vielleicht kennt er jemanden, der etwas beobachtet hat?»

Céleste nickte. «Kann sein. Aber warum sagt er es dann nicht?
Noch dazu, wenn er glaubt, dieser Jemand ist in Gefahr?»

«Weil er ihn schützen will. Oder sich selbst ...» Luc überlegte,
ob es noch andere Optionen gab.

«Er will *sie* schützen, Luc!», sagte Céleste plötzlich. «Natürlich! Er hat Angst, dass seine Geliebte in Gefahr ist, weil sie irgendetwas gesehen hat. Er will es uns aber nicht offiziell sagen, weil er gleichzeitig befürchtet, dass damit seine Affäre publik wird. Vielleicht ist die Frau ja auch verheiratet. Und jetzt sieht es ja so aus, als ob es in Zukunft doch wieder lauwarmen Ziegenkäse im Speckmantel gibt. Da kann er öffentliches Gerede erst recht nicht gebrauchen. Halleluja!»

«Wie bitte?»

«Ich will damit sagen, es scheint so, als ob Irène zurückkommen würde», präzisierte Céleste geduldig.

«Ach so, ja, verstehe. Aber warum sagt es uns diese Geliebte nicht selbst, wenn sie etwas gesehen hat? Will sie auch jemanden schützen? Oder warum? Ist sie von hier? Aus Eguisheim?»

«Keine Ahnung, Luc.» Céleste wehrte die Fragenflut ihres Brigadiers mit einer Handbewegung ab, als ob sie Fliegen verscheuchen wollte. «Ich blicke da nicht mehr durch. Es ist zu viel für uns beide allein. Wir können ohne einen ordentlichen Polizeiapparat eh nicht richtig ermitteln. Wir stochern nur im Nebel.»

«Ich finde, wir stochern ganz gut», sagte Luc, den heute offenbar nichts aus der Ruhe bringen konnte. «Morgen früh zeige ich Ihnen, worauf ich beim Stochern gestoßen bin, Chef. Das wird Sie...»

«...umhauen», beendete Céleste seinen Satz. «Das sagten Sie schon. Ich kann's kaum erwarten. Aber trägt Ihre Erkenntnis auch zur Lösung unserer Fälle bei?»

Luc zögerte. «Irgendwie schon», sagte er. «Aber es wird dadurch nicht einfacher.»

Céleste seufzte. «So etwas in der Art habe ich befürchtet.»

Am Abend besuchte Céleste ihren Großvater. Ihr Kopf war so voll mit Gedanken rund um den Fall, dass sie in der Nacht keine Sekunde zur Ruhe kommen würde, wenn sie nicht wenigstens ein bisschen Ablenkung fand. Sie klopfte wie üblich an die Hintertür, die direkt in die Küche führte. Théo stand an seinem altertümlichen Herd und rührte in einem großen Topf.

Er reckte das Kinn zur Begrüßung. «Komm rein, Manouche, es gibt Suppe.»

«Ich komme nicht immer zum Essen», protestierte Céleste, allerdings eher der Form halber, denn bei dem Duft, der die ganze Küche erfüllte, lief ihr das Wasser im Mund zusammen.

«Jaja, schon gut. Aber gegessen hast du wahrscheinlich noch nichts, oder?»

«Nein», gab Céleste zu. Sie begrüßte ihren Großvater mit einem Küsschen auf die runzlige Wange. «Was ist das denn?» Sie linste neugierig in den Topf.

«Soupe Paysanne», sagte Théo. «Es ist eine Schande, dass du überhaupt nicht kochen kannst, Manouche, wenn man bedenkt, wie gut es deine Mutter beherrscht und wie gern du isst...»

«Ich kann kochen!», widersprach Céleste empört. «Ich habe nur keine Zeit.»

«Ein Omelette machen ist nicht kochen», gab ihr Großvater zurück und deutete auf eine Flasche Rotwein, die schon geöffnet bereitstand. «Du kannst den Tisch decken. Aber pass auf, setz dich nicht auf Fred.»

«Fred?» Céleste sah sich um. «Wer ist Fred?»

«Mein neuer Mitbewohner. Er schläft vermutlich auf der Bank.»

Céleste nahm die Flasche Wein, zwei Gläser und Besteck und ging zum Tisch. Tatsächlich lag auf der Eckbank ein riesiger rotbrauner Kater. Er blinzelte ihr aus schmalen Augen verschlafen zu.

«Wo hast du denn den her?», fragte Céleste verblüfft. Sie wusste, dass ihr Großvater ein Herz für streunende Katzen hatte, aber bei ihrem letzten Besuch war dieses Prachtexemplar von Stubentiger noch nicht da gewesen. Er sah auch nicht wie ein Streuner aus. Jetzt, wo er von Céleste in seinem Schläfchen gestört worden war, richtete er sich auf und streckte sich. Es war ein beeindruckend großes Tier, mit langem, dichtem Fell und kleinen Büscheln an den Ohren. Céleste fand, dass er mehr Ähnlichkeit mit einem Luchs als mit einer Hauskatze hatte.

«Der ist von Gabriel», sagte Théo.

«Gabriel Fleckenstein?»

«Ja.» Théo kam jetzt mit zwei dampfenden Tellern an den Tisch.

Soupe Paysanne war eine Graupensuppe mit Gemüse, Speck und Knackwurst. Eigentlich ein Winteressen, aber an einem kühlen Tag wie heute, an dem man den Schnee und den Winter noch roch, konnte man auch so eine Suppe gut vertragen. Sie wärmte nicht nur den Körper, sondern auch die Seele, weshalb sich Céleste – deren Seele durch den Fund in Jean Bells Haus ziemlich durchgeschüttelt war – zu ihrer Intuition, heute Abend noch bei Théo vorbeizuschauen, innerlich beglückwünschte. Ihr Großvater brachte noch ein rustikales Baguette, von dem er zwei dicke Stücke für sich und Céleste abbrach. Dann setzte er sich und schenkte ihnen vom Rotwein ein.

«Gabriel arbeitet ehrenamtlich im Tierheim in Colmar. Die haben den Kater an der Autobahn in einem Müllsack gefunden. Weggeworfen wie Abfall. Er hat ihn mir am Montag vorbeigebracht, weil er weiß, dass ich gerne eine Katze im Haus hab. Wegen der Mäuse und so.» Nach dieser Information widmete er sich seiner *Soupe Paysanne*, was bedeutete, dass das Gespräch erst einmal beendet war.

Sie aßen beide schweigend, Céleste bekam von ihrem Großvater zweimal Nachschlag und war irgendwann satt, glücklich und von Kopf bis Fuß durchgewärmt. Dann kam auch noch Fred näher, der sie eine Weile misstrauisch beäugte, und als Céleste seinen großen Kopf zu kraulen begann, schnurrte er und kletterte auf ihren Schoß. Mit seinem warmen, weichen Gewicht auf ihren Oberschenkeln, dem Schnurren im Ohr und dem Glas Rotwein in der Hand fühlte sie sich fast wie im Himmel, und sie seufzte zufrieden.

«Warum heißt er Fred?», fragte sie.

«Weil er so aussieht. Findest du nicht?»

Céleste sah dem Kater ins Gesicht. Er hatte große graue Augen, ausgeprägte Wangenknochen und einen leicht arroganten und zugleich lässigen Gesichtsausdruck. «Ja», stimmte sie ihrem Großvater zu. «Er sieht definitiv aus wie ein Fred.» Nach einer Weile sagte sie nachdenklich: «Gabriel Fleckenstein scheint wirklich ausgesprochen tierlieb zu sein.»

«Allerdings. Das ist ein patenter junger Mann. Kann gut mit Tieren und ist hilfsbereit. Er hat mir schon im Weinberg geholfen und sich dabei gar nicht so blöd angestellt. Na ja, kein Wunder, wo sein Vater ja Winzer ist. Und ihr Idioten verhaftet ihn einfach! Seid ihr eigentlich noch ganz bei Trost?», schimpfte er unvermittelt los und tippte sich mit zwei Fingern an die Stirn.

«Wir waren das nicht, Théo. Das war die Brigade aus Colmar.»

«Die Brigade! Natürlich.» Ihr Großvater schüttelte empört den Kopf. «Denen hat man doch ins Hirn ge…»

«Théo, er hatte die Tatwaffe bei sich versteckt.»

«Is nich wahr!» Der alte Mann sah sie erstaunt an. «Warum hat er das denn gemacht?»

«Ich weiß es nicht. Er behauptet, sein Hund hat das Messer gefunden.»

«Und warum glaubt ihr ihm das nicht?»

Céleste seufzte. «Es kommt nicht darauf an, was wir glauben. Es sieht einfach nicht gut aus, wenn jemand ein blutiges Messer unter der Matratze versteckt, mit dem gerade ein Mensch erstochen wurde. Außerdem hatte er Streit mit Jean Bell.»

Théo schüttelte den Kopf. «Er war es nicht, Manouche. Der Junge kann keiner Fliege was zuleide tun. Er hat Fred wieder aufgepäppelt. Schau ihn dir an.»

Céleste warf einen Blick auf den dicken Kater auf ihrem Schoß und nickte. «Ich glaube auch nicht, dass er es war, Théo. Das Ganze nimmt ohnehin Ausmaße an, die keiner erwartet hätte. Ich weiß überhaupt nicht mehr, was ich denken soll.» Sie trank einen Schluck Rotwein. Eigentlich war sie hergekommen, um gar nicht über diese verfluchten Morde nachdenken zu müssen.

«Wie meinst du das?», wollte ihr Großvater wissen.

Céleste dachte an die Nachricht, die ihr Etienne Walter noch am Abend aufs Handy geschickt hatte: *Im Teppich eingewickelt war eine skelettierte Frauenleiche. Die Koffer voller Frauenkleider – Zugticket und Papiere seiner Frau. Ich melde mich, wenn es was Neues gibt. Salut, Etienne.*

Sie zögerte, dann sagte sie: «Wir haben heute einen Frauenmörder gefunden, nach dem wir gar nicht gesucht haben. Also ich jedenfalls nicht. Er hat vermutlich vier Frauen umgebracht, bevor ihn jetzt seinerseits jemand getötet hat.»

«Du redest aber nicht von Jean-Marie Bell?»

«Doch.»

«Heiliger Strohsack!» Théo pfiff durch die Zähne. «Das gibt's ja gar nicht.»

«Aber behalt's für dich», warnte Céleste. Sie wusste, dass ihr Großvater verschwiegen wie ein Grab sein konnte, doch es schadete nicht, ihn noch einmal an die Brisanz der Information zu erinnern.

«Glaubst du etwa, damit geh ich im *Café du Marché* hausieren?», fragte Théo entrüstet.

Céleste schüttelte den Kopf. «Nein.» Sie stieß frustriert die Luft aus. «Das Ganze wird immer komplizierter. Wir haben zahllose Puzzleteile, und nichts passt zusammen. Ich sehe das Bild nicht mehr.»

«Wir haben viel gepuzzelt, als du klein warst», sagte Théo. «Erinnerst du dich an das riesige Bild vom Eiffelturm?»

Céleste lächelte. «Klar. Wir haben fast ein Jahr dafür gebraucht.»

«Du weißt ja, es hängt immer noch oben im Flur. War wirklich ausgefuchst, dieser Turm mit seinen ganzen Verstrebungen, hierhin und dorthin, linksrum und rechtsrum. Alles hat gleich ausgesehen, und nichts hat zusammengepasst.»

«Genauso kommt mir die Situation jetzt auch vor.» Céleste senkte den Kopf und betrachtete ihre Hände, die durch das weiche Fell des Katers strichen. Es rührte sie, dass ihr Großvater das alte Puzzle aufgehoben hatte.

«Erzähl mal von deinen Puzzleteilen», forderte Théo sie auf. «Vielleicht fällt uns zu zweit was ein.»

Céleste überlegte, dann sagte sie, ähnlich bedächtig, wie Luc oft sprach, wenn er nachdachte: «Wir haben also zwei Morde innerhalb weniger Tage. Das erste Opfer, Jean Bell, hat mit ziemlicher Sicherheit vor rund zehn Jahren vier Frauen getötet. Zuerst seine eigene Frau, die ihn verlassen wollte, und dann noch drei Prostituierte. Das zweite Opfer, Leni Krinckenheimer, hat genau zu der Zeit als Prostituierte in Straßburg gearbeitet und kannte zwei von Jean Bells Opfern. Sie hat damals aber keinerlei Hinweise gegeben, die zum Mörder hätten führen können. Die Polizei hat sogar vermutet, sie könnte das nächste Opfer werden, denn sie passte genau ins Schema – aber dem war nicht so. Bell hat nämlich nicht wieder getötet. Zumindest ist uns nichts bekannt. Dann haben wir noch dieses Gespenst, genannt *La Dame Blanche* oder auch Julie, das Leni Krinckenheimer und Hugo Filipier erschreckt hat, ein paar rote Scherben, die vermutlich von einem Windspiel stammen, das bestellt und nie abgeholt wurde, einen tierlieben jungen Mann, der sich ausgesprochen verdächtig macht und ganz offensichtlich ein schlechtes Gewissen hat, und zu guter Letzt ein leeres Notizbuch, das mir heute Nachmittag Henri Breton mit einer bedeutungsvollen Geste überreicht hat, und ich habe keinen blassen Schimmer, wieso.»

Théo betrachtete seine Enkelin eine ganze Weile schweigend, dann fragte er unvermittelt: «Käse? Ich habe einen *Reblochon* da, ich sag dir, der ist zum Niederknien.» Er wartete Célestes Antwort nicht ab, sondern stand auf und ging nach draußen, um kurz darauf mit einem Brett zurückzukommen, auf dem ein großes Stück des weichen Käses mit der charakteristischen roten Rinde lag. Sorgfältig schnitt er einige Stücke ab und schenkte ihnen Wein nach. «Wenn man ein Puzzle macht», führte er ihr Gespräch fort, als hätte er es nie unterbrochen, «liegt es oft an einem einzigen Teil, dass man das Ganze nicht sehen kann.»

Céleste nickte. «Ja, klar. So weit war ich auch schon. Das ist das Teil mit dem Mörder.»

Théo schüttelte den Kopf. Er brach das restliche Baguette in große Teile, nahm sich eines davon und belegte es liebevoll mit einem Stück Käse. «Nein. Das siehst du falsch. Der Mörder ist nicht das fehlende Puzzleteil, er ist das ganze Bild. Dir fehlt ein kleines, ganz unbedeutend scheinendes Teil, damit du das Bild sehen kannst. Fügst du es an der richtigen Stelle ein – *voilà*, dann kannst du den Mörder sehen, wo vorher nur ein hoffnungsloses Durcheinander war.» Er machte eine Handbewegung wie ein Zauberkünstler und grinste dabei verschmitzt über sein ganzes, faltiges Gesicht.

Céleste lächelte. Auch wenn sie das fehlende Puzzleteil damit noch nicht gefunden hatten, zumindest war es ihrem Großvater gelungen, sie aufzuheitern. Sie saßen noch ein wenig weiter, tranken Wein, redeten über Belanglosigkeiten, und Céleste genoss die Wärme des Katers Fred, der es sich auf ihrem Schoß gemütlich gemacht hatte und nicht gewillt war, diesen Platz freiwillig zu räumen.

Als sie wenig später nach Hause ging, noch immer fröhlich, den Magen mit *Soupe Paysanne*, *Reblochon*, Baguette und Rotwein gut gefüllt, sah sie schon von weitem eine dunkle Gestalt vor ihrem Hauseingang sitzen. Als sie näher kam, erkannte sie Louis Balzac. Er starrte finster in ihre Richtung.

«Guten Abend, Louis!», begrüßte ihn Céleste gut gelaunt. Der würde Augen machen, wenn sie ihm erzählte, dass die blaue Bank eine vorübergehende Bleibe auf der Polizeiwache gefunden hatte.

«Was hast du mit ihr gemacht?», raunzte er sie anstelle einer Begrüßung an.

Céleste blieb stehen. «Ich konnte sie nicht hier stehen lassen», sagte sie. «Madame Denis war nicht sehr erfreut darüber.»

«Und da hast du sie zu Kleinholz verarbeitet?»

«Aber nein!»

«Oder zum Sperrmüll gebracht?»

«Nein!»

«Du hast mir versprochen, einen Platz für sie zu finden.»

Nun wurde auch Céleste wütend. «Du hättest vorher mit mir reden müssen. Man kann nicht einfach irgendjemandem eine Bank vor die Tür stellen.»

«Ich will sie zurück.» Er sah sie so vorwurfsvoll an, als hätte sie einen Wurf junger Kätzchen ertränkt. Mindestens.

Céleste hob in einer ausladenden Bewegung beide Arme. «Bitte, kein Problem! Hol sie dir. Sie ist in unserer Dienststelle.»

«Bei der Polizei?»

Sie gab keine Antwort, sondern drängte sich an Louis vorbei, der wie angenagelt auf der Treppe saß und sie angesichts dieser Information einigermaßen verblüfft musterte.

An der Haustür drehte sie sich noch einmal um und fauchte ihn an: «Das eine sage ich dir, mein Lieber: Heul mir ja nicht noch einmal die Ohren voll mit dieser Scheißbank, haben wir uns verstanden?» Sie schlug die Tür so heftig hinter sich zu, dass eines der kleinen Heiligenbildchen, das Madame Denis neben der Tür aufgehängt hatte, vom Haken fiel und das Glas zerbrach. «Mist», murmelte sie.

Das Bild zeigte den heiligen Antonius, Madame Denis' Lieblingsschutzpatron, der angeblich dabei half, verlorene Gegenstände wiederzufinden, was von der alten Dame immer wieder mit Nachdruck bestätigt wurde. Angeblich war es jedes Mal Antonius von Padua höchstpersönlich, der sie, nach dem entsprechenden Gebet versteht sich, «am Kragen packte» und sie zu ihrer Brille, ihrem Schlüsselbund oder der verlegten Fernbedienung führte. Vielleicht hätte Céleste sich von Madame Denis das Gebet einmal aufsagen oder besser gleich aufschreiben lassen sollen, um das fehlende Puzzleteil in ihrem Fall zu finden, überlegte sie, während sie die Scherben vorsichtig zusammenklaubte und dann, das Häuflein in der Hand, so leise wie möglich die Treppe zu ihrer Wohnung hinaufschlich. Jetzt, wo sie sein Bildnis von der Wand gefegt hatte, würde das jedoch wohl nichts mehr nützen. Der heilige Antonius war sicher beleidigt und würde den Teufel tun und sie am Kragen zur Lösung ihres Mordfalls führen. Dann eben nicht, dachte Céleste verstimmt und sperrte umständlich mit der freien linken Hand ihre Wohnungstür auf.

Ihre gute Stimmung war verflogen. Aber sie kam auch ohne Heilige zurecht. Vermutlich.

18

Wie erwartet schlief Céleste unruhig in dieser Nacht, und das lag dieses Mal nicht an Théos *Soupe Paysanne*. Als sie am Morgen durch enthusiastisches Vogelgezwitscher geweckt wurde, war es draußen noch stockdunkel, und sie hatte das Gefühl, überhaupt nicht geschlafen zu haben. Müde kroch sie aus dem Bett, stellte sich mit geschlossenen Augen eine Weile unter die heiße Dusche und machte sich dann einen Kaffee. Ein weiteres Mal ignorierte sie die vorwurfsvolle rote Anzeige auf dem Anrufbeantworter neben dem Telefon. So früh am Morgen war definitiv nicht der richtige Zeitpunkt, um sich schlechte Nachrichten anzuhören. Später. Später würde sie sich Max' Nachricht anhören. Ganz sicher.

Mit der großen Schale Milchkaffee in der Hand setzte sie sich an ihren Tisch, der Esstisch, Schreibtisch und Ablage für allerlei Krimskrams in einem war, und lauschte eine Weile dem Ticken der Uhr und dem Zwitschern der Vögel vor dem Fenster. Mittlerweile war es hell geworden. Nach den vergangenen trüben Tagen versprach der zartblau schimmernde Himmel heute wieder Sonne. Auf dem Tisch lag der gesamte Inhalt ihrer Uniformjacke verstreut. Handy, eine Packung Kaugummis, die alten Zigaretten von Yves, Dienstausweis, ihre Waffe – die sie nie benutzte und daher selten dabeihatte –, Taser, Taschenlampe und das Funkgerät. Außerdem Henris rätselhafter leerer Kalender und die Tüte mit den Glasscherben, die sie und Bato in Jean Bells Werkstatt aufgesammelt hatten und die Céleste seitdem mit sich herumschleppte. Sie nahm die durchsichtige Tüte in die Hand und sah sich die Scherben an. Es mochte nicht recht zusammenpassen: Jemanden, der so filigrane Arbeiten anfertigen, der Glas ‹zum Singen› bringen konnte, wollte man sich nicht dabei vorstellen, wie er Frauen die Kehle aufschlitzte. Hatte er dieses letzte Windspiel, das bei seinem Mord zu Bruch gegangen war, in jemandes Auftrag hergestellt? Hatte es zur Abholung bereitgelegen, und, wenn ja, war der Auftraggeber gekommen? Wann?

Sie legte die Tüte wieder beiseite. Vielleicht war das Windspiel noch gar nicht fertig gewesen, vielleicht spielte es überhaupt keine Rolle. Dann griff sie nach Henris kleinem schwarzen Buch und begann, es langsam Woche für Woche, Monat für Monat durchzublättern, in der Hoffnung, irgendeine Nachricht, einen versteckten Hinweis zu finden – vergeblich. Erst als sie ganz am Ende angelangt war, am 31. Dezember, und das Buch enttäuscht weglegen wollte, fiel ihr etwas auf: Der schwarze Einband aus Kunstleder hatte hinten ein schmales, kaum sichtbares Fach für Belege oder Visitenkarten. Da war etwas drin! Vorsichtig zog sie es heraus. Es war eine in zwei Teile zerrissene Karte, etwa so groß wie eine Spielkarte. Sie legte die beiden Teile vor sich auf den Tisch und betrachtete das Bild, das sich daraus ergab. Als sie begriff, was sie da vor sich hatte, lief ihr ein Schauer über den ganzen Körper, und ihr Herz machte einen nervösen kleinen Sprung. Sie hatte anfangs geglaubt, es handle sich um ein Heiligenbildchen, so eines wie vom heiligen Antonius im Treppenhaus von Madame Denis. Man bekam solche Kärtchen mit Abbildungen von Heiligen hin und wieder von Bettlern gegen eine milde Gabe geschenkt oder durfte eines mitnehmen, wenn man in der Kirche eine Kerze spendete.

Doch die Abbildung auf dieser Karte hatte mit einem Heiligen nichts gemein. Zu sehen war ein Ritter auf einem weißen Pferd, der eine Fahne mit einem ihr unbekannten Symbol in der Hand hielt. Vor ihm kniete ein Bischof im goldenen Ornat, die Hände betend erhoben, das Gesicht angsterfüllt. Am Horizont, rechts vom Reiter, erhoben sich zwei hohe Türme, zwischen denen gerade die Sonne unterging. An sich wäre diese Komposition schon düster und unheilvoll genug. Aber der Ritter war noch dazu kein Mensch aus Fleisch und Blut, sondern ein Skelett. Ein grinsender Totenschädel ragte aus der silbernen Rüstung, die leeren Augenlöcher waren reglos auf den betenden Bischof gerichtet, knochige Finger hielten den Fahnenmast und die Zügel. Es bestand kein Zweifel: Dieses Bild stellte den Tod dar.

Céleste dachte nach. Irgendetwas in ihrem Unterbewusstsein regte sich beim Anblick der Karte, drängte an die Oberfläche, verlangte, wahrgenommen zu werden. Und während über dem Grand Ballon die Sonne aufging und Eguisheim langsam erwachte, rückten die Einzelteile des großen Puzzles, das dieser Fall bisher gewesen war, an die richtigen Plätze und setzen sich zu einem Bild zusammen. Ein Gespräch, ein Satz, flüchtig zur Kenntnis genommen, erlangten plötzlich Bedeutung, und Céleste begriff, dass diese zerrissene Karte in Henri Bretons Kalender das fehlende Puzzleteil darstellte, von dem ihr Großvater gestern gesprochen hatte. Euphorie durchströmte sie und vertrieb jeden Rest von Müdigkeit aus ihren Knochen. Sie wusste die Lösung des Rätsels. Sie verstand, wie alles zusammenhing. Und sie kannte den Täter.

Céleste widerstand der Versuchung, sofort Luc Bato anzurufen – es war noch zu früh. Die Lösung eines Falls zu erkennen, zu begreifen, wie die Dinge zusammenhingen, war das eine; einen Fall zum Abschluss zu bringen, etwas ganz anderes. Sie musste besonnen vorgehen. Ihren Verdacht mit Hilfe von Fakten bestätigen, sonst würde sich die Lösung dieses Rätsels schneller in Luft auflösen, als Madame Denis' Papagei Dodi «Guten Morgen» krähen konnte. Jetzt nur keinen Fehler machen. Eines nach dem anderen, rief sie sich zur Ruhe und schaltete ihr Notebook ein, um zu überprüfen, ob sie richtig vermutete, woher diese Karte stammte und was die Symbolik darauf bedeutete. Volltreffer! Also schrieb sie Etienne Walter eine Nachricht und bat ihn, sie möglichst bald zurückzurufen. Dann steckte sie die beiden Einzelteile der zerrissenen Karte vorsichtig in einen kleinen Plastikbeutel und machte sich auf den Weg in die Mairie.

Dort erwartete Luc sie bereits vor der Tür zu ihrem Büro.

«Endlich kommen Sie, Chef», sagte er in einem derart vorwurfsvollen Ton, als wäre sie mindestens eine Stunde zu spät dran. Dabei war sie heute ausgesprochen pünktlich.

«Ist schon wieder was passiert?», fragte sie alarmiert, doch Luc schüttelte den Kopf.

«Es ist nur wegen meiner Entdeckung, Sie wissen schon … das Gespenst.»

«Ach, stimmt, das hatte ich fast vergessen.» Eigentlich hatte Céleste darauf gebrannt, Luc von der Karte zu erzählen, dem fehlenden Puzzleteil in Henris Kalender, doch er war mit einem solchen Eifer bei der Sache, dass sie ihn jetzt nicht enttäuschen wollte. Im Übrigen war sie selbst neugierig auf das Ergebnis von Lucs Nachforschungen. Sie hatte ihren Brigadier selten so aufgekratzt und voller Elan gesehen wie seit gestern.

Er öffnete die Tür einen Spalt, stoppte sie jedoch, als sie hineingehen wollte. «Nein. Sie müssen warten, bis ich rufe.» Mit diesen Worten schlüpfte er in den Raum und schloss die Tür sofort wieder hinter sich.

Céleste wartete vor der Tür und kam sich dabei vor wie auf einem Kindergeburtstag, wenn man beim Topfschlagen nach draußen geschickt wurde und warten musste, bis der Topf versteckt war. Sie lauschte an der Tür, doch kein Geräusch drang nach draußen.

Schließlich rief Luc: «Sie können kommen, Chef!»

Nun fühlte sich Céleste endgültig beim Kindergeburtstag angekommen. Ähnlich erwartungsvoll öffnete sie die Tür und trat in nahezu vollkommene Dunkelheit. Die Fensterläden ihres Büros waren geschlossen und ließen nur einen hauchdünnen Streifen Licht durch.

«Tür zu!», befahl Luc, der nur als Schemen hinter seinem Schreibtisch zu erahnen war, und Céleste gehorchte.

Ein paar Sekunden passierte nichts, dann plötzlich ertönte ein leises Heulen aus der Ecke des Raumes, das langsam anschwoll. Unwillkürlich wandte Céleste den Kopf in die Richtung, und obwohl sie gewarnt war, schrie sie vor Schreck auf. Dort stand eine junge Frau, oder eher noch ein Mädchen, bläulich schimmernd und fast durchscheinend, sodass man dahinter Louis Balzacs blaue Bank erkennen konnte. Sie trug ein Totenhemd und war barfuß. Lange, wirre Haarsträhnen hingen ihr ins Gesicht. Ihre leeren, dunklen Augenhöhlen waren anklagend auf Céleste gerichtet, die sich inzwischen von ihrem ersten Schreck erholt hatte und die Geistererscheinung fasziniert betrachtete. «Unglaublich, Luc», sagte sie, als die Geisterfrau langsam verblasste. «Sie haben Julie verhaftet.»

Die Vorführung fand ein jähes Ende, als Dédé zur Tür hereinschneite und verblüfft im Dunkel stehen blieb. «Was ist denn hier los?», fragte er.

Luc knipste seine Schreibtischlampe an, und die Geistererscheinung verschwand endgültig. «Guten Morgen, Monsieur le Maire», sagte er in einem Tonfall, als wäre es für die Police Municipale das Allernormalste auf der Welt, im Stockdunkeln im Büro zu sitzen.

«Aber ... aber ... was um Himmels willen tun Sie da?»

«Wir ermitteln», sagte Luc, und Céleste, die von Dédé bisher noch gar nicht bemerkt worden war, weil sie hinter ihm stand, fügte hinzu: «Brigadier Bato hat soeben das Geheimnis der Weißen Frau gelüftet.»

Dédé fuhr überrascht herum. «Ach, Kreydenweiss, Sie sind auch da? Zu Ihnen wollte ich gerade ...»

«Was gibt es denn?» Céleste wappnete sich innerlich.

Dédé blickte höchst unbehaglich drein. «Vielleicht sollten wir das in meinem Büro besprechen. Unter vier Augen.»

«Jetzt gleich?»

«Ja, wenn möglich. Sie können danach ja immer noch ... ähm ... weiter ermitteln.» Er sah sich noch einmal verwirrt um, dann verließ er das Büro ohne ein weiteres Wort.

Céleste warf Luc einen entschuldigen Blick zu. «Tut mir leid. Bin gleich wieder da. Dann müssen Sie mir alles erklären.»

Dédé musterte Céleste mit sorgenvoller Miene, als sie eintrat. «Setzen Sie sich bitte, Kreydenweiss.»

«Was ist denn passiert?», fragte Céleste schon zum zweiten Mal an diesem Morgen.

«Das müssen Sie mir sagen.» Er nahm das Blatt Papier, das vor ihm auf dem Schreibtisch lag, in die Hand, überflog es, obwohl klar war, dass er den Inhalt bereits kannte, und legte es wieder zurück. Sein Gesichtsausdruck war schwer zu deuten. Irgendetwas zwischen Ärger und Besorgnis.

«Was ist das?», wollte Céleste wissen.

«Das ist eine Dienstaufsichtsbeschwerde.»

«Verflucht noch mal …» Dieser verdammte Mistkerl wollte tatsächlich Krieg. Céleste richtete sich auf und reckte kämpferisch das Kinn vor. «Und?», fragte sie in einem Ton, der in etwa so klang wie das Rasseln einer Klapperschlange.

Dédé hob besänftigend die Hände. «Ich verstehe, dass Sie nicht darüber sprechen wollen, Kreydenweiss, aber ich muss mir Ihre Stellungnahme anhören. Das ist nun mal Vorschrift.»

«Ich werde mich nicht rechtfertigen», sagte Céleste und verschränkte die Arme vor der Brust. «Auf keinen Fall.»

«Rechtfertigen? Sie? Aber weshalb denn, Céleste?» Dédé hob seine Augenbrauen. «Das wäre ja noch schöner.» Er schüttelte den Kopf. «Es geht wie gesagt nur darum, ob Sie die Angaben des Lieutenant bestätigen können.»

«Lieutenant?», fragte Céleste verwirrt nach und runzelte die Stirn. «Sie meinen die Angaben des Capitaine …»

«Nein. Lieutenant Berchy hat die Dienstaufsichtsbeschwerde eingereicht.»

«Lieutenant Berchy? Aber wieso?» Céleste verstand überhaupt nichts mehr. Wieso sollte sich die junge Frau über sie beschweren?

Dédé deutete Célestes Verwirrung offensichtlich vollkommen falsch. Er lächelte und sagte: «War mir klar, dass Sie von selbst nie darauf zu sprechen kommen würden, Kreydenweiss. Dazu sind Sie viel zu stolz. Aber solche Dinge darf man nicht unter den Teppich kehren. Vor allem nicht in der heutigen Zeit!» Er reichte ihr das Blatt Papier.

Céleste überflog den kurzen Text. «Das ist eine Beschwerde gegen Capitaine Wolfsberger», sagte sie verblüfft, «wegen Beleidigung …» Sie las noch einmal schwarz auf weiß, was Capitaine

Wolfsberger zu ihr gesagt hatte, und spürte, wie ihr vor Zorn erneut das Blut ins Gesicht schoss. Lieutenant Berchy hatte alles Wort für Wort wiedergegeben. Doch die nachfolgende Ohrfeige hatte sie mit keinem Wort erwähnt.

«Stimmt das?», fragte Dédé und sah Céleste ernst an. «Hat Wolfsberger das zu Ihnen gesagt?»

«Ja.» Célestes Hände zitterten leicht, als sie Dédé das Blatt zurückgab. «Hat er.»

Dédé nickte zufrieden. «Diese Lola Berchy ist eine ziemlich couragierte junge Frau.» Er lächelte anerkennend. «Ich werde ihre Aussage also bestätigen, und damit ist die Sache für uns erledigt. Für Wolfsberger hoffentlich noch nicht.»

«Welche Folgen wird das für ihn haben?», fragte Céleste.

«Vermutlich eine Eintragung in seine Akte. Und wenn da schon mehr solche Vorkommnisse stehen, wird es seiner Karriere nicht förderlich sein, auch wenn er der Schwiegersohn des Präfekten ist.»

Céleste stand auf. «Kann ich gehen oder ist sonst noch was, Monsieur le Maire?»

«Nein, das wäre alles, Céleste. Viel Erfolg bei Ihren Ermittlungen.»

Sie nickte und verließ das Büro um einiges beschwingter, als sie hereingekommen war.

Als Céleste Luc von ihrem erstaunlichen Gespräch mit dem Bürgermeister berichtete, wirkte Luc nicht sonderlich überrascht.

«Sie wussten davon?», erkundigte sich Céleste verblüfft.

Luc nickte etwas unbehaglich. «Lo ... also Lieutenant Berchy hat es mir gestern erzählt, als ich wegen Gabriel Fleckensteins Laptop bei ihr war. Sie hat gesagt, die Sache hätte ihr keine Ruhe gelassen.»

«Das hätten Sie mir sagen können.»

Luc nickte ein zweites Mal. «Schon. Aber ich dachte, Sie würden vielleicht wütend werden, weil Sie nicht wollen, dass sich jemand einmischt.»

«Wütend? Aber wieso denn?» Céleste schüttelte den Kopf und setzte sich. «Manchmal ist es gut, wenn jemand sich einmischt.» Mehr konnte sie dazu nicht sagen. Es fiel ihr schwer, ihre Gefühle in Worte zu fassen, ihre Überraschung, die Dankbarkeit, die sie verspürte, und das Gefühl der Erleichterung. Lola Berchy hatte sehr viel mehr getan, als ihr vielleicht bewusst gewesen war. Sie sahen einander eine Weile schweigend an, dann sagte Céleste: «Und jetzt erklären Sie mir mal, wie das funktioniert mit der Geistererscheinung, Bato. Das war ziemlich beeindruckend.»

Er lächelte bescheiden. «Wenn man weiß, wie's geht, ist es kinderleicht.» Er zeigte ihr einen dünnen Vorhang aus Gaze, den er aufgespannt hatte und der als Projektionsfläche diente, sowie einen kleinen, tragbaren Projektor, nicht größer als ein Handy. Des Weiteren eine Fernbedienung und die kleine Lautsprecherbox, die in der Ecke des Raumes deponiert war. «Es läuft alles über Bluetooth und Internet, und die Geräte für ein solches Geisterspektakel passen in eine kleine Sporttasche. Man braucht weder Strom noch eine Leinwand. Dazu gibt es zahlreiche Geistervideos auf YouTube, die man sich herunterladen kann», erklärte er. «Und auch genaue Anleitungen, wie man alles installiert. Offenbar gibt es eine Menge Freaks, die sich mit so was beschäftigen. Vor allem für Halloween und so. Man kann sogar Hologramme projizieren, wenn man einen entsprechenden Projektor hat oder sich eine Vorrichtung dazu baut. Für kleine Hologramme reicht sogar eine durchsichtige Plastikflasche, die man kopfüber auf ein Handy stellt.»

«Woher haben Sie das alles?», fragte Céleste, schwer beeindruckt von den ungeahnten Fähigkeiten ihres Brigadiers.

«Das habe ich mir selbst besorgt, um auszuprobieren, ob es funktioniert.»

«Aber wie sind Sie darauf gekommen?»

«Sie haben mich auf die Idee gebracht, Chef.»

«Ich?»

«Ja! Sie sagten doch gestern, das könnte auch alles irgendwie mit dem toten Hund von Gabriel Fleckenstein zusammenhängen. Und da ist es mir aufgefallen.» Er lächelte stolz.

«Was? Was ist Ihnen aufgefallen?» Céleste verstand noch immer nicht, worauf ihr Brigadier hinauswollte.

«Die Sache mit dem Gespenst. Ich fand, die Radspuren an der Pforte, die Fußabdrücke der Turnschuhe überall – das wirkte alles nicht besonders professionell. Wenn man die Gespenstergeschichte nicht im Zusammenhang mit dem nachfolgenden Mord sieht, kommt es einem doch eher wie ein böser Streich vor, ein Halloweenscherz, oder?»

Céleste nickte. «Ja, da ist was dran.»

«Und wahrscheinlich war von Anfang an Hugo Filipier der eigentliche Adressat. Leni Krinckenheimer war ja überraschend gekommen. Als Sie dann die Sache mit dem erschossenen Hund erwähnt haben, war mir alles klar, und ich habe mich gewundert, dass wir nicht früher drauf gekommen sind.»

Allmählich verstand Céleste. «Sie meinen, Gabriel Fleckenstein hat die Gespenstergeschichte inszeniert, um sich an Hugo Filipier zu rächen?»

Bato nickte. «Das würde zu ihm passen, finden Sie nicht?»

Céleste dachte an den bösen Scherz mit den Totenköpfen in der Schule und an den aufgepäppelten Kater Fred. «Sie haben recht, Luc. Das passt wie die Faust aufs Auge.»

«Das fand ich auch. Deshalb habe ich mir gestern Gabriels Laptop angesehen, und darauf habe ich doch tatsächlich die Videodatei entdeckt, die Sie gerade gesehen haben: *La Dame Blanche*. Die Datei war verschlüsselt, aber nicht sehr kompliziert. Das Passwort war relativ leicht zu knacken. Raten Sie mal, wie es lautet.»

Céleste hob die Schultern. «Keine Ahnung?»

«*FCKFLPR*», las Luc von einem Zettel vor.

Céleste runzelte die Stirn. «Das klingt für mich nicht besonders einfach.»

«Es heißt ‹Fuck Filipier›, ohne Vokale, das ist recht gebräuchlich unter Jugendlichen, Wörter oder ganze Sätze so abzukürzen. Außerdem war die Datei in einem Ordner mit dem Namen Gaston abgespeichert.»

«Der Geist hat also rein gar nichts mit den Morden zu tun …» Langsam begann Céleste, auch diesen Teil der Geschichte zu begreifen.

«Nein, ich denke nicht. Aber es erklärt das offenkundig schlechte Gewissen des Jungen. Er gibt sich die Schuld am Tod von Leni Krinckenheimer, verstehen Sie? Vermutlich glaubt er, er hat sie zu Tode erschreckt. Ich war übrigens zur Sicherheit auch noch einmal bei seinem Vater und habe mir Gabriels Turnschuhe angesehen. Das Profil stimmt mit den Fußspuren überein, die wir in der Nacht an der Pforte fotografiert haben. Und ein Mountainbike hat er auch.»

«Haben Sie denn schon mit dem Jungen gesprochen? Ist er aus der U-Haft entlassen worden?»

Luc schüttelte den Kopf. «Ich wollte erst mit Ihnen sprechen, Chef. Offiziell weiß die Brigade noch nichts davon. Nur Lieutenant Berchy und ich. Wir waren uns nicht sicher, ob diese Geschichte Gabriel Fleckenstein wirklich entlastet. Immerhin ist er noch immer wegen des Mordes an Jean Bell verdächtig, und durch diese Videogeschichte gibt es nun auch noch eine Verbindung zum zweiten Todesfall, wenn auch nur indirekt. Lieutenant Berchy dachte, Capitaine Wolfsberger würde das womöglich eher als ein Indiz dafür sehen, dass der Junge auch etwas mit dem Tod von Leni Krinckenheimer zu tun hat.»

«Gar nicht mal abwegig.» Céleste nickte. «Der Capitaine ist ja nicht gerade bekannt dafür, besonders gut um mehrere Ecken denken zu können.» Sie überlegte. «Trotzdem können wir das Ganze nicht für uns behalten.»

«Aber mit dem Mord an Jean Bell hat es gar nichts zu tun, und im Fall Leni Krinckenheimer ermittelt die Brigade noch immer nicht offiziell», wandte Luc ein. «Es hilft ihm nichts, wenn wir jetzt die Brigade informieren.»

«Sie sind also vollkommen überzeugt davon, dass Gabriel Fleckenstein nichts mit den beiden Morden zu tun hat?», fragte Céleste ein wenig provokativ, obwohl sie die Antwort bereits kannte.

«Ja, das bin ich», sagte Luc unbeirrt. «Auch wenn wir noch keinen anderen Verdächtigen haben. Ich bin mir sicher, dass es nicht der Junge war.»

Céleste nickte. «Ich auch. Und inzwischen habe ich auch eine Vermutung, wer es war.»

«Tatsächlich?» Jetzt war es an Luc, zu staunen. «Wie das?»

Céleste holte das Tütchen mit der zerrissenen Karte aus ihrer Jackentasche und zeigte es Luc. «Das habe ich heute Morgen in Henri Bretons Kalender gefunden.»

«Was ist das?» Luc drehte die Tüte etwas ratlos zwischen den Fingern. «Eine zerrissene Spielkarte?»

«So ähnlich. Es ist eine Tarotkarte, und sie symbolisiert den Tod. Diese Karten benutzt man vor allem zum Wahrsagen.

Es gibt im Tarot neben den Reihen- oder Farbkarten, die wie normale Spielkarten verschiedene Symbole tragen – Münzen, Stäbe, Schwerter und Kelche –, zweiundzwanzig Trumpfkarten, die verschiedene Eigenschaften oder Situationen metaphorisch darstellen, zum Beispiel den Teufel, die Welt, die Gerechtigkeit und eben auch den Tod.»

«Und was bedeutet das?»

«Ich hatte Ihnen doch erzählt, dass Henri mir an dem Abend vor seinem Unfall etwas Seltsames gesagt hat. Er meinte, jemand hätte den Tod von Leni Krinckenheimer gesehen. Obwohl er von Vorahnung gesprochen hat, habe ich das zunächst eher im übertragenen Sinne verstanden und dachte, er will mir etwas von einem Zeugen sagen und verpackt es in kryptische Andeutungen. Aber jetzt glaube ich, er hat es wirklich so gemeint: Er vermutet, jemand hat den Tod der jungen Frau vorhergesehen. Und da er aus meinen Notizen erfahren hat, dass sie ermordet wurde, glaubt er, dass diese Person deshalb ebenfalls in Gefahr ist.»

Luc nickte bedächtig. «Ich kann Ihnen folgen, Chef. Aber ich verstehe nicht, was Sie nun für eine Vermutung haben ...»

«Ich glaube, Henri hat sich getäuscht. Dieser Jemand, den er in Gefahr wähnt, hat den Tod nicht vorhergesehen, sondern verübt. Und mit diesem Irrtum hat er *sich* in Gefahr gebracht. Dédé hat mir gesagt, Henri hätte erwähnt, dass ihn ein Auto von der Straße gedrängt hat. Aber als wir ihn besucht haben, wollte er davon nichts mehr wissen. Warum? Weil seine Frau an seinem Bett saß. Er ahnt also zumindest, wer dieses Auto gefahren hat. Es muss die Person gewesen sein, die er zuvor hatte warnen wollen.»

«Wie? Aber wer soll das gewesen sein?» Luc starrte verständnislos auf die Karte. «Und was hat diese Karte damit zu tun?»

«Alles, Luc. Einfach alles!» In dem Moment klingelte Célestes Handy – es war Etienne Walter. Sie gab Luc ein Zeichen zu warten und ging ran. «Guten Morgen, Etienne. Danke, dass Sie so schnell zurückrufen», sagte sie. Den ehemaligen Commandanten mit dem Vornamen anzusprechen, kostete sie noch immer eine gewisse Überwindung.

«Es klang dringend», sagte er.

«Ich bräuchte nur eine Auskunft. Sie erwähnten, dass Leni Krinckenheimer zwei der ermordeten Mädchen gekannt hat. Wissen Sie noch, woher?»

«Ich weiß nicht mehr genau, da müsste ich in der Akte nachsehen. Aber sie waren alle sozusagen Kolleginnen, da kennt man sich...»

Céleste konnte förmlich sehen, wie Etienne im Geiste die Akten durchforstete. «Vielleicht haben sie zusammengewohnt? Ich habe erfahren, dass Leni Krinckenheimer in Krutenau zur Untermiete gewohnt hat. Das Haus ist allerdings abgerissen worden.»

«Krutenau...», wiederholte Walter. «Ja, da fällt mir was ein. Da war diese Kneipe, wie hieß die noch, irgendwas mit einer Katze... Moment.» Sie hörte Kinderlärm im Hintergrund, dann wurde eine Tür geschlossen. «Ich bin noch bei Freunden hier in Straßburg zu Gast. Bis diese Geschichte aufgeklärt ist», erklärte er. «Also... vielleicht kann man den Wirt der Kneipe auftreiben. Ich fahre ins Präsidium und sehe mir die Akte noch mal an. Dann melde ich mich.»

Sie verabschiedeten sich, und Céleste beendete das Telefonat.

Luc sah sie noch ratloser an als vor dem Gespräch. «Glauben Sie, jemand aus Straßburg hat Leni Krinckenheimer umgebracht? Jemand aus ihrer Vergangenheit?»

«Ja, das glaube ich.»

«Und was ist mit Jean Bell?»

«Da verhält es sich genauso, Luc. Die Vergangenheit hat beide eingeholt.»

Luc runzelte die Stirn. «Es ist mir schleierhaft, worauf Sie hinauswollen, Chef. Und wie das alles mit dieser Karte zusammenhängen soll. Außerdem, was hat Henri damit zu tun?»

«Er war verliebt», sagte Céleste. «Oder vielleicht hat er auch nur geglaubt, verliebt zu sein.»

«Entweder man ist verliebt, oder man ist es nicht», widersprach Luc, «so was bildet man sich nicht ein.»

Céleste lachte auf. «Täuschen Sie sich da mal nicht!» Sie stand auf und zog Ihre Jacke an.

«Wo wollen Sie hin?»

«Es geht mir wie Ihnen, Bato. Ich habe eine Vermutung, aber ich weiß nicht, ob sie zutrifft. Ich brauche noch die eine oder andere Bestätigung, und wenn es geht Beweise. Und außerdem noch ein Motiv.»

«Und wo wollen Sie das alles finden?»

«Ich fange mal in der Bäckerei an. Dann fahre ich vielleicht nach Straßburg.»

«Und ich? Fahre ich nicht mit, Chef?» Luc klang empört.

«Eigentlich gerne, aber auf Sie wartet eine andere Aufgabe, Bato. Die ist mindestens ebenso wichtig.»

«Und die wäre?»

«Sie fahren nach Colmar und sprechen mit Lola Berchy und dann mit Gabriel Fleckenstein über seine Racheaktion und über Leni Krinckenheimer. Er muss wissen, dass er nichts dafür kann, dass die junge Frau tot ist. Bitte reden Sie auch mit Bertrand Fleckenstein.»

«Und wenn mich Capitaine Wolfsberger nicht zu ihm lässt? Oder wissen will, wieso ich mit ihm sprechen will?»

«Lassen Sie sich was einfallen, Luc Bato. Sie sind doch ein findiges Kerlchen.» Céleste warf einen Blick auf die Uhr. «Ich melde mich, wenn ich wieder zurück bin.»

Die Bäckereibesitzerin, Claire Kempf, konnte sich nicht nur genau erinnern, wer nach dem Windspiel gefragt hatte, sie hatte auch eine Bestellung für die Person in Auftrag gegeben. Allerdings fehlte noch immer die entscheidende Verbindung zwischen Täter und Opfer, und die konnte nur in Straßburg zu finden sein. In dem Moment, als Céleste die Bäckerei verließ und auf den Marktplatz trat, meldete sich Etienne Walter.

«Die Kneipe hieß Zur roten Katze», verkündete er und nannte ihr die Adresse. Wie Céleste vermutet hatte, entsprach sie Leni Krinckenheimers alter Anschrift in dem Haus, das inzwischen abgerissen worden war. «Das war eine dieser Institutionen in Krutenau, die man heute kaum mehr findet. Prostituierte, Zuhälter, Banker, Diplomaten, Künstler, Gemüsehändler, Studenten, alle waren dort Stammgäste. Für die Mädchen, die in der Gegend um die Quais auf den Strich gegangen sind, war es so etwas wie ihr Wohnzimmer. Die Wirtsleute haben sich wohl ein bisschen um sie gekümmert. Wir haben damals vermutet, dass der Täter dort seine Opfer aufgespürt hat, haben aber keine expliziten Hinweise gefunden. Wie gesagt, dort verkehrte alles, von der tiefsten Unterwelt bis in die höchsten Kreise.»

«Und der Wirt? Haben Sie den Namen?»

«Victor Caron. War ein ziemlicher Haudegen in seiner Jugend – wir haben zahlreiche Einträge, aber nur kleinere Vergehen: Körperverletzung, Sachbeschädigung, Fahren ohne Führerschein, unerlaubtes Glücksspiel. Später wurde es ruhiger um ihn. Aber der kann Ihnen nicht weiterhelfen. Er ist vor zwei Jahren an Krebs gestorben.»

Céleste fluchte leise. «Was ist mit seiner Frau? Sie sagten doch, ‹die Wirtsleute›.»

«Er hat die Kneipe zusammen mit seiner Lebensgefährtin geführt, aber die beiden waren nicht verheiratet, und ich habe keine Ahnung, was aus ihr geworden ist.»

«Mist.» Céleste war versucht, wie ein Kind mit dem Fuß aufzustampfen.

«Ich hätte da allerdings noch jemand anderen, der vielleicht mehr weiß.»

«Ja?» Céleste horchte auf.

«Victor Caron hatte einen Kumpel, mit dem ist er als junger Mann illegale Autorennen gefahren und hat all solchen Quatsch angestellt. Sie waren ein Leben lang befreundet. Er heißt Serge Santini. Ein Korse.»

«Und der lebt noch?»

«Soweit ich weiß, ja. Ich habe sogar seine Adresse.»

«Die ist hoffentlich nicht auf Korsika?»

«Nein. In Straßburg. Er hat als Geldeintreiber gearbeitet. Keine Ahnung, was er jetzt so macht. Ein nicht ganz ungefährlicher Bursche.»

«Kann ich mit ihm sprechen?», fragte Céleste.

«Sicher, aber vielleicht sollte ich mitkommen. Nicht dass ich Ihnen das nicht zutrauen würde … aber ich kenne ihn noch von früher. Er war ein Informant von uns. Mir gegenüber wird er kooperativer sein.»

«Gerne», sagte Céleste. «Wo treffen wir uns?»

«Er hat eine Stammkneipe am Quai des Bateliers. Ich kontaktiere ihn und melde mich dann wieder.»

19

Als Céleste am späten Nachmittag wieder von Straßburg zurück nach Eguisheim fuhr, fühlte sie sich wie elektrisiert. Ihr Trip nach Straßburg war in mehrfacher Hinsicht äußerst aufschlussreich gewesen. Bevor sie den ehemaligen Informanten getroffen hatten, hatte Etienne sie noch darüber in Kenntnis gesetzt, dass Jean-Marie Bell nicht nur seine Ehefrau und die drei Prostituierten ermordet, sondern womöglich auch seine Mutter auf dem Gewissen hatte. Wie dem kurzen Aktenvermerk zu entnehmen gewesen war, den Sophie Bernheimer ihm geschickt hatte, hatte es bereits damals Vermutungen in diese Richtung gegeben, da Ernestine eine sehr rüstige, vollkommen gesunde Frau gewesen war, weder gebrechlich noch anderweitig wackelig auf den Beinen. Etienne hatte diesen Aktenhinweis zurückverfolgt und die alten Unterlagen ausgegraben, die es zu dem Unfall gab. Demnach hatte der behandelnde Arzt gegenüber der Polizei massive Zweifel an der Unfalltheorie geäußert und vermutet, sie sei gestoßen worden. Er hatte zudem behauptet, Ernestine Bell habe Angst vor ihrem eigenen Sohn gehabt und immer wieder Befürchtungen dahingehend geäußert, Jean-Marie sei «böse» und «von einem Fluch befallen» – eine Aussage, die Céleste und Luc von den Nachbarn ja schon bestätigt bekommen hatten. Die Behörden waren diesen Angaben des Arztes nicht weiter nachgegangen, da offenbar bekannt gewesen war, dass die Mutter ihren Sohn krankhaft behütet und auch als Erwachsenen kaum aus den Augen gelassen hatte. Laut eines internen Aktenvermerks war man daher davon ausgegangen, dass diese Aussagen der Mutter eher ihrer wachsenden Paranoia zuzuschreiben waren, zumal der Sohn nie in irgendeiner Weise auffällig geworden war. Auch die Tatsache, dass Ernestine Bell wenige Stunden vor ihrem Tod mehrmals versucht hatte, ihren Arzt zu erreichen, wurde nicht als verdächtig gewertet. Es hatte keine konkreten Hinweise auf einen Stoß oder andere Gewalteinwirkung gegeben, und so war der Fall als Unfall zu den Akten gelegt worden.

Jetzt, mit den Informationen, die sie über Jean Bell gesammelt hatten, erschien die Sache freilich in einem ganz anderen Licht.

Die Gerichtsmedizin in Straßburg hatte sich mit Joël Blumtritt ausgetauscht, und mittlerweile stand zweifelsfrei fest, dass die Tatwaffe im Fall Jean Bell mit dem Messer, das bei den drei Prostituiertenmorden verwendet worden war, übereinstimmte. Bei der skelettierten Irina Kalicinska konnte nicht mehr festgestellt werden, wie sie ums Leben gekommen war, aber allein der Fundort sowie Jean Bells Lüge die Abreise seiner Frau betreffend genügten, um ihm ihren Tod mit hoher Wahrscheinlichkeit zur Last zu legen. Vermutlich hatte Jean Bell seine Frau getötet, um sie daran zu hindern, ihn zu verlassen, und Ernestine Bell hatte darüber Bescheid gewusst, war vielleicht sogar Zeugin gewesen. Danach hatte sie ihren Sohn geschützt, wie sie es ihr Leben lang getan hatte, und behauptet, die junge Frau noch zum Bahnhof gefahren zu haben. Bestätigen konnte das niemand.

«Ich würde sagen, Irina Kalicinskas Tod war der Auslöser für die Morde, und der Tod der Mutter markierte das Ende», meinte

Etienne, während sie gemeinsam am Quai des Bateliers entlangspazierten und den Möwen zusahen, die kreischend über das glitzernde Wasser segelten. «Ernestine Bell hat ihren Sohn zunächst gedeckt. Vielleicht war Irinas Tod auch gar kein Mord, sondern ein Totschlag im Affekt. Oder ein Unfall, wer weiß ... Aber als kurz danach diese Mordserie an den Prostituierten in allen Zeitungen stand, hat sie vermutlich Verdacht geschöpft, dass ihr Sohn etwas damit zu tun haben könnte. Vielleicht hat sie ihn auf ihren Verdacht angesprochen.»

«Und Jean Bell musste sie zum Schweigen bringen. Er konnte es nicht ertragen, von seiner Mutter entlarvt worden zu sein. Und zu riskieren, dass sie ihn endgültig fallen lässt und zur Polizei geht», führte Céleste Etienne Walters Gedanken weiter.

Der Commandant nickte. «Es hatte allerdings auch was Gutes für Jean Bell: Der Tod der Mutter war für ihn die Chance auf einen kompletten Neuanfang. Damit war er ihrer Kontrolle endlich entkommen. Deshalb hat er alles zurückgelassen und woanders ein neues Leben begonnen. Nur so hat er mit dem Morden aufhören und ein normales Leben führen können.»

«Allein das Haus in Straßburg konnte er nicht verkaufen, weil dort die Leiche von Irina versteckt war», fügte Céleste hinzu, noch immer verblüfft darüber, wie sich plötzlich eins zum anderen fügte. «Wir wären ihm nie auf die Schliche gekommen, wenn er nicht selbst getötet worden wäre. Mit seiner eigenen Tatwaffe. Und wenn Leni Krinckenheimer nicht plötzlich aufgetaucht und ebenfalls getötet worden wäre. Nur mit ihr konnten wir überhaupt eine Verbindung zwischen Straßburg und Eguisheim herstellen.»

Etienne nickte und murmelte auf Deutsch leise vor sich hin: «‹Und was ist Zufall anders, als der rohe Stein, der Leben annimmt unter Bildners Hand?›»

«Goethe?», vermutete Céleste.

«Schiller.»

Ja, der Zufall, sinnierte Céleste, während sie auf die A35 in Richtung Colmar wechselte und Straßburg endgültig hinter sich ließ. Sie dachte an den kleinen, drahtigen Korsen, den sie vorhin in einer schäbigen Kaschemme am Quai getroffen hatten. Auch bei diesem Treffen hatte der Zufall eine Rolle gespielt. Serge Santini hatte Céleste mit unverhohlenem Misstrauen gemustert und die sehnigen, blau tätowierten Arme abwehrend vor der Brust verschränkt. Es hatte ziemlicher Überredungskünste seitens Etienne Walters sowie einiger Schnäpse bedurft, bis er schließlich bereit war, in Anwesenheit einer Fremden, einer Frau obendrein, überhaupt mit Walter zu reden. Als er schließlich doch zu erzählen begann, von seinem alten Freund Victor Caron und der Kneipe, hatte er sich ausschließlich an Walter gewandt und Céleste keines weiteren Blickes mehr gewürdigt. Ihr war das egal gewesen. Sie interessierte nur, was dieser knorrige alte Korse mit dem Mund voller Goldzähne, den noch immer eine Ahnung seiner früheren Gefährlichkeit umgab, über Victor Caron zu erzählen hatte. Und sie bekam – mit Etiennes Hilfe – genau das. Und noch mehr. Mehr, als sie zu träumen gewagt hätte.

Ihr Blick fiel auf das Handy, das neben ihr auf dem Beifahrersitz lag und auf dem jetzt ein abfotografiertes Bild gespeichert war. Serge Santini hatte es dabeigehabt, in seinem speckigen Geldbeutel. Es war ein Foto der Taufe seines Sohnes, und neben ihm und seiner Frau standen der Taufpate und dessen Lebensgefährtin: Victor Caron und eine gutaussehende, sinnliche Frau mit üppigen Formen und roten Haaren. Die rote Katze, wie Serge Santini sie mit einem goldblitzenden Grinsen genannt hatte, Namensgeberin von Victors berüchtigter Kneipe, dem

Ort, wo das ganze Verhängnis seinen Anfang genommen hatte.

Unmittelbar nachdem sie sich von Walter verabschiedet hatte, hatte Céleste eine Nachricht an Luc geschickt und ihm auch das Foto weitergeleitet. Es gab keinen Zweifel mehr, wo die Verbindung zwischen Leni Krinckenheimer, Jean Bell und der Person, die sie beide getötet hatte, zu finden war: mitten in Eguisheim. In einem Café am Marktplatz. Als sie Eguisheim erreichte, versuchte sie vergeblich, Luc telefonisch zu erreichen, doch bei seinem Handy meldete sich nur die Mailbox. Sie parkte ihren Citroën an der Grand'Rue und ging zu Fuß weiter zu dem kleinen Café, das es erst seit gut einem Jahr gab.

Tantine Ninette hatte noch geöffnet, obwohl es schon kurz nach sechs war. Die Jugendstillampen in dem hübsch dekorierten Gastraum leuchteten freundlich auf die bunt zusammengewürfelten Bistrotische. Ninette Schweitzer war gerade dabei, die Törtchen aus dem Schaufenster zu räumen, als Céleste vor dem Café stehen blieb. Ihre Blicke trafen sich, und für einen Moment hatte Céleste das unangenehme Gefühl, die rothaarige Frau hinter der Scheibe wisse genau, weshalb sie gekommen war. Doch als sie lächelte und ihr zuwinkte, verflog dieser Gedanke. Céleste drückte auf die Klinke und betrat das Café.

«Ich schließe gleich, Madame», sagte Ninette Schweitzer und trug eine Etagère mit Zitronentörtchen hinter die Theke. «Was Kleines geht aber schon noch. Wir wollen schließlich nicht strenger als die Polizei sein, nicht wahr?» Sie zwinkerte.

«Ich möchte gar nichts essen oder trinken», sagte Céleste.

«Nicht? Weshalb sind Sie dann hier? Wollen Sie mir einen Strafzettel vorbeibringen?» Ninette lachte ein tiefes, sympathisches, leicht rauchiges Lachen, und ihr ganzer Körper lachte mit. Mit flinken Bewegungen begann sie, die Tartes im Kühlschrank zu verstauen.

Céleste sah sich in dem Café um, betrachtete die schulterhohen Holzvertäfelungen, die in Pastellgrün gestrichen waren, die fliederfarbenen Wände, die kunstvoll gerahmten Drucke und Fotos, und tiefes Bedauern erfasste sie, gemischt mit leisen Zweifeln. Sie musste sich getäuscht haben. Diese ausnehmend herzlich wirkende Frau mit ihrem hübschen Café und den sagenhaft leckeren Zitronentörtchen konnte doch keine zweifache Mörderin sein. Ihre Hand wanderte unwillkürlich zu ihrem Handy, sie dachte an das Foto, das sie vor einer guten Stunde gemacht hatte, und tastete dann in ihrer Innentasche nach der zerrissenen Tarotkarte. Es war zu spät für Zweifel.

«Ich wollte mir die Karten legen lassen», sagte sie.

Ninette Schweitzer hob überrascht den Kopf. In ihren Augen blitzte unvermittelt so etwas wie Misstrauen auf, der Ausdruck verschwand jedoch so schnell wieder, dass Céleste sich nicht sicher war, was sie wahrgenommen hatte. Womöglich sah auch sie schon Gespenster.

«Ach nein, ich glaub's ja nicht», sagte Ninette amüsiert. «Alternative Ermittlungsmethoden? Da muss die Polizei ja ganz schön verzweifelt sein.» Sie musterte Céleste mit einem schnellen prüfenden Blick. «Oder ist es eher eine private Konsultation?»

In gespielter Beschämung hob Céleste die Schultern. «Teils, teils», sagte sie lächelnd. «Hängt ja immer alles irgendwie zusammen, nicht wahr?»

Ninette nickte leichthin, ging dann an Céleste vorbei und knipste im Nebenraum das Licht an. «Gehen Sie schon mal in mein Wahrsagerzelt. Ich sperre nur noch schnell zu, damit wir nicht gestört werden.»

Das Wahrsagerzelt, wie Ninette es bezeichnet hatte, war ein kleines Zimmer mit schiefen Wänden, der früher, als die Räume noch eine Buchhandlung beherbergt hatten, für die antiquarischen Bücher reserviert gewesen war. Ursprünglich hatte es sich wohl einmal um einen Vorratsraum gehandelt, denn es gab hier nur ein winziges Fenster knapp unter der Decke, und auf der rückwärtigen Seite führte eine alte Holzstiege hinauf in den ersten Stock. Ein Schild hing am Treppenabsatz, auf dem *Privat* stand. Céleste wusste, dass sich dort eine kleine Wohnung befand, die zu dem Laden gehörte. Das Zimmer hatte nichts mit einem Wahrsagerzelt gemein, wie man es sich gemeinhin vorstellte. Abgesehen von den dunkelrot getünchten Wänden, die sich von den alten Holzbalken deutlich abhoben, war es nicht dekoriert. In der Mitte standen lediglich zwei tiefe braune Sessel und ein großer polierter Tisch aus dunklem Holz mit einer einzelnen Kerze in einem Leuchter aus Messing darauf. Das Licht war indirekt, unsichtbare Strahler beleuchteten die Wände, warfen Schatten über die unebenen Bruchsteinmauern und das Gebälk. Ein schönes, ruhiges Zimmer, frei von Kristallkugeln und esoterischem Tamtam. Céleste setzte sich in den Sessel, der der Tür zugewandt war, und wartete.

Ninette Schweitzer trat kurz darauf ein, ein Tablett mit einigen Zitronentörtchen, eine halbvolle Flasche Champagner und zwei Gläser in der Hand.

«Ein Schluck zum Warmwerden?», fragte sie und setzte sich Céleste gegenüber. «Mit dem Champagner ist es wie mit den Beziehungen, frisch sprudelnd schmecken sie am besten. Morgen kann ich den nicht mehr verkaufen.»

Céleste dachte an die K.-o.-Tropfen, die Ninette Leni Krinckenheimer vermutlich verabreicht hatte. «Nein, danke.»

Ninette lächelte. «Sie wollen wohl einen klaren Kopf behalten?»

«Ist beim Kartenlegen vielleicht nicht das Schlechteste», gab Céleste zurück.

«Wie Sie meinen.» Ninette stellte Flasche und Gläser auf dem Tisch ab, ohne sich selbst einzuschenken. «Wobei ich ja der Meinung bin, manche Dinge sieht man klarer, wenn man keinen klaren Kopf hat, wenn Sie verstehen, was ich meine.»

«Nein, nicht wirklich, Madame.» Céleste hatte das unbestimmte Gefühl, als benutze Ninette lauter Verklausulierungen, als habe sie längst begriffen, warum sie beide wirklich hier saßen. Sie musste auf der Hut sein. Diese Frau wirkte locker und freundlich, aber man durfte sie nicht unterschätzen.

«Ich meinte damit, dass man dem Verstand nicht immer das Regiment überlassen darf. Das Gefühl ist oftmals klüger.»

Céleste nickte vage. «Da mögen Sie recht haben.»

Ninette zündete die Kerze an und zog aus einer Schublade des Tisches ein Kartendeck, das sie sorgfältig mischte. Dann deckte sie eine Karte auf. Céleste erkannte ein Rad mit seltsamen Zeichen darauf, getragen von einem Dämon.

«Das Rad des Schicksals», sagte Ninette und warf Céleste abermals einen prüfenden Blick zu. «Abschied, Auflösung und Neubeginn. Vielleicht auch ein Konflikt zwischen Verstand und Gefühl? Sie stehen vor dem Ende einer Beziehung und wissen nicht, was Sie wollen?»

Céleste gab sich redlich Mühe, sich ihr Staunen nicht anmerken zu lassen, doch ein Blick in Ninettes Augen sagte ihr, dass die Frau sie durchschaut hatte. Sie wusste, dass sie ins Schwarze getroffen hatte, auch wenn das eine Frage gewesen war, mit der Céleste am allerwenigsten gerechnet hätte. «Darum geht es nicht», sagte sie und versuchte, sich wieder zu fangen.

«Nicht?» Ninette schob die Karte wieder zurück in das Deck. «Geht es nicht immer um die Liebe?»

«Nein. Manchmal geht es auch um den Tod.»

Sie sah Ninette an, dass nun auch sie auf der Hut war. Ihr Blick flackerte leicht, als sie sagte: «Was gäbe es für die Lebenden schon Interessantes über den Tod zu wissen? Solange wir am Leben sind, ist er nicht da, und wenn er kommt, sind wir nicht mehr.»

«Manchmal wird nachgeholfen», sagte Céleste und legte die zerrissene Tarotkarte auf den Tisch.

Ninettes linkes Augenlid begann zu zucken. Eine winzige Bewegung nur, kaum wahrnehmbar, aber Céleste war inzwischen so angespannt, dass sie meinte, hören zu können, wie das Herz der rothaarigen Frau ihr gegenüber schneller zu schlagen begann. Ninette Schweitzer versuchte gar nicht erst zu leugnen. «Wo haben Sie die her?», fragte sie.

«Von Henri Breton.»

Ninette lachte kurz auf, doch es klang mehr wie ein Schnauben. «Sagte ich doch: Champagner muss man frisch genießen. Und die Flasche leeren, ehe sie schal wird. Ich habe zu lange gewartet.»

Wäre die Situation eine andere gewesen, hätte Céleste bei dem Gedanken, dass jemand den traurigen Vogel Henri mit einer Flasche Champagner verglich, lachen müssen. Jetzt aber sagte sie nur: «Sie hatten ein Verhältnis?»

Ninette nickte. «Etwa ein halbes Jahr lang. Es war ... schön.» Sie schüttelte den Kopf, wischte die Erinnerung beiseite. «Wie geht es ihm?»

«Gut. Seine Frau weicht nicht von seiner Seite. Sie können von Glück sagen, dass er Ihre Attacke überlebt hat.»

Ninette warf Céleste einen spöttischen Blick zu. «Glauben

Sie wirklich, dass es angebracht ist, in Bezug auf meine Person von Glück zu sprechen?»

«Sie waren es doch? Die Fahrerin des Autos, das ihn von der Straße gedrängt hat?»

«Eine Kurzschlusshandlung. Er war vorgestern am späten Abend noch bei mir und hat mir genau diese Karte gezeigt. Ich hatte sie in einem Anfall von Verzweiflung zerrissen und war der Meinung, ich hätte sie weggeworfen. Aber er hat sie offenbar gefunden und sich tagelang damit herumgequält. Dinge … hineininterpretiert. Er hat mich angefleht, zur Polizei zu gehen, dachte, ich wäre in Gefahr.» Ninette lächelte wehmütig und nahm dann das Kartendeck erneut zur Hand. Nach einigem Suchen legte sie eine Karte auf den Tisch, die einen versonnen dreinblickenden Mann zeigte, der – offensichtlich nichtsahnend – auf einen tiefen Abgrund zulief. Sein nächster Schritt würde sein letzter sein. «Der Narr», murmelte sie leise.

«Er glaubt, Sie hätten den Mord an Leni vorhergesehen», sagte Céleste.

Ninette nickte. «Das habe ich auch. Immer wenn ich mich auf Leni konzentriert und für sie die Karten gelegt habe, kam der Tod. Es war unausweichlich.»

«Es war Ihre Entscheidung, sie zu töten. Die Karten haben nichts damit zu tun.»

«Vermutlich.» Ninette zuckte gleichmütig mit den Schultern. «Ich mochte dieses kleine Miststück eigentlich recht gerne.»

«Seltsame Art, das zu zeigen.»

Ninette verzog den Mund zu einem süffisanten Grinsen. «Ich wusste gar nicht, dass die Polizei auch sarkastisch sein kann.»

«Warum haben Sie die junge Frau getötet?»

«Wie kommen Sie eigentlich darauf, dass ich sie getötet habe? Ich dachte, das Gespenst hat sie zu Tode erschreckt?»

«Tod in Tüten. Helium», sagte Céleste.

Ninette starrte sie an. Ihre Hände, die noch immer das Kartendeck umklammert hielten, begannen zu zittern.

«Der Gerichtsmediziner sagt, das ist eine sanfte, ja, fast liebevolle Art, jemanden zu ermorden.»

Völlig unvermittelt begann Ninette Schweitzer zu weinen. Die Tränen rannen aus ihren Augen, ohne dass sie Anstalten machte, sie wegzuwischen. «Dieses dumme Luder. Hatte ohnehin ein völlig verkorkstes Leben. Ich war die Einzige, die ihr immer wieder geholfen hat. Sie hat es einfach nicht kapiert.» Sie schüttelte den Kopf.

«Vielleicht erzählen Sie mir die Geschichte von Anfang an?», schlug Céleste vor.

Es vergingen ein paar Sekunden, in denen keine von beiden etwas sagte, dann gab sich Ninette einen Ruck. Mit einer entschlossenen Geste wischte sie sich über die Augen und goss sich ein Glas Champagner ein.

«Ich hatte eine Kneipe in Straßburg. Zusammen mit meinem Lebensgefährten, Victor», begann sie zu erzählen.

«Die Rote Katze.»

Ninette nickte anerkennend. «Sie waren ja recht fleißig, Madame. Dort habe ich Leni kennengelernt. Sie und die anderen Mädchen. Victor und ich haben uns ein bisschen um sie gekümmert, sie konnten bei uns übernachten, wenn sie keine andere Bleibe fanden, sich aufwärmen, was essen. Es war fast wie eine Familie. Wir haben aufeinander aufgepasst. Bis dieses Monster kam. Er hat kurz nacheinander drei der Mädchen getötet. Eine von ihnen, Jacqueline, habe ich mit meinen eigenen Augen gesehen, am Quai hat sie gelegen, in ihrem Blut. Mit durchgeschnittener Kehle. Sie war gerade mal zwanzig.» Sie schloss für einen Moment die Augen und schluckte, ehe sie weitersprach:

«Danach sind die Mädchen weggegangen, haben die Gegend gemieden, aus Angst. Nur Leni ist geblieben. Sie war noch so jung. Wir haben ihr angeboten, dass sie bei uns arbeiten und wohnen kann; wir haben gehofft, dass wir ihr so aus diesem Leben heraushelfen. Ich meine, ein Job, eine Wohnung, das ist doch ein Anfang, oder?»

Céleste nickte stumm, doch Ninette schüttelte den Kopf. «Sie war es nicht wert.»

«Was ist passiert?»

«Sie hat uns beklaut. Victor war damals schon krank. Er hatte Kehlkopfkrebs, und es gab gute und schlechte Tage. Ich habe ihn zu Hause gepflegt und Leni mehr und mehr die Verantwortung für die Kneipe übertragen. Das hat sie schamlos ausgenutzt. Immer wieder hat Geld in der Kasse gefehlt. Ich hatte damals nicht die Nerven, mich damit auseinanderzusetzen, aber als Victor tot war, habe ich sie rausgeworfen. Kurz danach kam dann dieses Angebot von einer Immobilieninvestmentfirma, ich hab einen guten Batzen Geld für die Rote Katze und die Wohnung bekommen. Das Haus wurde grundsaniert, und ich bin weggezogen. Mit dem Geld wollte ich mir hier in Eguisheim was Neues aufbauen.» Voller Resignation deutete sie hinter sich in Richtung des Gastraumes. «Ich habe immer schon von einem hübschen Café geträumt anstelle einer Bierkneipe voller alter Säufer und verkommener Mädchen, die eine Chance nicht einmal erkennen, wenn man sie mit der Nase draufstößt. Meine Eltern hatten eine Gastwirtschaft in einem kleinen Dorf, ähnlich wie hier. Dort bin ich aufgewachsen. Ich habe zusammen mit meiner Schwester immer die Kuchen gebacken.» Ninette begann erneut, die Karten zu mischen. «Glauben Sie eher an Zufall oder Schicksal?»

Céleste dachte an das Rad des Schicksals, das Ninette ihr

gerade aufgedeckt hatte, und sagte, einigermaßen überzeugt: «An den Zufall.»

Ninette nickte. «Ich auch.»

Céleste sah sie verwundert an. «Trotz der Kartenlegerei?»

«Das hat mit Schicksal nichts zu tun. Das ist eher Psychologie. Lebenshilfe, wenn Sie so wollen. Ich hab das damals mit den Mädchen in der Roten Katze angefangen. Sie haben mich oft um Rat gebeten, wollten aber die Wahrheit meist nicht hören. Wenn ihnen allerdings nicht ich, sondern die Karten verraten haben, wohin die Reise geht, wenn sie so weitermachten wie bisher, ist es ihnen leichtergefallen, den Rat anzunehmen. Wie auch immer. Jedenfalls war ich der Überzeugung, Schicksal, Vorherbestimmung, das gibt es nicht. Jetzt bin ich mir nicht mehr so sicher. Warum musste ich mir ausgerechnet Eguisheim für mein neues Leben aussuchen? Es gab keinen bestimmten Grund, es hätte genauso gut jedes andere Dorf sein können. Zumindest hab ich das gedacht. Bis ich ihm dann gegenübergestanden habe.» Sie deckte eine Spielkarte auf. Es war der Teufel.

«Jean-Marie Bell?»

«Ja. Aber erst kam Leni daher. Hat mir an der Backe geklebt wie Vogelscheiße. Wieder mal pleite, irgendeine Unternehmung, ein todsicheres Casting war geplatzt, ein Typ hatte sie wieder einmal sitzenlassen, und sie saß auf der Straße. Da hatte sie doch tatsächlich die Frechheit, vor ein paar Wochen ausgerechnet zu mir zu kommen und mich anzupumpen.»

«Woher wusste sie, dass Sie hierhergezogen sind?»

«Das war kein Geheimnis. Ich hab ein großes Abschiedsfest in der Roten Katze gegeben. Restetrinken, Abschied von meinem alten Leben. Jeder, der da war, wusste, dass ich nach Eguisheim ziehen und ein Café eröffnen wollte. Leni war zwar nicht eingeladen, aber sie wird es von irgendwem erfahren haben.»

«Sie hat Sie also um Geld gebeten. Aber deswegen haben Sie sie ja wohl nicht umgebracht?»

Ninette lachte, ehrlich amüsiert. «Sie halten mich wohl für ein Ungeheuer? Nein. Aber ich wollte nichts mehr mit ihr zu tun haben. Immerhin hat sie uns beschissen, als Victor im Sterben gelegen hat. Ich habe gesagt, sie soll Land gewinnen und sich bei mir nicht mehr blicken lassen.»

«Aber das hat sie nicht gemacht?»

«Nein. Dummerweise hat sie gleich darauf diesen Typ aus dem Herrenhaus kennengelernt. Hugo Filipier. Genau ihr Beuteschema: windiges Großmaul, nichts dahinter. Aber sie hat natürlich gedacht, das wäre jetzt ihr Sechser im Lotto.»

«Wieso ‹dummerweise›? Sie hätten doch zufrieden sein können, dass Sie sie los sind», fragte Céleste.

«Wissen Sie was? Ich hätte ihr sogar von ganzem Herzen gegönnt, wenn sie glücklich und froh bis an ihr Lebensende im Maison des Chevaliers gelebt, viele kleine Filipiers bekommen und die Madame gespielt hätte. Aber so ist es nun mal nicht gekommen. Wenn sie damals einfach wieder zurück nach Straßburg gegangen wäre, würde sie jetzt noch leben, dieses dumme Luder.»

«Warum?»

«Können Sie sich das nicht denken?»

Céleste warf einen Blick auf die Teufelskarte, die zwischen ihnen auf dem Tisch lag. «Sie reden von Jean Bell? Leni Krinckenheimer musste wegen Jean Bell sterben?»

Ninette nickte.

«Kannten Sie ihn denn? Wussten Sie, dass er der Mörder war?»

«Nein, natürlich nicht. Sonst hätte ich doch damals schon ausgesagt. Ich hätte nichts unversucht gelassen, diesen Teufel zu überführen. Nur ... es gab da einen Moment, vor zehn Jahren, da dachte ich, dass er es war. Aber das war nur ein Aufblitzen, verstehen Sie?»

Céleste nickte zögernd. «Vielleicht.»

«In der Nacht, als Jacqueline ermordet wurde, hat ein Mann fast gleichzeitig mit ihr unsere Kneipe verlassen. Ich kannte ihn vom Sehen, er kam hin und wieder, ein total unauffälliger Typ, wie so viele. Ich habe ihm nachgesehen, und er hat sich noch einmal umgedreht. Unsere Blicke haben sich für den Bruchteil einer Sekunde getroffen, dann ist er zur Tür raus, und ich wurde von irgendwas abgelenkt, jemand wollte zahlen, noch ein Bier oder was weiß ich. Es war nur ein flüchtiges Unbehagen, eine Ahnung von etwas Bösem. Später hab ich oft gedacht, ich hätte dieser Ahnung nachgeben sollen, hätte dem Mann folgen sollen ... Dann wäre Jackie noch am Leben.»

«Und dieser Mann war Jean-Marie Bell?»

«Ja. Danach habe ich ihn nie wieder gesehen. Bis ich hier in der Bäckerei dieses hübsche Windspiel am Fenster hängen gesehen habe und Claire Kempf gefragt habe, wo sie es herhat. Ich wollte auch so etwas für mein Café haben. Sie meinte, ein Glaser am Ort hat es für sie gemacht, und ich hab sie gebeten, eines für mich zu bestellen. Ein paar Tage später kam sie zu mir ins Café und meinte, ich kann es bei ihm abholen. Ich hatte in der Woche keine Zeit, aber in der Woche darauf bin ich hingefahren.» Sie verstummte. Mit einer zittrigen Hand nahm sie ihr Glas und trank hastig.

«Da haben Sie ihn wiedererkannt.»

«Sofort. Aber nicht nur das. Wir beide haben uns wiedererkannt. Unsere Blicke haben sich getroffen, und wir wussten beide sofort, woher wir uns kannten. Ich habe es in seinen Augen gesehen, dass er sich erinnert. An den Blick, den wir damals gewechselt haben. An den Mord, den er danach begangen hat. Und er hat es auch in meinem Blick gesehen. Auf dem Tisch hat dieses krumme Messer neben dem fertigen Windspiel gelegen. Wir haben beide danach gegriffen. Aber ich war schneller.» Sie schauderte und wischte sich mit beiden Händen übers Gesicht, in dem vergeblichen Versuch, die Erinnerung wegzuwischen. «Ich war schneller ...»

«Haben Sie das Messer mitgenommen?»

Ninette nickte. «Ja. Ich konnte nicht klar denken. Ich bin rausgelaufen, mit dem Messer in der Hand. Als mir klarwurde, was ich getan hatte, habe ich das Messer weggeworfen.»

«Und Leni Krinckenheimer?»

«Wir sind uns unmittelbar danach über den Weg gelaufen. Leni war spazieren, weil sie sich mit Hugo Filipier gestritten hatte. Anscheinend hatte er sich darüber aufgeregt, dass sie bei ihm einziehen wollte. Sie ist den Weg entlanggelaufen, der durch die Weinberge zu Jean Bells Haus führt. Das ist ja nur ein paar Meter vom Maison des Chevaliers entfernt. Dort sind wir uns begegnet. Ich war völlig außer mir, überall Blut, an den Händen, an meiner Jacke. Ich konnte keinen klaren Gedanken fassen. Da habe ich ihr erzählt, was passiert ist. ‹Stell dir vor, wem ich gerade begegnet bin›, hab ich gesagt. Nie wäre ich auf den Gedanken gekommen, dass sie das gegen mich verwenden könnte. Immerhin war sie doch damals dabei, sie war mit zweien der Opfer sogar befreundet! Aber dieses kleine Miststück hat versucht, mich zu erpressen. Sie ist ins Café gekommen und hat Geld verlangt.»

Ninette schaute Céleste aus müden Augen an. Ihre Wimperntusche hatte sich wie ein grauer Schatten unter ihre ausdrucksvollen Augen gelegt. «Ich musste sie töten, verstehen Sie? Sie hat alles kaputt gemacht.»

«Das waren Sie selbst, Madame.» Céleste sah sie traurig an. «Jean Bells Tod war kein Mord. Mit Sicherheit wären Sie dabei mit Notwehr davongekommen. Aber Ihre Entscheidung, Leni Krinckenheimer zu töten, war heimtückischer Mord. Hinzu kommt, dass ein siebzehnjähriger Junge wegen Mordverdachts in Untersuchungshaft sitzt und Henri Breton im Krankenhaus liegt.»

«Ja, natürlich. Das stimmt.» Ninette ließ den Kopf hängen. «Es ist alles aus dem Ruder gelaufen. Ich hätte …» Sie sprach nicht weiter, sondern trank noch einen Schluck vom Champagner. «Wollen Sie nicht doch noch ein letztes Glas mit mir trinken. Wäre doch schade, wenn er schal würde.»

Céleste schüttelte erneut den Kopf. «Danke. Haben Sie Leni Krinckenheimer auch Champagner angeboten, bevor Sie ihr die Tüte über den Kopf gezogen haben?»

«Ach, Sie denken, ich will Sie betäuben?» Ninette schüttelte lächelnd den Kopf. «Sie sehen doch, ich trinke selbst davon.»

«Wie haben Sie das angestellt?», fragte Céleste, ohne darauf einzugehen.

«Nach diesem widerwärtigen Erpressungsversuch hab ich so getan, als würde ich darauf eingehen, habe um Bedenkzeit gebeten und vorgeschlagen, dass sie am Abend vorbeikommt, nach Geschäftsschluss. Wir haben genau hier gesessen, so wie Sie und ich, und ich habe ihr erklärt, dass ich mein ganzes Geld in das Café gesteckt hätte, ich ihr aber eine Teilhabe anbieten könnte. Sie hat sofort eingewilligt, war offensichtlich froh, wieder eine Perspektive zu haben. Im Grunde war Leni nicht böse, sie war einfach nur naiv und dabei ziemlich berechnend. Keine gute Mischung. Mir war klar, dass sie nicht aufhören würde. Für Leni Krinckenheimer hätte es vielleicht gereicht, ein Café in Eguisheim zu führen, aber für Segolène Lambert war das nicht genug. Für Segolène Lambert war nie etwas genug. Sie wollte immer weiter, höher hinaus, ohne jedoch je einen einzigen Schritt in die richtige Richtung zu machen. Ich wusste, sie würde keine Ruhe geben.»

«Und dann? Haben Sie sie betäubt? Wie kamen Sie überhaupt auf die Idee mit dem Helium? Sie hatten doch gar nicht viel Zeit, sich so eine komplizierte Methode auszudenken?»

Ninette sah geschmeichelt aus, und Céleste erkannte, dass hinter aller Erschütterung und Tragik in diesem Fall auch ein wenig Eitelkeit verborgen lag. Die Eitelkeit einer Mörderin, die sich für klüger als alle anderen hielt. «Das war einfach. Ich wusste bereits von dieser Tötungsmethode. Als es Victor so schlechtging, hatten wir uns gemeinsam über Möglichkeiten informiert, wie wir sein Leiden selbstbestimmt beenden könnten, und da sind wir recht schnell auf das Helium gestoßen. Ich wusste also schon ganz genau, was zu tun war. Victor brauchte es damals nicht – er ist friedlich im Schlaf gestorben. Aber als es um Leni ging, ist mir diese Möglichkeit gleich wieder eingefallen. Helium ist leicht zu besorgen, und auch die K.-o.-Tropfen waren kein Problem. Die Mädels haben das bei uns in der Kneipe oft freiwillig in kleinen Dosen genommen, um nicht nachdenken zu müssen. Ich halte nichts von Drogen, aber ich konnte sie auch verstehen. Aus der Zeit hatte ich noch was übrig.»

Céleste nickte. Liquid Ecstasy war eine noch immer beliebte, wenn auch gefährliche Partydroge. Der Wirkstoff war bis vor einigen Jahren legal erhältlich gewesen, und auch heute noch konnte man ihn relativ problemlos besorgen.

«Wir haben ein bisschen gefeiert. Auf unsere neue Geschäftsbeziehung angestoßen.» Ninette biss sich auf die Lippen. «Sie hat sich wirklich gefreut, wissen Sie. So war sie. Immer gleich begeistert. Aber es hat nie lange angehalten. Sie hatte kein

Durchhaltevermögen, keinen starken Willen. Im Grunde war sie wie ein Kind, dem man ein blinkendes Spielzeug schenkt. Eine Weile sorgt es für glänzende Augen, dann liegt es in der Ecke, und das nächste blinkende Ding muss her.»

«Und dann?», fragte Céleste. Sie wollte alles wissen, jedes Detail, damit sich Ninette am Ende nicht doch anders besinnen und versuchen würde, sich herauszureden.

«Ich habe dann erst mal das Auto in meine Garage gestellt und sie darin abgelegt. Gegen vier Uhr morgens bin ich dann mit ihrem Wagen zum Maison des Chevaliers gefahren und habe sie mit der Schubkarre aus der Remise zur Veranda gebracht. Ich hatte irgendwie gehofft, dass man diese Geistergeschichte als Grund ansieht, dass jemand vor Schreck stirbt, und dass man dann nicht mehr so genau hinsieht. Wenn doch, wäre der Verdacht wohl eher auf Hugo Filipier gefallen. So hatte ich mir das zumindest vorgestellt.»

«Wäre fast gelungen», sagte Céleste.

Ninette sah Céleste neugierig an. «Wie haben Sie den wahren Zusammenhang und die Verbindung zu mir so schnell hergestellt?»

«Zufall», sagte Céleste. «Im Grunde war es die Tarotkarte.» Sie nahm die Tüte vom Tisch und schob sie zurück in die Tasche ihrer Jacke. «*Der Tod* war das letzte und entscheidende Teil im Puzzle.»

Ninette Schweitzer nickte. Dann trank sie ihr Glas aus und stand auf. Sie wusste, wann sie verloren hatte. «Gehen wir, Madame Kreydenweiss.»

Als sie in den dunklen Gastraum traten, sahen sie vor der großen Fensterscheibe gleich mehrere Blaulichter zucken. Offenbar war nicht nur Luc gekommen, sondern er hatte auch gleich die Brigade informiert. Céleste sperrte die Tür auf und begleitete Ninette Schweitzer, die kerzengerade und aufrecht nach draußen ging, zu den wartenden Autos. Bevor Lola Berchy und Lieutenant Vasarely sie in Empfang nehmen konnten, drehte sie sich noch einmal zu Céleste um und drückte ihr das Kartendeck in die Hand.

«Behalten Sie das. Oder werfen Sie es weg. Ich jedenfalls will nichts mehr damit zu tun haben.»

Während Céleste und Luc zusahen, wie das Auto der Brigade mit Ninette Schweitzer davonfuhr, sagte Céleste mit einem Blick auf das Kartenspiel in ihrer Hand: «Ich weiß nicht, was beängstigender ist: der Glaube an Zufall oder an Schicksal.»

Luc sah sie erschrocken an. «Ist das wieder so eine Fangfrage, Chef? Ich glaube nämlich nicht, dass ich das beantworten kann.»

Céleste hakte ihn unter und ging mit ihm in Richtung Fetter Frosch. Ihr Magen knurrte. «Ich auch nicht. Aber ich glaube, es spielt ohnehin keine Rolle.»

Darauf hatte man sich bei Riesling und *Choucroute garnie* einigen können: dass die Wege des Schicksals wie die des Zufalls manchmal eben unergründlich waren. Auf dem Heimweg vom Fetten Frosch gestand Luc, den die Erleichterung über den abgeschlossenen Fall und der Wein ungewöhnlich gesprächig gemacht hatten, seiner Chefin, dass er doch tatsächlich eine Nacht mit Lieutenant Lola Berchy verbracht hatte. Allerdings auf ihrer Couch, wie er nicht müde wurde zu betonen. Sie habe ihn für den Abend nach der Verhaftung von Gabriel Fleckenstein auf eine Party mit Freunden in Colmar eingeladen, weshalb auch der Friseurbesuch notwendig gewesen war. Ganz gegen seine Gewohnheit, wie er ebenfalls nicht müde wurde zu betonen, habe er bei diesem Fest dem Tequila zu sehr zugesprochen, weshalb sie ihm ein Nachtlager angeboten habe. Doch *mehr* sei nicht gewesen, wiederholte er mit Nachdruck, und als Céleste ihn lachend fragte, für wen er wohl seine Jungfräulichkeit aufzuheben gedachte, hatte er schockiert den Mund zugeklappt und den Rest des Weges geschwiegen.

Céleste rang sich schließlich doch noch dazu durch, Max' Nachricht auf dem Anrufbeantworter abzuhören, und löschte sie danach. Er hatte ihr mitgeteilt, dass er für ein Jahr nach New York gehen würde, und hatte zögernd hinzugefügt, dass es wohl wenig Sinn ergab, über so eine lange Zeit und so weite Entfernung eine Beziehung aufrechtzuerhalten. Vielleicht würden sie sich wiedersehen. Vielleicht auch nicht. Wie hatte es Ninette mit der Schicksalskarte so treffend formuliert? Abschied, Ende und Neubeginn. Nach kurzer Überlegung löschte sie danach auch Yves' Nummer aus ihren Kontakten. Wenn schon Neubeginn, dann richtig.

Dabei bemerkte sie eine E-Mail von Etienne Walter. Der ehemalige Commandant gratulierte ihr zu ihrem Ermittlungserfolg und verkündete, bereits wieder auf der Rückreise in die Bretagne zu sein. Außerdem fügte er *der Vollständigkeit halber, für Ihre Akten* noch ein paar Informationen zu Jean Bells Familie hinzu, die Sophie Bernheimer auf seine Bitte hin ausgegraben hatte. Céleste überflog die wenigen Zeilen flüchtig – und stutzte, als sie den letzten Absatz erreichte:

Schwester: Julie Bell, geboren 1948 in Husseren-les-Chateaux, gestorben 1962 in Eguisheim; Todesursache: Unfall durch Steinschlag; Leiche unauffindbar. Untersuchung wg. nnTU eingestellt.

«Das glaube ich nicht ...» murmelte sie. Das also war der Fluch gewesen, von dem Ernestine Bell in Bezug auf ihren Sohn immer gesprochen und den niemand ernst genommen hatte. Der Fluch der Weißen Frau. Jean Bell war der Bruder des toten Mädchens gewesen, das bei den drei Exen ums Leben gekommen war. Die Familie war damals weggezogen, hatte Dédé erzählt. Daher die übertriebene Sorge der Mutter, das Scheitern der Ehe der Eltern, die abergläubische Sorge von Ernestine Bell, dass auch ihr zweites Kind vom Fluch der Weißen Frau getroffen sein könnte.

Im Grunde hatte sich der Fluch erfüllt. Eine sich selbst erfüllende Prophezeiung. Das schlimme Unglück damals, Ernestines übertriebene Sorge, ihr Aberglaube, hatten aus Jean Bell den Menschen werden lassen, der er war. Und er war zum Mörder geworden. War es nun Schicksal oder Zufall, dass ihn seine Vergangenheit hier in Eguisheim, wohin er geflüchtet war, wieder eingeholt hatte? Dass ihm hier Ninette Schweitzer wiederbegegnet war?

Céleste schaltete ihr Handy aus und schob es in ihre Jackentasche. Die Sonne schien an diesem Morgen so warm wie seit Tagen nicht, und der Flieder duftete betörend. Henri war mittlerweile aus dem Krankenhaus entlassen worden, mehr als ein paar Schrammen im Gesicht waren nicht mehr zu sehen. Und um die unsichtbaren Schrammen kümmerte sich hoffentlich Irène, auf dass die beiden noch viele glückliche gemeinsame Jahre erleben mochten – nicht zuletzt, damit das *Café du Marché* auch in Zukunft glänzen konnte mit warmem Ziegenkäse, in Speck gewickelt und mit Wildhonig beträufelt.

Inzwischen tagte die Blumenschmuck-Jury und würde hoffentlich Eguisheim mit der Goldenen Blume auszeichnen, als eines der schönsten Blumendörfer Frankreichs. Dann würde es wieder einmal ein großes Fest geben. Céleste hielt ihr Gesicht in die Sonne und sog den Duft des Frühlings ein. Es würde ein gutes Jahr für den Riesling werden. Sie würde Opa Théo am Weinberg helfen und mit sonnenverbrannter Nase abends in seinem Garten sitzen, ein Glas Wein in der Hand und mit Kater Fred auf dem Schoß. Luc würde wieder im Kirchenchor singen, weil seine Nase sich vollständig erholt hatte, und er konnte endlich einen beherzten Versuch starten, Hortense zu erobern und Gustave in die Wüste zu schicken, dorthin wo keine Rosen wuchsen. Oder vielleicht würde Lola Berchy kommen und die Initiative ergreifen? Louis Balzac konnte seine blaue Bank wieder zurück vor Madeleines ehemaligen Buchladen stellen, zumindest so lange, bis das Café *Tantine Ninette* einen neuen Pächter und einen neuen Namen bekam.

Sie selbst würde Max nach New York ganz altmodisch eine Postkarte aus Eguisheim schicken und sich freuen, von ihm zu hören. Sie würde wieder hinauflaufen zu den drei Exen und hinunterschauen auf ihr Dorf und wissen, dass, Zufall oder Schicksal, alles irgendwie seine Ordnung hatte. Ja, es würde ein guter Sommer werden. Mit diesem Gedanken machte sie sich auf den Weg, für ihre Vermieterin, Madame Denis, einen neuen Rahmen für den heiligen Antonius zu kaufen.

Weitere Titel

Ein Elsass-Krimi

Mord im Elsass

Der Teufel von Eguisheim

Tödliches Elsass